古典
品汇

杜牧诗品汇

黄鸣　乐云等　撰

长江出版传媒
崇文书局

前　言

　　杜牧（803—853），唐京兆万年（今陕西西安市）人，字牧之。著名学者杜佑之孙。大和二年（828）进士。初为弘文馆校书郎、试左武卫兵曹参军，又先后入江西、宣歙观察使沈传师幕与淮南节度使牛僧孺幕，历监察御史，分司东都，开成二年（837）应宣歙观察使崔郸聘，为宣州团练判官。后入朝为左补阙、史馆修撰、膳部员外郎、比部员外郎。会昌二年（842）出为黄州刺史，后陆续任池、睦诸州刺史，大中二年（848）入为司勋员外郎、史馆修撰。以后又历任吏部员外郎、湖州刺史、考功郎中、知制诰，大中六年（852）迁中书舍人。翌年春卒。杜牧善属文，工诗，世称"小杜"，以别于杜甫。又与李商隐并称"小李杜"。有《樊川文集》。

　　杜牧是晚唐时代优秀的诗人。他处在唐代历史的一个特殊的时期，就是看似还有中兴希望，而这个中兴的希望，却终归于破灭的时期。盛唐安史之乱之后的半个世纪，历经肃、代、德、顺四朝，都在中央朝廷与骄横的藩镇之间的博弈中度过。唐宪宗继位，相继平定西川、镇海、淮西诸节度之乱，河北藩镇一时俱服，似乎中兴大业已成。然而，穆、敬、文、武、宣诸帝，多为宦官所立，朝中党争激烈，对藩镇的控制力又急剧下滑，边患频仍，曾经辉煌的元和中兴，就像流星一样划过，历史终究不可阻挡地进入晚唐时代。杜牧有高俊之才，喜论兵，曾作《罪言》，论朝廷用兵之策，又曾注《孙子兵法》。可见他并不是一位仅甘于文

1

辞的诗人，而是一位有用世之志的士人。但无情的现实，使得杜牧的用世之志无法成为现实，而他的声名，也主要靠文辞传播于后世。据说杜牧临死之前，焚其所作文稿，可见他临终时的情感是愤懑的。但是，他的文名太盛，其作品也早已传遍天下，脍炙人口，所以今天大致都保存了下来，可供后人阅读和欣赏。

杜牧的祖父是唐代著名学者杜佑，先后相德、顺、宪三宗，著有《通典》，是中国古代典志史的名著。其父杜从郁，是杜佑第三子，曾任驾部员外郎。杜牧的家族，是长安城的清贵大族，杜牧从小就受到了良好的家庭教育和文化熏陶。他曾回忆说："我家公相家，剑佩尝丁当。旧第开朱门，长安城中央。第中无一物，万卷书满堂。家集二百编，上下驰皇王。多是抚州写，今来五纪强。……经书括根本，史书阅兴亡。高摘屈宋艳，浓薰班马香。李杜泛浩浩，韩柳摩苍苍。"（《冬至日寄小侄阿宜诗》）可见他的清芬家世与所受的文史教育，都是第一流的。他二十五岁进士及第，为人风流倜傥，而时人也将其视为第一流的才子。高彦休《唐阙史》记载"杜舍人再捷之后，时誉益清，物议人情，待以仙格"，是当时人对他的普遍看法。他入淮南节度使牛僧孺幕，在扬州流连烟花，牛僧孺每每派人跟随于后，以免他遭遇危险。当杜牧离开时，牛僧孺向他出示了一大盒所派人员回报杜牧平安的帖子，劝他谨慎行事（见《苕溪渔隐丛话》）。当时人对杜牧的看重与维护，于此可见一斑。

杜牧的诗歌，古体多感怀时事之作，如《感怀诗》《郡斋独酌》《雪中书怀》等；也不乏《杜秋娘诗》《张好好诗》等描写歌妓悲剧命运的诗篇，具有哀感顽艳的特点，近于元白。他的七言近体，或写景抒情，或怀古咏史，情致豪迈，议论精警，风格俊爽，在晚唐诗坛独树一帜，其诗歌风华清丽，蕴含有无尽韵味，是晚唐诗人中可以追步盛唐的代表。《早雁》《九日齐安登高》《商山麻涧》等为七律传世名作，《江南春》《泊秦淮》《过华清宫》《清明》《山行》等七绝尤其脍炙人口，流传久远。

杜牧特别擅长怀古咏史诗，他的这类诗歌，往往能将历史那广邃深重的宿命感透过清丽秀美的文字表达出来，穿越时空，令人产生浩然苍茫的感觉。他善于用精警的词句，将哲理性的结论总结出来，使读者有耳目一新之感。如：

> 烟笼寒水月笼沙，夜泊秦淮近酒家。商女不知亡国恨，隔江犹唱后庭花。（《泊秦淮》）

> 长安回望绣成堆，山顶千门次第开。一骑红尘妃子笑，无人知是荔枝来。（《过华清宫绝句三首》其一）

> 长空澹澹孤鸟没，万古销沉向此中。看取汉家何事业，五陵无树起秋风。（《登乐游原》）

> 折戟沉沙铁未销，自将磨洗认前朝。东风不与周郎便，铜雀春深锁二乔。（《赤壁》）

此外，他的感托身世，寄寓狂兴，流连烟花的诗歌，在诗史上也有大名。如：

> 落魄江南载酒行，楚腰肠断掌中轻。十年一觉扬州梦，赢得青楼薄幸名。（《遣怀》）

> 十载飘然绳检外，樽前自献自为酬。秋山春雨闲吟处，倚遍江南寺寺楼。（《念昔游三首》其一）

他有一种独特的在放浪形骸中带着悠闲与雅致的风度，诗酒风流，流传后世。可以说人们一提起杜牧，就会想起他的"十年一觉扬州梦，赢得青楼薄幸名"的浊世佳公子形象。

杜牧的用世之志，终于在无尽的宦海沉浮中破灭。他的好友李甘因为反对郑注被贬，杜牧任左补阙时很想替他上书鸣冤，但朝政混乱，他也颇有顾忌，不敢上书。中年出为黄州刺史，也可能是受到朝中权臣李德裕等人的压制。杜牧本身是不受成规拘束的倜傥公子，性格刚直，胸有天下之志，但他的锐气，逐渐消磨在宦海风波中，这是他个人理想的破灭。而唐王朝的中兴远景，也在唐宪宗之后迅速黯淡下来，历史的车轮也走到了晚唐。对于时代的颓势，杜牧是非常敏感的，他有《题宣州开元寺水阁阁下宛溪夹溪居人》一诗，诗曰：

> 六朝文物草连空，天淡云闲今古同。鸟去鸟来山色里，人歌人哭水声中。深秋帘幕千家雨，落日楼台一笛风。惆怅无因见范蠡，参差烟树五湖东。

此诗纵贯千古，愁思杳远，杜牧的心绪，我们仿佛可以揣摩得之。

杜牧以过人之才，身处晚唐这个无可奈何的时代，其个人理想志向与时代环境产生了严重的龃龉，这使得他忧郁成疾、过早去世；而他在去世前焚烧所作文稿，反映了他对这个时代深深的失望。

本书的品汇，即是选择杜牧诗歌中自古以来评鉴较多者，加以品评。共选评杜牧诗 100 题，102 首。诗歌文本及诗歌顺序依照《全唐诗》，诗歌注释参考清代冯集梧注《樊川诗集注》（上海古籍出版社，1962 年）、吴在庆先生校注之《杜牧集系年校注》（中华书局，2013 年），诗歌编年参照缪钺先生《杜牧传·杜牧年谱》（河北教育出版社，1999 年）。书中引用古人评论资料，多转引自张金海先生编《杜牧资料汇编》（中华书局，2006 年），以及陈伯海先生主编《唐诗汇评》（浙江教育出版社，1995 年）。其余引用时贤观点，随文注明。

黄鸣　乐云

2022 年 2 月 9 日

目　录

感怀诗一首^①

时沧州用兵

高文会隋季^②，提剑^③徇天意。扶持万代人，步骤三皇地^④。圣云继之神，神仍用文治^⑤。德泽酌生灵，沉酣薰骨髓^⑥。旄头骑箕尾，风尘蓟门起^⑦。胡兵杀汉兵，尸满咸阳^⑧市。宣皇走豪杰，谈笑开中否^⑨。蟠联两河间，烬萌终不弭^⑩。号为精兵处，齐蔡燕赵魏^⑪。合环千里疆，争为一家事。逆子嫁虏孙，西邻聘东里。急热同手足，唱和如宫徵^⑫。法制自作为，礼文争僭拟。压阶螭斗角，画屋龙交尾^⑬。署纸日替名，分财赏称赐^⑭。刳隍鼓万寻^⑮，缭垣叠千雉^⑯。誓将付屠孙，血绝然方已。九庙^⑰仗神灵，四海为输委。如何七十年^⑱，汗骍^⑲含羞耻。韩彭不再生，英卫皆为鬼^⑳。凶门爪牙辈，穰穰如儿戏^㉑。累圣但日吁，阃外将谁寄^㉒？屯田数十万，堤防常惕惴^㉓。急征赴军须，厚赋资凶器^㉔。因隳画一法，且逐随时利^㉕。流品极蒙龙，网罗渐离弛^㉖。夷狄日开张，黎元愈憔悴。邈矣远太平，萧然尽烦费。至于贞元^㉗末，风流恣绮靡。艰极泰^㉘循来，元和^㉙圣天子。元和圣天子，英明汤武^㉚上。茅茨^㉛覆宫殿，封章^㉜绽帷帐。伍旅拔雄儿^㉝，梦卜庸真相^㉞。勃云走轰霆，河南一平荡^㉟。继于长庆^㊱初，燕赵终舁襁^㊲。携妻负子来，北阙争顿颡。故老抚儿孙，尔生今有望。茹鲠喉尚隘，负重力未壮。坐幄无奇兵，吞舟^㊳漏疏网。骨添蓟垣沙^㊴，血涨滹沱浪^㊵。只云徒有征，安能问无状。一日五诸侯^㊶，奔亡如鸟往。取之难梯天，失之易反掌。苍然太行路，蓊蓊还榛莽㊷。关西贱男子㊸，誓肉虏杯羹。请数系虏事，谁其为我听。荡荡乾坤大，瞳瞳日月明。叱起文武业，可以豁洪溟㊹。安得封域内，长有扈苗㊺征。七十里百里㊻，彼亦何尝争㊼。往往念所至，得醉愁苏醒。韬舌辱壮心，叫阍无助声。聊书感怀韵，焚之遗贾生㊽。

【注释】

①感怀诗：题下注"时沧州用兵"。沧州，今河北沧县东南，当时为横海节度使治所。唐敬宗宝历二年（826）四月，横海节度使李全略去世，其子李同捷擅自为留后，并重贿邻近藩镇，以求继任横海节度使。大和元年（827）五月，朝廷将李同捷调任为兖海节度使，李借口为将士所留，不奉诏命。八月，朝廷下诏讨伐李同捷。唐文宗大和三年（829）四月，朝廷军队攻破沧州，李同捷投降后被诛杀，沧州叛乱由此平息。

②"高文"句：高，指唐高祖李渊；文，指唐太宗李世民，其谥号为"文皇帝"。隋季，隋朝末年。

③提剑：指用武力起兵。《史记·高祖本纪》记载，汉高祖刘邦曾云："吾以布衣提三尺剑取天下，此非天命乎？"

④"步骤"句：步，缓行；骤，疾走。引申为缓急、快慢。《后汉书·曹褒传》"三步五骤"注引《孝经钩命诀》曰："三皇步，五帝骤，三王弛。"三皇，中国上古传说中的人物，其名所传不一，原始意义上的三皇是指天皇氏、地皇氏、人皇氏，后又增补原始社会时期的三个杰出的部落首领，即燧人、伏羲、神农（即炎帝）。这句话意思为唐高祖与唐太宗治理天下，如三皇一样有缓有急，方法得当，按照一定的步骤行事。

⑤"圣云"二句：云，语助词。这两句意思是说唐太宗圣神相继，用文德治理天下。

⑥ "德泽"句：德泽，恩泽惠及。沉酣，醉酒。这两句意为唐太宗的恩德普及天下，惠及到每个百姓，使老百姓如醉酒一般，暖入骨髓。

⑦ "旄头"二句：旄头，即昴星，二十八宿之一。箕、尾：均为二十八宿的星名，古代常以天上星宿的分野来对应下面的地区，并以此来分封诸侯，箕、尾就对应了幽燕一带。古人认为旄星跳跃是将有战争的预兆。风尘，风起而尘土飞扬，形容战争引起的慌乱景象。蓟门，也被称作蓟丘，在今北京市德胜门的西北部一带，这里则泛指幽燕地区。这两句意思为，天空中旄头星光跳跃闪烁，照在了箕、尾之上，安禄山在幽燕一带发动叛乱。

⑧ 咸阳：古为秦朝都城，在今陕西咸阳市东北窑店镇附近。这里代指唐朝的京都长安。

⑨ "宣皇"二句：宣皇，指唐肃宗李亨，其谥号为文明武德大圣大宣孝皇帝。走豪杰，使动用法，使豪杰为之奔走，平叛战乱。开中否，指唐肃宗平定安史之乱，收复二京，扭转了唐朝中衰的局面；否，《周易》卦名，为闭塞不通、不走运之意。

⑩ "蟠联"二句：蟠联，盘踞联结。两河，指黄河的南、北两岸。烬萌，火的余烬和草的萌芽，这里用来比喻祸根。弭，停止。这两句的意思是说，安禄山的余党仍然盘踞在黄河两岸，战乱仍未被彻底平息。

⑪ "齐蔡"句：指当时的五个藩镇。齐，即淄青节度，治所为青州（今山东青州市）；蔡，即彰义节度，治所为蔡州（今河南汝南县）；燕，即卢龙节度，治所为幽州（今北京）；赵，即成德节度，治所为镇州（今河北正定县）；魏，即魏博节度，治所为魏州（今河北大名县）。

⑫ 宫徵：我国古代五声的音阶。五声为宫、商、角、徵（zhǐ）、羽。

⑬ "压阶"二句：螭，传说中一种没有角的龙。交尾，龙尾相互连接。这两句意思是叛贼各自割据一方，争相僭越制度规范，殿阶用螭装饰，屋壁上画着龙尾。

⑭"署纸"二句：署纸，指官吏在公文后签署姓名。替名，废除署名，古时天子的诏书，只用玺而不署名。这两句意为，割据一方的官吏发的公文如同天子的诏书一般，不再署上自己的姓名，他们赏给部下的财物与像天子赐给臣子那样，称"赐"。

⑮"刳隍"句：刳（kū）隍，挖掘城池。歁（hǎn），贪欲。寻，古代八尺为一寻，万寻犹言极长。

⑯"缭垣"句：缭垣（yuán），围墙。雉（zhì），古代的墙长三丈、高一丈为雉。此句指藩镇所筑的城墙又高又大，超过了古代诸侯的制度规范，《左传·隐公元年》云："都城过百雉，国之害也。先王之制：大都，不过参国之一；中，五之一；小，九之一。"

⑰九庙：这里指唐皇帝的祖先之庙，天子太庙有九室，因此而得名。

⑱七十年：安史之乱起于唐玄宗天宝十四载（755），此诗作于唐文宗大和元年（827），其间凡七十三年，此取整日"七十年"。

⑲汗赩：赩（xì），大红色。意为因心中羞愧而脸红。

⑳"韩彭"二句：韩彭，指西汉著名开国大将韩信和彭越。英卫，指唐初著名将领英国公李勣和卫国公李靖。这两句意为，韩信、彭越、李勣、李靖这样的大将均已化作尘土，朝中再也没有良将可以受任去平叛乱贼了。

㉑"凶门"二句：凶门爪牙，指武将。凶门，指北门，古代将领出征时，凿一扇向北的门，由此出发，如办丧事一般，以此表示必死的决心。穰穰（ráng）：庄稼茂盛的样子，这里指武将们看似为数众多，貌似壮观，但所作所为却如同儿戏一样。

㉒"阃外"句：阃（kǔn），特指城郭的门槛。寄，指委任以重要的军事职责。

㉓"屯田"句：屯田，一种古代农业生产的组织形式，政府派遣士兵在驻扎的地区种地，或者招募农民种地，这里指从事农耕的兵士。憎

4

惴（shè zhuì），恐惧的样子。这两句意指拥兵数十万，可还是经常遭受战争的威胁而震惧不安。

㉔ 凶器：古代将兵器称为凶器，这里指战争。

㉕ "因隳"二句：隳（huī），毁坏。画一法，指唐太宗制定的统一制度。《史记·曹相国世家》载西汉初年，曹参做宰相时，一切都按前任宰相萧何制定的各种法规行事，当时百姓歌云："萧何为法，顜若画一。曹参代之，守而勿失。载其清净，民以宁一。"这两句话意为朝廷不守太宗定下法令制度，只顾追求眼前的利益。

㉖ "流品"二句：流品，品类。蒙茏（máng），杂乱貌。网罗，比喻法制。这两句意为，朝廷内做官的人，泥沙俱下，法制也逐渐松懈瓦解。

㉗ 贞元：唐德宗李适的年号（785—805）。

㉘ 泰：《周易》中的卦名，与"否"相反，表示通达顺利。

㉙ 元和：唐宪宗李纯的年号（806—820）。唐宪宗在位期间唐朝曾出现短暂的统一，史称"元和中兴"。

㉚ 汤武：指商汤与周武王，二者都是古代圣明贤能的君主。

㉛ 茅茨：茅草顶的房子，此处用来颂扬唐宪宗之节俭。

㉜ 封章：百官进呈皇帝的奏书的封套，此句也是赞扬唐宪宗的节俭。

㉝ "伍旅"句：伍旅，军队。雄儿，英勇的将士。此句暗示了唐宪宗提拔底层军官出身的高崇文为校检工部尚书、左神策行营节度使的事。

㉞ "梦卜"句：《史记·殷本纪》记武丁夜梦得圣人，于是寻找到傅说，并将他举以为相；《史记·齐太公世家》载周文王将出猎，卜卦说可以得到辅佐之才，于是就在渭水之畔遇到了姜太公，立为师。该句用古代帝王任用贤相的事例来歌颂唐宪宗能重用杜黄裳、武元衡和裴度等人，进而帮助朝廷平定藩镇叛乱。

㉟ "河南"句：唐宪宗于元和十二年（817）十月平定淮西吴元济，十四年（819）二月平定淄青，诛杀李师道，同年七月，宣武节度使韩弘

归顺朝廷，至此黄河以南地区全部归顺中央。

㊱ 长庆：唐穆宗李恒的年号（821—824）。

㊲ "燕赵"句：燕赵，指卢龙军与成德军。元和十五年（820）十月，成德军观察支使王承元以镇、赵、深、翼四州归于有司；长庆元年（821）二月，刘总以卢龙军八州归于有司。舁（yú）褓，指人民把婴儿包在包袱中，背在背上，准备来归顺朝廷。

㊳ 吞舟：吞舟，指大鱼。《史记·酷吏列传》有"网漏于吞舟之鱼"之语，在此用吞舟之鱼比喻当时归顺朝廷之后又叛乱的藩镇将领。

㊴ "骨添"句：蓟垣，指卢龙军所在的蓟门一带。这里指唐穆宗长庆元年（821）七月，幽州卢龙军都知兵马使朱克融反叛朝廷一事。

㊵ "血涨"句：滹沱（hū tuó），指滹沱河，源出山西繁峙大戏山，西南流至忻州市北折向东流，至盂县北穿过太行山流入河北平原，并经过河北正定县。这里指唐穆宗长庆元年（821）七月，成德军大将王廷凑杀其节度使田弘正而谋反之事。

㊶ 五诸侯：指魏博、横海、昭义、河东、义武五个节度使，因为节度使割据一方，所以称之为诸侯。唐穆宗长庆元年（821）八月，五节度使带兵讨伐王廷凑叛军。

㊷ "翦翦"句：翦翦，浅狭貌。榛（zhēn）莽，杂乱丛生之草木。此句意为太行山以东的河北幽州、镇州、魏州先后叛乱，致使太行山路榛莽丛生，道路闭塞。

㊸ "关西"句：关西，函谷关、潼关以西。杜牧为京兆万年人，作此诗时尚未及第入仕，故自称为"关西贱男子"。

㊹ 豁洪溟：豁，开。洪溟，大海。

㊺ 扈苗：指上古时期的有扈（hù）、有苗两个部族首领，皆叛乱，夏禹曾征有苗，夏启讨伐有扈。

㊻ "七十"句：传说商汤以七十里，周文王以百里地而统一天下。

㊼"彼亦"句:此句意为商汤、文王都以文德使人归附,何尝凭武力相争。

㊽贾生:指西汉名士贾谊。贾谊曾在汉文帝执政时上书论政,主张削弱诸侯藩镇割据势力,巩固中央集权,文帝虽对其颇为赏识,但却遭到权臣诽谤,郁郁不得志而终。

【评析】

《感怀诗》是杜牧现存诗作中可考定年份的最早一篇五言长篇古诗。缪钺先生的《杜牧传·杜牧年谱》,根据题下注"时沧州用兵"与杜牧自称"关西贱男子"而考证此诗创作于唐文宗大和元年(827),杜牧时年二十五岁,因朝廷讨李同捷之事,有感于安史之乱以来藩镇割据之祸,作《感怀诗》以记之。

《孟子·万章下》曰:"颂其诗,读其书,不知其人可乎?是以论其世也。"品评诗歌,要从作者及其所处的时代入手,《感怀诗》这种反映当时社会现实的叙事长诗,更应如此。安史之乱后,唐朝由盛转衰,变故迭出,藩镇更是割据一方,李唐王朝陷入风雨飘摇之中,杜牧正是出生和成长于这样的环境中。杜牧作为宰相杜佑之孙,少年时期就表现出了远大的政治抱负。在杜牧十几岁时,唐宪宗用兵讨伐藩镇并取得了一定成效,杜牧就深感用兵的重要性。后来他饱读历代经史,更加深信军事关系到国家兴亡,因此特别注意兵法,并对孙子进行了深入研究,曾注解过十三篇《孙子兵法》,也写过许多策论。

后人在对杜牧的《感怀诗》进行品评时,多从整体入手,对诗歌的创作意图加以把握。一些评点家注意到了杜牧好论军事的性格特点,翁方纲《石洲诗话》云:"小杜《感怀》诗,为沧州用兵作,宜与《罪言》同读。"杜牧年青时作有《罪言》一文,文前说:"国家大事,牧不当官,言之实有罪,故作《罪言》。"其内容就是针对河朔藩镇不服从中央命令的情况，提出上、中、下三种对策。该文与此诗所言，刚好互补。王闿运在《王闿运手批唐诗选》中也说："牧好言兵，故为此长篇。"而杜牧的外甥裴延翰所撰写的《樊川文集序》，则认为《感怀诗》"刺当代"，均是就小杜的这种好言兵事的风格而言。

唐王朝自安史之乱后，随着藩镇割据局面的形成，军事逐渐成为唐王朝的时代主题。古代文人好言军事，主要针对战略层面而言，至于战术层面的行军、宿营、编练、阵型、武器的搭配等要素，则往往不予涉及。从本篇和《罪言》来看，杜牧喜读《孙子兵法》，并能观察到唐朝尤其是安史之乱后战争的形势，并提出相应的战略上的解决办法，可以看出，他也是在战略方面有着较深入思考的文人之一。

杜牧这首《感怀诗》，熔叙事、议论和抒情为一炉，不仅反映了安史之乱后藩镇割据一方，国家武力薄弱，百姓生活困苦、民生凋敝等问题，直击了当朝统治者的痛处，更是在其中集中体现了诗人对于藩镇问题的见解。

该诗长达一百零六句，洋洋洒洒五百余字，可谓唐诗中的长篇。诗歌开篇八句先歌颂了唐太宗"贞观之治"的丰功伟绩，紧接着话题一转，采用铺陈手法，从安史之乱写起，揭示了如今藩镇问题的形成原因以及该问题造成的种种恶果。诗人又将唐宪宗与唐穆宗进行对比，歌颂了宪宗时期朝廷出兵平叛藩镇的种种措施，对宪宗本人也不吝赞美之辞，同时也对软弱昏庸的穆宗表达了强烈的不满。最后十八句中，诗人抒写了自己的愿望，但他也悲观地预感到自己的抱负多半会落空，所以在诗中只能把贾谊当作自己的知己，暗含了他对现实的无奈之感。

整首诗在叙事上大开大合、详略得当，议论言之有物、充满激情，抒情慷慨激昂、气势充沛，显示出杜牧精妙的构思与矫健的笔力，正如王安石对杜牧的评价："末世篇章有逸才。"（《和王微之秋浦望齐山感李太白杜牧之》）诚为确论。

（陈珂岚　黄鸣）

杜秋娘诗 并序 ①

杜秋，金陵 ② 女也。年十五为李锜 ③ 妾。后锜叛灭 ④，籍 ⑤ 之入宫，有宠于景陵 ⑥。穆宗 ⑦ 即位，命秋为皇子傅姆。皇子壮，封漳王 ⑧。郑注 ⑨ 用事，诬丞相 ⑩ 欲去己者，指王为根，王被罪废削，秋因赐归故乡。予过金陵，感其穷且老，为之赋诗。

京江 ⑪ 水清滑，生女白如脂。其间杜秋者，不劳朱粉施。老濞 ⑫ 即山铸，后庭千双眉。秋持玉斝醉，与唱《金缕衣》⑬。濞既白首叛，秋亦红泪 ⑭ 滋。吴江 ⑮ 落日渡，灞岸 ⑯ 绿杨垂。联裾见天子，盼盻独依依。椒壁 ⑰ 悬锦幕，镜奁蟠蛟螭。低鬟认新宠，窈袅复融怡。月上白璧门，桂影凉参差。金阶露新重，闲捻紫箫吹 ⑱。莓苔夹城路 ⑲，南苑 ⑳ 雁初飞。红粉羽林仗，独赐辟邪旗 ㉑。归来煮豹胎，餍饫不能饴。咸池升日庆 ㉒，铜雀分香悲 ㉓。雷音 ㉔ 后车远，事往落花时。燕禖得皇子 ㉕，壮发绿绿绿。画堂授傅姆，天人亲捧持。虎睛珠络褓，金盘犀镇帷。长杨 ㉖ 射熊罴，武帐 ㉗ 弄哑咿。渐抛竹马剧，稍出舞鸡奇。崭崭整冠珮，侍宴坐瑶池 ㉘。眉宇俨图画，神秀射朝辉。一尺桐偶人，江充知自欺 ㉙。王幽茅土削 ㉚，秋放故乡归。觚稜拂斗极 ㉛，回首尚迟迟。四朝三十载 ㉜，似梦复疑非。潼关 ㉝ 识旧吏，吏发已如丝。却唤吴江渡，舟人那得知。归来四邻改，茂苑草菲菲。清血洒不尽，仰天知问谁。寒衣一匹素，夜借邻人机。我昨金陵过，闻之为歔欷。自古皆一贯，变化安能推。夏姬灭两国，逃作巫臣姬^㉞。西子下姑苏，一舸逐鸱夷^㉟。织室魏豹俘，作汉太平基^㊱。误置代籍中，两朝尊母仪^㊲。光武绍高祖，本系生唐儿^㊳。珊瑚破高齐，作婢春黄糜^㊴。萧后去扬州，突厥为阏氏^㊵。女子固不定，士林亦难期。射钩后呼父^㊶，钓翁王者师^㊷。无国要孟子，有人毁仲尼^㊸。秦因逐客令，柄归丞相斯^㊹。安知魏齐首，见断簧中尸^㊺。给丧蹶张辈，廊庙冠峨危^㊻。珥貂七叶贵，何妨戎虏支^㊼。苏武却生返^㊽，邓通终死饥^㊾。主张既难测，翻覆亦其宜。地尽有何物，天外复何之？指何为而捉，足何为而驰？耳何为而听，目何为而窥？己身不自晓，此外何思惟。因倾一樽酒，题作《杜秋诗》。愁来独长咏，聊可以自贻。

【注释】

①杜秋娘：本金陵女子，后为镇海军节度使李锜妾。李锜叛变被诛，杜秋娘籍入宫中。穆宗时，为漳王李凑保姆。文宗时，因朝中内部斗争牵连，被放归故乡。缪钺先生《杜牧传·杜牧年谱》系此诗于大和七年（833），然与诗中所叙有所不合，故依吴在庆改系于开成二年（837）秋。时杜牧从扬州赴宣州，途经金陵，诗或成于此时。

②金陵：此指镇江。唐时润州（今江苏镇江市）亦称金陵。

③李锜：唐顺宗至宪宗元和初时，任镇海军节度使。

④锜叛灭：唐宪宗元和二年（807），宪宗诏李锜为左仆射，实欲削其兵权。锜不从，发动叛乱兵败被诛。

⑤籍：籍没，没收财物等入官。

⑥景陵：指唐宪宗。宪宗葬于景陵，地在今陕西蒲城县西北金炽山。

⑦ 穆宗：李恒，宪宗子。

⑧ 漳王：即李凑，穆宗子。封漳王，后被贬。

⑨ 郑注：绛州翼城（今山西翼城县）人，为宦官王守澄赏识，以通医药被荐入宫。大和时为文宗倚重，交结李训，权重一时。大和九年（835），因谋诛宦官，事泄被杀。

⑩ 丞相：指宋申锡。大和五年（831），宋申锡谋诛宦官，为郑注等人诬告谋立漳王，贬为开州司马。后死于贬地。

⑪ 京江：长江流经镇江以北一段，因镇江古称京口，故名。

⑫ 老濞：即西汉吴王刘濞（bì）。他采铜铸钱，煮海为盐，招纳亡命之徒，于景帝三年（前154）联合楚、赵等七国反叛，后失败被杀。此指代李锜。

⑬ 《金缕衣》：原注："'劝君莫惜金缕衣，劝君须惜少年时。花开堪折直须折，莫待无花空折枝。'李锜长唱此辞。"

⑭ 红泪：指眼泪。王嘉《拾遗记》卷七："（魏）文帝所爱美人，姓薛名灵芸，常山人也。……时文帝选良家子女，以入六宫。（谷）习以千金宝赂聘之。既得，乃以献文帝。灵芸闻别父母，歔欷累日，泪下沾衣。至升车就路之时，以玉唾壶承泪，壶则红色。"

⑮ 吴江：唐称京口与其相对的扬州之间的一段长江为吴江。

⑯ 灞岸：灞水之岸。唐代长安东二十里有灞水。上有灞桥。唐人多于此送别。

⑰ 椒壁：以椒和泥涂壁，多指后妃所居宫室。

⑱ "闲捻"句：原注："《晋书》：盗开凉州张骏冢，得紫玉箫。"

⑲ 夹城路：两侧筑有高墙的道路。唐开元时，范安及奉命从宫中西南隅的花萼相辉楼，筑夹城路通到芙蓉苑。

⑳ 南苑：即唐代长安曲江西南的芙蓉苑。

㉑ 辟邪旗：画有辟邪兽图样的旗子。《通典》："大驾卤簿卫马队，

左右厢各二十四队，从十二旗，第一队辟邪旗。"

㉒"咸池"句：咸池，神话中的天池，日浴之处。升日庆，指唐穆宗即位。

㉓"铜雀"句：铜雀，指曹操所建铜雀台，在今河北临漳县西南。分香，曹操《遗令》："余香可分与诸夫人。诸舍中无所为，学作履组卖也。"后用分香卖履指人临死时舍不得丢下妻子儿女。

㉔雷音：指帝王车马行经的声音。司马相如《长门赋》："雷隐隐而响起，声象君之车音。"

㉕"燕禖"句：燕禖（méi），上古时的媒神叫高禖，人们祈之以求子。又传说古代高辛帝妃简狄以燕至之日，吞下燕卵而生契。皇子，指穆宗第六子漳王李凑。

㉖长杨：汉代的长杨宫，故址在盩厔（今陕西周至县西南）。

㉗武帐：置有兵器的帷帐，帝王所用。

㉘瑶池：传说中西王母所居之所。

㉙"一尺"二句：江充是汉武帝时奸臣，曾诬告太子刘据作巫蛊以害武帝。武帝以充为使者治巫蛊。充先使人在太子宫中埋下桐木人，后又派人从太子宫中掘得，以此陷害太子。

㉚"王幽"句：指漳王被幽禁，贬巢县公。

㉛"觚稜"句：觚（gū）稜，宫阙上转角处的瓦脊，呈方角棱瓣之形。亦代指宫阙。斗极，北斗星与北极星。

㉜四朝：指杜秋娘籍入宫后所经历的宪宗、穆宗、敬宗、文宗四朝。

㉝潼关：地在今陕西潼关县境。陕西、山西、河南三省要冲，以潼水得名。

㉞"夏姬"二句：夏姬为郑穆公女，嫁陈国大夫夏御叔为妻，生夏征舒。夫死，与陈灵公君臣私通，夏征舒杀陈灵公。后楚庄王灭陈，夏姬被楚庄王赐给连尹襄老，襄老在与晋作战时战死。夏姬回郑国。楚大

夫巫臣想要夏姬，借奉楚王命出使齐国的机会，到了郑国，携夏姬逃往晋国。其"灭两国"事不详。

㉟"西子"二句：西子即春秋时越国美女西施。越王勾践战败，将西施献给吴王夫差。夫差沉溺于酒色，遂被越国所灭。姑苏：即姑苏台。《述异记》："吴王夫差筑姑苏之台，三年乃成。作天池，池中造青龙舟，舟中盛陈妓乐，日与西施为水嬉。"鸱夷，皮口袋。此代指范蠡。范蠡自号鸱夷子皮。据《史记》载，范蠡于吴亡后，"乘扁舟浮于江湖，变名易姓"。而《修文殿御览》引《吴越春秋》逸篇则谓"吴亡后，越浮西施于江，令随鸱夷以终"。则是杜牧此句所咏史事之由来。

㊱"织室"二句：织室指薄姬。薄姬原为魏王豹之妾。汉高祖击败魏王，薄姬成了俘虏，被送到织室作织工。后汉高祖看中薄姬，纳入后宫，生了汉文帝。汉文帝时社会经济得到大发展，为汉朝的鼎盛打下基础。

㊲"误置"二句：汉朝窦姬原为吕太后宫人。太后遣散宫人，以赐诸王。窦姬家在临近赵国的清河郡，因此她请主管宦者把她放到赵国的名籍中。主管宦者却忘了她的嘱托，错将她放在代国的名册中。到代国后，她受到代王宠爱。代王后立为皇帝，即文帝，窦姬被封为皇后，之后其子刘启（景帝）即位，她成为皇太后。景帝死，武帝立，她又被尊奉为太皇太后。

㊳"光武"二句：光武即东汉开国皇帝刘秀，他是汉高祖九世孙，景帝子长沙定王刘发之后。长沙定王之母唐姬原是景帝妃程姬侍婢。景帝曾召程姬侍寝，程姬因适有月事，即将唐姬妆扮起来在夜间送入宫中。景帝醉酒以为是程姬，同睡一夜，唐姬因而有身孕，生了长沙定王。

㊴"珊瑚"二句：此指北齐冯淑妃小怜事。《北史·冯淑妃传》载：小怜有宠于北齐后主高纬，高纬因淫乐而为北周所灭。北周遂把小怜赐给代王达，代王达也颇宠爱她。小怜谗毁代王妃，几乎将王妃害死。后隋文帝把小怜赐给代王妃的哥哥李询，询母令小怜穿布裙舂米，最后又

逼她自杀。

㊵"萧后"二句：萧后为隋炀帝皇后。隋炀帝被宇文化及所杀，萧后随宇文化及军到聊城。化及败，萧后成了窦建德的俘虏。突厥处罗可汗之妻是隋义城公主，故派使者迎萧后入突厥。阏氏乃汉代匈奴单于妻之称呼，后常以阏氏指游牧族君王之妻。据史载，萧后并没有成为突厥可汗的妻子。

㊶"射钩"句：管仲本从齐公子纠。公子纠与公子小白争国，管仲射中小白的带钩。后来公子纠因败被杀，管仲却被已为齐桓公的小白尊崇，委以国政，以"仲父"称之。

㊷"钓翁"句：指姜子牙事。子牙曾在渭水垂钓，后遇周文王，被尊为师。

㊸"有人"句：仲尼，孔子字。《论语·子张》："叔孙武叔毁仲尼。"

㊹"秦因"二句：李斯为楚国上蔡人，因秦王曾下逐客令，李斯在被逐中，故上《谏逐客书》，秦王遂取消逐客令。后李斯获宠任，秦统一天下后，为宰相。

㊺"安知"二句：战国时魏人范睢，被魏相魏齐以通敌的莫须有罪名痛殴。范睢装死，魏齐命以簀（竹席）裹其尸，置于厕中。后范睢获救，逃至秦国，做了秦相，遂逼迫魏齐杀魏齐。魏齐出逃至赵，后被迫自刭。

㊻"给丧"二句：给丧，送葬的吹鼓手，此指汉周勃。《史记·周勃世家》："（勃）常为人吹箫给丧事。"后周勃封绛侯，汉文帝时拜为右丞相。蹴张，用脚踏开强弩，此指汉申屠嘉。《史记·申屠嘉列传》记载，申屠嘉"以材官蹴张，从高帝击项籍"。后申屠嘉拜为宰相，封为故安侯。

㊼"珥貂"二句：此指汉金日磾（mì dī）事。金日磾原是匈奴休屠王太子。休屠王被匈奴昆邪所杀，金日磾遂随昆邪降，入汉为奴，后受汉武帝赏识，官至车骑将军，封侯。金日磾之弟金伦及子孙后代历世显贵。

14

故晋左思《咏史》云："金张藉旧业，七叶珥汉貂。"七叶指自汉武帝至平帝凡七朝。珥，插。汉代侍中帽上插貂尾，金氏后代多为侍中，故称"七叶珥汉貂"。

㊽"苏武"句：汉代苏武出使匈奴被扣留，在北海牧羊。经十九年后，终于回到汉朝。

㊾"邓通"句：汉文帝赐给宠臣邓通铜山，使其得以自铸钱，邓通极为富贵。景帝立，治邓通罪，没收其家产，邓通"竟不得名一钱，寄死人家"，见《汉书·佞幸传》。

【评析】

此诗是樊川诗中篇幅最长的一首，其写作时间或有争论。今人认为此诗作于开成二年（837）秋，较为合理。时杜牧受崔郸征召，赴宣州任团练判官，途经润州（即金陵），偶遇老迈穷困、孤苦无依、命途多舛的杜秋，心中感慨万千，遂以此诗记之。

全诗结构层次清晰，从整体上可分为两个部分，上半部分主要叙述杜秋生平，杜牧以第三视角的手法，将杜秋所历"四朝三十年"的曲折缝编成四幅图景：开篇是灞岸离别图，点明杜秋入宫缘由；其次是宫闱得幸图，刻画了深受荣宠的杜秋在宫中的生活，极尽奢华下却暗含其苦闷与忧愁；紧接着是辛勤养育图，通过描写皇子俊伟外貌烘托作为傅姆的杜秋不辞辛劳、任劳任怨；最后是流归故里图，此时的杜秋俨然已是一个历经沧桑的老姬，视若亲子的皇子终被废弃，朱颜已衰，无依无靠的杜娘被遣返回乡。实为命运之无常！而下半部分从"我昨金陵过"开始，杜牧又切换为第一视角，抒发自身由杜秋凄凉经历所生发的感慨，通过列举春秋时夏姬、西施，汉朝的薄姬、窦姬、唐姬，北齐的冯小怜，隋朝的萧皇后这些身不由己的女子，在政治斗争的血雨腥风中升降浮沉、历尽磨难。层层推衍，层层议论，又摆出周朝的吕望，春秋时的管仲、孔子，战国时的孟子、范雎，秦朝的李斯，汉朝的周勃、申屠嘉、金日磾、苏武、邓通等面对穷通难卜局势而选择冒险犯难，听天由命的士族男子形象，用以论证本诗要义："女子固不定，士林亦难期"，以率真直赋寓理于事，寄托自己深沉浩荡的情感，结尾更是有屈骚风范，在不断的发问与自省中终于悟得"己身不自晓，此外何思惟"的箴言至理，由此可见其笔力之深。诚如李商隐《赠司勋杜十三员外》所言："杜牧司勋字牧之，清秋一首杜秋诗。"在杜牧的众多诗作中，唯独选其《杜秋娘诗》，予以"清秋"之誉，可窥其精妙也。

正所谓"各花入各眼"，针对这首《杜秋娘诗》，评论家们众说纷纭、莫衷一是。评论家对此诗的繁复笔调，颇有微词。明末清初贺贻孙于《诗筏》中评牧之"自有佳处"，他认同杜牧以身寄慨之法，借秋娘失意隐喻贵贱盛衰、福祸倚伏的人生之无常，然却直言其"虽亦感慨淋漓，然终嫌其语意太尽。层层引喻，层层议论，仍是作《阿房宫赋》本色，遂使汉魏浑涵之意，渐至澌灭，是亦五言古之一变"，指摘杜牧铺叙之笔陈辞滥衍，脱离了汉魏五言之"古意"，淡化了至情至性的灵慧人心与至理至纯的意蕴内涵。清贺裳在《载酒园诗话又编》中评价道："杜紫微诗，唯绝句最多风调，味永趣长，有明月孤映、高霞独举之象，余诗则不能尔。"在肯定了杜牧绝句出彩非凡、余味隽永的同时，抨击《杜秋娘诗》"真如暴涨奔川，略少淳泓澄澈"、"雅人深致何在"。又有清潘德舆《养一斋诗话》言："中间比以夏姬、西施、薄后、萧后，尤为失伦。后幅'地尽有何物……且何为而窥'，此等于题何义？于诗何法？累累五六百言，不如废纸"。众多评论都以杜牧极尽用典铺陈为弊病，但细究而言，这确是樊川诗歌创作中的独特所在。明许学夷《诗源辨体》评其"援引议论处多以文为诗矣"，杜牧作诗多以此法，此诗亦然。他主张"文以意为主，以气为辅，以辞采章句为兵卫"(《答庄充书》)。有如《阿房宫赋》一般,鸿篇巨制地勾勒阿房宫之兴废,实则借古讽今,表现出儒者的忧国济世情怀。由此可以看出杜牧在写作时十分注重立意之深、立意之奇,这也就不难解释他为何在该诗后半段引用众多历史典故,看似极意挥洒,却是点到即止,其中蕴含的深刻内容,更需细细品之。杜牧在创作时将叙事、抒情、议论三者融为一体,增添了诗歌的深邃美,继承了"诗言志"的文学传统,更是注入了一股独具魅力的刚健之气。宋敖陶孙《臞翁诗集》评杜牧之"如铜丸走坂,骏马注坡",可谓一语中的。

有学者认为杜牧这种"尚奇尚意"的创作风格或开宋人"以议论为诗"之先河,并将杜牧与追求平易浅近的元白二人作对比。杜牧本人曾在《唐故平卢军节度巡官陇西李府君墓志铭》中借李戡之口痛批元白之诗"纤艳不逞,非庄士雅人,多为其所破坏"。元白之诗重写实,尚通俗,在樊川眼中却是"淫言媟语"的细碎糟粕。《四库全书总目》评杜牧诗"冶荡甚于元、白,其风格则实出元、白之上",洪亮吉《北江诗话》赞牧之才识"非人所能及"、"宜其薄视元、白诸人也",这些评价都倾向于肯定樊川创作的别有思致,但也出现了不同的声音。沈其光《瓶粟斋诗话》认为《杜秋娘诗》乃"不伦不类","此种诗使乐天为之,必无此失",贺裳《载酒园诗话又编》亦病其衍,说出"此诗不敢攀《琵琶行》之踵",可见对杜牧此诗有所贬抑,同为以女子身寄慨人事心曲之诗,终是因过分铺叙、语意过尽而导致诗篇意境高下立见,从某种意义上说,这却也是中肯之评。然而,王世贞《艺苑卮言》却深受杜牧诋斥元白这一段公案的桎梏,评"杜紫微掊击元、白,不减霜台之笔,至赋《杜秋》诗,乃全法其遗响,何也?"则又是认为杜牧诗还是学的元、白。总之,我们在赏析作家作品时,应当在知人论世的基础上,对各方评论一分为二、辩证统一地进行思考。诚然,杜牧这首五言诗在体势布局之上确有微瑕,然其笔力浩荡清劲，议论吟咏，寄托见焉，其眼界心胸，却是常人所不及的了。

（方姝玮　黄鸣）

郡斋独酌^①

黄州作

前年鬓生雪，今年须带霜。时节序鳞次，古今同雁行^②。甘英穷西海，四万到洛阳^③。东南我所见，北可计幽荒^④。中画一万国，角角棋布方^⑤。地顽压不穴，天迥老不僵^⑥。屈指百万世，过如霹雳忙^⑦。人生落其内，何者为彭殇^⑧？促束自系缚，儒衣宽且长。旗亭雪中过，敢问当垆娘^⑨。我爱李侍中，标标七尺强^⑩。白羽八札弓，胜压绿檀枪^⑪。风前略横阵，紫髯分两傍^⑫。淮西万虎士，怒目不敢当^⑬。功成赐宴麟德殿，猿超鹘掠广毬场^⑭。三千宫女侧头看，相排踏碎双明珰^⑮。旌竿飘飘旗燡燡，意气横鞭归故乡^⑯。我爱朱处士，三吴当中央^⑰。罢亚百顷稻，西风吹半黄。尚可活乡里，岂唯满囷仓^⑱？后岭翠扑扑，前溪碧泱泱。雾晓起凫雁，日晚下牛羊^⑲。叔舅欲饮我，社瓮尔来尝。伯姊子欲归，彼亦有壶浆^⑳。西阡下柳坞，东陌绕荷塘。姻亲骨肉舍，烟火遥相望^㉑。太守政如水，长官贪似狼。征输一云毕，任尔自存亡^㉒。我昔造其室，羽仪鸾鹤翔^㉓。交横碧流上，竹映琴书床^㉔。出语无近俗，尧舜禹武汤^㉕。问今天子少，谁人为栋梁^㉖？我曰天子圣，晋公提纪纲^㉗。联兵数十万，附海正诛沧㉘。谓言大义小不义，取易卷席如探囊㉙。犀甲吴兵斗弓弩，蛇矛燕戟驰锋铓㉚。岂知三载几百战，钩车不得望其墙㉛。答云此山外，有事同胡羌。谁将国伐叛，话与钓鱼郎㉜。溪南重回首，一径出修篁㉝。尔来十三岁，斯人未曾忘。往往自抚己，泪下神苍茫㉞。御史诏分洛，举趾何猖狂㉟。阙下谏官业，拜疏无文章㊱。寻僧解忧梦，乞酒缓愁肠㊲。岂为妻子计，未去山林藏㊳。平生五色线，愿补舜衣裳㊴。弦歌教燕赵，兰芷浴河湟㊵。腥膻一扫洒，凶狠皆披攘㊶。生人但眠食，寿域富农桑㊷。孤吟志在此，自亦笑荒唐㊸。江郡雨初霁，刀好截秋光㊹。池边成独酌，拥鼻菊枝香㊺。醺酣更唱太平曲，仁圣天子寿无疆㊻。

【注释】

① 郡斋独酌：缪钺《杜牧传·杜牧年谱》谓此诗作于会昌二年（842）。

② "时节"二句：四季流转不息，古今先后不断。序鳞次，像鱼鳞一样按次序排列。晋张华诗"四气鳞次，寒暑环周"。雁行，大雁群飞时的行列。

③ "甘英"二句：东汉时期甘英曾走到西海尽头，西海至洛阳，远达四万里。甘英，东汉人，班超的部属。《后汉书·西域传》："班超遂定西域……条支、安息诸国至于海濒四万里外，皆重译贡献。九年（汉和帝永元九年，即公元97年），班超遣掾甘英穷临西海而还。"西海，今波斯湾。洛阳，是东汉首都。

④ "东南"二句：幽，指幽州，古代九州之一，包括今北京市、河北北部及辽宁一带。

⑤ "中画"二句：这中间分为上万个区域，就像棋盘上各个角落都

19

布满了棋子。《汉书·地理志》："昔在黄帝，作舟车以济不通，旁行天下，方制万里，画野分州，得百里之国万区。"国，古代诸侯的封地。万是虚数，言其多。

⑥"地顽"二句：地顽，坚实的大地。天迥，高远的天空。

⑦"屈指"二句：成百上千的世代，犹如电闪雷鸣般匆匆而过。

⑧"人生"二句：人生在这天地间，这短暂的一生，又算得了什么呢？彭殇，彭，指彭祖，据说活了八百岁，依然健在。殇，未成年而死，指短命的人。《庄子·齐物论》："天下……莫寿于殇子，而彭祖为夭。"

⑨"促束"四句：旗亭，市中酒楼。敢，反诘之辞，即岂敢。

⑩"我爱"二句：李侍中，指李光颜，唐宪宗时名将。讨吴元济有功，敬宗时，封为司徒兼侍中（相当于宰相），故称李侍中。标标，高大的样子。

⑪"白羽"二句：白羽，白色箭翎的利箭。八札弓，指能穿透八层甲衣的强弓。札，甲叶。《左传·成公十六年》载："潘尪之党与养由基蹲甲而射之，彻七札焉。"射透七札，言其弓力之强。胜（bì），当通"髀"字。绿檀枪，《芥隐笔记》云："老杜有'苔卧绿沉枪'，《南史》有'绿沉屏风'，杜牧之有'胜压绿檀枪'，与'沉'宜相通。"此外还有"绿沉甲"（《北史》）、"绿沉瓜"（《南史》）等等。绿沉，即是浓绿色。

⑫"风前"二句：略：巡视。髯（rán），两颊上的胡子。

⑬"淮西"二句：淮西军上万的武士，都避开李侍中愤怒的目光。虎士，勇力之士。

⑭"功成"二句：李光颜讨贼胜利后皇上在麟德殿内设宴庆功，他在毬场上显示了迅敏矫捷的身手。麟德殿，在大明宫内。猿超鹘掠，像猿猴超越一样敏捷，像鹰隼飞掠一样疾速。鹘（hú），即隼，一种猛禽。毬（qiú），中国古代类似足球的运动用具。

⑮"三千"二句：明珰（dāng），妇女戴在耳垂上的明珠饰品。

⑯ "旌竿"二句：旌（jīng），古代用羽毛装饰的旗子。幖幖（biāo biāo），高高的样子。爧爧（huò huò），光明的样子。

⑰ "我爱"二句：朱处士：名、字及生平不详。处士，有道德学问而不做官的人。三吴，有数说，一说吴郡、吴兴、会稽为三吴，一说吴郡、吴兴、丹阳为三吴。都是泛指今江苏南部和浙江北部一带。

⑱ "罢亚"四句：罢亚，稻名，一说，稻多貌。囷（qūn），古代一种圆形的谷仓。

⑲ "后岭"四句：这四句，描写朱处士村居的景色。《诗经·王风·君子于役》："日之夕矣，羊牛下来。"

⑳ "叔舅"四句；社瓮（wèng），指社酒，祭社神的酒。古人于春秋两季祭祀社神，祭祀之日称为社日。伯姊，大姊。

㉑ "西阡"四句：阡、陌，都是田间道路，南北向的为阡，东西向的为陌。

㉒ "太守"四句：征，赋税。输，缴纳。

㉓ "我昔"二句：造，到，去。羽仪：可以取法的榜样。《周易·渐》云："上九，鸿渐于陆，其羽可用为仪，吉。"疏云："上九最居上极，是进处高洁，故曰鸿渐于陆也。居无位之地，是不累于位者也。处高而能不以位自累，则其羽可用为物之仪表，可贵可法也。故曰其羽可用为仪，吉也。"这里是指朱处士高雅的仪表。鸾（luán），旧说凤凰一类的鸟。南朝宋汤惠休诗："骖驾鸾鹤，往来仙灵。"

㉔ "交横"二句：碧溪上的竹影斑驳交横，掩映在满床的琴书上。

㉕ "出语"二句：尧、舜、禹，传说中古代的贤君。武，指周武王姬发，周朝的开国君主。汤，商汤，商朝的开国君主。

㉖ "问今"二句：这里追述的是十三年前的谈话，当时是唐文宗大和三年（829年），文宗二十一岁，所以说"天子少"。

㉗ "我曰"二句：晋公：指裴度，封晋国公，当时正任宰相，所以

说"提纪纲"。

㉘"联兵"二句：沧，指沧州，今河北沧县东南。

㉙"谓言"二句：小，轻视，为"远胜于"之意。卷席、探囊，形容讨灭叛军易如反掌。贾谊《过秦论》："有席卷天下，包举宇内，囊括四海之意，并吞八荒之心。"《新五代史·南唐世家》："中国用吾为相，取江南如探囊中物耳。"

㉚"犀甲"二句：犀甲，用犀牛皮制成的甲衣。《国语·越语上》："今夫差衣水犀之甲者亿有三千。"燕，古国名，泛指今河北一带。吴兵燕戟，代表南、北的部队。

㉛"岂知"二句，钩车，攻城的战车。这两句说明战斗的激烈艰苦。

㉜"答云"四句：胡羌，泛指西、北地区的游牧民族。

㉝"溪南"二句：筼，竹。

㉞"尔来"四句：从那以来已有十三年了，一直忘不了他。每当想到自己的境遇，便不禁黯然泪下。

㉟"御史"二句：诏，皇帝的命令。分洛，分司东都洛阳。唐代在洛阳设东都留台，有御史中丞、侍御史、殿中侍御史、监察御史等各级官吏。杜牧在洛阳任监察御史是大和九年（835）至开成二年（837）间事。《左传·桓公十三年》云："莫敖必败，举趾高，心不固矣。"趾，足。猖狂，放纵。

㊱"阙下"二句：阙下，宫阙之下，指天子所在的地方。谏官，指开成四年（839）所任左补阙职。拜疏，给皇帝上疏。

㊲"寻僧"二句：有时僧人同寮闲叙，有时把酒独酌，以宽解烦忧。

㊳"岂为"二句：妻子，妻子儿女。

㊴"平生"二句：五色线，《拾遗记》云："因袛之国，其人善织，以五色丝内（纳）于口中，手引而结之，则成文锦。"补裳，指为皇帝补救缺失。《诗经·大雅·烝民》："衮职有缺，维仲山甫补之。"衮职，即

王职。衮，皇帝的龙袍。

㊵"弦歌"二句：弦歌，弹琴歌唱，这里代表礼乐教化。《论语·阳货》曰："子之武城，闻弦歌之声。"燕赵，燕、赵均古国名，燕指今河北一带，赵指今山西一带。这里以燕赵指代卢龙、成德、魏博等叛逆的河北藩镇。兰芷（zhǐ），两种香草名。屈原《九歌·云中君》："浴兰汤兮沐芳。"河湟，指河湟地区，即湟水流域及湟水流入黄河的地方，今青海西宁市至甘肃兰州市一带。

㊶"腥膻"二句：腥（xīng shān），腥秽膻臭之气。膻，通"羶"，羊臭。凶狼，凶顽暴劣。《史记·项羽本纪》："猛如虎，很如羊，贪如狼。"《说文解字》："很，不听从也。"很通狼。披攘（rǎng），击败（敌人）。

㊷"生人"二句：生人，即生民，指广大民众。唐人避唐太宗李世民，常将民字改为人字。寿域，太平盛世。《汉书·礼乐志》云："驱一世之民，跻之仁寿之域。"农桑，古代是农业社会，常以农桑代表国家的经济生活。

㊸"孤吟"二句：我独自吟成这首诗篇，志向便在这里，我也嘲笑自己的不自量力。

㊹"江郡"二句：这刚下过雨的临江的郡城，可以用刀子去截取秋光。霁（jì）：雨过天晴。杜甫诗："安得并州快剪刀，剪取吴淞半江水。"

㊺"池边"二句：我在池边独酌，菊花芳香扑鼻。

㊻"醺酣"二句：醺（xūn），醉。太平曲，乐曲名。《旧唐书·音乐志》云："立部伎有《太平乐》。"

【评析】

《郡斋独酌》是杜牧的一首抒情言志诗。在这首诗中，杜牧直抒胸臆，表达自己向来激情昂扬的政治情怀，但面对刚刚遭遇贬谪的命运，又明显带着一丝不快与怅然。杜牧于开成四年（839）到长安任左补阙、史馆修撰。开成五年（840）转膳部、比部员外郎，仍兼史职。至武宗会昌二年（842）春，因受宰相李德裕排挤，出为黄州刺史。这首诗即作于此时，杜牧年四十岁。该诗深情满怀地表达自己对国家的关心和担忧，以及为国效力的决心。

诗的开头便道出时间飞速流转，人生走到暮年的感伤，从古至今，时间的年轮如鱼鳞般接续不断，没有尽头，但属于"我"的时间却快到头了，因而感叹"前年鬓生雪，今年须带霜。时节序鳞次，古今同雁行。"呈现出感伤悲凉的基调。但放眼天地，远眺四方，极言国土疆域之广，赞美天地永恒，地不倾覆，天不僵滞，这是一派多么壮阔的景象！然而作者随即又反观自身，不觉有"沧海一粟"之感。他感叹"屈指百万世，过如霹雳忙。人生落其内，何者为彭殇"，万世万代来去匆匆，时间如白驹过隙，而人生只不过是这漫长时间中的一瞬，何其短暂，人何其渺小！有人如彭祖一般长寿，也有人如殇子一般命短，但这些和百万世比起来又算得了什么呢？宋人葛立方云："杜牧之《郡斋独酌》诗云：'屈指千万世，过如霹雳忙。人生落其内，何者为彭殇？'非心地明了、贯穿道释者，不能道也。"（《韵语阳秋》卷十）该评语自然是说杜牧对时间和生命的感叹，但却不能说杜牧就是"心地明了、贯穿道释"了。杜牧是极入世的，他主张的是为国效力，为国家作出一番贡献，和释道所提倡的看破红尘、不问世事是很不一样的。

我们知道，杜牧喜论兵事，从这首诗也可以看得出来，他在感慨了时间流逝，人生短暂之后，随即列举了两名他十分敬仰的人物，一为李光颜，一为朱处士。李光颜身高七尺，在战场上英勇杀敌，所向披靡，让敌人闻风丧胆。他战功赫赫，受到君主的重赏，宫女三千人争相前来看他，以至于挤碎了头上的饰品也在所不惜。可见李光颜何等威武！这也正是杜牧所倾慕的。接下来杜牧又列举了他仰慕的朱处士，朱处士为官时行政清廉，尽职尽责，能与百姓和睦相处，和百姓过着其乐融融的生活。杜牧在此想抒发的是一种理想，他想像李光颜那样报效国家，也想像朱处士那样做一个进退自如的人。

杜牧是十分自信的，甚至可以说他是自负的，在谈论了李光颜和朱处士之后，他随即抒发自己的雄心壮志，以表示要辅佐皇帝，治理国家。他写道："平生五色线，愿补舜衣裳。弦歌教燕赵，兰芷浴河湟。腥膻一扫洒，凶狠皆披攘。生人但眠食，寿域富农桑。"杜牧扬言要讨平藩镇，收复河湟。这就是他的抱负，从这几句诗中我们可以看出他的雄心壮志和远大理想。所以清代余成教才会评论杜牧说："更称杜牧之自负才略，喜论兵事，拟致位公辅，以时无右援者，怏怏不平而终。为人疏隽不拘细行。其诗情致豪迈，人号为'小杜'，以别于少陵。……读其《冬至日寄小侄阿宜》诗云：'经书括根本，史书阅兴亡。高摘屈宋艳，浓薰班马香。李杜泛浩浩，韩柳摩苍苍。近者四君子，与古争强梁。'可以知其用功之深醇。读其'平生五色线，愿补舜衣裳'、'谁知我亦轻生者，不得君王丈二殳'诸诗，可以知其立志之远大。若但赏其'高人以饮为忙事，浮世除诗尽强名'诸句，则犹是诗人而已。"（《石园诗话》卷一）这算是对杜牧比较中肯的评价了。在杜牧遭遇贬谪的这段时期，他依然心怀天下，一心要为皇帝做事，为国家着想，不得不说情感是十分真挚的。

（杨香梅　黄鸣）

张好好[①]诗并序

牧太和[②]三年，佐故吏部沈公[③]江西幕。好好年十三，始以善歌来乐籍中^④。后一岁，公移镇宣城^⑤，复置好好于宣城籍中。后二岁，为沈著作述师^⑥以双鬟^⑦纳之。后二岁，于洛阳东城^⑧，重睹好好，感旧伤怀，故题诗赠之。

君为豫章姝^⑨，十三才有余。翠茁凤生尾^⑩，丹叶莲含跗^⑪。高阁^⑫倚天半，章江联碧虚^⑬。此地试君唱，特使华筵铺。主人顾四座^⑭，始讶来趑趄^⑮。吴娃起引赞^⑯，低徊映长裾^⑰。双鬟可高下，才过青罗襦^⑱。盼盼^⑲乍垂袖，一声雏凤呼^⑳。繁弦迸关纽^㉑，塞管^㉒裂圆芦。众音不能逐，袅袅穿云衢^㉓。主人再三叹，谓言天下殊。赠之天马锦^㉔，副以水犀梳^㉕。龙沙^㉖看秋浪，明月游朱湖^㉗。自此每相见，三日已为疏。玉质随月满^㉘，艳态逐春舒^㉙。绛唇^㉚渐轻巧，云步转虚徐^㉛。旌旆忽东下^㉜，笙歌随舳舻^㉝。霜凋谢楼树^㉞，沙暖句溪^㉟蒲。身外任尘土，樽前极欢娱^㊱。飘然集仙客^㊲，讽赋欺相如^㊳。聘之碧瑶珮^㊴，载以紫云车^㊵。洞闭水声远^㊶，月高蟾影孤^㊷。尔来^㊸未几岁，散尽高阳徒^㊹。洛城^㊺重相见，婷婷为当垆^㊻。怪我^㊼苦何事，少年垂白须^㊽。朋游今在否，落拓^㊾更能无。门馆恸哭^㊿后，水云秋景初。斜日挂衰柳，凉风生座隅⁵¹。洒尽满襟泪，短歌⁵²聊一书。

【注释】

①张好好：本为歌伎，与杜牧早年在江西幕府时相识，后得到沈传师的赏识，并随其往宣城，与杜牧等亦颇有往来。后被沈传师的弟弟沈述师纳为侍妾，从此就与杜牧音信隔绝。直到大和九年（835）杜牧重到洛阳，才发现张好好早已被薄情的丈夫抛弃，沦落东城卖酒为生。按《杜牧传·杜牧年谱》，本诗当作于大和九年（835）。

②太和：唐文宗年号（827—835），也作"大和"。

③吏部沈公：即沈传师，字子言，吴县（今属江苏苏州市）人，一说吴兴武康（今浙江湖州市）人。大和二年（828）十月以尚书右丞出为江西观察使，曾召杜牧为幕僚，大和七年（833）四月任吏部侍郎，大和九年（835）四月卒于吏部侍郎任，故称"吏部沈公"。

④始以善歌来乐籍中：乐籍，乐部所辖官伎的名籍，古时官伎隶属于乐部。

⑤公移镇宣城：据《旧唐书·文宗纪》：沈传师于大和四年（830）九月迁宣歙观察使，驻地为宣城（故址在今安徽宣城市东）。

⑥沈著作述师：沈著作，即沈传师之弟沈述师，字子明，官著作郎，故称。

⑦双鬟：将头发盘曲绕成环状，绾成双髻，为年少女子的常见发型。又一说指千金，冯注："辛延年诗：两鬟何窈窕，一世良所无。一鬟五百万，两鬟千万余。"

⑧洛阳东城：即洛阳故城，《括地志》："洛阳故城在洛州洛阳县东北二十六里。"

⑨"君为"句：豫章，郡名，即唐代洪州，治所在今江西南昌市，沈传师为江西观察使即驻于此地。姝，美女。

⑩"翠苗"句：苗，草初生貌，此意为长出、生长。凤生尾，植物，当即凤尾竹。

⑪"丹叶"句：丹叶，红色的花瓣。跗（fū），花萼的基部。

⑫高阁：指滕王阁。唐高祖李渊之子滕王李元婴为洪州都督时所建，故名。

⑬"章江"句：章江，即赣水，由章水和贡水合流而成。碧虚，碧空，天空。吴均诗："飘飘上碧虚。"

⑭"主人"句：主人，指沈传师。一作主公。顾，回头看。

⑮踟蹰：徘徊不前的样子。《陌上桑》："五马立踟蹰。"

⑯"吴娃"句：吴娃，吴地的美女。娃，美女。起引赞，指搀扶引领，引导介绍。

⑰裾：衣服的前襟。

⑱罗襦：丝罗制成的短袄。襦，短衣，短袄。

⑲盼盼：贞元间名伎关盼盼，善歌舞，雅多风态，为武宁节度使张建封所宠爱。这里代指张好好。

⑳雏凤呼：形容声音清越，如同幼年凤凰的鸣叫声。此用以形容张好好歌声之动听。

㉑"繁弦"句：繁弦，急促的乐声。迸，迸断、裂开。关纽，指乐器上调弦之转轴旋纽。

㉒塞管：即芦管，一种少数民族乐器，截芦为之。

㉓"袅袅"句：袅袅，歌声绵延不断。云衢，天空。

㉔天马锦：用沙狐皮做成的皮大衣，或曰有天马图案的织锦，此处代指极为贵重的皮料。

㉕"副以"句：副，配上。水犀梳，用珍贵的水犀牛角制成的梳子。

㉖龙沙：地名，在南昌城北，因其地多白沙并呈龙形，故名。《太平寰宇记》："龙沙在豫章城北一带。甚白而高峻，左右居人，时见龙迹。"

㉗朱湖：一作东湖。湖名，在南昌城东，与章江相通，也是当时的游览胜地。

㉘"玉质"句：玉质，如玉的肌体。满，丰满。

㉙"艳态"句：艳态，娇艳的姿态。舒，舒展。

㉚绛唇：红唇。

㉛"云步"句：云步，形容像云彩一样轻盈飘逸的步态。虚徐，舒缓闲雅的样子。

㉜"旌旆"句：旌旆，旌旗。旆，杂色镶边的旗子。东下，指沈传

28

师调任宣州。

㉝ 舳舻：形容首尾相连的船只。此句指大和四年（830）九月，沈传师由江西观察使调任宣歙观察使移镇宣城，张好好亦随船前往。

㉞ 谢楼树：谢楼指谢朓楼，在宣城北，又名宣州北楼，南齐诗人谢朓任太守时所建，故称。

㉟ 句溪：又名东溪，从宣城东流过，曲折如同"句"字，故名。

㊱ "樽前"句：樽，酒杯。

㊲ 集仙客：指沈述师。此句下有自注："著作尝任集贤校理"。沈述师曾为集贤殿校理，故称为集仙客。

㊳ "讽赋"句：讽赋，作赋。欺，压倒。相如，司马相如，字长卿，西汉辞赋家，名作有《子虚赋》《上林赋》《大人赋》《长门赋》等。这里是夸赞沈述师的才华卓越。

㊴ "聘之"句：聘，下聘，用礼物订婚。碧瑶珮，碧绿的玉佩，形容贵重。

㊵ 紫云车：神仙乘坐的车子，形容此车之华贵。典出《博物志》："西王母乘紫云车而至。"

㊶ "洞闭"句：借刘晨阮肇天台遇仙的典故，暗指张好好嫁给沈述师后不再与故人往来。典出南朝宋刘义庆《幽明录》，东汉永平年间，刘晨和阮肇在天台山桃源洞遇见二位仙女，偕至洞府，结为夫妇，远离人世。半年后二人思乡心切，二女相送出溪口，返家一看，竟已历七世，物是人非。

㊷ "月高"句：蟾，蟾蜍，此指月亮。《淮南子·精神》："月中有蟾蜍。"此句借嫦娥的典故，暗示张好好独守空房的孤单寂寞。

㊸ 尔来：从那时起。

㊹ 高阳徒：即酒徒。汉高阳人郦食其见刘邦时自称"高阳酒徒"，典出《史记·郦生陆贾列传》。

⑤ 洛城：洛阳。诗人于大和九年（835）秋，以监察御史分司洛阳。

⑥ "婷婷"句：婷婷，姿态美好的样子。当垆，指卖酒，垆，酒店里安放酒坛的土台。此暗用卓文君当垆卖酒的典故。

⑦ 怪我：对我感到惊奇。

⑧ "少年"句：当时杜牧三十三岁。

⑨ 落拓：无拘无束，自由放纵。拓，一作魄。

⑩ 门馆恸哭：指爱重自己的上司的逝世，这里指沈传师之卒。因杜牧曾为沈传师的幕僚，故有此称。

⑪ 座隅：座边。《史记·屈原贾生列传》："止于座隅。"

⑫ 短歌：《宋书·乐志》："短歌微吟不能长。"短歌指声调短促的歌曲。

【评析】

《张好好诗》是杜牧中青年时代创作的一首叙事长诗，杜牧在此诗序文中交代了张好好的身世经历与二人相交的线索。大和三年（829），张好好成为江西观察使沈传师幕中的一名歌伎，而诗人此时亦正于江西幕府供职，与沈氏兄弟交往密切，因与年仅十三的好好初识，随后好好得到沈传师的宠爱，又随其来到宣城，与诗人等依旧颇有往来。再后来，出落成人的好好即被沈传师的弟弟沈述师纳为侍妾，从此与诗人等好友音信隔绝。直到大和九年（835）七月，杜牧再以监察御史分司洛阳，才发现好好早已被薄情的丈夫抛弃，沦为东城卖酒的"当垆"之女。于是诗人抚今追昔，忆起七年前二人初遇时青春美好的时光，不禁感旧伤怀，故题诗以赠之。

此诗层次分明，线索清晰，通过浓墨重彩的笔调记述了歌伎张好好的经历，极富传奇色彩。开篇追忆其七年前初吐清韵、艳惊四座的美好一幕，动情地描绘了少女"十三才有余"的绰约风姿与曼妙容颜，刻画了其在华筵之中一鸣惊人的试唱，从此赢得了主人的青睐，开启了相随游赏、丝竹富丽的无忧生活。就在这样"今年欢笑复明年，秋月春风等闲度"的乐伎生涯里，张好好由当初稚嫩羞涩的少女成长为一位风姿殊绝的美人，并跟随主人调任东下，继续与诗人等人交相应酬。这段"樽前极欢娱"的日子是张好好生命中最华美的篇章，也无疑给诗人留下了难以忘怀的深刻印象。直到好好乐伎生涯的最高光点到来，即她被沈传师之弟沈述师纳为侍妾，她的人生命运迎来了巨大的转折。诗人在此欲抑先扬，极力描写了作为夫婿的沈述师翩然的风姿才情，与好好出嫁时华贵的聘礼仪仗，着力渲染这出纳妾的"喜剧"，似乎好好终于得到了一个美满的归宿。好好也从此拘检起来，"洞闭水声远，月高蟾影孤"，结束了抛头露面的歌伎生活，不再与往日的熟识旧友来往，但字里行间透露出的孤清幽寂之感，却也似乎暗示着好好身为侍妾的新生活，过得其实并不如意。

在以上一节以张好好为中心的回忆里，诗人始终采用循序渐进的创作方式娓娓道来，写得非常从容细腻；而来到最后一段，也是全诗的高潮，却笔锋一转，变得语调急促、思绪愤激。整个故事骤然落幕于数年后的一次意外相逢，当年风光无限的好好已沦为卖酒东城的"当垆"之女，昔日青春风流的诗人也已经鬓须早白。旧友相对，伤心感怀，自然有无限酸楚难以言说。但深情的诗人却没有对这惨淡的一幕多加剖陈，而是在斜阳衰柳的习习凉风中，满怀清泪，戛然而止。

这首长诗以动人的笔触与精湛的语言，再现了张好好升浮沉沦的悲剧生涯，抒发了诗人对这类无法主宰自己命运的苦难女子的深切同情。作为一首叙事诗，诗人把描述的重点，全放在回忆张好好昔日的美好风貌上，并用浓笔重彩，表现她生平最光彩照人的初次现身。只是到了结尾处，才骤然揭开她沦为卖酒女的悲惨结局。这在结构上似乎颇不平衡。然而正是这种不平衡，在读者心中刻下了张好好最动人美丽的形象，从而激起读者对她年方十九，却已饱尝人间酸楚的不幸遭遇最为深切的同情。正如宋代洪迈《容斋三笔》卷十二"盻泰秋娘三女"中，论及此诗有云："予谓妇人女子，华落色衰，至于失主无依，如此多矣。是三人者，特见纪于英辞鸿笔，故名传到今。况于士君子终身不遇而与草木俱腐者，可胜叹哉！"洪迈的慨叹，是以白居易替盻盻作歌、刘禹锡替泰娘作歌、杜牧为张好好作歌，这三者相提并论，指出世间女子沦落无依者多矣。而这三人，因为白、刘、杜的"英辞鸿笔"而得以名传后世，则也可称得上幸运了。三人的诗作固然成就了这三位可怜的女子，而与此同时，这三首诗也未必不是诗人们在借他人之泪浇自己胸中块垒，通过记叙三女的身世沦落来暗喻自身的宦海浮沉，因而这几首诗情感愈加真挚，感染力强烈，一经成诗，皆广为传阅。

此外，其实杜牧自身对于元稹、白居易的此类诗作是有过激烈批评的，认为其风情直露，浅显滥伤，有失于风雅。对此宋代刘克庄《后村诗话》云："杜牧罪元、白诗歌传播，使子父女母交口海淫，且曰：'恨吾无位，不得以法绳之。'"但刘克庄也接着论道："余谓此论合是元鲁山、阳道州辈人口中语，牧风情不浅，如《杜秋娘》、《张好好》诸篇，'青楼薄幸'之句，街吏平安之报，未知去元、白几何？以燕伐燕，元、白岂肯心服！"正如此言，杜牧虽然怪罪元、白诗歌，但自己这首《张好好诗》也是情绪饱满、文辞秀丽之作，将女主人公的美好动人形象刻画得跃然纸上，诗人的风流多情亦流转见于笔端，可谓与元、白诸作一脉相承，通俗易懂、感人至深，乃是一首不可多得的叙事佳篇。

值得一提的是，这首《张好好诗》至今还有杜牧自书的手迹传世。清初王士禛说："唐杜牧之《张好好诗》并序真迹卷，用硬黄纸，高一尺一寸五分，长六尺四寸，末阙六字，与本集不同者二十许字。卷首楷书'唐杜牧张好好诗'，宣和（宋徽宗）御笔也。又御书葫芦印，双龙小玺，宣和连珠印，后有政和长印、政和连珠印、神品小印、内府图书之印。董其昌跋云：'樊川此书，深得六朝人气韵。余所见颜、柳以后，若温飞卿与牧之，亦名家也。'"（《渔洋诗话》卷下）

这首作为唐朝书法古帖的《张好好诗》卷见于《宣和书谱》卷九："杜牧……作行草气格雄健，与其文章相表里。大抵书法至唐，自欧、虞、柳、薛振起衰陋，故一时词人墨客，落笔便有佳处，况如杜牧等辈耶！今御府所藏行书一，《张好好诗》。"卷前有宋徽宗赵佶书签"唐杜牧张好好诗"，并钤有宋徽宗诸玺印，保存着当时内府装潢式样。后曾递藏于宋代贾似道、明代项元汴、张孝思、清代梁清标等人，乾隆年间入藏内府。1924年，溥仪将此卷携出宫外，流散于东北。1956年，张伯驹先生将重金购回的《张好好诗》卷捐赠政府。现今《张好好诗》卷作为国家一级文物，收藏于故宫博物院中。可谓是诗书并传的一段佳话。

（李焯炜　黄鸣）

冬至日寄小侄 ① 阿宜诗

小侄名阿宜，未得三尺 ② 长。头圆筋骨紧 ③ ，两眼明且光。去年学官人 ④ ，竹马 ⑤ 绕四廊。指挥群儿辈，意气何坚刚。今年始读书，下口三五行。随兄旦夕去，敛手 ⑥ 整衣裳。去岁冬至日，拜我立我旁。祝尔愿尔贵，仍且寿命长。今年我江外 ⑦ ，今日生一阳 ⑧ 。忆尔不可见，祝尔倾一觞 ⑨ 。阳德比君子 ⑩ ，初生甚微茫。排阴出九地 ⑪ ，万物随开张^⑫。一似小儿学，日就复月将^⑬。勤勤^⑭不自已，二十能文章。仕宦至公相，致君作尧汤。我家公相家^⑮，剑佩尝丁当。旧第^⑯开朱门^⑰，长安城中央^⑱。第中无一物，万卷书满堂。家集二百编^⑲，上下驰皇王。多是抚州^⑳写，今来五纪^㉑强。尚可与尔读，助尔为贤良。经书括根本，史书阅兴亡。高摘屈宋^㉒艳，浓薰班马^㉓香。李杜^㉔泛浩浩，韩柳^㉕摩苍苍。近者四君子，与古争强梁^㉖。愿尔一祝后，读书日日忙。一日读十纸，一月读一箱。朝廷用文治^㉗，大开官职场。愿尔出门去，取官如驱羊^㉘。吾兄苦好古，学问不可量。昼居府中治，夜归书满床。后贵有金玉，必不为汝藏。崔昭生崔芸，李兼生窟郎。堆钱一百屋，破散何披猖^㉙。今虽未即死，饿冻几欲僵。参军与县尉，尘土惊劻勷^㉚。一语不中治，笞箠^㉛身满疮。官罢得丝发^㉜，好买百树桑。税钱未输足，得米不敢尝。愿尔闻我语，欢喜入心肠。大明^㉝帝宫阙，杜曲^㉞我池塘。我若^㉟自潦倒，看汝争翱翔。总语诸小道，此诗不可忘。

【注释】

①小侄：不知为杜牧哪位兄弟之子。《樊川诗集注》："按唐杜氏世系表，牧之无亲兄，从兄弟愉之子为承照，羔之子为宗之，悰之子为裔休、述休、孺休。牧之亲弟颛，其子为无逸，而《太平广记》引《南楚新闻》，则云：杜悰长子无逸。考牧之作颛墓志却云：一男麟师，年十岁。语各不合。岂麟师者，未及长成，而悰以己子继之与？若此之阿宜，则又不可知为何兄之子也。"

②三尺：说明身高不高。《国语》："僬侥氏长三尺，短之至也。"

③筋骨紧：筋骨结实有力。《吴越春秋》："筋骨果劲，万人莫当。"

④ 官人：为官之人。

⑤ 竹马：儿童以竹竿为马游戏。

⑥ 敛手：缩手，拱手。《史记·春申君列传》："秦楚合而为一以临韩，韩必敛手。"

⑦ 江外：指江南。

⑧ 生一阳：指冬至。《史记·律书》："日冬至，则一阴下藏，一阳上舒。"

⑨ 觞：酒杯。陶渊明《时运》："挥兹一觞，陶然自乐。"

⑩ "阳德"句：阳气的性质，与君子类似。《周易》："阳一君而二民，君子之道也。"

⑪ 九地：地之最深处。《孙子》："善守者，藏于九地之下。"

⑫ 开张：某事物的开始。

⑬ "日就"句：日有所得，月有进步。梁简文帝《劝医论》："日就月将，方称硕学。"

⑭ 勤勤：勤勉。《汉书·王莽传》："晨夜屑屑，寒暑勤勤。"

⑮ "我家"句：杜牧祖父杜佑封岐国公，从兄杜悰封邠国公。

⑯ 第：宅第。

⑰ 朱门：王侯贵族的府第大门漆成红色，以示尊贵。

⑱ "长安"句：据《长安志》："万年县所领朱雀门街之东安仁门，太保致仕岐国公杜佑宅。"其地在长安城中。

⑲ 二百编：《新唐书·艺文志》："杜佑《通典》二百卷。"二，一作三。

⑳ 抚州：州名。其治在今江西抚州市。杜佑曾任抚州刺史。

㉑ 五纪：六十年，十二年为一纪。

㉒ 屈宋：屈原与宋玉。

㉓ 班马：班固与司马相如。

㉔ 李杜：李白与杜甫。

㉕ 韩柳：韩愈与柳宗元。

㉖ 强梁：指强劲有力、勇武果决。

㉗ 文治：以文教礼乐治民。

㉘ 驱羊：比喻容易。

㉙ 披猖：决裂、分裂。《北齐书·王晞传》："人主恩私，何由可保，万一披猖，求退无地。"

㉚ 劻勷：惶遽不安貌。

㉛ 答箠：刑罚，以竹木类的棍条抽打。

㉜ 丝发：丝毫、细微。

㉝ 大明：即大明宫。贞观八年（634）十月，营永安宫，九年（635）正月，改名大明宫。

㉞ 杜曲：地名，唐大姓杜氏世居于此，故名。在今陕西西安市长安区（韦曲街道）东南二十里。

㉟ 若：一作苦。

【评析】

《冬至日寄小侄阿宜诗》是杜牧为兄长家的小侄阿宜所作，至于阿宜为谁？冯集梧在《樊川诗集注》中猜想是从兄弟杜愉之子承照、杜羔之子宗之，或是杜悰之子裔休、述休、孺休，抑或是杜悰过继给杜颛之子，具体为谁，未能定论。

此诗系年是后世评点家的关注点之一，《杜牧传·杜牧年谱》中将此诗编入会昌二年（842），按诗中云："去岁冬至日，拜我立我旁。……今年我江外，今日生一阳。"缪钺认为杜牧去岁七月归京师，冬间在京，本年出守黄州，故云"今年我江外"，情事正合，故定为本年创作。胡可先否定了这一说法，他紧扣"江外"二字，认为黄州即今湖北黄冈市，在江里，而非江外，所以该诗并非作于会昌二年（842），并依据《樊川文集》卷十六《上宰相求湖州第二启》，可知杜牧于开成五年（840）冬乞假至浔阳视弟眼病，会昌元年（841）四月赴蕲州。浔阳在江外，杜牧本年冬在浔阳，并考杜牧开成四年（839）在京任左补阙，第二年转员外郎赴浔阳，与"去岁冬至日，拜我立我旁"相合，因此，胡可先在《杜牧诗文编年》中确认此诗为开成五年（840）所作，时年杜牧三十八岁。吴在庆的观点与胡可先一致，并在其基础上依据"家集二百编，上下驰皇王。多是抚州写，今来五纪强"两句，认为家集即指《通典》，此书乃杜佑约大历十三年（778）任抚州刺史时始撰，至开成五年（840）已约六十三年，与"今来五纪强"合，故诗当作于开成五年（840）冬。

　　另一关注点则是对冯集梧的两处注解的不同看法。首先，对于"我家公相家"一句，胡可先认为引注不准确。冯氏在该句下引证了《新唐书·宰相世系表》："襄阳杜氏，佑相德、顺、宪三宗，悰相武宗、懿宗"与《杜佑传》所载杜佑封岐国公，杜悰封邠国公的史实。胡可先认为此诗作于开成五年（840），此时杜悰并未入相，也未封公，故此处只应注出杜佑，不该加上杜悰。其次，对于"浓薰班马香"一句，冯注云：《唐书·艺文志》：司马迁《史记》一百三十卷，班固《汉书》一百十五卷。"清翁方纲《石洲诗话》卷二："小杜'浓薰班马香'对屈宋说，自指班固、司马相如，此二句谓诗赋也。上文已拈史书阅兴亡，此不应复及马史、班史。杜诗'以我似班扬'，班与扬可合称，则马亦可合称，不必定指马迁也。今人但因《班马异同》书名，熟在人口，因以此句指二史，其实非也。"吴在庆《杜牧集系年校注》中所持观点与此一致，并将"班马"注解为：班固、司马相如。由此看来，冯氏注"我家公相家"一句在时间考量上确实不够严谨，根据上下文分析，将"马"释为"司马迁"，也不具有说服力，在前已列举经书与史书之用，在后也写明李杜韩柳的诗文特色，都有并列之意，所以与屈原、宋玉对举的应是赋文方面的班固与司马相如。屈宋之楚体以香草美人抒悲愤深沉之情，班马之大赋写王朝京都展汉世之宏阔声象，杜牧分别以"高摘"、"浓薰"形容，以"艳"、"香"作评，使用了互文的手法，因此"屈宋"与"班马"应有紧密联系，而不应有文史之别。

此诗写了阿宜去岁尚游玩，"今年始读书"的可爱模样，杜牧希望小侄读书勤勉，日积月累，将来为公相。再遥想祖父杜佑侍君王、撰《通典》，希望阿宜能习前人之文，达先辈之功，全诗语言平实真挚，既表达了对小侄的爱护与期望，也暗藏自己潦倒无功的感叹。

有趣的是，前人根据此诗记载，延伸出许多见解。比如，清人余成教说："读其《冬至日寄小侄阿宜》诗云：'经书括根本，史书阅兴亡。高摘屈宋艳，浓薰班马香。李杜泛浩浩，韩柳摩苍苍。近者四君子，与古争强梁。'可以知其用功之深醇。"（《石园诗话》卷二）四库馆臣在写《樊川文集》提要时也引此诗说："则牧于文章，具有本末，宜其睥睨长庆体矣。"（《四库全书总目提要》卷一百五十一）这两者都是从这首诗来窥见杜牧自身的文学积累对他此后文风的影响，很有道理。至于刘克庄说："牧之誉阿宜，义山誉衮师，后二儿皆无闻。退之不誉子侄，直言'阿买不识字'。"（《后村诗话》前集卷一）则提出了一个凡是被文学家赞誉过的子侄，似乎后来都默默无闻的规律。我们如果想起后来王安石所作的《伤仲永》一文，一定会为之一笑吧。

（杨乐　黄鸣）

雪中书怀①

　　腊雪一尺厚，云冻寒顽痴。孤城大泽畔②，人疏烟火微。愤悱③欲谁语，忧愠④不能持。天子号仁圣⑤，任贤如事师。凡称曰治具，小大无不施。明庭开广敞，才隽受羁维⑥。如日月缅升⑦，若鸾凤葳蕤⑧。人才自朽下，弃去亦其宜。北虏坏亭障⑨，闻屯千里师⑩。牵连久不解，他盗恐旁窥。臣实有长策⑪，彼可徐鞭笞⑫。如蒙一召议，食肉寝其皮⑬。斯乃庙堂事，尔微非尔知。向来蹑等语⑭，长作陷身机⑮。行当腊欲破⑯，酒齐⑰不可迟。且想春候暖，瓮间倾一卮⑱。

【注释】

　　①雪中书怀：按吴在庆说，此诗大约作于会昌二年（842）十二月。

　　②"孤城"句：孤城，指黄州，治所在今湖北黄冈市。大泽，指云梦泽。

　　③愤悱：愤慨，怨恨。

　　④忧愠：忧愁愤怒。愠，音 yùn，愤怒。

　　⑤"天子"句：指唐武宗。会昌二年（842）四月，唐武宗加仁圣文武至神大孝皇帝尊号。

　　⑥"才隽"句：才隽，指才俊之士。受羁维，指他们担任了官职，相当于受到了羁绊。

　　⑦"如日"句：《诗经·小雅·天保》："如月之恒，如日之升。"缅，音 gēng，恒、缅同，指弦。比句指才俊之士得到任用，如月之上弦，

如日之初升。

⑧ 葳蕤：音 wēi ruí，指华美艳丽的样子。

⑨ "北虏"句：北虏，这里指回纥。亭障，指边塞上的堡垒等设施。

⑩ "闻屯"句：会昌二年（842）八月，回纥乌介可汗入侵，唐朝廷征发许、蔡、汴等六镇之兵讨之，会师屯于太原。

⑪ 长策：指良计。

⑫ 鞭笞：指用武力加以控制。贾谊《过秦论上》："执捶拊以鞭笞天下，威振四海。"

⑬ "食肉"句：典出《左传·襄公二十一年》州绰对齐王所言："臣为隶新。然二子者，譬如禽兽，臣食其肉而寝处其皮矣。"指对敌人十分痛恨，恨不能食其肉，拿他的皮作垫褥。

⑭ 躐等语：指不按次序、等级来发言。躐，音 liè，超越、越过。

⑮ 陷身机：导致生命危险的诱因。

⑯ 腊欲破：残腊，岁末。

⑰ 酒齐：酒曲，指酿酒。

⑱ "瓮间"句：在酒瓮之间，喝上那么一杯。瓮，指酒瓮。卮，音 zhī，盛酒器。

【评析】

会昌二年（842），回纥乌介可汗入侵，进入大同川，侵扰云州。唐朝廷征发许、蔡、汴等六镇之兵屯于太原以备。至该年年底，双方仍然在山西北部对峙。杜牧时年将四十，出为黄州刺史。他得知回纥入侵的消息，心潮澎湃，恨国家无长策以御回纥，在愤懑的情感之下，于该年十二月写下了这首情绪激越的诗歌。

诗歌从腊月岁时入手，开头写自己僻处孤城大泽（黄州、云梦泽）之畔，虽然对回纥的入侵有愤慨之心，但仁圣天子在上，想必能够选贤使能，任用人才。如果豪俊之士皆为朝廷所用，自己被弃置荒州，也无甚可惜之处。这是一扬一抑，扬的是朝廷，抑的是自己。这是我们在诗中常见的写法。

这种写法往往蕴含的并不是字面上的意思。果然，杜牧在诗的后半段，忍不住指出自己有"长策"，可以平定戎敌。但是他马上转而指出"斯乃庙堂事，尔微非尔知。向来蹑等语，长作陷身机"。用自嘲自戒之语，指出就算自己有意平戎，却没有进用的机会，反而会给自身带来危险，所以自己所能做的事情，也就不过是待春天酒熟，自斟自饮罢了。

这是一首故作扬抑，以抒发自己空有报国之志，但却得不到任用的情感的诗歌。前人准确地体会到了这个特色。胡震亨《唐音癸签·卷十一》引韩愈《赠张道士》诗："臣有平贼策，狂童不难治。恨无一尺箠，为国笞羌夷。……霜天熟柿栗，收拾不可迟。"随后又引杜牧此诗后半部分："北虏坏亭障，闻屯千里师。……且想春候暖，瓮间倾一厄。"称这两首诗："并以排调语抒孤愤，意象如一，未知紫微有意祖述，抑或偶尔暗合也？"杜牧此诗与韩愈《赠张道士》诗，在写法和情感上确有相似之处，所谓"以排调语抒孤愤"，即是用开玩笑式的语句，来抒发内心的孤独与愤懑之情。韩愈与杜牧时代有先后，一定要说沿袭的话，那当然是杜牧沿袭韩愈，但也不排除杜牧在情感澎湃之下，写出与韩愈暗合的诗来。总之，文心如海，前后相沿，写出类似的情感与境界，是并不奇怪的。

此外，评论家对此诗与杜甫风格的近似，也予以相应评价。清人潘德舆《养一斋诗话》卷十称赞此诗"北虏坏亭障"至"食肉寝其皮"一段时说："骨沉气劲，颇欲追步少陵。"这一段是前面所论的"排调"语还没有展开的时候，里面叙述的深沉，对于国事的殷切，的确是有老杜关心时事的风采。

当然,杜牧在诗中抒发的是自己的情感,而回纥乌介可汗的威胁,在会昌三年(843)的春天被解除。一位有勇有谋的唐朝官吏,麟州刺史石雄,审时度势,大破乌介可汗于杀胡山,乌介仅率数百骑突围而去。先前入回纥和亲的太和公主也被迎回。杜牧所思的"长策",已由他人代为完成了。千载之下,杜牧应该也没有遗憾了。

(黄鸣)

独　酌

长空碧杳杳^①,万古一飞鸟^②。
生前酒伴闲,愁醉闲多少?
烟深隋家寺^③,殷叶暗相照。
独佩一壶游^④,秋毫泰山小^⑤。

【注释】

① 杳杳:天色昏暗之意。

②"万古"句:冯注将此句之意蕴与前人诗句关联,其注解此句为"颜延之诗:万古陈往还。张协诗:人生瀛海内,忽如鸟过目"。但联系此诗审美趣尚及行文用典,此处"飞鸟"意蕴,亦可解为《逍遥游》"怒而飞,其翼若垂天之云"之鲲鹏。

③ 隋家寺:据冯集梧注解,此寺即为长安大兴善寺,现位于陕西西安市小寨兴善寺西街。其言曰:"《长安志》:万年县所领朱雀门街之东靖善坊大兴善寺,尽一方之地,初曰遵善寺,隋文承周武之后,大崇释氏,以收人望。移都,先置此寺,以其本封名焉。寺殿广崇,为京城之最。按:隋于所移都,所建寺,谅不可悉数,而大兴善寺则其最先而最

大者。《酉阳杂俎》谓寺取大兴城两字，坊名一字为名，兹云以其本封名焉，知当时容有隋寺之目。牧之此云隋家寺，而《长安长句》亦云醉吟隋寺，其即此寺与？"

④ "独佩"句：据吴在庆《杜牧集系年校注》，此句化用刘伶嗜酒之典。其引《晋书》"（刘伶）常乘鹿车，携一壶酒，使人荷锸而随之"阐释诗意，可备一说。

⑤ "秋毫"句：《庄子·齐物论》有言"天下莫大于秋毫之末，而泰山为小"，意指无物不齐、无物不可的生命体悟与感情兴发状态。

【评析】

杜牧此诗以其高逸情志为后世评注者注目。关于杜牧诗歌之标格，于俊朗流逸外，素有轻薄一说。持俊朗一说的评注者在援引诗歌时，则引此诗为佐证。如清代潘德舆《养一斋诗话》："唐喻凫以诗谒杜牧之不遇，曰：'我诗无绮罗铅粉，安得售？'然牧之非徒以'绮罗铅粉'擅长者。史称其刚直有大节，余观其诗，亦伉爽有逸气，实出李义山、温飞卿、许丁卯诸公上。如'楼倚霜树外，镜天无一毫。南山与秋色，气势两相高''长空碧杳杳，万古一飞鸟。……独佩一壶游，秋毫泰山小''寒空动高吹，月色满清砧。残梦夜魂断，美人边思深。孤鸿秋出塞，一叶暗辞林。又寄征衣去，迢迢天外心''长空澹澹孤鸟没，万古销沉向此中。看取汉家何事业，五陵无树起秋风'，皆竟体超拔，俯视一切。……乌可以'玉筯凝时红粉和''满街含笑绮罗春'等句尽其生平耶？"而细读此诗，笔者认为，其伉爽逸气的诗性审美境界或可从诗歌用典与行文呼应两个方面进行阐释。

就诗歌用典来说，注家多以"飞鸟"与"秋毫泰山"为两个独立典故进行阐释，而少有将二者意蕴相勾连进行阐发。试论之，"秋毫泰山"一句，直承《庄子·齐物论》之无物不齐、无物不可的状态，以"一死生，齐彭殇"破除世间名相、是非等价值判断，其颠倒名相大小之义或可与佛家"须弥藏芥子，芥子纳须弥"之义相通。其最终所指，乃是逍遥状态下破执任心的生命境界的具体阐发。而"飞鸟"一喻，注家或以诗证诗，引张协诗歌"人生瀛海内，忽如鸟过目"的整体意蕴来解释，却使诗意更为模糊。且以飞鸟过目为喻，置于诗歌开篇，便有气骨顿衰之感，于行文笔势清逸之趣多有龃龉。故联系此诗审美趣尚及行文用典，笔者认为此处"飞鸟"所指，以《逍遥游》开篇之鲲鹏解释或更为妥当。其一，历代注《庄》解《庄》者对于鲲鹏，素有任性逍遥一说。鲲鹏逍遥于其所处的北冥、南冥之间，便是得其自性于无何有之乡、广漠之野。本诗"长空碧杳杳"为空间上的拓展，"万古"则为时间的流转，而于此生灭之中，"飞鸟"即是剥落下的永恒存在。以鲲鹏解释飞鸟，于义理可通。其二，《逍遥游》开篇"鲲""鱼子"大小颠倒之行文笔法，与诗末"秋毫泰山"大小颠倒之意绪前后照应。以鲲鹏解释飞鸟，亦符合诗歌前后相应的文体逻辑。

就行文呼应来说，此诗名为"独酌"，诗人于此也以酒来实现人生的超拔。首联"长空碧杳杳""万古"是宇宙的生灭不息，"一飞鸟"则是鲲鹏于此大化下自性逍遥的象征，是自性超脱的隐喻。额联"生前酒伴闲，愁醉闲多少"与题目"独酌"之意相应，自然引出酒来。"烟深隋家寺，殷叶暗相照"为颈联，"烟深""殷叶"两相生发，所描绘亦是"长空""万古"的杳杳之态。而尾联，"独佩一壶游"，酒于此成为诗人的凭借；"秋毫泰山小"，便是诗人此次独酌的生命感悟。四联之中，一三联同意相承、二四联亦同意相承，笔势大开大合，樊川运笔之魄力亦由此可见。

（柴瑞瑞　黄鸣）

题安州浮云寺楼寄湖州张郎中 ①

去夏疏雨余，同倚朱阑语。
当时楼下水，今日到何处？
恨如春草多，事与孤鸿②去。
楚岸③柳何穷，别愁纷若絮。

【注释】

①题安州浮云寺楼寄湖州张郎中：安州，唐代州名，属淮南道，治所在今湖北安陆市。湖州，唐代州名，属江南道，治所在今浙江湖州市吴兴区。张郎中：指张文规，《新唐书》《旧唐书》均有传。据吴在庆《杜牧集系年校注》考证，张文规于会昌元年（841）七月十五日自安州刺史授湖州刺史。

②孤鸿：即孤雁。雁属鸟类常结对成行，落单之雁鸣声悲楚，因此成为我国古代诗歌的传统意象，诗人常用此意象表达孤单落寞之情。

③楚岸：安州在春秋时为郧（yún）子之国，后被楚国所灭。《古今姓氏书辨证》称："古子爵诸侯国，春秋时国小而近楚。若敖父子娶焉，斗伯比及令尹子文皆其出也，后以国为氏。"

【评析】

《题安州浮云寺楼寄湖州张郎中》是杜牧追忆去年往事，表达离愁别绪的一首题赠五言律诗。吴在庆先生在《杜牧集系年校注》中考证，云："杜牧会昌元年四月曾同堂兄憬自江州往蕲州，七月方归长安。此行当经安州，与张文规过从。"又根据诗中"去夏"，认定此诗创作于唐武宗会昌二年（842）春夏间，当时四十岁的杜牧出京赴黄州刺史任途经安州。

缪钺先生在《杜牧传·杜牧年谱》中说，杜牧在唐文宗开成四年（839）回到长安，并曾短暂地在京任职，但由于他受到当朝宰相李德裕的排挤，唐武宗会昌二年（842）春天，杜牧又被外放为黄州刺史。时年四十岁的杜牧已经走过人生的半程，却仍不得重用，其内心的愁绪与悲愤可想而知。因此当他故地重游，回忆不禁涌上心头，因此作此诗遥寄旧友，向其诉说自己的思念与愁绪。

杜牧这首《题安州浮云寺楼寄湖州张郎中》，前两句回忆与友人相处时的点点滴滴，直接表明了诗人对远方好友的思念。紧承的两句以水喻人，杜牧自己的宦海生涯就如同那浮云寺楼下的江水一般，不能永远地停留，只能到处漂泊，无所归依；流动的江水也代表了作者蹉跎的青春年华，不知不觉间已一去不复返；最后四句运用比喻手法，抒写自己内心的无限忧愁，用茂盛的春草比喻别恨之多，以纷飞的柳絮比喻忧愁之乱。杜牧将自己内心的离愁别绪融入到眼前之景当中，使其形象化、具体化，这种处理既含蓄蕴藉又真挚动人，颇具生命力与感染力。

后人对这首诗评点不多，但并不代表此诗为平庸之作。南宋吴子良的《吴氏诗话》曰："《文鉴》载黄亢《临水诗》云：'去年昨日水，今日到何处？'盖蹈袭杜牧《题安州浮云寺楼寄湖州张郎中》，云：'当时楼下水，今日到何处？'"由后人对此诗的模仿与化用，可以看出这首《题安州浮云寺楼寄湖州张郎中》自有其精妙独到之处。

（陈珂岚）

过骊山作 [①]

始皇东游出周鼎 [②]，刘项纵观皆引颈 [③]。
削平天下实辛勤，却为道旁穷百姓。
黔首不愚 [④] 尔益愚，千里函关囚独夫 [⑤]。
牧童火入九泉底，烧作灰时犹未枯 [⑥]。

【注释】

①骊山：骊山位于雍州新丰县南十里（今陕西省西安市临潼区东南）。
此诗乃杜牧路过骊山秦始皇陵时有感而作。秦始皇即位后，征发七十万
人为他修筑陵墓。

②周鼎：周朝的传国重器，共九个，象征统治权力。

③"刘项"句：刘项，指刘邦和项羽。纵观，随意地观看。

④黔首不愚：百姓没有变得愚昧。贾谊《过秦论》："燔百家之言，
以愚黔首。"

⑤"千里"句：函关，即函谷关，在今河南灵宝市。独夫，古代指
贪残暴虐、众叛亲离的君主。朱熹《四书集注·孟子》："四海归之，则
为天子；天下叛之，则为独夫。"

⑥"牧童"二句：言秦朝灭亡迅速。《汉书·刘向传》："秦始皇帝葬
于骊山之阿，下锢三泉，上崇山坟，其高五十余丈，周回五里有余。……
天下苦其役而反之，骊山之作未成，而周章（陈胜将领）百万之师至其下
矣。项籍燔其宫室营宇，往者咸见发掘。其后牧儿亡羊，羊入其凿，牧
者持火照求羊，失火烧其臧椁。"

【评析】

关于该诗的作年，刘逸生《杜牧诗选》认为这首诗的主题思想与《阿房宫赋》所表达的旨意十分接近，推断二者应当作于同时，又杜牧《上知己文章启》言："宝历大起宫室，广声色，故作《阿房宫赋》。"（《樊川文集》卷十六）故将此诗系于唐敬宗宝历元年（825），杜牧二十三岁时。

杜牧以咏史诗见长，这首七律亦是咏史诗中的一颗明珠。此诗是作者路过秦始皇陵时有感而作，以辛辣的讽刺讥评秦始皇。诗的主题深入浅出，颇有《阿房宫赋》危言讽喻的本色。该诗通篇引义比事，假借秦事讽刺耽于嬉戏、好治宫室、不事朝政的唐敬宗。据《史记·秦始皇本纪》记载："二十八年，始皇东行郡县，……还，过彭城，斋戒祷祠，欲出周鼎泗水。使千人没水求之，弗得。"开篇两句写秦始皇东巡时为了寻找出失落的周鼎而使千人没水求之，以这种劳民伤财的方式"示疆威，服海内"，批判之意已然初显。而始皇东游侍从煊赫、仪卫壮盛，引得众百姓引颈旁观与羡慕嫉妒，其中就包括了刘邦和项羽。《史记·项羽本纪》言"秦始皇帝游会稽，渡浙江，梁与籍俱观。籍曰：'彼可取而代也。'"又《史记·高祖本纪》："高祖常繇咸阳，纵观，观秦皇帝，喟然太息曰：'嗟乎，大丈夫当如此也。'"寥寥几句，以白描之法写尽威武之势，显示秦政权曾经辉煌一时，歌颂秦始皇的赫赫武功。但三、四句笔锋一转，初显讥讽之意：历尽艰辛削平天下只为炫耀于道旁百姓，与秦王朝迅速衰落的历史事实形成鲜明对比，正所谓"天道无亲，百姓与能"，天下苦秦久矣！因而"王迹之兴，起于闾巷"，天下落到道旁"纵观"的穷百姓刘邦、项羽手里。花费一百多年兼并六国而大一统的秦王朝，最终短短十五年就灭亡了。接着五、六句，描写秦始皇实行文化高压政策，采取"燔百家之言，以愚黔首"的愚民之举，但却未达到愚民的目的，反而失其民心，自己却成了愚夫。最终"戍卒叫，函谷举"，千里函关成了独夫囚禁之所。而篇末两句点题，言牧童一把火将陵墓中的棺椁烧成灰烬时，秦始皇的尸体还未朽烂，可见秦灭亡之速。

此诗所表现的主旨与《阿房宫赋》基本相似，既肯定秦始皇削平六国、统一天下的过往雄伟辉煌，又批评他不知体恤百姓，为所欲为的残暴行径，最终导致了断送天下的悲剧。农民起义的熊熊烈火埋葬了统治者，而为了寻找失踪的羊只，牧童误入始皇陵寝墓道，不慎引燃了地宫棺椁，导致整个秦始皇陵的毁灭。暂不论该句所述之事是否虚构，但杜牧借此烘托秦朝统治者的悲惨结局，运用借古讽今的手法，写秦统治者的迅速毁灭及其毁灭之故，向当时的最高统治者敲响了警钟：应安抚民心，同时勤以治国，以免引起人民的反抗。

关于杜牧的咏史诗，常因过度铺排史实而被诟病，但这确是杜牧自得之处。正如宋人朱弁所言"其属辞比事殊不精致，然时有自得处为可喜也"（《风月堂诗话》卷下）。杜牧正是发挥了诗歌比兴美刺的优良传统，把自己的政治理念和对时局的看法融于诗中，有所感兴而发言为声。杜牧虽诗律少严，然其诗"风味极不浅"，《郡斋读书志》言："牧善属文，刚直有奇节，敢论引大事，指陈利病。为诗情致豪迈，人号'小杜'。"此评确实中肯，特别是着眼于杜牧的咏史诗，其指摘时弊之才思、沉郁鉴戒之达理，更是可见一斑。

（方姝玮）

池州送孟迟先辈 ①

　　昔子来陵阳②，时当苦炎热。我虽在金台③，头角长垂折④。奉披尘意惊，立语平生豁。寺楼最骞轩⑤，坐送飞鸟没。一樽中夜酒，半破前峰月。烟院松飘萧，风廊竹交戛⑥。时步郭西南，缭径苔圆折。好鸟响丁丁，小溪光汃汃。篱落见娉婷⑦，机丝弄哑轧。烟湿树姿娇，雨余山态活。仲秋往历阳⑧，同上牛矶⑨歇。大江吞天去，一练横坤抹⑩。千帆美满风，晓日殷鲜血。历阳裴太守⑪，襟韵苦超越⑫。鞞鼓⑬画麒麟，看君击狂节。离袂飐⑭应劳，恨粉⑮啼还咽。明年忝谏官⑯，绿树秦川⑰阔。子提健笔来，势若夸父⑱渴。九衢林马挝⑲，千门织车辙。秦台破心胆⑳，黥阵㉑惊毛发。子既屈一鸣㉒，余固宜三刖㉓。慄忧长者来，病怯长街喝。僧炉风雪夜，相对眠一褐。暖灰重拥瓶，晓粥还分钵。青云马生角㉔，黄州使持节㉕。秦岭望樊川㉖，只得回头别。商山四皓祠㉗，心与撝蒲㉘说。大泽兼葭风㉙，孤城狐兔窟。且复考诗书，无因见簪笏㉚。古训屹如山，古风冷刮骨。周鼎㉛列瓶罂，荆璧横抛掇㉜。力尽不可取，忽忽㉝狂歌发。三年未为苦，两郡非不达。秋浦倚吴江㉞，去楫飞青鹘。溪山好画图，洞壑深闺闼。竹冈森羽林㉟，花坞团宫缬㊱。景物非不佳，独坐如鞲绁㊲。丹鹊东飞来，喃喃送君札㊳。呼儿旋供衫，走门空踏袜㊴。手把一枝物，桂花香带雪。喜极至无言，笑余翻不悦。人生直作百岁翁，亦是万古一瞬中。我欲东召龙伯翁㊵，上天揭取北斗柄。蓬莱㊶顶上斡海水，

50

水尽到底看海空。月于何处去，日于何处来？跳丸^⑫相趁走不住，尧舜禹汤文武周孔皆为灰^⑬。酌此一杯酒，与君狂且歌。离别岂足更关意，衰老相随可奈何。

【注释】

①池州送孟迟先辈：池州，州名，州治在今安徽池州市贵池区，冯注云："《唐书·地理志》：江南道池州，武德四年，以宣州之秋浦、南陵二县置。"孟迟，字迟之，平昌（治所在今山东东临邑县）人。开成三年（838）夏，孟迟游宣城，与杜牧唱和。会昌五年（845）登进士第。后为浙西掌书记，以谏罢职。大中时，为淮南节度幕掌书记。有诗名，尤工绝句。先辈，《唐国史补》卷下云："得第谓之前进士，互相推敬，谓之先辈。"《杜牧传·杜牧年谱》于会昌四年（844）下云："《唐诗纪事》卷五十四：'孟迟登会昌五年进士第。'是诗盖本年送其入都，以备次年应试也。诗云：'三年未为苦，两郡非不达。'杜牧于会昌二年春守黄州，本年秋移池州，情事正合。"今据此定本诗于会昌四年（844）秋。

②陵阳：山名，在安徽石台县北，相传为陵阳子明得仙之地。一说陵阳山在安徽宣城城内。此即用以代指宣城。

③金台：黄金台。《史记·燕召公世家》记载燕昭王延揽贤士，接受郭隗"王必欲致士，先从隗始"之建议，为其"改筑宫而师事之"。黄金台即燕昭王为郭隗所筑宫。此指受聘于沈传师宣歙幕府，杜牧当时就在幕中。

④"头角"句：在此比喻受挫折，不得意。冯注云："《隋书·高祖纪》：忽见头上角出，遍体鳞起。《汉书·朱云传》：五鹿岳岳，朱云折其角。"

⑤骞（qiān）轩：飞举貌。

⑥交戞：交织摇曳。

⑦婷（pīng）婷：形容美女姿态美好。

⑧历阳：郡名，即和州，州治在今安徽和县。

⑨牛矶：即牛渚矶，亦称采石，古代的渡口。位于宣州当涂，即今安徽当涂县。冯注："《通典》：宣州当涂有牛渚矶，亦谓之采石。《元和郡县志》：当涂县牛渚山，在县北三十五里，山突出江中，谓之牛渚圻，古津渡处也。"

⑩"一练"句：练，白色熟绢，此指长江。坤，《易》卦名，象地。

⑪裴太守：指和州刺史裴俦，是杜牧的姐夫。

⑫"襟韵"句：襟韵，性情风度。苦，甚。

⑬鞔（mán）鼓：皮鼓。以皮革蒙鼓叫鞔。

⑭飐（zhǎn）：随风飘动。此指风吹动衣袖。

⑮恨粉：指歌女。

⑯忝谏官：指开成四年（839）春杜牧自宣州团练判官赴京任左补阙。

⑰秦川：古地区名。泛指今陕西、甘肃二省秦岭以北平原，因春秋、战国时地属秦国而得名。《方舆纪要》卷五二云："陕西谓之秦川，亦曰关中。"

⑱夸父：神话人物。《山海经·海外北经》："夸父与日逐走，入日。渴欲得饮，饮于河渭；河渭不足，北饮大泽。未至，道渴而死。弃其杖，化为邓林。"

⑲"九衢（qú）"句：九衢，指京师道路。衢，四通八达的道路。《尔雅·释宫》云："四达谓之衢。"林，众多。马挝，马鞭。

⑳"秦台"句：传说秦宫有方镜，可照见肠胃五脏；人有邪心，照之见胆张心动。《西京杂记》记汉高祖入咸阳宫，宫中有方镜："人直来照之，影则倒见，以手掩心而来，则见肠胃五脏，历然无碍。人有疾病在内，则掩心而照之，则知病之所在。又女子有邪心，则胆张心动。秦始皇常以照宫人，胆张心动者则杀之。"

㉑ 黥（qíng）阵：汉代黥布，善于行军布阵。《史记·黥布列传》："布兵精甚，上乃壁庸城，望布军置陈如项籍军，上恶之。"

㉒ 屈一鸣：此指落第。淳于髡对齐威王云："国中有大鸟，不飞不鸣。王曰：'此鸟不飞则已，一飞冲天；不鸣则已，一鸣惊人。'"事见《史记·滑稽列传》。

㉓ 三刖（yuè）：指卞和因献玉而受刖刑。《韩非子》卷四："楚人和得玉璞楚山中，奉而献之厉王。厉王使玉人相之，玉人曰：'石也。'王以为和为诳而刖其左足。及厉王薨，武王即位，和又奉其璞而献之武王。武王使玉人相之，又曰：'石也。'王又以和为诳而刖其右足。"刖，断足，古代五刑之一。

㉔ "青云"句：青云，青云之路，指为仕显途。《史记·范雎列传》："须贾顿首言死罪，曰：'贾不意君能自致于青云之上。'"马生角，喻指不可能发生的事竟然发生了。战国时，燕太子丹入秦，求归，秦王曰："乌头白，马生角，乃许耳。"丹乃仰天叹，乌头即白，马亦生角。事见《史记·刺客列传》索隐引《燕丹子》。

㉕ "黄州"句：会昌二年（842），杜牧出为黄州刺史。使持节，指出任刺史。唐代除刺史制文沿前代例加"使持节都督某州诸军事"字样，但多为虚文。

㉖ "秦岭"句：秦岭，指陕西省境南之终南山，亦即南山。樊川，水名。在今陕西西安市长安区。其地本杜县樊乡。汉樊哙食邑于此，川因以得名。杜牧有别墅在此。冯注："《长安志》：《三秦记》：长安正南秦岭，岭根水流为秦川，一名樊川，长安名胜之地。"

㉗ "商山"句：商山，在今陕西丹凤县东南。亦名商岭、商阪。四皓祠，秦末汉初东园公、绮里季、夏黄公、角里先生，曾隐居于商山，须发皓白，人称"四皓"。后人为立祠庙。

㉘ 摴蒱（chū pú）：古代一种博戏。冯注："《晋中兴书》：摴蒱，老

53

子所作，外国戏。慕容宝尝对摴蒲誓曰：'世云摴蒲有神，岂虚也哉！若富贵可期，频得三卢。'于是三掷尽卢，宝拜而受赐。"事见《晋书·慕容垂载记》。

㉙"大泽"句：大泽，指云梦泽。蒹葭，指芦苇。

㉚簪笏（zān hù）：束发加冠的发簪与朝会时所执手板。此指达官显贵。

㉛周鼎：周代传国宝鼎

㉜"荆璧"句：荆璧，即楚璧，指和氏璧。抛掇（sà），抛散。

㉝忽忽：迷惑、恍惚貌。《文选》宋玉《高唐赋》云："悠悠忽忽，怊怅自失。"冯注："《汉书·苏武传》：李陵谓武曰：陵始降时，忽忽如狂。"

㉞"秋浦"句：秋浦，唐县名。故城在今安徽贵池县。时杜牧已自黄州刺史迁池州刺史。吴江，此指流经池州之长江。池州古时属于吴国，故称。冯注："《元和郡县志》：池州秋浦县，大江水在县北七里，秋浦水在县西八十里。"

㉟羽林：羽林军，皇帝禁卫军。冯注："《通典》：汉太初元年，初置建章营骑，后更名羽林骑，言其为国羽翼，如林之盛。"

㊱缬（xié）：染有彩色图案的丝织品。

㊲韝绁（gōu xiè）：谓如鹰马之受羁绊。韝，革制袖套，用来立鹰。绁，缰绳。

㊳"丹鹊"二句：鹊鸟来飞，寓意喜兆。萧纪《鹊诗》："今朝听声喜，家信必应归。"

㊴"空踏"句：迎向门前，踩空了袜子，赤脚前行。

㊵龙伯翁：龙伯国人。传说"龙伯之国有大人，举足不盈数步而暨五山之所，一钓而连六鳌，合负而趣归其国，灼其骨以数焉"。事见《列子·汤问》。冯注："《河图玉版》：龙伯国人长三十丈，生万八千岁

而死。"

④蓬莱：蓬莱山，传说为海中神山。冯注："《史记·秦始皇纪》：海中有三神山，名曰蓬莱、方丈、瀛洲。《拾遗记》：蓬莱山亦名阳邱，亦名云来，高二万里，广七万里。"

④跳丸：比喻时间飞逝。韩愈《秋怀》诗之九云："忧愁晷景，日月如跳丸。"冯注："《大洞经》：日为跳丸。"

④"尧舜"句：冯注："《北齐书·和士开传》：自古帝王，尽为灰烬，尧、舜、桀、纣，竟复何异？"

【评析】

这首诗作于会昌四年（844），此年杜牧任池州刺史，因送友人孟迟入都参加科举考试而于是年作此诗，从这首诗的内容可以看出杜牧对孟迟的敬仰，因而以先辈相称。诗作体现出杜牧对孟迟才学的敬佩，同时也抒发自己对现实的不满和对人生的感慨。尤其是末句"我欲东召龙伯翁，上天揭取北斗柄。蓬莱顶上斡海水，水尽到底看海空。月于何处去，日于何处来？跳丸相趁走不住，尧舜禹汤文武周孔皆为灰。酌此一杯酒，与君狂且歌。离别岂足更关意，衰老相随可奈何。"杜牧欲大展身手实现理想抱负，可惜世事都是一场空，曾经的尧舜禹、周文王、周武王、周公旦以及孔子都已经成了灰烬，消失在了历史的长河中。不如把酒言欢，及时行乐，离别和衰老都是无能为力的，倒不如放宽心，随遇而安。这里可以看出杜牧在屡遭贬谪后对仕途的失望和对人生的思考。

首句"昔子来陵阳，时当苦炎热。我虽在金台，头角长垂折。"说孟迟先辈来到陵阳时天气的酷热，其实暗指人生道路的坎坷不易。杜牧此时虽然受聘于沈传师宣歙幕府，但他的境遇并不如意，屡遭挫折。"奉披尘意惊，立语平生豁。寺楼最骞轩，坐送飞鸟没。一樽中夜酒，半破前峰月。烟院松飘萧，风廊竹交戛。时步郭西南，缭径苔圆折。"此写景之句虽然惬意十分，但亦可见诗人之百无聊赖，坐着目送飞鸟飞来飞去直至消失，到了半夜也不能安然入睡，举着酒杯望着月亮，抒发无限感慨。松树、竹子在风的吹拂下沙沙作响，诗人也听得一清二楚，可见其无聊之至。"好鸟响丁丁，小溪光汜汜。篱落见娉婷，机丝弄哑轧。烟湿树姿娇，雨余山态活。仲秋往历阳，同上牛矶歇。大江吞天去，一练横坤抹。千帆美满风，晓日殷鲜血。"诗人的写景笔法别具一格，把风景写活了，读来就如同置身其中。鸟儿的叫声、小溪的潺潺声，如在耳畔。农家的少女在纺织机前辛苦劳作，机杼发出吱呀吱呀的声音。下过雨的树枝就像氤氲在雾水里，娇态万千，一座座山就像被雨水冲洗过后焕发了生机。诗人笔下的大江直接吞没到天上，江上的帆船满载着风前行，早晨的太阳就像鲜血一般殷红。一幅晨日出帆图如临眼前，让人顿有置身其中之感，这也是杜牧写景的一大妙处了。

"明年忝谏官，绿树秦川阔。子提健笔来，势若夸父渴。九衢林马挝，千门织车辙。秦台破心胆，黢阵惊毛发。子既屈一鸣，余固宜三刖。慵忧长者来，病怯长街喝。"杜牧送他敬仰的孟迟先辈入都以应来年之试，这几句诗说孟迟先辈满腹才学，提笔作文，就如同夸父逐日般口渴，意念强烈，可文思泉涌。孟迟先辈"不鸣则已，一鸣惊人"，定能大获成功。"青云马生角，黄州使持节。秦岭望樊川，只得回头别。商山四皓祠，心与拧蒲说。大泽兼葭风，孤城狐兔窟。且复考诗书，无因见簪笏。"此句杜牧当时自谦，说自己居然得到任用，在黄州担任刺史，但他却要仰慕商山四皓了，他自己仕途不顺，不能如意，因而也不能在仕途上有所成就以至飞黄腾达。

"人生直作百岁翁，亦是万古一瞬中。我欲东召龙伯翁，上天揭取北斗柄。蓬莱顶上斡海水，水尽到底看海空。月于何处去，日于何处来？跳丸相趁走不住，尧舜禹汤文武周孔皆为灰。酌此一杯酒，与君狂且歌。离别岂足更关意，衰老相随可奈何。”杜牧在诗的最后展开想象，想要东召龙伯翁，飞上天去取北斗，忽而又发出“人生直作百岁翁，亦是万古一瞬中”的感慨，他感叹人生在世追求的长命百岁，在浩渺的宇宙空间中只不过一瞬间而已，历来所有成就丰功伟绩的人们都消失在历史当中，因而发出“酌此一杯酒，与君狂且歌。离别岂足更关意，衰老相随可奈何”的无限感慨。

此诗杨慎认为它“奇崛，用韵古”（《升庵诗话》卷五），清人叶矫然认为：“小杜《池州别孟迟》诗：‘我欲东召龙伯翁，水尽到底看海空。’咄咄奇语，与老杜‘顿辔海徒涌，神人身更长’之语相当。”（《龙性堂诗话续集》），都关注到了小杜歌行“奇”的特色，而这种特色，与小杜饶有奇气的个人气质是分不开的。

（杨香梅）

题宣州开元寺 ①

南朝谢朓城 ②，东吴 ③ 最深处。亡国 ④ 去如鸿，遗寺藏烟坞 ⑤。楼飞九十尺，廊环四百柱。高高下下中 ⑥，风绕松桂树。青苔照朱阁，白鸟 ⑦ 两相语。溪声 ⑧ 入僧梦，月色晖粉堵 ⑨。阅景无旦夕，凭栏有今古。留我酒一樽 ⑩，前山看春雨。

【注释】

① 宣州开元寺：题下有原注“寺置于东晋时”。宣州，州名，唐时州治在宣城（今属安徽）。开元寺，建于东晋时代，初名永安寺，唐时曾

名大云寺，后改开元寺，是宣州名胜之地。

②"南朝"句：南朝，东晋以后，建都金陵的宋、齐、梁、陈四个朝代的通称。谢朓城，即宣城，南朝齐诗人谢朓曾为宣城太守，故称，城中有谢公楼、谢公亭等古迹。城，一作楼。《明一统志》："南齐守谢朓建，后人亦称谢公楼。"

③东吴：三国时期吴地处江东，故称江南一带为东吴。

④亡国：指东晋与宋、齐、梁、陈等南朝各国相继灭亡。

⑤烟坞：烟雾弥漫的山冈。坞，四面高而中间凹下的谷地。钱起诗："气融烟坞晚来鸣。"

⑥"高高"句：一作"高下高下中"。

⑦白鸟：白羽之鸟，如鹤鹭之类。《诗经·大雅·灵台》："白鸟翯翯。"又《周颂·振鹭》："振鹭于飞。"汉毛亨传："鹭，白鸟也。"

⑧溪声：宛溪水流声。宛溪即宣州东溪，源出天目山，到城东北与句溪汇合，开元寺即在该溪边。

⑨晖粉堵：晖，一作辉。堵，一作渚。粉堵，粉墙。

⑩酒一樽：一作一樽酒。

【评析】

《题宣州开元寺》是杜牧于宣州幕中创作的一首五言古诗。据《杜牧传·杜牧年谱》记载，杜牧于开成二年（837）往扬州探视患病的弟弟，假满百日，按当时制度被解除了御史职务。八月即应宣歙观察使崔郸之辟，携同弟弟到宣州任团练判官、殿中侍御史、内供奉，即入宣州幕府。又杜牧《大雨行》原注："开成三年，宣州开元寺作。"则此诗当亦作于开成三年（838）。诗有"留我酒一樽，前山看春雨"句，乃知作于春日。是故此诗作于开成三年（838）春，时杜牧三十六岁，于宣州团练判官任上，游览开元寺，有感而就。

这是一首记游诗，杜牧抚今怀古，写景抒情，从回顾史事下笔，通过深刻入微的观察，为我们描绘了一幅山寺风景画，笔触生动细腻而不事堆砌，兴亡感慨系之而豁达潇洒，潘德舆在其《养一斋诗话》中赞曰："牧之雄直如此，而人第以艳丽尽之。"诚然。此诗开篇点写历史的变迁，引出陵阳山上的开元古寺，落笔开阖雄阔。通过山寺深处若隐若现的烟霭，使人不禁联想到已如过眼云烟般的东晋南朝。六朝繁华都作鸿雁飞去杳无踪迹，只留下这仿佛被历史遗忘的开元古寺屹立在山间，深藏在云烟缭绕的山坞之中。接下来中间八句，诗人对开元寺的风貌作了精细刻画，前六句写白天之景色，后两句写晚上之景色。先是以大手笔描写开元寺气势恢宏的殿堂廊柱与不同角度的山寺风光，再进而通过细致入微的观察，采用白描手法，即景写意，将开元寺的一景一物渲染得鲜明如画。诗人还用整齐的排比句式描绘了青苔、朱阁、鸟语、溪声、月色、粉堵，使这些原是一般寺院中也能见到的景象，经过集中概括，就相映成趣。最后的结尾四句，诗人则收回目光，凭栏远眺，将情感向自身收束，先是一抒面对着烟雨迷蒙中的开元古寺，那油然而生的古今兴亡之感，转而又豁达一笑，以携酒观雨的美好愿景收束全诗，不着痕迹地冲淡了沉重压抑的沧桑慨叹，将注意力又转回到开元寺美丽的风光上来，手法高明，雄直潇洒。

（李焯炜）

大雨行

开成三年宣州开元寺作

东垠黑风驾海水，海底卷上天中央。三吴[①]六月忽悽惨，晚后点滴来苍茫。铮栈②雷车③轴辙壮，矫矍④蛟龙爪尾长。神鞭⑤鬼驭载阴帝⑥，来往喷洒何颠狂。四面崩腾玉京仗⑦，万里横亘⑧羽林枪⑨。云缠风束乱敲磕⑩，黄帝未胜蚩尤强⑪。百川气势苦豪俊，坤⑫关密锁愁开张。大和六年亦如此，我时壮气⑬神洋洋。东楼耸首⑭看不足，恨无羽翼高飞翔。尽召邑中豪健者，阔展朱盘开酒场。奔觥槌鼓助声势⑮，眼底不顾纤腰娘⑯。今年阘茸⑰鬓已白，奇游壮观唯深藏。景物不尽人自老，谁知前事堪悲伤。

【注释】

①三吴：吴郡、吴兴、丹阳。《元和郡县志》："吴郡，与吴兴、丹阳，号为三吴。"

②铮栈：铮指金属撞击声，栈指小钟。《尔雅·释乐》："大钟谓之镛，小者谓之栈。"

③雷车：雷声。《隋书·音乐志》："电鞭激，雷车遽。"

④矫矍：形容闪电。

⑤神鞭：《三齐记》："秦始皇作石桥，欲过海看日出处，有神人能驱石下海，石去不速，神辄鞭之，皆流血。"

⑥阴帝：女娲。《淮南子》注："女娲阴帝，佐伏羲治者也。"

⑦玉京仗：比喻大雨。玉京指天阙，《魏书·释老志》："道家之原，出于老子。其自言也，先天地生，以资万类。上处玉京，为神王之宗，下在紫薇，为飞仙之主。"仗，指兵仗，《华严经》："修罗宫中雨兵仗，摧一切诸恶敌。"

⑧横亘：一作纵横。

⑨羽林枪：羽林军的枪戟，比喻大雨密集。

⑩敲磕：碰撞。

⑪ "黄帝"句：黄帝与蚩尤曾在涿鹿发生大战。

⑫ 坤：《易》卦名，象征地。

⑬ 壮气：豪迈勇壮的气概。

⑭ 竿首：竿，高也；首，头部也。指东楼的顶端。

⑮ "奔觥"句：觥，指盛酒器。此句指飞觞饮酒，击鼓以助声势。

⑯ 纤腰娘：腰部纤柔的女子。

⑰ 阘茸：资质愚钝，身份微贱。

【评析】

此诗作于开成三年（838）六月，于宣州开元寺中。杜牧时年三十六岁，在宣州幕中，同年冬，迁左补阙、史官修撰。

后世评点家对杜牧的《大雨行》进行品评，有的从修辞手法入手，宋人吴聿《观林诗话》评："牧又多以竹、雨比'羽林'。《栽竹》诗云'历历羽林影'，又'竹冈森羽林'。《大雨行》：'万里横亘羽林枪'、又'云林寺外逢猛雨，……分明拟拟羽林枪。'"另外，宋葛立方《韵语阳秋》云："诗人比雨，如丝如膏之类甚多；至为此，恐未尽其形似。《念昔游》云：'云门寺外逢猛雨，林黑山高雨脚长。曾奉郊宫为近侍，分明掇掇羽林枪。'《大雨行》云：'四面崩腾玉京仗，万里横亘羽林枪。'岂去国凄断之情，不能忘鸡翘豹尾中邪？"吴氏与葛氏都抓住了小杜以羽林枪比喻竹、雨的特点，并且葛氏认为这种喻法并不贴切，特别是在形状方面，雨与羽林枪的形状并不相像。葛氏进一步猜想是因为小杜离家久矣，心怀凄怆之情，特别是下雨之时，因此以长安的羽林枪作比，鸡翘与豹尾便是帝王仪仗的鸾旗、古代将帅旌旗上的饰物。葛氏的说法或许有些道理，但不能使人信服，杜牧在诗中以羽林枪作比，多是写大雨、暴雨的猛烈密集状态，使人不得不避开，以羽林枪为喻主要是取其列队壮观、军法森严、战斗力强、不可侵犯的神貌。小杜的这种比喻法在此前确实不曾见过，并对后人产生了影响，如皮日休《太湖诗·包山祠》"巉巉雨点少，渐收羽林枪"和李建勋《新竹》"参差仙子仗，迤逦羽林枪"等等。

有的评点家着眼于诗句，一种是对句子中的典故进行解释，如"黄帝未胜蚩尤强"一句，《中晚唐诗叩弹集》中云："庭珠按：《古今注》：黄帝与蚩尤战于涿鹿，蚩尤作大雾，兵士皆迷。"一种是对句子进行评析，周咏棠的《唐贤小三昧集续集》对"铮栈雷车轴辙壮"一句，评曰："极写大字。"点明暴雨时雷声之响彻；对"尽召邑中豪健者，阔展朱盘开酒场。奔觥槌鼓助声势，眼底不顾纤腰娘"四句，评曰："得此四语，通体生色。"在诗歌前半部分，杜牧先运用夸张笔墨、比喻手法，借怪物猛兽、神话人物、远古帝皇极尽所能地对雷雨风云进行描写，便自然地由景生情，运笔于人，表达自己心中如这大雨一般的豪壮之气。豪健英雄共聚一堂，不顾美色，共酣好酒，槌鼓助兴。此四句所表达的感情确实与对大雨的描写一脉相承，是理想的壮志豪情，但诗人深藏心中的情感实则落笔于最后四句，表现了人老鬓白、景在人无的感伤。

有的评点家则是对冯集梧的两处注解有不同看法，胡可先《杜牧研究丛稿》指出"四面崩腾玉京仗，万里横亘羽林枪"中的"玉京仗、羽林枪"均指大雨，而冯氏误注"羽林"原意，可改引葛洪《枕中书》："玄都玉京，七宝山周围九万里，在大罗天之上。"《史记·天官书》："虚危，其南有众星，曰羽林天军。"张守节正义："羽林三十五星，三三而聚，散在垒壁南。"。对于"大和六年亦如此"一句缺注，《丛稿》指出可以引《旧唐书·五行志》作注："太和六年，徐州自六月九日大雨至十一日，坏民舍九百家。"胡可先所提出的建议，确实对冯氏的注解有拾遗补阙的作用。

（杨乐）

华清宫^①三十韵

绣岭明珠殿^②，层峦下缭墙^③。仰窥丹槛影，犹想赭袍^④光。昔帝登封后^⑤，中原自古强。一千年际会，三万里农桑。几席延尧舜，轩墀接禹汤^⑥。雷霆驰号令，星斗焕文章。钓筑^⑦乘时用，芝兰在处芳。北扉闲木索^⑧，南面富循良^⑨。至道思玄圃^⑩，平居厌未央^⑪。钩陈裹岩谷^⑫，文陛压青苍^⑬。歌吹千秋节^⑭，楼台八月凉。神仙高缥缈，环珮碎丁当。泉暖涵窗镜，云娇惹粉囊。嫩岚滋翠葆^⑮，清渭照红妆。帖泰生灵寿，欢娱岁序长。月闻仙曲调^⑯，霓作舞衣裳^⑰。雨露偏金穴^⑱，乾坤入醉乡。玩兵师汉武，回手倒干将。鲸鬣^⑲掀东海，胡牙^⑳揭上阳。喧呼马嵬血^㉑，零落羽林^㉒枪。倾国^㉓留无路，还魂怨有香^㉔。蜀峰横惨澹，秦树远微茫。鼎重山难转，天扶业更昌。望贤余故老^㉕，花萼^㉖旧池塘。往事人谁问？幽襟泪独伤。碧檐斜送日，殷叶半凋霜。迸水倾瑶砌，疏风罅玉房。尘埃羯鼓索^㉗，片段荔枝筐^㉘。鸟啄摧寒木，蜗涎蠹画梁。孤烟知客恨，遥起泰陵^㉙傍。

【注释】

①华清宫：亦作华清池，唐代别宫，内有温泉，因与唐玄宗和杨玉环的爱情故事有关，见称于世，现位于陕西西安市临潼区南骊山西北麓。

②"绣岭"句：绣岭，骊山有东西绣岭。明珠殿，在绣岭上。

③缭墙：即围墙。

④赭袍：指赭（zhě）黄袍，为帝王所穿服饰。据《新唐书·车服志》记载"初，隋文帝听朝之服，以赭黄文绫袍。……至唐高祖，以赭黄袍巾带为常服，……既而天子袍衫稍用赤黄，遂禁臣民服"。

⑤"昔帝"句：此处指汉武帝、唐玄宗登封泰山一事。

⑥"几席"二句：尧舜、禹汤，皆古代圣贤名。

⑦钓筑："钓"用吕尚之典。吕尚穷苦，后为文王所赏识，并帮助周武王完成讨伐商纣王一事。"筑"用傅说之典。据《墨子·尚贤》记载："傅说被褐带索，庸筑乎傅岩，武丁得之，举以为三公，与接天下之政，治天下之民。"二者均含有才能之士受赏识，待时而动之义。

⑧"北扉"句：北扉，监狱名。木，此处指手铐脚镣。索，即绳索。此句意为得逢盛世明主，百姓安居，少有刑狱事件发生。

⑨"南面"句：南面，古代君主南面而坐，《说卦传》即有"圣人南面而听天下"之言，此处代指朝廷。循良，即循吏，意指清廉仁洁的官吏。

⑩"至道"句：至道，此处指唐玄宗，因玄宗被称为"至道大圣大明孝皇帝"。玄圃，传说位于昆仑山，为神仙居所。

⑪未央：即未央宫，遗址在今陕西西安市西北郊汉长安故城内西南隅。

⑫"钩陈"句：钩陈，古星宿名，主后宫，此处代指华清宫。岩谷，山谷意。

⑬"文陛"句：文陛，宫阙的殿阶。青苍，深青色。

⑭千秋节：唐玄宗生于八月五日，开元十七年（729）时定此日为千秋节。

⑮翠葆：指用翠绿色羽毛装饰的车盖。

⑯"月闻"句：相传唐玄宗游月宫得闻仙乐，归而作《霓裳羽衣曲》。

⑰"霓作"句：指《霓裳羽衣曲》，唐代歌舞名，杨玉环善为此舞。

⑱ 金穴：据《汉书·郭皇后纪》记载："后弟（郭）况迁大鸿胪，帝数幸其第，赏赐金钱缣帛，丰盛莫比，京师号况家为金穴。"此处意指杨玉环家颇得玄宗宠爱。

⑲ 鲸鬣：鲸鬣（liè），鲸须意，此处喻指以安禄山为首的安史叛军。

⑳ 胡牙：同上"鲸鬣"意。

㉑ 马嵬血：指马嵬坡禁军兵变，杨贵妃被迫自缢一事。

㉒ 羽林：唐宫城禁卫军名称。

㉓ 倾国：汉代李延年作歌曰："北方有佳人，绝世而独立。一顾倾人城，再顾倾人国。"此处指杨贵妃。

㉔ "还魂"句：据《述异记》记载："聚窟洲有神鸟山，山上有返魂树。伐其木根心，于玉釜中煮成汁，煎成丸，名曰惊精香。或名震灵丸、返生香、却死香。死者在地，闻香气即活。"

㉕ "望贤"句：望贤，指望贤宫。据《旧唐书》记载，天宝十五载（756）六月，玄宗幸蜀，乙未辰时，"至咸阳望贤驿置顿，官吏骇散，无复储供。上憩于宫门之树下，亭午未进食。俄有父老献麨。上谓之曰：'如何得饭？'于是百姓献食相继"。

㉖ 花萼：指唐玄宗所建的花萼相辉楼。据《新唐书·让皇帝宪传》记载："（玄宗）时时登之，闻诸王作乐，必亟召升楼，与同榻坐。或就幸第，赋诗燕嬉，赐金帛侑欢。"

㉗ "尘埃"句：古代羯族乐器名。据《新唐书·礼乐志》记载："玄宗既知音律，好羯鼓，而宁王善吹横笛，达官大臣慕之，皆喜言音律。帝常称羯鼓八音之领袖，诸乐不可方也。"

㉘ "片段"句：杨贵妃喜食荔枝，据《新唐书·杨贵妃传》记载："妃嗜荔枝，必欲生致之，乃置骑传送，走数千里，味未变，已至京师。"

㉙ 泰陵：指唐玄宗陵墓。

【评析】

现存杜牧诗歌中描写华清宫及李杨故事，除本诗外，尚有《过华清宫绝句三首》《华清宫》两篇。而于此三首诗在描述李杨故事之余抒发历史叹怀之情歌中，《华清宫三十韵》则以其在描述李杨故事之余抒发历史叹怀之情见长。

据缪钺《杜牧传·杜牧年谱》，本诗作于大中六年（852），杜牧此时正在朝中任中书舍人。有关杜牧卒年之考证，主要有大中六年（852）与大中七年（853）两种说法，可见此诗为杜牧晚年手笔。人事促迫的晚年意绪与冷静孤绝的人生思考，再叠加以咏史的题材及长篇排律体制，使得本诗超拔于一般的兴衰败亡之叹，而具有了更加深沉的哲理韵味。

诗歌开篇极言宫殿之锦绣，并以"赭袍"之典自然带起后文。"昔帝"句至"南面"句则铺陈历史上明君贤相及盛世之景，而后笔锋一转，以"至道"隐喻玄宗，至"秦树"句集中描写李杨故事，进而阐发自我的历史感兴。咏史主题，长于情感宣泄处的古今混融。诗歌当中所提到的尧舜禹汤、吕尚傅说等历史人物及野无遗贤、锦绣宫殿、歌舞升平之治世景象既是往昔历史，亦是玄宗盛世的刻画。但好物不坚牢，"思玄圃""厌未央""高缥缈""照红妆"等描写已预示了盛世衰音的走向。"雨露偏金穴，乾坤入醉乡"到"蜀峰横惨澹，秦树远微茫"，直写安史之乱与马嵬之变，行文之势由柔至刚、由和缓至促迫。而此后从"鼎重山难转，天扶业更昌"一句至全诗结束，行文之势又复从促迫刚烈回归和缓。收笔处，情思遥遥归于玄宗陵墓旁的孤烟，诗景至淡，却含蕴深长，也难怪张戒的《岁寒堂诗话》称此诗"铿锵飞动，极叙事之工"。

此外，关于此诗笔法，注家亦有所观照。其一，认为此诗笔法颇得《骚》《雅》意直词隐之风。在叙述开元盛世何以酿就安史之乱时，诗人所用笔触恰如南宋周紫芝《竹坡诗话》所评"无一字不可入意。其叙开元一事，意直而词隐，晔然有《骚》《雅》之风。"此外宋人许彦周的《彦周诗话》亦有"小杜作《华清宫》诗云：'雨露偏金穴，乾坤入醉乡。'如此天下，焉得不乱"之评。可见杜牧行文笔法意直词隐、旨在匡正时弊之大略。另据缪钺先生观点，诗人温庭筠《华清宫和杜舍人》一诗为杜牧此诗和作。张戒《岁寒堂诗话》记载到"往年过华清宫，见杜牧之、温庭筠二诗，俱刻石于浴殿之侧，必欲较其优劣而不能。近偶读庭筠诗，乃知牧之之工；庭筠小子，无礼甚矣。……庭筠语皆新巧，初似可喜，而其意无礼，其格至卑，其筋骨浅露，与牧之诗不可同年而语也。……牧之才豪华，此诗初叙事甚可喜，而其中乃云：'泉暖涵窗镜……清渭照红妆。'是亦庭筠语耳。"似亦以言语标格定二诗优劣。温杜二诗皆讽刺玄宗故事，但杜牧诗歌因暗合《骚》《雅》规谏意直词隐之旨而具高格，而温庭筠则伤于直露而格卑，由此亦可见注家批评视域下规讽好尚之大端。其二，或有注家认为此诗以口语入诗，灭裂诗法。如《竹坡诗话》则言："至'一千年际会，三万里农桑'之语，置此诗中，如伶优与嵇康辈并席而谈，岂不败人意哉。"在周紫芝的评论中，杜牧援口语入诗，无异于让伶优之辈与嵇康等人并席而谈。其意在说明，杜牧此诗雅俗并备的语言表达形式，忽视了诗歌文体特质对于语体色彩的天然制约性。而就诗歌这一雅文学是否能够兼容口语化表达这一论题，本是见仁见智之事，此处无需赘言。但此处诗论往深处推开来讲，更深层次指向了文学发展过程中雅俗互济及辨体破体之说，颇值得读者关注玩味。

（柴瑞瑞　黄鸣）

长安杂题长句六首 ^①

其 三

雨晴九陌^② 铺江练^③，岚嫩千峰叠海涛。
南苑^④ 草芳眠锦雉，夹城^⑤ 云暖下霓旄^⑥。
少年羁络^⑦ 青纹玉，游女花簪紫蒂桃^⑧。
江碧柳深^⑨ 人尽醉，一瓢颜巷^⑩ 日空高。

【注释】

① 长安杂题长句六首：长安，唐代都城，今陕西西安市。杂题，诗人在生活中随感而作之诗，没有特定的题目。长句，唐代对七言诗的习惯说法。

② 九陌：指唐都城长安的大路，《三辅旧事》记载："长安八街九陌。"

③ 江练：南朝齐诗人谢朓《晚登三山还望京邑》诗中有"澄江静如练"句，此句化用其意。

④ 南苑：指芙蓉苑，也称芙蓉园，唐朝时为皇家禁苑，位于曲江池南侧，紧靠长安城外郭城。《长安志》记载："朱雀街东第五街兴庆宫，开元二年置；十四年，增广之，谓之南内。二十年，筑夹城入芙蓉园，自大明宫夹东罗城复道，经通化门观以连此宫，次经春明、延喜门至曲江芙蓉园。"

⑤ 夹城：唐玄宗开元二十年（732），所建造由兴庆宫通往芙蓉苑的路。

⑥ 霓旄（máo）：即霓旄，皇帝出行的仪仗。将羽毛染上五彩，装饰在旌旗上，远远望去就如霓虹一般。

⑦羁络：即马笼头。

⑧紫蒂桃：《西京杂记》记载："汉武初，修上林苑，群臣各献果，有紫文桃。"

⑨江碧柳深：江，指曲江，曲江池沿岸多柳树。《中朝故事》记载："曲江池畔多柳，号为柳衙。"《剧谈录》："（曲江池）入夏则菰蒲葱翠，柳阴四合，碧波红渠，湛然可爱。"

⑩一瓢颜巷：《论语·雍也》中孔子称赞颜回云："一箪食，一瓢饮，在陋巷，人不堪其忧，回也不改其乐。"此句化用颜回之典。

【评析】

《长安杂题长句六首》是杜牧在游历长安时所创作的一组七言律诗，这是其中的第三首。缪钺先生的《杜牧传·杜牧年谱》考证云："诗有'谁识大君谦让德'句。原注：'圣主不受徽号，不许。'冯集梧《樊川诗集注》曰：'《唐会要》：文宗大和七年十二月，宰臣王涯等请册徽号，不许；开成二年二月，宰臣郑覃等频表请，上固谦抑，不允；宣宗大中三年十二月，群臣以河湟既复，请加徽号，上深执谦让，三表不许。此云不受徽号，未知是文是宣，然六诗以'四海一家无一事'起，而以'一毫名利斗蛙蟆'结之，其为收复河湟后作欤？'"缪钺先生又根据杜牧的活动轨迹和《长安杂题长句》诗中所描绘的景象，认定此诗创作于唐宣宗大中四年（850）春天。

这首诗前六句按照由远至近的顺序写景。前两句写自然之景，雨后天晴，远方的山峰与云彩层层叠叠，波澜壮阔；紧接着诗人便将视线移至近处，转入到长安城外的皇家园林，勾勒出一幅明亮艳丽的春日图景；诗人最后视线收回到长安城内，写城内骑马少年、花季少女的游乐景象，热闹非凡，令人目不暇接。诗歌的最后两句则抒发自己的志向，运用对比手法，化用颜回之典，寓含诗人以古代贤人为榜样，甘愿淡泊自守的高洁志向。缪钺先生的《杜牧传·杜牧年谱》云："杜牧屡次上书于宰相，请求外放，所提出之原因是刺史官俸厚，可以赡养病弟遗孀，但其中可能另有隐衷，即是不满于当时朝政，以为在朝亦不能有所作为，故愿外出也。"从此诗中的"江碧柳深人尽醉，一瓢颜巷日空高"句来看，缪钺先生的推断不无道理。

后人对这首诗评点颇多，这些评点多从诗歌内容出发，对该诗的所表达的思想作细致深入的分析。朱东岩在《东岩草堂评订唐诗鼓吹》中评价此诗曰："一、二言长安何等胜地。三、四言长安何等良辰。五写及少年，六又写游女，深讥如此都会之地，风俗淫乱，却浑而不露。七、八即'人醉我醒'之意。"金圣叹的《贯华堂选批唐才子诗》对此诗的评点则更加细致，其云："'江练'、'海涛'，写出胜地；'草芳'、'云暖'，写出良辰。又及'南苑'、'夹城'者，盖其意之所指乃独在斯也。五、六又写少年，又写游女，言长安以天子辇毂之下，而其男女风俗如此，此谁实开之乎？七、八自言屹然，独不为淫风之所渐然也。"朱、金二人的看法基本相同，都认为此诗前四句写唐都长安的的胜景和良辰，后四句暗讽当时风俗，以突出诗人洁身自好的美好品质。

笔者对于以上评点基本持肯定之意，但二者对于五、六句思想内涵意蕴的理解，恐不能苟同。"少年羁络青纹玉，游女花簪紫蒂桃"二句写长安城内的骑马少年和游乐少女不假，但从其中看出杜牧讥讽长安城风俗不正，未免有些迂腐可笑。这首诗创作于唐宣宗大中四年（850）春天，时年四十八岁的杜牧即将步入人生的终点，且杜牧长期外放、久居他乡。当他返回故乡长安进行游赏活动，看见正值青春年华的少年、少女，内心不由得受到触动，并将此情此景以诗记录。笔者从这二句中读出的是诗人杜牧对青春年华的追忆，诗中流露出来的也是自然的情意，并不是杜牧对于长安城风俗的讽刺。从朱、金二人对此句的评点也可以看出，他们在诗歌批评观念上承袭儒家正统，较为保守。相比之下，晚清曾国藩对此诗思想的认识，比较贴合诗的原意，他认为《长安杂题长句》第三首"言方春景物之丽，士女冶游之盛，而己甘陋巷寂寞也"。（《求阙斋读书录》卷九）

也有一些评点家着重于讨论此诗的篇章结构，清代赵臣瑗所辑的《山满楼笺注唐诗七言律》先称赞此诗前两句"写出长安胜景，可谓善形容"，又云三、四句"'眠锦雉'是陪笔，'下霓旄'是主笔"，其主要原因为"不足于一人之游行无度也"，最后言"七承上启下，八言我于斯时"。赵臣瑗对于该诗结构的评论较为准确，但从中流露出来的仍然是儒家正统的诗歌批评观念，因此，赵所理解的该诗的主题意蕴与朱、金二人相似，此不多论。

总的来说，杜牧这首《长安杂题长句》格调清新秀丽，景物描写生动自然、明亮艳丽，为读者描绘出了一幅生机盎然的春日图景。最后的情感抒发格调高昂，体现了诗人晚年淡泊自适的高雅情志，正如王夫之的《唐诗评选》所云："琢处见情，率处见真。"

（陈珂岚）

长安杂题长句六首

其 五

洪河清渭天池浚^①，太白终南地轴横^②。
祥云辉映汉宫紫^③，春光绣画秦川明^④。
草妒佳人钿朵色^⑤，风回公子玉衔声^⑥。
六飞南幸芙蓉苑，十里飘香入夹城^⑦。

【注释】

①"洪河"句：混浊的黄河水和澄清的渭水，以及清澈的天池。河，指黄河。渭，指渭河，渭河是黄河最大的支流，在今陕西西安市境内汇入黄河。天池，传说中北方的一座水池，冯注："《列子》：终发北之北，有溟海者，天池也。"

②"太白"句：终南山的地轴相互牵制。冯注："《水经注·渭水篇》：太一山古文以为终南，杜预以为中南也，亦曰太白山，在武功县南，去长安二百里，不知其高几何，俗云武功太白，去天三百。《河图括地象》：地有八柱，广十万里，有三千六百轴，互相牵制。"

③"祥云"句：祥云辉映宫阙。《旧唐书·宣宗纪》："（大中三年）六月癸未，五色云见于京师。"汉宫，代指长安的宫阙。

④"春光"句：春光照耀秦川，犹如织绣画卷一般美丽。秦川，泛指今陕西中部、秦岭以北的关中平原一带。

⑤"草妒"句：青草嫉妒美人头上玉色的钿朵。钿朵，用玉制成的花状饰物。唐元稹《送王十一郎游剡中》诗："百里油盆镜湖水，千重钿朵会稽山。"

⑥"风回"句：风吹动公子身上佩戴的玉佩，发出轻轻碰撞的声音。

⑦"六飞"二句：指当年唐玄宗带领妃嫔和众随从由大明宫夹城出左银台门到长安城夹城，再直下芙蓉苑游赏的情景。车辇在皇城夹道中，外面的人看不到里面的情形。冯注："《汉书·爰盎传》：陛下骋六飞，驰不测山。《两京新记》：开元二十年，筑夹城入芙蓉园，自大明宫夹东罗城复道，经通化门观以达兴庆宫，次经春明延喜门至曲江芙蓉园，而外人不知也。《长安志图》：夹城，玄宗以隆庆坊为兴庆宫，附外郭为复道，自大明宫潜通此宫及曲江芙蓉园；又十宅皇子，令中官压之于夹城起居西外郭庑后。宣宗于夹城南头开便门，自芙蓉园北入青龙寺，俗号

新开门。"

【评析】

对杜牧此诗，历来持好评者不少，且多认为此诗从整体风格上不落俗套，能自出新意，尤其能不落晚唐诗之窠臼，如宋元之际的方回《瀛奎律髓》："诗人于四方风土皆能言之，至于长安、洛阳、邺都、金陵帝王建都之地，则多见于怀古之作，而述今者少。牧之长安六诗，于五诗之末，各寓闲中自静之意。独此诗前夸形势，后叙侈丽，亦足以形容天府之盛，故取之。五诗内如'韩嫣金丸莎覆绿，许公鞯汗杏妆红'、'投钓谢家池正雨，醉吟隋寺日沉钟'、'白鹿原头回猎骑，紫云楼下醉江花'，又《街西长句》云'游骑偶同人斗酒，名园相倚杏交花'，皆艳冶而不流。当其时，郊、岛、元、白下世之后，张祜、赵嘏诸人皆不及牧之，盖颇能用老杜句律，自为翘楚，不卑卑于晚唐之酸楚凑砌也。"该评语认为杜牧此诗"独此诗前夸形势，后叙侈丽，亦足以形容天府之盛"，能很好地展现长安形貌和盛况，这一点是值得肯定的。而且杜牧此诗描写长安气势恢宏，大到长安地理位置，小到芙蓉道与夹城，且认为杜牧此诗"盖颇能用老杜句律，自为翘楚，不卑卑于晚唐之酸楚凑砌也"，可以说是很切中要点的评价。

"洪河清渭天池浚，太白终南地轴横"乃言长安城之地理位置，然言黄河之水混浊，言渭河之水清澈，又言天池水之清浚，可以说是极言长安地处绝佳，与黄河、渭河临近。此处言及天池，可谓是对长安城的赞美。终南山又名太白山，从长安城望去犹如大地的中轴一样矗立着，可见太白山之雄伟，而长安城刚好就毗邻此山。这一句都是在借黄河、渭水及终南山言长安地理位置之优越。"祥云辉映汉宫紫，春光绣画秦川明"一句云长安城的殿宇有祥瑞之气笼罩，在春光的照耀下，长安城所属的秦川一带就如同一幅绣画一般美艳动人。"草炉佳人钿朵色，风回公子玉衔声"一句说皇宫内佳人装扮华丽，连草也要嫉妒美人头上的钿色头饰。在一阵风吹拂下，皇宫内响起一片碧玉互相碰撞而发出的声音，那是公子们佩戴在腰间的玉佩。这里说长安城内美人穿着华丽，公子们也雍容富贵的景象。"六飞南幸芙蓉苑，十里飘香入夹城"一句说唐玄宗带领妃嫔和众随从由大明宫夹城出左银台门到长安夹城，再直下芙蓉苑游赏的情景。车辇在皇城夹道中，外面的人看不到里面的情形。这一句似乎有讽喻意味，唐明皇大修芙蓉苑，又携众嫔妃和爱卿前来游玩，似在刺其消耗过度。如《瀛奎律髓汇评》中何义门所言："浑成精妙。如此山川，宜孕毓英贤，乃唯见纷纷游童妖女，所以刺也。此篇不减工部。"指出此诗不在杜甫之下。

这首诗整体上由远及近、由大到小地描绘长安城之盛景，遣词造句也别出心裁，因而受到前人好评，如金圣叹《贯华堂选批唐才子诗》："一写长安如此水，二写长安如此山，三、四却于如此山、水中间，写长安如此宫阙迤逦。五写长安如此佳丽，六写长安如此游侠。自一、二、三、四，渐渐写至五、六，而后七、八方始直写'六飞南幸'、'十里飘香'。言长安如此流风遗俗，皆是上行下效也。"该评语从整体上肯定了杜牧的诗作，认为他笔下的长安的山水、宫阙和流风遗俗都写得详略得当。《瀛奎律髓汇评》："纪昀：风格自遒。许印芳：愚观牧之《樊川集》古体常病猥杂率易，唯近体可取。近体中七言最工，七绝佳篇尤夥，七律亦多可采者。此诗三、四分之皆拗句，合之则上下不粘，乃古调也。牧之七律每有此格，所谓寓拗峭以矫时弊者，即此可见。"《唐诗笺注》云："对起工而奇。二句写出长安胜境，可谓善于形容。"这几句评语都从此诗的体制、格律入手进行评价，可以说是对杜牧此诗极大的肯定。

（杨香梅）

河　湖①

元载相公②曾借箸③，宪宗皇帝亦留神④。
旋见衣冠就东市⑤，忽遗弓剑不西巡⑥。
牧羊驱马虽戎服⑦，白发丹心尽汉臣⑧。
唯有凉州⑨歌舞曲，流传天下乐闲人⑩。

【注释】

①河湟：湟水与黄河汇合的区域，唐时指陇右、河西地区，是唐与吐蕃的边境地带，安史之乱中为吐蕃所侵占。今指青海省东部与甘肃省交界处的黄河湟水流域地区。

②元载相公：唐代宗时的宰相元载，字公辅，曾任西州（治所在今新疆吐鲁番市）刺史，熟悉河西、陇右的山川形势。相公，指宰相。顾炎武《日知录》："前代拜相者必封公，故称之曰相公。"

③借箸：指为君王筹划国事。箸，筷子。用"借箸代筹"典，语出《史记·留侯世家》。张良曾在刘邦吃饭时进策说："臣请借前箸为大王筹之。"

④"宪宗"句：言唐宪宗也曾有收复河西之意。宪宗，唐宪宗李纯（778—820）。《新唐书·吐蕃传》："宪宗常览天下图，见河湟旧封，赫然思经略之，未暇也。"留神，指关注河湟地区局势。

⑤"旋见"句：此句与第一句相关，大历十二年（777）元载因罪下狱，代宗诏令其自杀一事。旋，不久。衣冠，士大夫的穿戴，指做官的人。就，到。东市，汉代长安市名，汉长安城有东、西二市，亦为行刑场所，这里代指朝廷处决罪犯之地。衣冠东市，指官吏在职期间被处死。

典出《汉书·晁错传》："错衣朝衣，斩东市。"

⑥"忽遗"句：此句与第二句相关，言宪宗未及实现安边计划就去世了。遗弓剑，指帝王之死，古代传说黄帝仙去，只留下弓剑。典出《水经注·河水》："阳周县桥山上有黄帝冢。帝崩，唯弓剑存焉。"这里代指唐宪宗之死。不西巡，指唐宪宗没有来得及实现收复西北疆土的愿望。

⑦"牧羊"句：牧羊驱马，指河湟地区遭受吐蕃贵族奴役却仍心向汉室的百姓。牧羊典出《汉书·苏武传》："杖汉节牧羊，卧起操持，节旄尽落。"戎服，游牧民族的服装。

⑧"白发"句：此处联系上句，是用身陷匈奴的苏武来比喻河湟百姓身陷异族而忠心不移，受尽苦难仍忠于李唐皇朝。《汉书·苏武传》："武留匈奴凡十九岁，始以强壮出，及还，须发尽白。"

⑨凉州：唐代河湟地区州名，本为唐王朝西北属地，安史之乱中被吐蕃夺取，辖地在今甘肃永昌县以东、天祝县以西地区，州治在今甘肃武威市。《新唐书·地理志》："凉州武威郡。"此处又指唐时乐曲《凉州》，因从凉州传入，故名。

⑩乐闲人：供闲散之人娱乐。意在讽刺承平权贵们只会传唱从边地传入的歌曲，已经忘记了失陷的河湟地区和那里被奴役压迫的人民。

【评析】

《河湟》是杜牧直刺时事的一首七言律诗。这首诗直接深刻地反映了杜牧心怀天下的忧患意识，流露出其对时局的关注以及对人民的同情，旨在讽刺当世权贵耽于安乐、不思收复的现实，表现出强烈的爱国主义思想。关于这首诗的系年，难以确考。但从诗歌整体流露出的凄酸怅恨之情中，可大致推定为大中三年（849）收服河湟三州七关之前所作。

本诗以"河湟"为题，十分醒目，寓主旨于其中，起到了统领全篇的作用。河湟本指湟水与黄河合流处的一片地方，这里用以指被吐蕃乘机占领的河西、陇右之地。安史之乱爆发后，吐蕃乘机进占了河湟地区，对唐朝政府造成了极大的威胁。自肃宗朝以来，当地人民遭受奴役、流离失所，而唐政府长期不能收复。杜牧有感于晚唐的内忧外患，因而热切主张讨平藩镇割据、抵御外族侵侮，始终关心西北边区的局势，收复河湟也就成为了其政治上的一大夙愿。明代杨慎在《升庵诗话》中论及此诗云："'元载相公曾借箸，宪宗皇帝亦留神。旋见衣冠就东市，忽遗弓剑不西巡。'观此则载曾谋复河湟，史亦不言其事。"虽然杜牧谋划河湟的政治主张并未见载于史册，但其对收复河湟的渴望却屡次见著于诗章。如"弦歌教燕赵，兰芷浴河湟。"（《郡斋独酌》）、"何当提笔侍巡狩，前驱白旆吊河湟。"（《皇风》）、"河湟非内地，安史有遗尘。"（《史将军二首》其二）、"要君严重疏欢乐，犹有河湟可下鞭。"（《中丞业深韬略，志在功名，再奉长句一篇兼有谄劝》）等等。这首《河湟》便是其中最为著名的一篇。

此诗从整体上可以分为两层，写作手法也是各富特点。前四句为第一部分，写到：宰相元载对西北边事多所策划，却不为代宗所用，反遭不测；宪宗也曾锐意收复河陇，却不及西征，赍志以殁。其首联颔联相互勾连，采用分承的方法，第三句承首句、第四句承次句，分咏两人两事，同时意含转折，显得跌宕有致，俊爽不群。这种手法显然是从杜甫那儿学来的，杜甫有《存殁口号二首》其一："席谦不见近弹棋，毕曜仍传旧小诗。玉局他年无限笑，白杨今日几人悲。"其二："郑公粉绘随长夜，曹霸丹青已白头。天下何曾有山水，人间不解重骅骝。"都是分咏两人两事。但杜甫诗中的人和事彼此关系不大，而杜牧诗所咏的元载、宪宗，都扣紧"河湟"这一主题，所以从结构上看，显得更为紧凑，并在内容上形成转折，突出了壮志未酬遗恨千古之感。同时，在此一气呵成的四句中，诗人还一连使用了三个典故，影射时事。首先"借箸代筹"用张良之典，而后"衣冠东市"用晁错之典，这不仅使得诗句大开大合，贯连今古，更是通过将元载与张良、晁错等历史名臣相类举，来表现诗人对其的推重与惋惜。"忽遗弓剑"则采用黄帝升仙的传说，借言宪宗之死，并暗指宪宗喜好神仙之术，十分巧妙。诗人在这里对宪宗被宦官所杀采取了委婉的说法，流露出对其西巡未就而猝然崩逝的叹惋。以上四句全用叙述，不着议论，但诗人对河湟迟迟不能收复的怅恨之情，却已力透纸背，溢于言表。此诗首联质朴，文采不足，倒是颔联写得极佳，颇受好评。对此吴可在《藏海诗话》中已指明："'元载相公曾借箸，宪宗皇帝亦留神'。此联甚陋，唐人多如此……子苍云：小杜《河湟》一篇第二联'旋见衣冠就东市，忽遗弓剑不西巡'极佳，为'借箸'一联累耳。"

此诗的后四句为第二部分，采用强烈的对照描写，表达了诗人鲜明的爱憎。首先是正面描写河湟百姓的浩然正气，"虽"和"尽"两个虚字用得极好，一抑一扬，笔势拗峭劲健。展现了河湟的百姓虽然沦没异族，"牧羊驱马"，备受屈辱与压迫，但却永远"白发丹心"地忠于大唐王朝。最后一联则笔锋忽曲，诗人没有采用直接描写的手法直抒胸臆，而是抓住那些富贵闲人陶醉于从河湟传入的凉州曲这样一个细节，将他们的醉生梦死、耽迷安乐之态揭露得淋漓尽致。通过这尾联一句，诗人把满腔的抑郁不平之气以旷达幽默的语气表达出来，使白发丹心的臣民与沉迷歌舞的"闲人"形成了鲜明的对比，而此处的"闲人"又与前四句中死而后已的元载、宪宗等遥相对举，从而使全诗寄寓了深刻的讽刺含义，显得抑扬顿挫，发人深省。

总的来说，杜牧这首《河湟》，写得劲健而不枯直，阔大而显深沉，符合杨慎《升庵诗话》所云："律诗至晚唐，李义山而下，惟杜牧之为最。宋人评其诗豪而艳，宕而丽，于律诗中特寓拗峭，以矫时弊，信然。"

（李焯炜）

题永崇西平王宅太尉愬院六韵^①

天下无双将，关西^②第一雄。授符黄石老^③，学剑白猿翁^④。矫矫云长^⑤勇，恂恂郤縠^⑥风。家呼小太尉^⑦，国号大梁公^⑧。半夜^⑨龙骧^⑩去，中原虎穴^⑪空。陇山^⑫兵十万，嗣子^⑬握珊弓。

【注释】

① 题永崇西平王宅太尉愬院六韵：永崇，指李晟（chéng）宅第。《长安志》载朱雀街东第三街永崇坊有司徒兼中书令李晟宅。西平王，指李晟。《旧唐书·李晟传》载唐德宗兴元元年（784），赐李晟永崇里第，入第之日，京兆府供酒馔，赐教坊乐具，鼓吹迎导，宰臣节将送之。改封西平郡王。太尉，官名，掌握全国兵权。《唐六典》："太尉正一品"。愬（sù），李晟儿子。《旧唐书·李晟传》载晟十五子，愿、愬、听最知名。六韵，律诗的一种韵法。排律隔句押韵，一韵两句，六韵是十二句。

② 关西：指函谷关以西的地区，今陕西、甘肃二省。李愬为甘肃洮（táo）州（今甘肃临潭县）人。

③ "授符"句：黄石老，据说是传张良兵法的老人，见《史记·留侯世家》："出一编书，曰：'读此，则为王者师矣。后十年兴。十三年，孺子见我济北谷城山下，黄石即我矣。'遂去，无他言，不复见。旦日视其书，乃《太公兵法》也。"

④ 白猿翁：传说中神猿所化之老人。见《吴越春秋》。

79

⑤云长：三国时期蜀将关羽，字云长，诗文中多以其喻武将。

⑥郤縠（xì hú）：春秋时期晋国人，学问好人品佳，诗文中多以其喻儒将。《国语》："公问元帅于赵衰。对曰：'郤縠可，行年五十矣，守学弥惇。'"

⑦小太尉：指李愬。

⑧大梁公：原注"太尉季弟司徒德亦封梁国公"。新、旧《唐书·李愬传》及《宰相世系表》中均为"凉国公"。冯氏认为，据唐时封号，大约多依本贯，李氏出陇右，疑封凉国公为是，"梁"字为传写之误。且李晟诸子无名德者，原注中"德"应为"听"之误字。

⑨半夜：指李愬薨逝的时间。

⑩龙骧（xiāng）：指晋时大将军王濬，拜龙骧将军。

⑪虎穴空：虎穴，指西平宅李愬院。愬为虎将，宅即虎穴，"虎穴空"即指李愬离世，也指中原再无人。

⑫陇山：山名，位于陕西陇县西，是关中西南面的屏障，古时又称陇坂、陇坻。

⑬嗣子：指李愬的嫡长子李玭（pín）。原注："今凤翔李尚书，太尉长子。"李玭曾任凤翔节度使，大中三年（849），收复秦州。

【评析】

关于此诗的系年，缪钺将其归于大中四年（850），《杜牧传·杜牧年谱》从末句"陇山兵十万，嗣子握琱弓"切入，依据原注"今凤翔李尚书，太尉长子"，在认同冯集梧《樊川诗集注》中"嗣子"为李愬嫡长子李玭的基础上，再根据吴廷燮《唐方镇年表》卷一，得知李玭为凤翔节度使在大中三四年间，故判断本诗当于此时所作，系于大中四年。吴在庆《杜牧集系年校注》也持相同观点，认为此诗作于大中三四年间。

关于此诗的品评不多，只有清末宋宗元的《网师园唐诗笺》中在"家呼小太尉，国号大梁公"二句下评："此谓清真"四字。在清代评点家眼中，"清真"是指作品不杂糅，有淳真之性。如章学诚《与邵三云》："作诗文律，不外清真二字。清则气不杂也，真则理无支也。此二语知之甚易，能之甚难。"薛雪《一瓢诗话》中也说："文贵清真，诗贵平淡；若误认疏浅为清真，何怪以拙易为平淡？"可知，清真贵在"自然天成"之感。此诗以前六句铺垫李愬生时天下无双、英勇卓绝，第七、八句"家呼小太尉，国号大梁公"则是写死后被封为太尉、梁国公，突出其勋高位重，句中的"家呼"、"国号"形成小大之对比，表现了李愬于军中英勇善战，于国家贡献重大，但虽有此意，也不及章实斋、薛雪所说的"清真"之实质。在小杜的诗作中，其深刻情感多藏于末尾，本诗"半夜龙骧去，中原虎穴空"二句似胜于"家呼"二句，虽还不及清真之境，但曲折达意。依冯注所言，"半夜"暗引《庄子》典、"龙骧"引王濬典，人去"虎穴空"又含双关之意，前句以时间切入，后句从空间描写，从广阔的时空视角表达了对于将军逝去、中原无人的悲伤之情，本诗也有了悲怆豪壮的色彩。

此诗前半部分以"遥想"的方式描写了李愬兵法奇绝、剑法无双，既有关羽勇猛之武将之姿，又有郤縠温顺的儒士之风，几乎句句用典，夸赞李愬居功至伟，赢得了生前身后名。李家三代均有军功，李晟平定朱泚、李愬平淮蔡、李㸅收复秦州，世代袭勋受宠，正如杜牧在《寄唐州李㸅尚书》中所言："累代功勋照世光。"后半部分则将遥思收回于现实，惜英雄逝去，叹旧院无主，情感的回落与前半部分形成反差，使人感叹物是人非，结尾表达了对嗣子握弓、继续荣光的希冀。杜牧或许也联想到了自身，他在三十八岁时创作的《冬至日寄小侄阿宜诗》中追忆祖父杜佑时期："旧第开朱门，长安城中央。第中无一物，万卷书满堂。家集二百编，上下驰皇王。"也表达了对阿宜勤奋好学、将来为官的期望："愿尔一祝后，读书日日忙。一日读十纸，一月读一箱。朝廷用文治，大开官职场。愿尔出门去，取官如驱羊。"而作此诗之时，杜牧已四十八岁，其五十年的生命历程已临近尾声。他在朝廷中既不得意，也因京官俸禄低，难以养家，而连上三启请求外任。他描写着李愬的英勇无双，李家三代的勋荣无上，却在诗篇内外都不禁流露了时不待人、英雄已逝的悲凉感。该诗的整体节奏安排合理，在六韵十二句的体制中，情感起伏由高至低，结尾又回升，可见杜牧在困境之中仍对明朗的未来抱有期待。

（杨乐　黄鸣）

过勤政楼^①

千秋令节^②名空在，承露丝囊^③世已无。
唯有紫苔偏得意，年年因雨上金铺^④。

【注释】

①勤政楼：唐玄宗时所建，全称为"勤政务本楼"，为玄宗君臣商议国事之地。据《新唐书·礼乐志》记载，明皇以马百匹，盛饰分左右，每千秋节舞于勤政楼下，后赐宴设酺于勤政楼。

②千秋令节：唐玄宗生于八月五日，开元十七年（729）时定此日为千秋节。杜牧《华清宫三十韵》亦有"歌吹千秋节"一语。

③承露丝囊：以彩丝编织而成的囊袋，唐代节日相赠之物。据《旧唐书·玄宗纪》，开元十七年（729）八月，"上以降诞日，谦百僚于花萼楼下。百僚表请以每年八月五日为千秋节，王公已下献镜及承露囊，天下诸州咸令谦乐，休暇三日，仍编为令，从之"。《唐会要》卷二九亦云：

"开元十七年八月五日，左丞相源乾曜、右丞相张说等上表，请以是日为千秋节，著之甲令，布于天下，咸令休假。群臣当以是日进万寿酒，王公戚里，进金镜绶带，士庶以丝结承露囊，更相问遗。"

④金铺：古代门上兽面形铜造环钮。

【评析】

此篇为七绝咏史诗。全诗写诗人过勤政楼之所感，以绝句之短小体制蕴含无尽情思，其具体的感情亦可分为两大向度。

其一为对玄宗耽溺享乐而至荒废朝政之选择的讽谏与痛心。如上所述，勤政楼全名为"勤政务本楼"，千秋节之令名亦由玄宗而得。但物是人非，诗歌首篇两句即用"空""无"二字表明昔日盛况早已烟消云散。据冯注引《新唐书·礼乐志》"千秋节者，玄宗以八月五日生，因以其日名节，而君臣共为荒乐，当时流俗，多传其事以为胜，其后巨盗起，陷两京，自此天下用兵不息，而离宫苑囿，遂为荒湮"，可见以"勤政"为名却转眼成空之规讽意蕴。

其二为杜牧深邃之历史思考。诗歌前两句言"空""无"，后两句则再次复归于"有"。

《唐诗选脉会通评林》记载："周珽为'虚接体'。夫苔必以无人行地始生，'年年因雨'，至上于金铺，则比'楼台深锁无人到'更深矣。回想千秋宴庆之盛时，能不起后人凭吊之悲感乎？'偏称'二字，借无情之苔，为有意描写凄凉，构思甚奇。"《诗境浅说续编》亦云："开元之勤政楼，在长庆时白乐天过之，已驻马徘徊，及杜牧重游，宜益见颓废。诗言问其名则空称佳节，求其物已无复珠囊，昔年壮丽金铺，经春雨年年，已苔花绣满矣。后人过萤苑诗云：'闪闪寒磷犹得意，夜深来往豆花丛。'与此诗后二句同意。因废苑荒凉，为萤火、苍苔滋生之地，客子所伤心者，正萤与苔所称意，其荒寂可知矣。"这两条评论,着眼于杜牧构思之"奇",以及其诗意的转折安排,表现出盛世不再,空留楼台,客子异时追恨,亦难免嗟叹之意。诗歌题名为"过勤政楼",一"过"字可见作者身为京城之过客;诗中刻画楼宇、丝囊、紫苔,景虽为自身所见,却无一语落实于人之上,可见作者亦自视为历史云烟之过客;后两句虽言紫苔得意,却仍有凭恃,年年需因雨而来。无情之苔尚有依恃之物,可见生灭无穷,何人何景又能永恒不变?一诗之中,几经顿挫,托出自身感怀,于此可见杜牧用情之深。

（柴瑞瑞）

念昔游三首①

其　一

十载飘然绳检外②,樽前自献自为酬。
秋山春雨闲吟处,倚遍江南寺寺楼。

【注释】

①念昔游三首:诗题原为"念昔游",据夹注本改为"念昔游三首"。王西平先生在《杜牧诗文系年考辨》一文中云:"杜牧入仕后的十年,大部时间是在江南作幕府吏,而以宣州时间最长。故三首之二、之三均为思念宣州游览事。"又根据诗中的"十载",认为此组诗是杜牧第二次到宣州后的思旧之作,因此题为《念昔游》。

②"十载"句:杜牧于唐文宗大和二年(828)进士及第,步入仕途,至唐文宗开成三年(838)正好为十年,本诗应为此年在宣州作。飘

然，悠然自得貌。绳检，指约束，多指世俗礼教。

【评析】

《念昔游三首》是杜牧追忆往日游踪的一组七言绝句，这是其中第一首。王西平先生的《杜牧诗文系年考辨》云："杜牧入仕后的十年，大部时间是在江南作幕府吏，而以宣州时间最长。故三首之二、之三均为思念宣州游览事。"又根据《念昔游》第三首"李白题诗水西寺"句，水西寺在宣州泾县，认定该诗为杜牧第二次到宣州后的思旧之作，且这首诗中有"十载飘然绳检外"句，从杜牧入仕之年——唐文宗大和二年（828）后推十年，刚好是唐文宗开成三年（838），王西平先生考证"此年杜牧正在宣州"，在此采用王西平先生的推论，暂将这首《念昔游》系于开成三年（838），杜牧时年三十六岁。

后人在对此诗进行评点时，多将其看作杜牧本人早年生活的真实写照，如刘永济选注的《唐人绝句精华》称"此诗可作《遣怀》诗自注"，杜牧有《遣怀》诗两首，此处应指"落魄江南载酒行，楚腰肠断掌中轻。十年一觉扬州梦，赢得青楼薄幸名"一诗，清代诗人田雯的《古欢堂集杂著》卷二谓《遣怀》诗"乃牧在扬州为牛僧孺书记时作也"，并指出杜牧"负才不羁，日为放浪狎邪之行"。这两首诗中，均可看出杜牧的性格特点，其为人风流倜傥，不喜被礼法规矩约束，即使在入幕之后，仍然醉心于游览名胜，流连于歌楼楚馆。这两首诗互为印证，从中可以窥见青年杜牧初入仕途之后的思想与生活。

杜牧的这首《念昔游》是其生活情趣的自我写照，前两句交代自己不喜被约束的个性特征，后两句则是对自己十年间生活轨迹的高度概括，将自己喜好游历山水、沉醉于江南美景的生活情趣展露无疑。这首诗含蓄蕴藉，充满了文人雅趣，读来余味悠长，耐人寻味，正如王士禛在《唐人万首绝句选评》中评价此诗曰："含情言外，悠然神远。”

（陈珂岚）

过华清宫^①绝句三首

其 一

长安回望绣成堆^②，山顶千门次第开^③。
一骑红尘妃子笑^④，无人知是荔枝来。

【注释】

①华清宫：在今陕西西安市临潼区南骊山西北麓。天宝年间，唐玄宗、杨贵妃常到此游幸。

②绣成堆：骊山上有东、西绣岭，唐开元、天宝时，山岭上花木茂盛，远望如锦绣成堆。

③“山顶”句：形容宫室之多。

④“一骑”句：李肇《唐国史补》载："杨妃生于蜀，好食荔枝，南海所生，尤胜蜀者，故每岁飞驰以进。"《开元天宝遗事》也有记载。红尘：带红色的尘土。苏轼《荔支叹》："十里一置飞尘灰，五里一候兵火催。颠坑仆谷相枕藉，知是荔支龙眼来。飞车跨山鹘横海，风枝露叶如新采。宫中美人一破颜，惊尘溅血流千载……"即取杜牧诗意。瞿佑《归田诗话》言："（宋）徽宗于禁苑植荔支，结实以赐燕帅王安中。《御制》诗云：'葆和殿下荔支丹，文武衣冠被百蛮。思与近臣同此味，红尘飞鞚过燕山。'尽用樊川'一骑红尘妃子笑，无人知是荔枝来'句意，竟成语谶。"

【评析】

有关该诗的创作时间，缪钺《杜牧传·杜牧年谱》并未系年。而刘逸生的《杜牧诗选》认为此诗追原祸始，借讽刺唐玄宗、杨贵妃二人而警醒当时的皇帝唐敬宗，又唐敬宗在位时间为公元825—826年，故该诗应作于此期间。对于这首诗的旨意，历来评论家都持一致的看法，即托喻和讽喻。杜牧经过华清宫抵达长安时，看到威武森严的华清宫，由此联想到华清宫中奢华靡乐的生活，有感而发，以此揭露"安史之乱"祸根，表达自己内心的慨叹，加以议论。通过唐玄宗不惜劳民伤财为杨贵妃供应荔枝这一典型事件，鞭挞了玄宗与杨贵妃的骄奢淫逸，巧妙地总结了历史，表达了诗人对最高统治者的穷奢极欲、荒淫误国的愤慨之情。同时暗含讽劝之意，警醒后代统治者切勿重蹈覆辙。钟惺、谭元春《唐诗归》评此诗"可见可想"，有着以微见著的艺术效果，精妙绝伦，脍炙人口。

杜牧咏史诗多以词隐义直之法运作全篇。起首二句描写宫殿壮丽雄伟之貌，展现广阔深远的骊山全景。俞陛云《诗境浅说续编》有评："首二句赋本题，宫在骊山之上，楼台花木，布满一山，亦称绣岭，故首句言'绣成堆'也。"此处，杜牧以双关之语"绣成堆"，既指骊山两旁的东、西绣岭，又用来形容美不胜收的满山花木。然而看似太平之景，却暗含反思。后两句陡然一转，由眼前之景进行联想，回首思索国运衰微的原因，以"妃子笑"托兴，借用周幽王为博褒姒一笑烽火戏诸侯的典故，讽刺唐玄宗为博杨贵妃一笑而劳师动众运送荔枝的行为。

关于诗歌后两句的点评，谢枋得《注解选唐诗》言："明皇天宝间，涪州贡荔枝，到长安，色香不变，贵妃乃喜。州县以邮传疾走称上意，人马僵毙，相望于道。'一骑红尘妃子笑，无人知是荔枝来'，形容走传之神速如飞，人不见其何物也。又见明皇致远物以悦妇人，穷人之力，绝人之命，有所不顾。如之何不亡？"《唐人万首绝句选评》亦云："此因过华清宫追思往事而作。末二句谓红尘劳攘，专奉内宠，感慨殊深。皆以女宠误国作结。"《增定评注唐诗正声》录郭濬语："'无人知'，写得忽然，又讽得婉。"都是确论。杜牧以曲幽之笔托微讽之意，含而不露，发人深省。

吴乔《围炉诗话》说："诗贵有含蓄不尽之意，尤以不着意见、声色、故事、议论者为最上。"又云："诗乃一念所得，于一念中，唐、宋体有相参处，何况初、盛、中、晚而能必无相似耶？如杜牧之《华清宫》诗：'霓裳一曲千峰上，舞破中原始下来。'语无含蓄，即同宋诗。又云：'一骑红尘妃子笑，无人知是荔枝来。'语有含蓄，却是唐诗。"此评确实在理。杜牧这首诗的艺术魅力就在于含蓄、精深，不同于其本人其他咏史诗直抒讽谏，此诗并未给予唐玄宗和杨贵妃直接批讽，而是形象地用"一骑红尘"与"妃子笑"构成鲜明的对比，颇似周幽王烽火戏诸侯博褒姒一笑，其中的深刻内涵更引人深思和遐想，形成了比直抒己见强烈得多的艺术效果。杜牧的七绝，多以咏史议论见长，常含讽谏之意，因而独具魅力。《唐诗绝句类选》评："此赋当时女宠之盛，而今日凄凉之意于言外见之，太白'吴王美人'篇同意。"将该诗与李白《口号吴王美人半醉》作比，点明二者看似都描写帝王嫔妃的生活，实则借古鉴今，引为警戒，影射讽刺现实。谢榛《四溟诗话》则指出鲍防《杂感》与该诗"皆指一事，浅深自见"，称赞杜牧笔力之精深。全诗语言朴素自然，不事雕琢而寓意立显，含蓄有力，实为唐人咏史绝句中的佳作。而胡仔《苕溪渔隐丛话》言："据《唐纪》：'明皇以十月幸骊山，至春即还宫，是未尝六月在骊山也。然荔枝盛暑方熟。词意虽美而失事实。'"，批评该诗与事实不符，程大昌《考古编》据《开元遗事》及白居易《长恨歌》所言，每至七月七日帝妃于华清宫游宴，推断"杜牧之诗，乃当时传信语也。世人但见唐史所载，遽以传闻而疑传信，最不可也。"诚如斯言，有关诗歌的史实讨论确实不可忽视，但因过度考证史实而忽略诗歌背后着重传达的骄奢淫逸乃国乱之祸根的历史教训，确实过于片面。因此，清代贺裳评此诗"细推诗意，亦止形容杨氏之专宠，固不沾沾求核"，正是透过杜牧所描写场景感受到了其中的深意，可谓是解此诗之关窍。

（方姝玮　黄鸣）

过华清宫绝句三首

其　二

新丰绿树起黄埃[①]，数骑渔阳探使回[②]。
霓裳一曲千峰上[③]，舞破中原始下来[④]。

【注释】

①"新丰"句：唐设新丰县，在陕西西安市临潼区东北，离华清宫不远。黄埃，指马飞奔扬起的尘埃。

②"数骑"句：指唐王朝遣使到安禄山处察看他有无谋叛之意。

③"霓裳"句：霓裳，《霓裳羽衣曲》，宫廷舞曲，是唐玄宗根据西凉节度使杨敬述进献的西域舞曲改编而成。千峰，指骊山的众多山峰。

④"舞破"句：指唐玄宗耽于歌舞享乐而误国，导致安史之乱的爆发。

【评析】

这首诗同样是杜牧目睹长安现状有感而作。诗中借安禄山谋反和唐玄宗的荒淫误国来讽喻当下黑暗的政治现实。全诗笔调冷静，虽不着一"怨"字，而讽刺意味极强。诗的开头从探使报信这一角度来写唐玄宗被安禄山蒙在鼓里，体现了统治者的昏庸与愚昧，又描写霓裳舞曲下的繁盛景象，和唐王朝即将由盛转衰的历史事实形成鲜明对比。杜牧此诗没有正面描写唐玄宗之荒淫误国，也没有直接感慨唐王朝的厄运即将到来，而是从渔阳探使这一细微的节点入手，进而展开安禄山买通使者辅璆琳对唐玄宗进行欺骗入手，看似轻描淡写，实则蕴藏汹涌的情感，包含强烈的讽刺意味，正如《唐诗笺注》所言："'舞破中原始下来'，造句惊人，奇绝，痛绝！"《唐贤小三昧集续集》："语带诙谐，妙绝千古。"这几句评语都肯定了杜牧诗的讽刺意味。此句角度新颖，截取一处而全局尽现，体现了杜牧别具一格的视角。

诗中所言之事即天宝年间，安禄山兼任平卢、范阳、河东三镇节度使。他伺机谋反，暗地里大肆招兵买马，聚敛财货。然而唐玄宗却对他十分宠信，根本没有产生怀疑，甚至因为安禄山在他面前作胡旋舞就认他作干儿子。皇太子和宰相杨国忠屡次因为安禄山伺机谋反劝谏玄宗，玄宗才派中官辅璆琳以赐柑为名去探听虚实。"新丰绿树起黄埃，数骑渔阳探使回"一句说唐玄宗派去调查安禄山的信使回来途经新丰，由于马匹众多，扬起的灰尘笼罩了原本翠绿的道旁树木，那是信使们从渔阳巡视回来。这一句杜牧没有直接写唐玄宗的昏庸无能，只是交代了渔阳信使回来报告消息的场面，背后其实是辅璆琳受安禄山厚赂，回来后盛赞他的忠心，谎称安禄山没有谋逆之心，而唐玄宗却信以为真。尽管唐玄宗身边的人屡次劝谏，他也置若罔闻。直到安禄山终于发动政变，唐玄宗才悔不当初。只取一景却已交代了整个历史背景，足见杜牧笔力深厚。"霓裳一曲千峰上，舞破中原始下来"二句写唐玄宗歌舞升平的场景。华清宫位于骊山，极言歌舞场面之盛，以至于整个骊山都是歌舞的海洋，此处杜牧用了夸张的手法，写骊山上到处是歌舞升平的场面，竟要"舞破中原"才下来。这里在一定程度上也暗指了唐玄宗贪图享乐、执迷不悟导致了安史之乱的爆发，最终落得个几乎亡国的下场。这两句诗可谓是直指唐玄宗失国的原因，直露无遗。正如吴乔在《围炉诗话》中所言："杜牧之《华清宫》诗：'霓裳一曲千峰上，舞破中原始下来。'语无含蓄，即同宋诗。"

这首诗选取唐玄宗轻信谎言而长期醉生梦死，最终导致唐王朝几近灭亡的历史来讽刺当下的政治。杜牧借古讽今，虽然全诗没有出现一个"怨"字，但其强烈的讽刺意味却表现得淋漓尽致，可见杜牧之笔力强劲。这首诗也表达了杜牧对最高统治者穷奢极欲和荒淫无度的强烈批判，在遣词造句上足见诗人才华和功底，大有杜工部遗韵。

（杨香梅）

登乐游原 ①

长空澹澹孤鸟没 ②，万古销沉向此中 ③。
看取汉家何事业 ④，五陵无树 ⑤ 起秋风。

【注释】

① 乐游原：古地名，在唐长安东南，地势高旷。西汉宣帝时，在此建乐游庙，故名。是当时有名的登临游览胜地，遗址在今陕西西安市大雁塔东北。《长安志》："万年县乐游庙，在县南八里。"《汉书》："宣帝起乐游庙，在曲江北，亦曰乐游原。"

②"长空"句：澹澹，广漠无边的样子。孤鸟没，《唐音戊签》："杨用修欲改为'没孤鸿'趁韵，误。"没，消失。

③"万古"句：销沉，销亡，沉埋。销，同"消"，消散，消失。此中，指乐游原四周。岑参诗："五陵北原上，万古青濛濛。"

④"看取"句：汉家，汉朝，此有以汉喻唐之意。事业，功业。事，一作似。

⑤五陵无树：五陵，指汉代五位皇帝的陵墓，分别为汉高帝刘邦的长陵、汉惠帝刘盈的安陵、汉景帝刘启的阳陵、汉武帝刘彻的茂陵、汉昭帝刘弗陵的平陵，都在渭水北岸，自今兴平市东北至咸阳市东北，是汉朝全盛期的象征。《汉书·原涉传》："长安五陵，诸为气节者，皆归慕之。"无树，古代陵墓前必种树，五陵无树指汉末三国时，五陵均因兵乱被盗而遭破坏，已成为一片荒凉之地。《三国志·魏志·文帝纪》："丧乱以来，汉氏诸陵，无不发掘。"

【评析】

《登乐游原》是杜牧所作的一首怀古抒情的七言绝句。此诗具体系年未考。杜牧所处的晚唐江河日下，正值多事之秋，诗人亦仕途坎坷，忧郁惆怅。当其来到长安城南的登临胜地乐游原，从这里北望五陵，遥见汉家时，他看到昔日繁华恢弘的园林早已衰败不堪，而曾经雄踞天下的汉王朝也已沦没烟销，便不禁联想到如今的大唐亦颓势已显、盛世难再。遂怀古叹今，写就此诗，借凭吊汉代的衰亡，一抒自己内心深处对大唐国运的慨叹，实则是一曲小小的挽歌。

此诗借古抒怀，格调沉郁旷远，语言凄婉动人，从历史和地理的角度，描写了诗人登临乐游原的所触所感。上联"长空澹澹孤鸟没，万古销沉向此中"，以寥寥笔墨起兴，却饱含着诗人登临眺望的满目兴亡，通过泼墨般的手法来点染勾勒，情景交融地渲染出乐游原苍茫凄凉的景色氛围，开篇即见气象万千。故而《批点唐诗正声》赞曰："极悲感，然'长空''孤鸟'起兴尤是傲绝。"历来对此一联，品评者着墨不少，《唐诗选脉会通评林》载徐子扩谓："长空澹澹，空阔之境；孤鸟飞没，萧条之象：皆当时所见景物之凄怆。"谢枋得在《叠山先生注解章泉涧泉二先生选唐诗》中则提出："'长空澹澹孤鸟没'有两说，一说是当时所见景物之凄惨，一说是计前代帝王陵墓在宇宙间如长空一孤鸟耳。"但不论是描摹长空孤鸟的目中景色，还是以长空孤鸟暗喻历史长河中的寂寞帝陵，都无疑抒发了诗人面对世事苍茫、兴衰迭代的的深刻感慨，恰如《诗境浅说续编》所言："诗……前二句尤佳，有包扫一切之概，犹岑参《登慈恩塔》诗'五陵北原上，万古青濛濛'，若置身阊风之颠，俯视万象，类泡影之明灭也。宋人词'消沉今古意无穷，尽在长空淡淡鸟飞中'，即袭用此诗。"然此联佳处，还不仅于此，其贯通情景于一气，使得情绪自然倾泻，"万古销沉向此中"一句，在结构上犹有铺陈过渡，引领下文的作用。《唐诗选脉会通评林》载吴山民曰："次句含下联意。"诚然，孤鸟远飞徒留长空永在，历史兴亡总是物是人非，诗人在此寓情于景地揭示了永恒时空对有限人事的销蚀，以满怀沉痛却又无可奈何的一声浩叹，使上下文情景结融，以感慨深深系起。此外，还有杨慎从音韵的角度，在《升庵诗话》中对此联提出修正意见："杜牧《登乐游原》：'长空澹澹没孤鸿，万古消沉在此中。看取汉家何事业，五陵无树起秋风。'此诗诸家皆选，而首句误作'孤鸟没'，不成句，今据善本正之。"而《唐音戊签》则认为不可："杨用修欲改为'没孤鸿'趁韵，误。"现在看来，不改为好。

对于此诗下联"看取汉家何事业，五陵无树起秋风"二句，古来更是赏赞者尤多。《唐人绝句精华》云："此诗第三句为一篇之主，盖就汉代言，亦与万古同其消沉，故曰'看取汉家何事业'。言试看今日汉家尚余何事可供凭吊，即五陵亦已残破不堪，则他何可问？"其中下联"看取"二字，可谓诗眼，承上启下，领起全诗。对此，《唐诗选脉会通评林》载吴山民曰："'看取'二字，承上转下。结无嘉州'汾水'一联，此为绝唱。"又载刘辰翁曰："诗有侠气，正在此。"还有《注解选唐诗》亦曰："'看取'二字最妙，其意欲人主观之而动心也。"在下联中，诗人正是以"看取"二字着眼汉唐，再结合用典的修辞手法，反借汉武帝《秋风辞》"秋风起兮白云飞"之意，代汉窥唐。遥想大汉基业，壮哉青史，而今尚且乐游萧条，五陵寂寞，则如见晚唐末世，去之不远也。正如《唐诗品汇》云："汉家基业之广大为何如，今日登原一望，五陵变为荒田野草，无树木可以起秋风矣。盛衰无常，废兴有时，有天下者观此，亦可以慄慄危惧。"清李瑛《诗法易简录》亦评之曰："寄慨深远，借汉家说法，即殷鉴不远之意。"在唐代诗歌中，同样运用汉武帝《秋风辞》的典故去表达对祖国命运的深切关怀的，还有岑参《虢州后亭送李判官使赴晋绛》："西原驿路挂城头，客散江亭雨未收。君去试看汾水上，白云犹似汉时秋？"该诗作于安史之乱期间，彼时唐政权岌岌可危，所以诗人借这个典故慨叹"开元盛世"一去不返。而杜牧此诗写于唐末，"老大帝国"的一切衰颓病象已充分显露出来，所以作者的感慨也更深刻、更沉痛。在此联中，尤其以"无树"这一曲笔写法为精到，值得人细细咀嚼其味。清人施补华《岘佣说诗》曰："小杜'看取汉家何事业，五陵无树起秋风'，是加一倍写法。陵树秋风，已觉凄惨，况无树耶？用意用笔甚曲。"清沈德潜《唐诗别裁集》亦云："树树起秋风，已不堪回首，况于无树耶？"俞陛云《诗境浅说续编》说："诗后二句言汉家盛业，青史烂然，而五陵寂寞，只余老树吟风，已可深慨，今并树无之，其荒寒为何等耶！"皆点明此意。

陈洪认为："《登乐游原》从时代变迁中参悟人生哲理，极大地发挥了绝句体诗的妙用。"的确，杜牧此诗体量不大却感慨遥深，包容万古兴亡于四绝句之中，遂有不尽之意见于言外，可为杜牧绝句之一代表，自古以来，备受好评。《唐人万首绝句选评》谓之曰："沉郁顿挫，感慨不尽。"陆次云《五朝诗善鸣集》大赞此诗："牧之绝句，中唐中《广陵散》也，篇篇熟于人口，其意弥新，真是曲高和寡。"明人顾麟《批点唐音》亦于此诗曰："晚唐唯杜牧之绝句稍温丽，有可法者。"再有清人潘德舆于《养一斋诗话》中论杜牧时，亦举此诗以说明杜牧诗"伉爽有逸气"。这些是对此诗艺术特色的肯定性评论。

（李焯炜 黄鸣）

闻庆州赵纵使君与党项战中箭身死辄书长句 ①

将军独乘铁骢马 ②，榆溪 ③ 战中金仆姑 ④。
死绥 ⑤ 却是古来有，骁将 ⑥ 自惊今日无。
青史 ⑦ 文章争点笔，朱门 ⑧ 歌舞笑捐躯。
谁知我亦轻生 ⑨ 者，不得君王丈二殳 ⑩。

【注释】

① 闻庆州赵纵使君与党项战中箭身死辄书长句：庆州，在今甘肃庆阳市。赵纵身世不详。使君，州郡长官的尊称。党项为我国古代西北族群，属西羌族的一支。据《旧唐书·党项传》："吐蕃强盛，拓拔氏渐为所逼，遂请内徙，始移其部落于庆州，置静边等州以处之。……太和、开成之际，藩镇统领无绪，姿其贪婪，不顾危亡。或强市其羊马，不酬其值。以是部落苦之，遂相率为盗，灵、盐之路小梗。"

② 铁骢（cōng）马：披着铁甲衣的骢马。骢马，毛色青白相杂。王

昌龄《箜篌引》："将军铁骢汗血流，深入匈奴战未休。"

③榆溪：要塞名，又叫榆溪塞、榆林塞，在今内蒙古准格尔旗黄河北岸。秦始皇时蒙恬北取今河套地，树榆为塞，故名。

④金仆姑：有名的利箭。《娜嬛记》："鲁人有仆忽不见，旬日而返，主欲笞之，仆曰：'臣之姑修玄女术得道，白日上升，昨降于泰山，召臣饮极欢，不觉遂旬日。临别赠臣以金矢一乘，曰："此矢不必善射，宛转射人而复归于笮。"'主人试之果然，韫而宝焉。因以金仆姑名之。自后鲁之良矢，皆以此名。"

⑤死绥（suí）：古代称退军为绥，死绥即指战死疆场，以身殉军。《魏志·武帝纪》："《司马法》：将军死绥。"

⑥骁将：勇将。

⑦青史：史书。古代以竹简纪事，故称史书为青史。

⑧朱门：代指王侯贵族。古代贵族住宅大门多漆成朱红色，以示尊贵。

⑨轻生：不顾惜性命。

⑩殳（shū）：古代兵器，多用竹木制成，一端有棱而无刃，长一丈二尺。

【评析】

在《杜牧传·杜牧年谱》与《杜牧集系年校注》中，该诗并未明确系年，且不知诗中赵纵为何人，故难以判定。吴在庆认为："唐武宗会昌间唐与党项常有战事，故编于此。"因此该诗明确系年无从知晓，只能据杜牧于宣宗大中五年（851）所写的《贺平党项表》，知道该诗写于平定党项之前，也就是大中五年（851）三月前。

关于此诗的品析，有的评点者从书写人物与整体情感入手，如元代吴师道《吴礼部诗话》说："杜牧之《闻庆州赵纵使君与党项战死》

诗云：'将军独乘铁骢马，……不得君王丈二殳。'侬智高陷康州，守臣曹觐死之，元厚之哀诗云：'转战谯门日欲晡，空拳独自把戈铁。身垂虎口方安坐，命在鸿毛更疾呼。柱下杲卿存断节，袴中杵臼得遗孤。空余三尺英雄气，不愧山西士大夫。'刘后村谓二诗可并驱。"可见宋人刘克庄认为，杜牧此诗与元绛《哀诗》可并驱而论，因为前者写出了赵纵将军在榆溪战中奋勇向前、视死如归的景象，后者写了北宋侬智高反叛时，其他州府官员都不战而走，弃城而逃，使得侬智高相继攻占了横、贵、浔、康、端等九州数十县，唯有封州知州曹觐率兵拼死抵抗的壮烈慷慨。评点者认为赵纵与曹觐舍生取义的英勇气节古今难见，是此诗的豪壮情感所在。

有的评点家从创作手法进行品评，一种如金代元好问《唐诗鼓吹笺注》："通篇只首二句叙题，余俱以议论成诗，另出手眼。"元好问认为该诗只有前两句交代了赵将军骑着青白色的骏马，在榆溪战斗中中箭身亡的背景，后六句便是从此事生发出来的感慨议论。一种如清人朱三锡《东岩草堂评订唐诗鼓吹》："三、四，文章深一步法。夫死绥之臣，当今所无；勇敢之将，从古所有。却用反笔倒换，顿令赵公勇悍之气，奕奕生动，虽死犹生也。"朱三锡认为三、四句运用了反笔法，并解读为：如今并无"死绥之臣"，自古以来都是"勇敢之将"。笔者认为这种解读有些偏差，此二句应是说贪生怕死的将领，自古都有，像赵将军那样的人，今后恐怕再无，主要为了突显赵将军独有的伟大牺牲精神，而并非将敢于战斗、英勇赴死定义为每一个时代都具有的特点。因此，三、四句所运用之笔法非反笔，而是反比。

有的评点家从诗歌意境进行品评，王夫之《唐诗评选》："当知其蕴藉浃洽处。此等题于'丹心碧血'、'日月山河'、'衰草斜阳'外，自有无限。劣者置彼不用，则更无下笔处，如优人作老态，但赖白髯。"王夫之认为该诗既包含了通常此类题材所写的将士奋勇、赤忱忠诚之情，还表现出了无限意蕴，比优伶以白鬓作老态更高明。这里的无限意蕴应是指：不止于其形，更绘出其神，这也与上文朱三锡所言相关。在结构上，小杜只以两句写赵将军，此为"写形"，后以六句写了"死绥"与"骁将"、"青史"与"朱门"两组对比，更表达了自己未能奔赴沙场、为国捐躯的遗憾，拔高了思想，此为"绘神"。

有的评点家从用词格律进行品评，《杜牧诗文选注》认为第四句中的"惊"字画龙点睛地揭示出了诗人对赵使君的痛惜、谴责朝廷不善选拔人才、自己英雄无用武之地的多重情感。还认为"青史文章争点笔"一联，对仗工整，与"战士军前半死生，美人帐下犹歌舞"有异曲同工之妙。

晚唐战乱频繁，杜牧则十分重视军事，曾写了《罪言》《战论》《守论》等多篇文论，也曾两次上书李德裕，提出自己的用兵策略。杜牧的军事理念都结合了当时的实际形势，绝不是"纸上谈兵"，如钱谦益《题费所中山中咏古诗》所言："杜牧论兵，如珠走盘。"因此，在对军事的见解、朝廷的无奈、自身的无能为力的复杂情感基础上，杜牧借由赵纵战死沙场表达的思想感情无疑是深刻且多向度的，这让后世评点家都赞叹不已。

（杨乐）

街西长句 ①

碧池新涨浴娇鸦，分锁长安富贵家。
游骑偶同人斗酒，名园相倚杏交花。
银鞦䯄裹嘶宛马 ②，绣鞯玲珑走钿车 ③。

一曲将军何处笛^④？连云芳草日初斜。

【注释】

①街西：意指长安街西。唐代长安有朱雀门大街，以此为界，街东隶属万年县，街西隶属长安县。街西共有五十四坊。

②"银鞦"句：鞦（qiū），指皮带，套车时用以络在牲口股后尾间。骁袅（yǎo niǎo），古骏马名。宛马，古代西域大宛国多产良马，此处为良马意。

③"绣鞅"句：鞅（yāng），皮套，古代用马拉车时，以皮套套在马颈上。璁（cōng）珑，明洁貌。钿车，用金花装饰的车子。

④"一曲"句：此处化用桓伊吹笛之典。《晋书·桓伊传》："（桓伊）善音乐，尽一时之妙，为江左第一。有蔡邕柯亭笛，常自吹之。王徽之赴召京师，泊舟青溪侧。素不与徽之相识。伊于岸上过，船中客称伊小字曰：'此桓野王也'。徽之便令人谓伊曰：'闻君善吹笛，试为我一奏'。伊是时已贵显，素闻徽之名，便下车据胡床，为作三调，弄毕，便上车去，客主不交一言。"

【评析】

此诗为七言律诗。

诗歌开篇即铺陈富丽堂皇的场面。前四句分写"娇鸦""斗酒""名园""杏交花"的景象，金圣叹《贯华堂选批唐才子诗》即言："前解写池上大家各自叠山疏沼，种树栽花，起楼筑台，征歌选舞，一一门有一一锁，一一园属一一姓。于是而引他都人相逢斗酒，共夸墙树十里交花，举国如狂，不可化海也。通解四句，须知最妙是起句之'新涨浴娇鸦'五字。独有此五字不入一解中来，今先生则正注意于此，以见自己眼色只看碧池新水，不看名园杏花，以自表人醉独醒也。（首四句下）"众人皆着眼于长安之富贵景象，自己却唯独欣赏着池塘里的"娇鸦"，透过笔墨刻画深浅疏略的变化可见诗人志行高洁的人格气质。

五、六两句同样继续对此富贵景象进行铺陈，七、八两句却笔锋一转，化用桓伊吹笛之典，行文之转折颇有老杜"鸡虫得失无了时，注目寒山倚江阁"之笔法意味。而对于此转折之情感指向，历代注者多以伤感评之，如《贯华堂选批唐才子诗》"此写一时流连荒亡，马则正嘶，车则正走，笛则正发，日则正未斜也（后四句下）"，金雍补注亦言"'日初斜'，妙。终有必斜之日，而彼意中乃殊未觉其斜，便写尽流连荒亡人之可悯可笑"。但笔者认为此处情感层次绝不止悲伤一种。就诗歌本身而言，前四句中诗人于满眼绮丽之景之中毫不注目于俗物，而展现在诗人眼前的则是"碧池"与"娇鸦"相互生发之生机图景。若诗人写此诗时，自生悲悯之情，则很难勾画出这样生机盎然的"娇鸦碧池新浴图"；就诗歌情感意绪而言，诗人虽抱有匡正时弊之志却屡受挫折，但时运凋零、知音难遇的背后，更是"达则兼济天下，穷则独善其身"的人生选择。"游骑偶同人斗酒，名园相倚杏交花"自是一番热闹，但桓伊吹笛、主客不交一言的事迹亦是诗人与古今仁人志士异代知音的生动写照。

同时，全诗除思想内容外，其行文技法亦值得关注。如《唐诗鼓吹笺注》言"首句先写出'新涨浴娇鸦'五字，衬起'碧池'。文章点染，鲜妍可喜"，此处为同一句前后生发之妙。又如《唐诗近体》于"名园相倚"句下言"佳句，比'绿杨宜作两家春'尤妙"，将"名园相倚杏交花"一句与白居易《欲与元八卜邻先有是赠》中"绿杨宜作两家春"一句进行对比，认为杜牧此句笔法更胜一筹。试论之，其一，白诗在表述元、白二人渴望相邻的美好情谊时，诗句中直白写出"两家"字眼，杜牧此诗则更为含蓄；其二，白诗借绿杨生长荫庇之势表达相邻同住的情感，杜诗借"杏交花"来表达富贵人家庭院交错的图景。但若往更深一层思考，杜诗此处"杏交花"，"杏""花"亦可比喻为装点精致的富贵子弟。以此为喻，富贵之家交游宴乐的欢歌笑语亦由此可见，白诗情绪层次与此相比稍显单薄。故由此可见，诗歌象喻写法对于诗意拓展有极大助益，杜牧诗歌行文高超处亦可由此窥见。

（柴瑞瑞）

春申君①

烈士思酬国士恩②，春申谁与快冤魂。
三千宾客总珠履③，欲使何人杀李园④？

【注释】

① 春申君：春申君（？—前238）名黄歇。战国时楚国人。楚顷襄王时为左徒，曾出使秦国，止秦攻楚。考烈王即位，为令尹，封春申君，受赐淮北地十二县，门下食客三千。楚考烈王二十二年，楚自陈迁都寿春，歇封于吴，执楚国政。考烈王死，歇为李园所杀。

② "烈士"句：烈士，指坚贞之士，国士恩，指以国士之礼相待的恩情。

③ 珠履：史载春申君门客三千，其上宾皆穿着用珍珠装饰的鞋子。

④ 杀李园：李园，战国末期赵国人。以其妹先幸于春申君，有孕在身，后又献妹于楚考烈王，得邀宠幸。楚考烈王卒，李园伏甲杀春申君以灭口，立其妹所生子为楚幽王。杀，一作报。

【评析】

这首诗是一首咏史诗，讲战国时春申君的故事。而其着眼点，放在春申君与三千门客的关系之上。

春申君是战国四大公子之一，他与齐孟尝君、赵平原君、魏信陵君齐名。从司马迁《史记》中的相关列传来看，春申君是四大公子中很不出众的一位。他以游说秦国止秦攻楚起家，当楚国令尹之后，门下食客三千，其中上宾都穿着用珍珠装饰的鞋子。但这三千门客，没有一位在他生前或死后报答他的供养之恩，所以本诗说，坚贞之士都会报答以国士之礼待之的恩情，可春申君为什么就没有能给他报仇的门客呢？这三千穿着珠履的宾客，有谁能杀掉李园给他报仇呢？

总而言之，诗意很简单，那就是春申君识人不明，空养三千之士，而无一人可用。宋人葛立方《韵语阳秋》卷七里说："杜牧、张祜皆有《春申君》绝句。杜云：'烈士思酬国士恩，春申谁与快冤魂。三千宾客总珠履，欲使何人杀李园？'张云：'薄俗何心议感恩，诏容卑迹赖君门。春申还道三千客，寂寞无人杀李园。'二诗语意太相犯。呜呼！朱英之言尽矣，而春申不能必用；李园之计巧矣，而春申不能预防；春申之客众矣，而无一人为春申杀李园者，所以起二子之论也。余亦尝有二绝云：'朱英若在强黄歇，黄歇如何弱李园。一旦棘门奇祸作，自诒伊戚向谁论。'又：'先秦岂谓嬴为吕，东晋那知马作牛。不悟春申亦如许，敢凭宫掖起邪谋。'"

葛立方的评价是中允的。张祜与杜牧这两首《春申君》，都是议论门客之不忠的，意思几乎完全一样，所以葛立方说它们"语意太相犯"。而从春申君这一面来看，他也有识人不明之过，这是无法推脱的。李园是个靠进献妹妹来获宠的小人，春申君的门客朱英曾劝他杀掉李园，春申君不以为意，结果自诒伊戚，怪不了别人。而春申君之所以不杀李园，恐怕也是因为心怀侥幸，希望自己的骨肉成为楚王，那自然不能怠慢了这位大舅子李园；而李园担心一旦此事泄露，则全家都是死罪，于是决定除掉春申君。春申君的识人不明与优柔寡断，断送了他的性命。这也就是葛立方诗中所说"不悟春申亦如许，敢凭宫掖起邪谋"的意思。后来南宋洪适有《春申君》诗曰："珠履三千尽在门，争无国士解衔恩？棘门难作无遗类，死党宁闻报李园。"（《盘州文集》卷一）这也是效仿杜牧此诗之词而申说其意的续作。

而清代周亮工有不同看法，他认为三千门客未必有罪。他说："园既进妹生子，时朱英劝春申杀园，不听，且曰：'李园，弱人也，仆又善之。'未几死于棘门，是春申之计失矣，客何尤焉！徐兴公有诗云：'食客三千尽在门，各穿珠履耀平原。冤魂地下多遗恨，不许朱英杀李园。'庶几为三千客卸罪。"（《因树屋书影》卷二）则周亮工认为其过错主要在春申君，而不在三千门客，不杀李园，是春申君最大的失计。

实话说来，春申君识人不明，三千门客中就算有毛遂那样的贤人，他也未必能够知人善用。他的死实是咎由自取，徒留后人议论而已。周亮工的说法，似乎更有道理一些。

（黄鸣）

读韩杜集

杜诗韩集①愁来读，似倩②麻姑③痒处抓④。
天外凤凰谁得髓？无人解合续弦胶⑤。

① 杜诗韩集：唐代杜甫和韩愈的诗文集，主要指杜甫的诗歌和韩愈的文章。集，一作笔。

② 倩：请他人代做。

③ 麻姑：神话中的女仙，其手指如鸟爪。《神仙传》记载："麻姑手爪不似人形，皆似鸟爪。蔡经心言背大痒时，得此爪以爬背，当佳也。"

④ 抓：一作搔。

⑤ "天外"二句：天外凤凰，传说凤凰隐身于天外，不轻易出现。《三国志·吴书·吾粲传》记载："应龙以屈伸为神，凤皇以嘉鸣为贵，何必隐形于天外，潜鳞于重渊者哉！"解合，懂得调配。续弦胶，《十洲记》记载："凤麟洲在西海之中，洲四面弱水绕之，鸿毛不浮，不可越也。洲上有凤麟数万，各各为群，亦多仙家，煮凤喙及麟角合煎作胶，名之为续弦胶，此胶能续弓弩已断之弦。"这两句意思为，隐身于天外的凤凰，谁能得其精髓？这世上已经没有人能懂得如何调配"续弦胶"了。

【评析】

《读韩杜集》是杜牧品评杜甫诗、韩愈文时所写的一首七言绝句。杜牧诗文众多，有相当一部分作品尚未系年。截至目前为止，还未有新材料能够证明这首《读韩杜集》的具体创作年份。吴在庆先生在《杜牧集系年校注》中，根据诗歌内容，大致推测该诗为杜牧早年之作。

晚唐时期，李唐王朝日薄西山，呈现出明显的衰败之势。面对严峻的政治形势，晚唐文人有感于末世颓唐的景象，忧心于自身前途命运，因此其创作心态逐渐发生改变，普遍流露出压抑悲凉的哀伤情调，这也直接使得晚唐文坛呈现出一种绮靡倾向。杜牧受杜甫和韩愈影响较深，因此他对于当时文风极度不满，并对杜甫、韩愈二人关注现实的情怀与作品倍加推崇。

后人在对这首诗进行评点时，角度各异且新颖有趣。清初文人贺裳所编写的《载酒园诗话又编》以小见大，兼评杜牧其人、其文，曰："紫微尝有句云：'杜诗韩集愁来读，似倩麻姑痒处抓。'此正一生所得力处，故其诗文俱带豪健。'天外凤凰谁得髓，无人解合续弦胶。'虽隐然自负，未之敢许也。"杜牧出身名门，自幼饱读经史，因此青年杜牧便自负经略之才。即便如此，他在诗文创作上，仍虚心地向杜甫、韩愈学习，因此他的文学作品多关注历史与现实，言之有物、内容充实，呈现出一种俊爽豪健之气，与晚唐盛行的颓靡文风迥然。刘永济先生编选的《唐人绝句精华》则对该诗的思想内容做出评价，云："三、四句叹无人能继起杜、韩后也。"

宋代诗论家葛立方在《韵语阳秋》中引用该诗，表达了对杜甫的推崇，并认为杜甫诗优于太白之诗，其云："杜甫、李白以诗齐名。……杜牧云：'杜诗韩笔愁来读，似倩麻姑痒处抓。……'则杜甫诗，唐朝以来一人而已，岂白所能望耶！"笔者认为，葛立方之言有失偏颇。杜牧同样推崇李白，有《冬至日寄小侄阿宜诗》为证，诗云："李杜泛浩浩，韩柳摩苍苍。近者四君子，与古争强梁。"杜牧在诗中将李白与杜甫并列，称赞"李杜"诗歌浩瀚如海，文采斐然，因此葛立方单引杜牧《读韩杜集》来说明杜甫在诗歌成就上优于李白，就显得十分片面。葛立方言"杜甫诗，唐朝以来一人而已"，太白诗岂非如此？李白与杜甫诗歌都具有独特的个人风格和美感，不能简单粗暴地将其进行比较，分出孰优孰劣。相比之下，严羽的《沧浪诗话》对李、杜二人的评价更加客观，其云："李、杜二公，正不当优劣。太白有一二妙处，子美不能道；子美有一二妙处，太白不能作。子美不能为太白之飘逸，太白不能为子美之沉郁。"

《读韩杜集》是杜牧对杜甫诗、韩愈文的读后感与总体评价，不仅体现了杜牧对韩愈、杜甫二人文学作品的称赞和推崇，也反映了杜牧的文学批评思想。这首诗的用典十分考究、妥帖，读来令人啧啧称奇。先用麻姑挠痒之典来形容自己读杜诗、韩集的感受——酣畅淋漓、痛快万分；又用《十洲记》中"凤麟州"和"续弦胶"的故事，对杜、韩二人的文学成就给予了高度评价，同时也表达了后人未对二人优良文学传统进行继承发扬的惋惜，更暗含了自己将学习和继承杜甫、韩愈诗文的优良传统，改变文坛颓靡风气的雄心壮志。这首诗在构思上也同样精巧，诗人因忧愁而读韩杜集，读后又慨叹二人杰作无人承继，以愁起诗、作结，一头一尾，前后呼应，读来错落有致，饶有韵味。

（陈珂岚　黄鸣）

送国棋王逢

玉子纹楸一路饶①，最宜檐雨竹萧萧。
嬴形暗去春泉长②，拔势横来野火烧。
守道还如周柱史③，鏖兵不羡霍嫖姚④。
浮生七十更万日⑤，与子期于局上销⑥。

【注释】

①"玉子"句：玉子，玉棋子。纹楸，楸木所制的围棋棋盘，亦称楸局、楸枰。郑谷《寄棋客》诗："松窗楸局稳，相顾思皆凝。"饶，益也，让也。《杜阳杂编》卷下："大中中，日本国王子来朝，献宝器音乐，上设百戏珍馔以礼焉。王子善围棋，上敕顾师言待诏为对手。王子出楸玉局，冷暖玉棋子。云：'本国之东三万里，有集真岛，岛上有凝霞台，台上有手谈池。池中生玉棋子，不由制度，自然黑白分焉，冬温夏冷，故

106

谓之冷暖玉。又产如楸玉，状类楸木，琢之为棋局，光洁可鉴。"

②"赢形"句：赢形，原指形体瘦弱，此指棋形赢弱。春泉，春日的泉水，比喻棋形由弱转强，好似春天流淌的泉水，充满了生机。

③周柱史：指老子李耳，曾为周柱下史。柱史，一作伏柱。

④霍嫖姚：即汉代名将霍去病，曾任嫖姚校尉，故称。

⑤"浮生"句：《懒真子》以为"七十更万日"指杜牧作诗时年四十二三，倘活至七十，犹有万日。浮生，一作得年。

⑥销：消磨，度过。

【评析】

本诗作年有争议，而结合诗中心境表达与杜牧个人经历，胡可先《杜牧研究丛稿》认为此诗当作于大中二年（848），因参照《旧唐书》记载日本国王子入朝之事，故系于此。而缪钺根据马永卿《懒真子》注释推算此时杜牧四十二三岁，可能是在黄州刺史任上所作。

此诗是一首颇有趣味、情意深重的送别诗。虽是送别，然却不似寻常送别诗如泣如诉。大中年间，棋手王逢应诏赴京，参加与日本王子的对弈棋会。诗中借此事联想自己与王逢对弈的场面，表现心中理想的对弈场景和棋艺的最高境界。"玉子纹楸一路饶，最宜檐雨竹萧萧"，起首言棋局铺开，棋兴盎然。"檐雨竹萧萧"，秋光晦明，秋雨淅沥，修竹瑟萧。于此时此刻，此情此景，唯有请艺候教，从容手谈方为惬意，此处更是凸显"最宜"二字，可见杜牧的弈棋之心。其后两联转入对棋局的描写。宋代马永卿《懒真子》卷五言："棋贪必败，怯又无功。赢形暗去，则不贪也。拔势横来，则不怯也。"很好地表达了杜牧对王逢高超棋艺的描写，胡以梅评三四句："其得胜连延而去，如春泉之暗长，猛力开张，似野火之遍烧。而且守老子之道，以退为进，全不事于征战，有远大深谋，足以致胜。"确为精当。杜牧认为最纯熟的棋艺应当似春泉流淌，以柔克刚；又似野火燎原，势如破竹。刚柔相济，不贪不怯，潺潺不息又落子迅速。对弈势疾如此，可谓绝妙！袁文《瓮牖闲评》言该诗与刘禹锡"雁行布阵众未晓，虎穴得子人方惊"及黄庭坚"心似蛛丝游碧落，身如蜩甲化枯枝"二诗"皆道出棋中妙处，殆不容优劣也"。诚如此评，杜牧此处借形象生动之比喻，将三尺棋盘之上的暗潮汹涌、阵云开合表现得淋漓尽致，对弈酣畅之感溢于言表。

杜牧既是一位优秀诗人，同时也对军事理论有深入研究。他喜好言兵，曾在曹操注《孙子兵法》的基础上，结合历代用兵的形势虚实，重新注释《孙子》，还写了《战论》《守论》《原十六卫》等军事论文，对后世的军事理论发展产生了深远的影响。因而，在他的诗中多有军事比喻。如此二句写王逢棋风，棋局之阵历来多用以比喻兵家角力，桓谭《新论》曾言："世有围棋之戏，或言是兵法之类也。"杜牧亦寓于此意，赞美王逢棋法，以"周柱史"喻不贪，以"霍嫖姚"喻不怯，确为"高棋诗也"。动静相宜，以静制动，以无见有，攻防有序。如同老子修道，稳健有法，步步为营；又如霍侯出征，凌厉似火，所向披靡。然其精神气骨却更胜一筹，更加令人惊叹。此处以兵言棋，以淋漓兴会之法言尽棋中真意，于渲染烘托中表现出友人高超的棋艺以及二人之间真挚的友情。

诗人并未言明二人胜负如何，然其中含蕴极丰，引人浮想连翩。其中所抒发之情深厚绵长，由此更显出与友人对弈乃出于自怡，手谈之趣促进二人友情愈加深笃。杜牧素以济世之才自负，他一心想建功立业，重振门第，为国效忠。他殷忧国事、匡时救世的远大胸怀并没有为他带来仕途的亨通，反而因为不肯苟合，其为官生涯充满坎坷，故尔常游心方罫，寄情楸枰，以此消解胸中五味杂陈、百般无奈的情绪。

此诗送别，却通篇不言别，唯结尾点明送别主题："浮生七十更万日，与子期于局上销。"但又不直言送别之意，而是以期来日再相约。古人以七十为高寿，故多以七十为期。杜牧此句化用白居易《游悟真寺》："我今四十余，从此终身闲，若以七十期，犹得三十年。"《懒真子》云："七十更万日者，牧之是年四十二三，得至七十犹有万日云。"因此，此句应当理解为表示自己愿意一生与王逢相约对弈，要将这万余日时间，尽情于棋局上消磨。正是以棋相交，更见惜别之情深重。全诗句句涉棋，而又不著一"棋"字，造语精妙，可谓是占尽风流。结句以"期"代"送"，既呼应前文，又丰富了诗的意境。以爽健的笔力将往日相得、今日惜别以及来日愿景，于一"期"字全盘托出，言简义丰，寄寓深远。

（方姝玮）

沈下贤 [①]

斯人清唱何人和 [②]？草径苔芜不可寻 [③]。
一夕小敷山下梦，水如环珮月如襟 [④]。

【注释】

①沈下贤：名亚之，吴兴（今浙江湖州市）人，元和十年（815）进士。他诗、文俱佳，善作传奇小说，于当时颇负盛名。做过殿中侍御史、栎阳尉、南康尉及福建州都团练副使。有《沈下贤文集》传世。这首诗抒写了作者对他的仰慕与同情。

②"斯人"句：这个人清丽的诗歌有谁唱和？和，唱和。

③"草径"句：荒草满径，沈下贤的旧宅已经无处寻得。芜，杂草。

④ "一夕"二句：晚上，我梦见自己走到小敷山下，听见那淙淙的流水，就如他佩戴的玉饰相互撞击的声音。那皎洁的月色，正像他洁白的衣襟。小敷山，又名福山，在今浙江湖州市，沈下贤曾在此居住。冯注引《吴兴掌故集》："敷山，乌程西南二十里，在福山东。福山俗名小敷山，唐人沈下贤居此。"计有功《唐诗纪事》载："（沈）亚之，吴人。元和七年不第，李贺以诗送云：'吴兴才人怨春风，桃花满陌千里红。紫丝竹断骏马小，家住钱塘东复东。'"又载张祜送沈下贤任南康尉诗："秋风江上草，先是客心摧。万里故人去，一行新雁来。山高云绪断，浦迥日波颓。莫怪南康远，相思不可裁。"

【评析】

此诗描写沈下贤的才学和命运，表达对沈下贤的仰慕和同情。同时又有所寄托，借沈下贤的命运来自比，以抒发有才不遇、壮志未酬之感。正如《唐人万首绝句选评》所云："小杜之咏下贤，犹义山之咏小杜，皆自有暗合意。"唐宣宗大中四年（850），杜牧任湖州刺史，在经过沈下贤曾居住过的小敷山时不禁有所感怀。杜牧感到自己的才学与遭际与沈下贤有很大的相似之处，因而借此抒发自己的不平与愤懑。诗中"斯人清唱何人和？草径苔芜不可寻"直接抒发诗人对沈下贤的同情。沈下贤作为一个有才学、有本事的人，其才学却没有得到充分的施展，也少有人赏识，所以说"斯人清唱何人和"。如今沈下贤的踪迹已经不可寻得，通往他住所的小路早已长满了野草，暗示着沈下贤这样一位才学之士已经被世人所遗忘。杜牧有感于此，随即联想到自己，是否也会像沈下贤一般才学得不到施展就白白被浪费、被遗忘了呢？日有所思夜有所梦，杜牧在梦中就来到了沈下贤曾经居住过的地方，那就是小敷山，"一夕小敷山下梦，水如环珮月如襟。"睡梦里，他在小敷山下，听到了潺潺流水声，如同沈下贤腰间佩戴的佩环相击发出的清脆响声，那皎洁的月光，就如同他洁白的衣襟。此句营造出一种静谧清幽的氛围，只借水声和月色就将诗人对沈下贤的追思表现出来，读来别有一番滋味。正如南宋范晞文《对床夜语》云："唐人绝句有意相袭者，有句相袭者……杜牧《沈下贤》云：'一夕小敷山下梦，水如环珮月如襟。'白乐天《暮江吟》云：'可怜九月初三夜，露似珍珠月似弓。'……此皆意相袭者。"

　　杜牧此诗写景之笔甚妙，借梦境来描绘了一幅静谧清幽的景象，可见其对沈下贤的追思是多么的情真意切。正如《诗境浅说续编》所言："前二句言独行苔径，清咏无人，乃怀沈下贤也。后言重过小敷山下，明月堕襟，水声鸣珮，凝想悠然。诗意若有微波通辞之感，不类《停云》怀友之诗。何风致绰约乃尔！其有哀窈窕、思贤才之意乎！"杜牧通过对沈下贤的追思，表达的也是对自我命运的感慨。杜牧虽有才能、有抱负，但在当时昏暗的社会现实下，却得不到重用，他满腹才华无处施展，在世上也无真正的知音相伴，二人的命运极其相似，以至于可以说是异代知音了。在残酷的现实中，杜牧通过追思的方式，对沈下贤表示深深的敬仰与同情，同时伤悼自身。历代贤者的悲苦命运让杜牧深有体会，这首诗也是杜牧对贤者的追思，借古抒怀，以表达作者内心对现实的不满和对自己的才华得不到充满施展的愤懑。

（杨香梅）

出宫人① 二首

其　一

闲吹玉殿昭华管②，醉折梨园③缥蒂花④。

111

十年一梦归人世，绛缕犹封系臂纱^⑤。

【注释】

① 出宫人：《旧唐书·文宗纪》："开成三年六月，出宫人四百八十，送两街寺观安置。"按《会要》及《旧唐书·郑覃传》云："文宗以旱放系囚，出宫人刘好奴等五百余人，送两街寺观，任归亲戚。"语句稍不同。又《穆宗纪》长庆四年二月，《敬宗纪》宝历二年十二月，并有放宫人事，亦见《会要》。《通鉴》于大中元年二月，有因旱放宫女之文，当别有据。

② 昭华管：笛名。《西京杂记》卷三："咸阳宫有玉笛，长二尺二寸二十六孔，吹之则见车马山林隐辚相次，吹息亦不复见。铭曰'昭华之管'。"

③ 梨园：在唐长安禁苑南，光化门北。唐玄宗曾选宫女数百人于梨园演习乐曲。

④ 缥蒂花：指缥蒂梨的梨花。《西京杂记》："初修上林苑，群臣远方各献名果异树，有缥蒂梨。"

⑤ "绛缕"句：绛缕，红色丝线。赵令畤《侯鲭录》云："杜牧之《宫人》诗云：'绛缕犹封系臂纱。'后学不解。尝见《服饰变古录》云：'始于晋。武帝选士庶女子有姿色者，以绯彩系其臂。大将军胡奋女，泣叫不伏系臂，左右搤其口。今定亲之家，亦有系臂者，续古事也。'"此句意为宫人曾见爱于君王，所以将系臂之纱小心翼翼地保存完好。

【评析】

《出宫人》是杜牧创作的一组七绝宫词，共有两首，此为其一。据史书记载，长庆四年（824）二月、宝历二年（826）十二月、开成三年（838）六月、大中元年（847）二月等，都有放宫人事，则此诗作年难以考证，且杜牧也可能只是借之以抒怀抱，亦不必当放宫人时作。

此诗为一位被放出宫的女子代言，追忆了其昔日在宫闱之中富贵安逸的生活，也曾见爱于君王，玉殿吹管、梨园折花，度过了一段人生中最美好的岁月。而今一朝被放逐出宫，则青春荣华，俱成空幻，如一场大梦怅然方醒，唯有臂上绛纱依旧，物是人非。这首诗语辞清丽流畅，情意婉转悱恻，虽然寥寥数语，写得十分克制，而含不尽之情见于言外，字里行间无不流露出一位出宫人深深的眷恋与怅然，令人感慨良深，不忍卒读。明周珽《唐诗选脉会通评林》："热极者肠，冷极者意。热极令人欲叫，冷极令人自叹。前追思昔时之虚宠，后叹想今日之空花。盖人生幻世，荣瘁喧寂，总属梦中，何独宫人然？退而犹恋系臂之纱，尤是世人常态。刘得仁有《旧宫人》诗，敖子发谓其托喻，有风刺……杜之此诗，自谓乎？讽人乎？"诚然，杜牧此诗，虽借托宫人之口，亦是浇自己胸中块垒。杜牧出身名门，少年得志，也曾两度登科，备受时誉："当其时，先进之士，以小生行可与进，业可益修，喧而誉之，争为知己者不啻二十人。"当年意气风发的少年郎，正如那徜徉在玉殿梨园中的烂漫宫女，以为春光正好，大有可为，却不知人世浮沉，转瞬蹉跎。"十年一觉扬州梦，赢得青楼薄幸名。"再回首时，那些春风得意的过往都已如前尘旧梦、过眼云烟。此刻杜牧与出宫人的身影重合，那对于往事不可追的无限眷念、对于荣华成虚幻的深沉慨叹，都倾注到了笔端，却又引而未发，全数收束到一缕"系臂纱"上，使得情感沉郁节制，倍深其哀。

杜牧此诗，诚可谓一首宫词佳作，是故自古多被误收入善作宫词的王建的诗集中，混为一谈。后人辨证甚多，此不赘述。

（李焯炜）

113

长安秋望

楼倚霜树①外，镜天无一毫②。

南山③与秋色，气势两相高。

【注释】

①霜树：经霜的树。

②一毫：指一丝云彩。

③南山：指终南山，在长安南。《元和郡县图志》卷一《关内道·京兆府》："万年县，终南山，在县南五十里。按经传所说，终南山一名太一，亦名中南。"

【评析】

这是一首五言绝句，但创作时间不详，因杜牧大中四年（850）在长安任吏部员外郎，多咏长安景色，故吴在庆《杜牧诗文选评》中将其归于杜牧暮年居长安期间。

此诗描写了诗人站在高于霜树的楼台之上所见之景。仰望天空，澄澈如镜，恰似颜延之诗云："照若镜天，肃若窥渊。"远望终南山之秋景，心生浩然之气，故创作。因此，有的评点家认为此诗被宋人赞誉为"警绝"之作，关键在于所描写的对象为终南山。清翁方纲《石洲诗话》："诗不但因时，抑且因地。如杜牧之云：'南山与秋色，气势两相高。'此必是陕西之终南山。若以咏江西之庐山、广东之罗浮，便不是矣。"翁方纲认为如果不是终南山，杜牧就不能创作出此诗。这种说法有一定道理，诗歌体制短小，多抒发即时即景的片刻感悟，故而杜牧未临终南山，则无此佳作。但亦不可绝对，李白于长安送友人入蜀，也同样创作出了"蜀道难，难于上青天"之名篇。有的评点家从取字用词方面进行品析，朱碧莲、王淑均《杜牧诗文选注》中认为"望"字统领全诗，该诗描写了诗人望见的远景，意境清新开朗。"两相高"三字则将南山秋色写活了。

有的评点家着眼于后两句，将其与杜甫的《王阆州筵奉酬十一舅惜别之作》作对比。宋陈师道《后山诗话》："世称杜牧'南山与秋色，气势两相高'为警绝。而子美才用一句，语益工，曰'千崖秋气高'也。"陈师道认为此二句不足以称之为警绝，相反，杜甫之句语言精工、形神合一，更胜一筹。宋陈知柔《休斋诗话》："予初喜杜紫微'南山与秋色，气势两相高'语，已乃知出于老杜'千崖秋气高'，盖一语领略尽秋色也。然二家言岩崖间秋气耳，犹未及江天水国气象宏阔处。"陈知柔认为杜牧二句学自杜甫，杜甫之语则更精警，以一语而尽绘秋色，并认为两家之言都止于描写崖间秋色，未谈及江天水国的宏阔气象，是其不足。两位评点家皆认为老杜更胜于小杜，而对于老杜与小杜的优劣之辨，现代评点家又有不同看法。《杜牧诗选》中言杜甫之句"融融曳曳，浑然一体，一个劲地向上"，杜牧之句则"把两者分开来写，使之互相对比，互相映发，有一种你追我赶、力争上游之气氛"，因而周锡䪖认为这是对同一意象的不同处理方法，恰恰体现了艺术天地的宽广。吴在庆认为老杜之句确实更为精工，但仍不可否认杜牧有化简为繁之力，"使山崖与秋气'两相高'的创意愈加凸显，并非无益"。笔者则更赞同现代评点家之说，老杜此句有开创"山崖"与"秋气"试比高之功，且将两种景象相生相融，达浑然一体之境，但不可断然否认小杜诗句之特色。小杜化简为繁，化一为二，将"南山"与"秋色"并举，二者无主客之别，气势相持相高，仿佛有辛稼轩"我见青山多妩媚，料青山见我应如是"的互动之感，比老杜之作更多了对话性。因此，二人之作各有开创，各有所长。

（杨乐）

昔事文皇帝三十二韵①

昔事文皇帝，叨官在谏垣②。奏章为得地，龂齿负明恩③。金虎知难动④，毛鸷亦耻言⑤。撩头虽欲吐⑥，到口却成吞。照胆常悬镜⑦，窥天自戴盆⑧。周钟既窊樽⑨，黥阵亦瘢痕⑩。凤阙觚稜影⑪，仙盘晓日暾⑫。雨晴文石滑，风暖戟衣翻⑬。每虑号无告，长忧骇不存。随行唯踽踽⑭，出语但寒暄。宫省咽喉任⑮，戈矛羽卫屯⑯。光尘皆影附，车马定西奔⑰。亿万持衡价⑱，锱铢挟契论⑲。堆时过北斗⑳，积处满西园㉑。接橹隋河溢㉒，连蹄蜀栈刓㉓。漉空沧海水，搜尽卓王孙㉔。斗巧猴雕刺㉕，夸趫索挂跟。狐威假白额，枭啸得黄昏㉗。馥馥芝兰圃，森森枳棘藩㉘。吠声嗾国猘㉙，公议怯膺门㉚。窜逐诸丞相，苍茫远帝阍。一名为吉士㉛，谁免吊湘魂㉜。间世英明主㉝，中兴道德尊。昆冈怜积火㉞，河汉注清源。川口堤防决，阴车鬼怪掀㉟。重云开朗照，九地雪幽冤㊱。我实刚肠者，形甘短褐髡㊲。曾经触虿尾㊳，犹得凭熊轩㊴。杜若芳洲翠，严光钓濑喧㊵。溪山侵越角，封壤尽吴根㊶。客恨萦春细，乡愁压思繁。祝尧千万寿㊷，再拜揖余樽。

【注释】

①昔事文皇帝三十二韵：文皇帝，指唐文宗李昂，公元826—840年

在位。本诗作于杜牧任睦州刺史期间，吴在庆认为此诗当作于大中元年（847）或二年（848）春。

②"叨官"句：杜牧于唐文宗末年任左补阙，为谏官。

③"齰齿"句：齰（zé），咬。咬牙不敢说话，辜负了皇帝的赏识之恩。

④"金虎"句：金虎，指小人。李善注《文选》卷二张衡《东京赋》："宫邻金虎，言小人在位，比周相进，与君为邻，贪求之德坚若金，谗谤之言恶如虎也。"此句指心中明知小人难以被扳倒。

⑤"毛氂"句：毛氂，指细小的过失。此句指过于微小的过失，也耻于上奏。

⑥"掩头"句：掩，一作撩，即抬头。此句指抬头想说出事情真相。

⑦"照胆"句：《西京杂记》载秦咸阳宫有方镜，能照见人的肠胃五脏，人若有邪心，则胆张而心动。

⑧"窥天"句：司马迁《报任少卿书》："仆以为戴盆何以望天，故绝宾客之知，亡家室之业，日夜思竭其不肖之才力，务一心营职，以求亲媚于主上。"戴盆于头顶，就不能望天，指不能两全之事。

⑨"周钟"句：窕，纤细状。槬（huà），横大，宽大。典出《左传·昭公二十一年》："天子省风以作乐，器以钟之，舆以行之，小者不窕，大者不槬，则和于物。……今钟槬矣，王心弗堪，其能久乎？"此句用以比喻朝廷因礼乐失度而暗藏危机。

⑩"黥阵"句：黥阵汉初黥布善于排兵布阵。瘢痕，东汉赵壹《刺世疾邪赋》："所好则钻皮出其毛羽，所恶则洗垢出其瘢痕。"此句意指小人诬害善类，无所不用其极。

⑪"凤阙"句：凤阙，泛指宫殿。觚稜（gū léng），指宫阙上转角处的瓦脊成方角棱瓣之形。

⑫"仙盘"句：仙盘，即金铜仙人承露盘。暾（tūn），太阳初升的

117

样子。

⑬"雨晴"二句：文石，指宫中的文石陛，用文石砌成的宫殿台阶。戟衣，指棨戟的衣套。棨戟是有缯衣或油漆的木戟，它作为古代官吏所用的仪仗，出行时作为前导，后亦列于门庭。晴，一作余。

⑭蹋躇：小心戒惧的样子。

⑮"宫省"句：宫省，即设在皇宫内的官署，如中书省、门下省等，它们是皇帝的喉舌，所以称为"咽喉任"。

⑯"戈矛"句：泛指宫禁侍卫军。唐贞元、元和间，分羽林卫为左右神策军使卫从，由宦官统领。

⑰"光尘"二句：这里指当时的官吏纷纷趋附宦官仇士良的状况。光尘指和光同尘，影附即趋附。定西奔，一作尽云奔。

⑱"亿万"句：衡，指秤，用秤来称量价值亿万的物品。

⑲"锱铢"句：契，指簿书案卷之类，锱铢，指古代较小的重量单位，六铢为一锱。挟着簿书来锱铢必较，这句与上句都是描写当时朝中卖官鬻爵的情形。

⑳"堆时"句：堆积的钱财高过北斗星，指非法获利之多。

㉑"积处"句：汉灵帝时开西园，将所征财物在园中议价，又造万金堂于西园，财货堆积其中。这里亦指非法所得财物堆积之状。

㉒"接櫂"句：隋河，指隋炀帝所开通济渠，用以沟通黄河与江淮。渠上船只接连，指财货运输之状。

㉓"连蹄"句：蹄，马蹄。刓（wán），磨损。此句指蜀地栈道上车马相连，把栈道的地面都磨平了。

㉔"搜尽"句：卓王孙是卓文君之父，此句指富商也被搜刮干净。

㉕"斗巧"句：《韩非子·外储说左上》载，卫人能在棘刺之端刻上母猴。此句极言工巧。

㉖"夸趫"句：夸，夸大其词，趫（qiáo），指动作敏捷，善于奔

118

走爬高。索挂跟是绳伎的杂技动作，指将脚跟勾挂在绳索之上。

㉗"狐威"二句，枭啸得黄昏：前一句即狐假虎威之事，后一句意指长庆、宝历之际，郑注等人窃取朝政权柄的史事。

㉘"馥馥"二句：香气浓郁、种有芝兰的园圃，被森严的棘刺围住了，不得而入。这两句指朝廷被郑注等人把持的情形。

㉙"吠声"句：嗾（sǒu），指口中发声以指挥狗。猘（zhì），疯狗。此处用疯狗形容受恶人指挥迫害正直官员的坏人。

㉚"公议"句：膺指东汉李膺，李膺于汉末独持风裁，以声名自高，士人被其接待者，名为"登龙门"。此句指朝廷之上百官都畏惧权贵，不敢说伸张正义的言论。

㉛吉士：指贤人。

㉜吊湘魂：贾谊渡湘水而吊屈原。这两句指朝廷贤人受李宗闵、李德裕等人政治斗争的牵连，相继被斥逐的情形。

㉝英明主：指唐武宗。

㉞"昆冈"句：昆冈即昆仑山，《尚书·胤征》："火炎昆冈，玉石俱焚。"

㉟"阴车"句：《易·睽卦》上九："载鬼一车"。

㊱"九地"句：九地，九泉之下。九泉之下的幽冤得雪，这里是赞扬唐武宗的明政。

㊲"形甘"句：短，一作裋。短褐，是服劳役人的衣服，髡（kūn）指髡刑，即剃去头发。此句为杜牧自喻，不以劳役髡刑为辱。

㊳虿尾：虿（chài），蝎子类的毒虫，尾部有毒钩。

㊴凭熊轩：指担任刺史。熊轩指有伏熊形横轼的车，汉时为公、侯所用。

㊵"严光"句：严光，后汉光武时人，为光武帝同学。耕于富春山，钓于七里濑，隐而不仕。喧，喧闹。

㊶"溪山"二句：越角，春秋时越国边地。吴根，春秋时吴国边

119

地。这里均指睦州，杜牧时任睦州刺史，治所在建德县（今浙江建德市梅城镇）。

㊷"祝尧"句：此处以尧代指唐武宗，向其祝颂。《庄子·天地》："尧观乎华，华封人曰：'嘻，圣人！请祝圣人，使圣人寿。'"

【评析】

本诗是杜牧在唐武宗时期，任睦州刺史时，回忆当年在唐文宗晚年入朝为谏官时的所见所闻，而作的一首长诗。

可以说，这是一首杜牧进行心灵自剖的诗歌。唐文宗的晚年，是李训、郑注掌权的时期。据《旧唐书·郑注传》："注昼伏夜动。交通赂遗，初则谗邪奸巧之徒附之以图进取。数年之后，达僚权臣，争凑其门。……既以阴事诬陷宋申锡，守道正人，始侧目焉。大和七年，罢邠宁行军司马，入京师，御史李款内弹之曰：'郑注内通敕使，外结朝官，两地往来，卜射财货，昼伏夜动。干窃化权，人不敢言，道路以目。请付法司。'旬日内，谏章十数，文宗不纳。"这就是诗中所云"虎威假白额，枭啸得黄昏"的情形。

诗歌具有诗史的性质，本诗用文学性的诗歌语言，写出了当时朝廷之上，贤人被逐、谀者攀附的状况，也写出了朝纲不振、卖官鬻爵、天下纷乱的情景，其如椽的诗笔，上可与老杜相颉颃。

但是宋人葛立方认为，杜牧之所以这样写，与仇士良专国政时的氛围有关。他在《韵语阳秋》卷九中说："盖当是时，仇士良窃国柄，势焰熏灼，士大夫于议论之间，不敢以训、注为是，以贾杀身之祸，故牧之之诗如此。呜呼！东汉之季，柄在宦官，陈蕃之徒，以忠勇之资，谋殪其党，而事亦不遂，史载其名，殆如日星。而训、注，以当时士夫畏慑士良辈，遂加以奸凶之目，而史亦以为乱人，万世而下，无以自白，其深可痛哉！余家旧藏《甘露野史》二卷，及《乙卯记》

一卷，二书之说，时相矛盾，《甘露野史》言上令训等诛宦官，事觉反为所擒，而《乙卯记》乃谓训等有逆谋。盖《甘露史》出于朝廷公论，而《乙卯记》附会士良之私情也。"这里涉及甘露事变的评价问题，是唐史上的一大关键问题。此处不多加引申。杜牧此诗作于大中初年，其时唐宣宗已继位，唐武宗已逝，仇士良也已死去四五年了。按说如果是因为仇士良的压迫而导致杜牧不敢直书郑注、李训之冤的话，这里也已经关系不大了，所以杜牧是对李训、郑注时期他们的所作所为不满的。他的朋友李甘与李中敏都因上书言郑注不可为相而被贬，他是不可能对李、郑产生多少好感的，这是显而易见的事实，所以，葛立方的评论难以成立。

葛立方言有未尽，又在《韵语阳秋》卷十一中拿老杜和杜牧作比较，说："老杜《省宿》诗云：'明朝有封事，数问夜如何。'盖忧君谏政之心切，则通夕为之不寐。想其犯颜逆耳，必不为身谋也……杜牧之诗云：'昔事文皇帝，叨官在谏垣。奏章为得地，齰齿负明恩。金虎知难动，毛蓍亦耻言。撩头虽欲吐，到口却成吞。'……是欲钳天下忠义之口。有臣如牧，国家奚望哉！然唐史乃谓牧之刚直有奇节，敢论列大事，指陈利病尤切，何邪？"

这又是一段对杜牧深怀不满的评论，大意是说杜甫是真的刚直，而杜牧在本诗中表现出来的是个明哲保身、杜口不言的谏官形象，与史传记载他"敢论列大事"的情况不符。这又是强人所难了。如上所论，杜牧是实实在在对李训和郑注不满，诗中也提到过他们窜逐宰相、放逐贤人的行事，杜牧具有豪爽的个性，但并不意味着他就完全不懂朝政，在高压的政治环境下，他不想重蹈友人们的覆辙，而选择了沉默，这也是很多人会采取的做法，何必汲汲以苛求杜牧呢？

宋人与唐人，时代不同，世风相异，于此段批评，也可见出一斑。

（黄鸣）

杏　园①

夜来微雨洗芳尘，公子骅骝步贴匀②。
莫怪杏园憔悴去，满城多少插花人。

【注释】

① 杏园：园名。在今陕西西安市大雁塔南。园与慈恩寺南北相直，在曲江池西南。

② "公子"句：骅骝，赤色的骏马。步贴匀，指马的步伐平稳而有节奏，一作步始均。

【评析】

此诗按照《全唐诗》序，应作于唐宣宗大中初年。

杏园在今天的大雁塔南，倚曲江池。曲江池经过唐开元间疏凿水道，已成为当时胜境。其地南有紫云楼、芙蓉苑，西有杏园、慈恩寺，花卉环绕，烟水明媚，是唐代长安人游春之处。而杏园在唐代则是新及第的进士宴集之处。

曲江池原本是长安士庶游春的好地方，但在唐武宗时，却立了条禁令，不许长安人进曲江池游玩，杏园也不让进了，因为唐武宗喜爱在曲江池流连巡游，所以禁人宴集于此。唐宣宗即位后，在大中元年（847）三月发布敕令，自今进士放榜后，依旧可以在杏园宴集，有司不得禁止。于是，长安人的游览胜地从此又开放了。

诗歌轻快而富有轻婉的情调。夜来微雨，洗去花香，新科进士们所乘的骏马，平稳而有节奏地小跑着。不要怪眼前的杏园如此"憔悴"啊，这长安城之中，多了多少插着花的少年进士啊！

一榜进士，当然摘不尽杏园的花，让整个园子变得"憔悴"起来。这里杜牧无疑是使用了夸张的手法。但这种夸张，又显得分外清新，格外巧妙。

这首诗写春景，匠心独运，十分传神。南宋胡仔说："（秦观）小词云：'落红铺径水平池，弄晴小雨霏霏，杏园憔悴杜鹃啼，无奈春归。'用小杜诗'莫怪杏园憔悴去，满城多少插花人'。"（《苕溪渔隐丛话》后集卷三十三）

秦观之词，即《画堂春》词："落红铺径水平池，弄晴小雨霏霏。杏园憔悴杜鹃啼，无奈春归。柳外画楼独上，凭阑手捻花枝。放花无语对斜晖，此恨谁知。"秦词和杜诗，所描写的情感不同，在意境的表现上也各擅胜场，都是一时佳作。

（黄鸣）

将赴吴兴登乐游原一绝 ①

清时有味是无能 ②，闲爱孤云静爱僧。
欲把一麾 ③ 江海 ④ 去，乐游原上望昭陵 ⑤。

【注释】

① 将赴吴兴登乐游原一绝：吴兴，唐代郡名，今浙江湖州市。乐游原，指唐代时都城长安东南之地，因其地势高旷，为登临游览胜地，遗址在今陕西西安市大雁塔东北。《长安志》记载："朱雀街第四街南昇平坊东北隅，汉乐游庙，汉宣帝所立，因乐游苑为名，在高原上，余址尚存，其地居京城之最高，四望宽敞，京城之内，俯视诸掌。"

② "清时"句：清时，政治清明之时。这句意为，在这政治清明之

世，我却有闲情逸致，登乐游原游赏，这是因为我缺少才能。这是一句发牢骚的反语。

③旄：即旌旗，古人把外出任职称为"建旄"。

④江海：这里指杜牧即将赴任要到的吴兴（今浙江湖州市），湖州在浙东，靠近太湖与东海，因此将其称为"江海"。

⑤昭陵：唐太宗之陵墓，在今陕西咸阳市礼泉县东北部的九嵕（zōng）山主峰上。

【评析】

《将赴吴兴登乐游原一绝》是杜牧晚年作的一首七言绝句。缪钺先生的《杜牧传·杜牧年谱》将此诗系年于唐宣宗大中四年（850），杜牧时年四十八岁，即将离京赴湖州担任刺史一职。同时，缪钺先生据此诗推测，杜牧之前三次上书宰相求任湖州，是"不满于当时朝政，以为在朝亦不能有所作为"之故也，结合这首诗的具体内容来看，此说在理。

后人对该诗进行评点时，多结合诗歌的具体内容，探讨诗歌的主旨。宋代词人叶梦得的《石林诗话》云："此盖不满于当时，故末有'望昭陵'之句。"马永卿《嫩真子》对诗句的解释更加详细，曰："'清时有味是无能'，……右杜牧之自尚书郎出为郡守之作，其意深矣。盖乐游原者，汉宣帝之寝庙在焉。昭陵，即唐太宗之陵也。牧之之意，盖自伤不遇宣帝、太宗之时，而远为郡守也。藉使意不在此，以景趣为意，亦自不凡，况感寓之深乎？此所以不可及也。"叶、马二人对这首《将赴吴兴登乐游原一绝》的评点建立在知人论世的基础上，可谓精准、细致。

历代评点家对这首诗中"清时有味是无能，闲爱孤云静爱僧"二句青睐有加。《石林诗话》记载："（宋人江辅之被贬）谢表有云：'清时有味，白首无能。’蔡持正为侍御史，引杜牧诗为证，以为怨望，遂复罢。”小杜诗语句之精练在此体现得淋漓尽致，因此黄周星编《唐诗快》在这两句下标注："遂成名言。"明人胡震亨撰《唐音戊签》谓："首句‘清时’，反辞也。"杜牧怀有经略之才，却不得重用，心中本就怀有浓郁的"不平之音"，加之昔日繁盛的李唐王朝日呈大厦将倾之势，其内心的苦闷可想而知，因此用反语讽世、自嘲。这种处理不仅使诗歌语言更加精练，更使该诗的"不平"之意倍增。对于这种处理手法，张文荪《唐贤清雅集》认为樊川继承了"诗三百"之传统，评曰："词意浑含，得风人遗意。"俞陛云《诗境浅说续编》也称赞前两句"诗意尤深"。明末凌云所编的《唐诗绝句类选》则对这两句诗颇有微辞，谓其"乏逸俊"。"逸俊"一词出自杜甫《春日忆李白诗》"清新庾开府，俊逸鲍参军"句，杜甫在这首诗中称赞太白诗如鲍照诗一般，有"俊逸"之特点。结合鲍照、李白诗歌进行分析，可以得知"俊逸"主要指峻峭矫健的笔力、清新俊美的语言以及豪迈奔放的气势。笔者认为，杜牧此诗中"清时有味是无能，闲爱孤云静爱僧"二句，先以反语写牢骚，本就清新脱俗、不落俗套，紧接着又宕开一笔，抒写诗人的生活情趣，同时也为后两句表达自身抱负作铺垫，从中可以窥见小杜诗歌构思之奇特、笔力之矫健，凌云之评未免有苛责之嫌。

杜牧之诗以七绝和怀古见长，《将赴吴兴登乐游原一绝》一诗兼具二者之长，不仅将杜牧七绝体诗歌清丽俊逸的一面展露无遗，还显示出其对历史和现实的深刻关怀。樊川将深沉的思想以简练的语言表达出来，情感含蓄而又真挚，实为不可多得的怀古佳作。

（陈珂岚）

洛阳长句二首 ①

其　一

草色人心相与闲，是非名利有无间。
桥横落照虹堪画，树锁于门鸟自还。
芝盖 ② 不来云杳杳，仙舟 ③ 何处水潺潺？
君王谦让泥金事 ④ 苍翠空高万岁山 ⑤ 。

【注释】

① 长句：即七言律诗。此诗作于开成元年（836），时诗人在洛阳为分司东都的监察御史。

② 芝盖：车盖。本为仙家之车，乃指缑氏山仙人王乔事。《列仙传》："王子乔，周灵王太子晋也。好吹笙，作凤鸣，游伊、洛之间。浮丘公接以上嵩山，三十余年，仙去。" 此处或指帝王之车。洛阳为唐朝东都，初唐时武则天曾都于此。

③ 仙舟：用东汉时李膺、郭泰故事。《后汉书·郭泰传》载："（郭泰）博通坟籍，善谈论，美音制，乃游于洛阳。始见河南尹李膺，膺大奇之，遂相友善，于是名震京师。后归乡里，衣冠诸儒送至河上，车数千两。林宗（郭泰字）唯与李膺同舟而济，众宾望之，以为神仙焉。"

④ 泥金事：指帝王封禅之事。泥金，金屑，金末。古代帝王行封禅礼时所用的玉牒会用玉检、石检盛放，检用金缕缠住，用水银和金屑泥封，见《后汉书·祭祀志上》。后因以借指封禅。

⑤ 万岁山：即嵩山，亦称嵩高山，在今河南登封市北。

【评析】

该诗乃七言律诗。杜牧因其绝句而名扬天下，律诗也是一绝。杜牧的律诗具有很高的艺术成就，且尤以七律见长。这首诗描绘了洛阳城的寂寥情景，采用今昔对比的手法，含蓄地表达出诗人的思想情感，展现唐王朝的衰颓之景。该诗首联便直抒胸臆，同时点明诗歌主旨，表达出诗人豁达气骨与心境。以"草色"比喻"人心"，可谓新奇贴切，这种"相与闲"的心境像自由生长的悠悠青草，闲适自得，充满盎然生机，同时不带任何杂质，清新自然，令人倍感惬意。因而，在这种心态的影响下，才有"是非名利有无间"的淡然处之。不为世俗所累，野鹤闲云为伴，心湖波澜不惊而从容，看淡一切是非功过，可谓是大境界。

而颔联、颈联描绘了洛阳风景画：颔联借"落日桥横"与"鸟飞自还"的自然景物描写，为诗歌增添一抹闲散的色彩。正所谓"以我观物，物皆著我之色彩"，诗人沉浸于自己的闲适心境中，对外界并不关心，因而所见之景也有了一种施施然的闲适之态，"堪""自"二字正是赋予了彩虹和鸟儿以人的慵懒状态，看似他写，实则也是自写。此外，方回《瀛奎律髓》评此联："'树锁于门'一句极佳。"看似是自然之景的描写，却表现出东都洛阳今日的寂寥，进而点明原因："芝盖不来云杳杳，仙舟何处水潺潺。" 颈联陡然一转，揭露樊川所要表达的真正意图：王子乔仙驾许久不来，只有天上云气迷蒙幽远，李膺、郭泰那样的人物，现在又在何处泛舟？只有绵延不绝的潺潺水流之声依旧。"芝盖"、"仙舟"典出王子乔和"李郭同舟"，世人将他们奉为神仙名士，借二语暗指人才的零落，用语上确实是"典赡风华"。开成年间，正是藩镇割据严重的时期，皇帝不再巡幸。昔日帝王还会定都于一派繁华的东京洛阳，而今饱受风霜与摧残的洛阳，再不复昔日之景，万事皆如易逝荣华，随潺潺流水而逝，作者由东都洛阳表面繁荣冷落的变化透视出事物盛衰变化的本质，揭示了大唐王朝不可逆转的没落。

而有关结尾二句"君王谦让泥金事，苍翠空高万岁山"，历来评论家多认为其有渴望得幸之意，如《瀛奎律髓》："唐自天宝以后，不复驾幸东都，此诗有望幸之意。"《樊川诗集注》冯注曰："《唐会要》载：宝历二年二月，将幸东都，敕检修东都已来旧行宫，会裴度自兴元入相，因别对，奏云：'国家建立都邑，尽备巡幸，自艰难已来，此事遂绝。今东都宫阙营垒庙宇悉已荒废云云。'知方氏所云良然。"此说固然反映了唐朝衰落之势，但以此说明杜牧有望幸之意，却过于穿凿。末两句通过描写昔日帝王临幸的兴盛之景，于苍翠之山中听到高呼"万岁"的声音，大唐一派恢弘气象，而如今，这种辉煌一去不复返。杜牧虽然明了事物盛衰易变，但也难免抱有希望，唐朝何时才能恢复往日的风姿！然而对于他是否有渴望遇圣的心情，却不可臆断。既已是"是非名利有无间"，又怎会有急切望幸之意。且考此诗乃作于杜牧任洛阳分司监察御史一职，他愤于李训、郑注专权，目睹朝中政治黑暗，更是无心作为。《瀛奎律髓汇评》录纪昀之语评此诗："写盛衰之感则有之，不见望幸之意。中四句近丁卯。"实为确论。同样持此种观点的陆贻典亦道："落句妙，盖伤久不见天宝承平时事也。通首皆是此意。虚谷以为'有望幸之意'，失之迂矣。"杜牧此诗通过洛阳景物人事的渲染烘托，点明盛衰更迭、富贵荣华易消的世理，借以稍稍安慰内心的不平之气，意在言外，含蓄深沉。

（方姝玮）

扬州三首

其 一

炀帝雷塘土^①，迷藏有旧楼^②。
谁家唱水调^③，明月满扬州。
骏马宜闲出，千金好旧游^④。
喧阗^⑤醉年少，半脱紫茸裘^⑥。

【注释】

①"炀帝"句：炀帝，指隋炀帝杨广，隋朝末代皇帝。他在605年开凿了大运河通济渠段，从洛阳可以乘船直达江都（今江苏扬州市）。605—616年他三游江都，最后死在那里。雷塘，风景地，隋炀帝葬所，在扬州城西北十里北平冈上。原有湖泊，汉代称雷陂，唐称雷塘，今犹存，现经整治后，为扬州北郊名胜。土，一作上。

②"迷藏"句：旧楼，指隋炀帝在扬州所造迷楼。《南部烟花记》："迷楼经岁而成，幽房曲室，互相连属。帝喜曰：'使真仙游其中，亦当自迷也。'"此处表现隋炀帝荒淫的生活。

③水调：曲名。原注："炀凿汴河，自造水调。"指大运河修成后，隋炀帝创作了水调歌。

④旧游：旧，一作暗。旧游，一作暗投。

⑤喧阗：吵闹声，哄闹的声音。

⑥紫茸裘：紫色的细软毛皮衣。

【评析】

《扬州三首》是杜牧创作的五律组诗作品，此乃其一，于扬州时写就，《杜牧传·杜牧年谱》以大和八年（834）杜牧在淮南幕中，故将其诗系于大和八年（834）。时杜牧在淮南节度使牛僧孺幕中任掌书记一职，人称"杜书记"。这首诗作为杜牧"扬州三部曲"中的第一首，着重描绘了扬州雷塘的热闹景象，突出了扬州城的自古繁华，张文荪《唐贤清雅集》赞其"绝世风调"。

扬州位于长江与大运河交汇之处，是唐代南北交通的枢纽，商贾云集，烟花繁盛，是著名的温柔富丽之乡，自古以来，便被文人墨客竞相歌咏。所谓"腰缠十万贯，骑鹤上扬州"，就是这里。对于扬州这座天下闻名的乐园，年纪轻轻的杜牧自然也是心向往之的。这首《扬州三首》（其一）即是对扬州城社会风貌的倾情写照，着笔极为传神，余成教《石园诗话》中说："杜司勋诗：'谁家唱水调，明月满扬州'……何其善言扬州也！"言下之意赞叹不已。杜牧此诗描绘扬州的旖旎胜景，可谓是浓墨重彩、细腻动人。其先从"炀帝雷塘土，迷藏有旧楼"入手，在首联点出这里原是隋炀帝荒淫游乐的地方后，再一下转到了对眼前世界的描绘，原诗在"水调"下有一行注释："炀帝凿汴渠成，自造《水调》。"所以"谁家唱水调"即是从首联的内容引申过渡而来，读来给人一种明丽幽静的感觉。此句中的"谁家"两字，尤能引发人的联想，它揣测这曲《水调》究竟来自何家院落，透过这一句，使人仿佛听到还有各种笙管丝竹也在同时鸣奏。如果说，"谁家唱水调"给人以听觉的体验，那"明月满扬州"则是从视觉上给人呈现的一幅写意画。特别是这个"满"字，说明它的范围是普照全城，使人仿佛登高望远，见到了扬州的街渠巷陌和千家万户，看上去更加玲珑壮丽，华美非凡。接着"骏马宜闲出，千金好旧游"是写游侠少年、王孙公子骑着骏马招摇过市并且称豪逐侈、一掷千金的场景，这大概是当时扬州司空见惯的风景。"喧阗醉年少，半脱紫茸裘"则是刻画这批少年纵情欢乐的神态："紫茸裘"显出了他们华贵阔绰的贵公子身份；"半脱"两字，则活现出他们衣冠不正、举止狂放的情状，读来给人的印象非常鲜明深刻。

　　然而，杜牧此诗又不同于一般的吟咏风情之作，黄叔灿《唐诗笺注》评此诗曰："极言扬州之淫侈，令人留恋，语自奇辟。"诚然，杜牧此诗既"极言扬州之淫侈"开篇直指隋炀，系古于今，其"迷楼""水调"之事，无疑为扬州之美染上了一笔荒嬉之色，却又不事鞭挞，与其他怀古喻今的诗篇亦不相同。此诗怀古而不露讽意，笔调之间处处洋溢着对扬州的赞赏与迷恋，诗人似乎沉浸在扬州城的动人月色里，不忍把兴亡之罪加诸其上。最后索性敞开怀抱，将满目纸醉金迷的豪奢景象、满耳的笙歌人语的世情欢乐都不加褒贬地摄入诗篇。其中颇有流连之感，似乎尽情徜徉在扬州的旖旎风光之中。正是这样矛盾的情感使得杜牧的《扬州三首》显得格外与众不同，别有怀抱，其中第三首点出的"自是荒淫罪，何妨作帝京"可为题解。即诗人认为荒淫行径只是隋炀帝之流的罪过，不当因此怪罪繁华美好的扬州，正是"吴人何苦怨西施"，虽然他们的荒淫侈靡之事成了扬州城历史的一部分，但其间并没有必然的因果联系。如隋炀帝只是耽迷扬州享乐而亡国殒身，以史为鉴，扬州便如红颜祸水，理当鞭挞；而实则昏君所至，处处皆是扬州，岂地理之罪也！杜牧的这一思考是富有哲理的，展现出其小诗中常有的立意新奇之笔，张文荪《唐贤清雅集》称此诗有"绝世风调"。它既显得出人意表，又是那样鞭辟入里，往往表面上看似有违常理之点，却恰恰是诗人别具慧眼，见解独到之处，常有令人耳目一新之感。所以黄叔灿称其"语自奇辟"，是颇有见地的。

（李焯炜）

润州^①二首

其　一

句吴亭^②东千里秋，放歌^③曾作昔年游。
青苔寺里无马迹，绿水桥边多酒楼。
大抵^④南朝皆旷达，可怜^⑤东晋最风流^⑥。
月明更想桓伊^⑦在，一笛闻吹《出塞》^⑧愁。

【注释】

①润州：唐属江南道，辖境相当今江苏南京、镇江、丹阳、句容等地市。

②句吴亭：当作向吴亭，古亭名，在江苏丹阳市南。《全唐诗词语通释》："句吴亭，应为向吴亭。在唐江南道润州丹阳郡（今江苏丹阳市）南。"

③放歌：放声歌唱。

④大抵：大略，差不多。

⑤可怜：可爱，可羡慕。《大子夜歌》："子夜最可怜。"

⑥风流：放逸洒脱，风雅潇洒。

⑦桓伊：东晋人，官至豫州刺史、江州刺史、护军将军，曾参与指挥淝水之战。喜音乐，善吹笛，为江左第一。

⑧《出塞》：汉乐府横吹曲名。《晋书·刘隗传》记载其子刘畴"曾避乱坞壁，贾胡百数欲害之。畴无惧色，援笳而吹之，为《出塞》《入塞》之声，以动其游客之思，于是群胡皆垂泣而去之。"

《润州二首》是杜牧追忆润州时的游踪所作的一组七言律诗，表达的是对东晋、南朝人物的向往之情。此诗作于润州无误，但系年却有不同看法。一种是认为此诗应作于开成二年（837），吴在庆的《杜牧集系年校注》和《杜牧诗文选评》均认为此诗是开成二年（837）杜牧自扬州赴宣州，途经润州时作。一种是认为此诗系年不详，缪钺《杜牧传·杜牧年谱》中并未将此诗收入开成二年（837）之作，刘逸生、周锡䪖的《杜牧诗选》将此诗纳入不编年部分，陈增杰《唐人律诗笺注集评》也未写明创作时间。

首联中的"句吴亭"又作"向吴亭"，"句吴"指春秋时期诸侯国吴国，"向吴亭"则是润州丹阳郡内的古亭名。清代冯集梧《樊川诗集注》注引《孔氏杂记》："向吴亭在润州官舍，杜牧之润州诗：'向吴亭东千里秋。'陆龟蒙诗：'秋来懒上向吴亭。'"冯集梧因此认为"今刻牧之集者，改为句吴亭，失之矣"。

后世评点家对杜牧的《润州二首》进行品评，有的从整体结构入手，分析杜牧的创作脉络，如元代郝天挺注、清代朱三锡评《东岩草堂评订唐诗鼓吹》云："润州南枕大江，东连吴会，一起曰'千里秋'，便将润州写得分外出色；亭东一望，千里清光，不觉有感于昔年之游也。三、四承之，是因昔年而有感于目前，言寺犹昔日之寺，桥犹昔日之桥。'无鸟迹'是感其衰，'多酒楼'是志其盛。数年之内，盛衰在目，良可慨也。"又云："五、六又因目前而有感于前代，言润州夙称佳丽，为诸名士赋诗饮酒之场，以南朝论之，则士多旷达，以东晋论之，则雅尚风流，二者虽无补于世道，而一段高情逸兴，文人杰士，潇洒有余。杜公一生不拘细行，意气闲逸，观其胸中眼底，必深有旨乎晋人风味矣。月明江上，感慨情深，故以'更想桓伊'作结也。"这段评论，将此诗由头至尾设辞取景，情感的回旋与推进，剖析得细致入微，品出了小杜登临向吴亭，感怀旧迹，思接千载的悠远情味。

有些评论着重于诗的作法特点，尤其着意于后两联的开合与倒装的笔法，清代黄叔灿《唐诗笺注》："'大抵'一联，宕往有致。"清代赵臣瑗辑《山满楼笺注唐诗七言律》在"大抵南朝"二句下言："'大抵'、'可怜'，一开一合，薄责南朝，重罪东晋，自是千秋定论。其意则侧卸，其法则倒装，其中神理则融成一片也。"于末二句下言："结仍归到现在。月明，秋也。先闻笛，后想桓伊，此却又用倒落法，以取姿致，笔端便觉洒然。"在我们今天看来，此段评论桓伊吹笛时的倒落法，是准确的。但在论及南朝的"旷达"与东晋的"风流"上时，得出"薄责南朝，重罪东晋"的结论，并称其为"千秋定论"，是颇有点莫名其妙的。原诗所说的意思，反而是说南朝的风格以旷达为多，而东晋的风流最为可爱。其下引桓伊为王子猷吹笛之事，更是《世说新语》中有名的佳风遗韵，何来"重罪东晋"之说？古代评论家中有些人的穿凿附会，也真的是无端而起，徒发牢骚而已。

清代刘熙载《艺概·诗概》："诗以离合为跌宕，故莫善于用远合近离。近离者以离开上句之意为接也；离后复转，而与未离之前相合，即远合也。"该诗先追忆当年游润州之时，自己也曾到过向吴亭，鸟瞰过润州的古寺和酒楼，青春放歌，无拘无束，此情已成追忆；再从自身发散开来，想起旷逸放达的南朝人物和不拘礼法的魏晋名士，再由历史的遐思回到现实中所听到的笛声，一曲《出塞》仿佛是东晋桓伊在吹奏，这样，就将诗的思绪带回现实，也牵引出了无边哀愁。诗人回忆往昔润州岁月，怀念前人潇洒风流，以笛声为引，想起桓伊，又作结于如今，使得该诗古今交错，开合自如，倒落洒然，跌宕有致。恰如徐献忠《唐诗品》所言："牧之诗，含思悲凄，流情感慨，下语精切，含声宛转，而抑扬顿挫之节，尤其所长。”

（杨乐）

题扬州禅智寺 ^①

雨过一蝉噪，飘萧松桂秋。
青苔满阶砌^②，白鸟故迟留。
暮霭生深树，斜阳下小楼。
谁知竹西路^③，歌吹是扬州。

【注释】

① 禅智寺：寺庙名，故址位于扬州城东。《明一统志·扬州府》记载"禅智寺，在府城东一十五里，本隋炀帝故宫……后建为寺"。

② 阶砌：台阶。

③ 竹西路：位于禅智寺前的官河北岸。据《唐宋诗话》记载"淮南维阳有蜀冈者，扬州之北冈也，或曰势连蜀土。冈之南有竹西亭，修竹疏翠，后即禅智寺也"，又冯注："《舆地纪胜》：扬州竹西亭在北门外五里。……《宝祐志》云'竹西亭在禅智寺前河北岸，取杜牧诗语也'。"

【评析】

本诗创作年代据《杜牧传·杜牧年谱》考为文宗开成二年（837），其谓"杜牧于大和七八年间，亦曾居扬州，此诗所以断为本年作者，以杜牧弟颛方在禅智寺养疾，杜牧至扬州，盖亦居此也"，其时杜牧弟杜颛因眼疾发作在扬州养病，杜牧也因此从洛阳来到扬州。

从写作技法来看，本诗在描写禅智寺的幽静之美时，着眼于动静的相互生发之美。"雨过一蝉噪"为动，"飘萧松桂秋"为静，"一蝉"之声响尚能觉察，益显出禅寺之幽静美；"青苔满阶砌"为静，"白鸟故迟留"为动，青苔布满、白鸟迟留可见禅寺之人迹罕至；"暮霭生深树"为向上的萌发，"斜阳下小楼"则为向下的收敛，两句中"生"与"下"、"深树"与"小楼"互有相对之意，万物自在去来与禅寺不变之景形成对比；结尾代指禅寺的"竹西路"为静，"扬州"为动，复以动静收束全文，高步瀛《唐宋诗举要》卷四评此"结笔写寺之幽静，尤为得神"，可见作者之用心。

同时，此诗尾联再一次涉及"扬州"这一文学情境，亦是杜牧诗歌可注意的一个母题。余成教《石园诗话》卷二记载："司勋诗'谁家唱水调，明月满扬州''谁知竹西路，歌吹是扬州''扬州尘土试回首，不惜千金借与君''二十四桥明月夜，玉人何处教吹箫''春风十里扬州路，卷上珠帘总不如''十年一觉扬州梦，赢得青楼薄幸名'，何其善言扬州也。"可见扬州对杜牧的特殊意义。在本诗创作之前，杜牧曾因供职于牛僧孺幕府，快意人生，写出了"谁家唱水调，明月满扬州""春风十里扬州路，卷上珠帘总不如"的人生纵意之诗。而此次复来扬州，经历人事变幻，诗人当日之意气则内敛为心性的沉稳，于声色之中抱一持静，描绘静物却不流于荒寂之感，亦难怪范大士《历代诗发》评价其"牧之诗情豪迈，此见一斑"。

（柴瑞瑞）

西江^①怀古

上吞巴汉^②控潇湘^③，怒似连山净^④镜光。

魏帝缝囊真戏剧^⑤，苻坚投筭更荒唐^⑥。
千秋钓艇^⑦歌明月，万里沙鸥弄夕阳。
范蠡清尘何寂寞^⑧，好风唯属往来商^⑨。

【注释】

①西江：冯注曰："注家以为楚人指蜀江为西江，以从西而下也。"

②巴汉：古代的巴郡、汉中地区。《水经注·江水篇》："巴水出晋昌郡宣汉县巴岭山……西南流，历巴中，经巴郡故城南，李严所筑大城北，西南入江。"

③潇湘：潇水与湘江的合称，指今湖南地区。

④净：一作静。

⑤"魏帝"句：魏帝，指曹操。缝囊，《三国志·吴书·步骘传》注引《吴录》记载，步骘曾上表孙权，说曹操下令用沙囊填塞长江，并借以南侵吴国。戏剧，犹言可笑、荒唐。

⑥"苻坚"句：苻坚，东晋十六国时期前秦第三位国君。筭，鞭子。投筭，据《晋书·苻坚载记》，苻坚企图征服南方的东晋王朝，但许多大臣都认为时机尚未成熟。苻坚则云："以吾之众旅，投鞭于江，足断其流。"

⑦艇：一作舸。

⑧"范蠡"句：范蠡，春秋末越国大夫，曾辅佐越王勾践复国，兴越灭吴，后隐去。清尘，高洁的遗风，这里指范蠡功成后辞官隐逸之举。寂寞，指无人效仿范蠡之举。

⑨往来商：往来于此地的商人。

【评析】

杜牧出身名门，自幼便饱读经史，并继承了其祖父以《通典》为代表的经世致用之学。他曾在《上李中丞书》中自陈心迹，表露其好研究"治乱兴亡之迹，财赋兵甲之事，地形之险易远近，古人之长短得失"。因此，其诗文中也常常寄寓其对历史兴亡的评价与感慨。在杜牧现存的诗文作品中，以咏史怀古诗居多，也最负盛名，这首七言律诗体的《西江怀古》便为典型代表。

读《西江怀古》，最吸引人的是其精当的用典。杜牧先引曹操和苻坚之典，昔日的乱世枭雄，曾是何等的狂妄和不可一世，如今他们也早已随着历史化作尘埃、灰飞烟灭；接着又引范蠡功成身退、泛舟江湖之典，慨叹世人不能理解真正高风亮节之人，却热衷于追逐名利富贵。这些典故的选取与运用，不仅蕴含了杜牧内心的情感价值取向，同时也凸显了杜牧对于历史兴亡的深刻思考。这首诗的结构新颖奇特，同样值得称赞，其写景句与抒情句相互交错，使读者的思绪也跟随诗人的笔触，在历史与现实之间来回跳跃。

后人对此诗的评价，以金圣叹《贯华堂选批唐才子诗》最为细致。金圣叹先对《西江怀古》一诗进行总体评价，并探讨诗人杜牧的创作旨趣，其言："前解写西江，后解写怀古。分别读之，始知先生乃怀范蠡，非怀魏帝、苻坚。不然，既而怀之，又切讥其'戏剧'、'荒唐'，岂是有哉！"金圣叹又对该诗进行逐句评点，在首四句下评曰："吞江控楚，写西江要害；'连山'、'镜光'，写西江不测；'魏帝'、'苻坚'，写江上时头等英雄。四句四七二十八字，皆是写'西江'，并未写到'怀古'。"又评末四句，云："便从江上放宽眼界，竖看'千秋'，横看'万里'。言如此西江，彼魏帝、苻坚，真无奈之何也！乃如此明月钓舟、夕阳鸥鸟，西江又真无奈之何也！人诚莫妙于不生世间，人而不免或生世间，则我仅图古人，其唯范蠡实获我心。何则？世上事毕竟做不尽，莫如撒手一去，所益实多。七、八语气，是切叹世无范蠡，可惜满江好风，总吹财奴耳。"金圣叹此番评点，可谓详尽，同时他也将自己对人生的感悟与这首诗的诗意相融合，读来令人动容。朱三锡的《东岩草堂评订唐诗鼓吹》在评此诗时，与金圣叹之看法基本相同，在此不加赘述。

杜樊川长于七律，向来备受推崇。清初贺裳的《载酒园诗话又编》云："杜长律极有佳句。如'深秋帘幕千家雨，落日楼台一笛风'、'蒲根水暖鸭先浴，梅径香寒蜂未知'、'千里暮山重叠翠，一溪寒水浅深清'，又'江碧柳青人尽醉，一瓢颜巷日空高'，俱洒落可诵。"同时，贺裳也评价这首《西江怀古》中的"千秋钓艇歌明月，万里沙鸥弄夕阳"二句"尤有江天浩荡之景"。此句中"千秋"一词与上句相勾连，将眼前之景置入到遥远的历史长河当中去；"万里"又将诗人的思绪拉回现实，转入到广阔的地理空间中。时空永恒，而人生短暂且无常，更让人感叹自身之渺小。这两句虽是写景，但蕴含着杜牧对历史、人生的感慨，情感含蓄蕴藉，悠长绵延。

总而言之，这首《西江怀古》是杜牧怀古诗中的佳作，在总体结构、语句锤炼以及思想意蕴等方面均可见小杜诗歌的匠心独具之处。

（陈珂岚）

江南春绝句

千里莺啼 ① 绿映红，水村山郭酒旗风 ②。
南朝四百八十寺 ③，多少楼台 ④ 烟雨中。

【注释】

① 莺啼：即莺啼燕语。

② "水村"句：郭，外城，此处指城镇。酒旗，一种挂在门前以作

为酒店标记的小旗。

③"南朝"句：南朝，指建都于建康（今江苏南京市）的相继代起的宋、齐、梁、陈四个朝代。其君王崇佛，尤以梁武帝萧衍为甚，故其时所建佛寺颇多。《南史·郭祖深传》："都下佛寺，五百余所，穷极宏丽。僧尼十余万，资产丰沃。"

④楼台：高大建筑物的泛称。《尔雅》："四方而高曰台，陕而修曲曰楼。"

【评析】

此诗作年未考，曹中孚于《晚唐诗人杜牧》中推测此诗作于大和七年（833）春天。据诗中描绘的江南之景，推测或作于杜牧任睦州刺史之时，睦州即在江南。此诗为七言绝句，且以写景取胜。诗中描绘烟雨朦胧的江南美景，从生动明媚的莺啼燕语、山川酒肆到迷离空蒙的亭台楼阁、寺院水榭，动静结合，令人心旌摇动，可谓妙笔生花。

而关于此诗写作技巧，大多数品评者十分关注杜牧诗中数字的用法。明代周珽《唐诗选脉会通评林》评曰："小李将军画山水人物，色色争妍，真好一幅江南春景图。大抵牧之好用数目字。如'南朝四百八十寺'、'二十四桥明月夜'、'故乡七十五长亭'是也。"杜牧诗中确实巧用数字，然有关这些数字的用法，也引发了不同的讨论。如"千里莺啼绿映红"一句，明代杨慎《升庵诗话》评："'千里莺啼'，谁人听得？千里'绿映红'，谁人见得？若作'十里'，则莺啼绿红之景，村郭、楼台、僧寺、酒旗皆在其中矣。"言"千里"失实，但此评却过于严苛，且忽略作诗并非都以写实取胜。杨慎认为杜牧诗好用数字堆砌，却忽略了数字使用的精妙之处。杜牧诗中使用数目之多历来被称为诗中之"算博士"也。"千里"之妙，若虚若实、虚实相生，言有尽而意无穷。诚如明代胡震亨编撰的《唐音戊签》所言：

"杨用修欲改'千里'为'十里'。诗在意象耳,'千里'毕竟胜'十里'也。"以"千里"作则更显春光绵延,诗之意境韵味更浓。因而许多品评家也对杨慎的评价提出质疑与反驳,如清代何文焕《历代诗话考索》言:"'千里莺啼绿映红'云云,此杜牧《江南春》诗也。升庵谓"'千'应作'十'。盖'千里'已听不着、看不见矣,何所云'莺啼绿映红'耶? 余谓即作'十里',亦未必听得着、看得见。"近人刘永济《唐人绝句精华》也点明杨慎之说的狭隘之处:"按杨慎之说,拘泥可笑……'千里'之词,亦概括言之耳,必欲以听得着、看得见求之,岂不可笑!"

此外,关于后两句是否有讽刺之意也是众说纷纭,有学者认为此乃借南朝佞佛以讽时事。有研究者则不以为然,认为此诗只是单纯描绘江南美景,表达了杜牧对江南美景的神往之情,若有感兴,也只是"杜牧游江南时,感于景物之繁丽,追想南朝盛日,遂有此作"(《唐人绝句精华》)。清代黄生《唐诗摘钞》也持此说,认为"烟雨中"乃感"南朝遗迹之湮灭而语,特不直说",并非如宋代张表臣《珊瑚钩诗话》所说乃是"诗人侈其楼阁台殿焉",讽刺当朝奢靡之象。杜牧于三、四句写江南雨景,于山明水秀之处刻画描绘若隐若现、屋檐森森的佛寺,不曰"楼台已毁",而曰"'多少楼台烟雨中',皆见立言之妙",可见其语切中肯綮。从诗境与诗意看来,杜牧诗中的佞佛之讽,的确难以成立。

清代范大士《历代诗发》有云:"'四百八十寺',无景不收入结句,包罗万象,真天地间惊人语也。"点明"四百八十"并非实指,近人俞陛云《诗境浅说续编》亦云:"后言南朝寺院多在山水胜处,有四百八十寺之多,况空蒙烟雨之时罨画楼台,益增佳景。"纵观全诗,杜牧以精简之笔绘"尺幅千里",然处处露玲珑之心,有如清人何焯《唐三体诗评》所评:"缀以'烟雨'二字,便见春景,古人工夫细密。"这正是"樊川所独擅"（《唐贤小三昧集续集》）。虽生处于唐王朝大厦倾颓之时，亦能以心观景，描绘出明丽又迷离的江南春景，可谓"描写难尽，能以简括，胜人多许"（《网师园唐诗笺》）。以二十八字绘尽江南美景，可谓是"若将此诗画作锦屏，恐十二扇铺排不尽"（《唐诗快》），此种境界与画圣吴道子于大同殿画嘉陵山水相比，则有过之而无不及，"更恐画不能到此耳"（《唐人万首绝句选评》）。因此，抛开"讽刺说"的观点和评论，单是着眼于杜牧诗中对于春景的细腻描绘，便能感到此诗的丰富内涵，只可意会不可言说，更觉情味隽永，余兴悠长。

（方姝玮）

题宣州开元寺水阁阁下宛溪夹溪居人 [①]

六朝文物草连空 [②]，天淡云闲今古同。
鸟去鸟来山色里，人歌人哭水声中 [③]。
深秋帘幕千家雨，落日楼台一笛风。
惆怅无因见范蠡，参差烟树五湖东 [④]。

【注释】

① 题宣州开元寺水阁阁下宛溪夹溪居人：宛溪，发源于宣城东南峄山，流经城东为宛溪，至县东北，与句溪汇合。此诗据《杜牧传·杜牧年谱》系于开成三年（838），时杜牧在宣州幕。

② 六朝：东吴、东晋、宋、齐、梁、陈，均建都金陵，史称六朝。

③ "人歌"句：《列子》："众人且歌，众人且哭。"冯注："《拾遗记》：日南之南，有淫泉之浦，其水激石之声，似人之歌笑。"

④ "惆怅"二句：范蠡助越王勾践灭吴后，乘扁舟，浮于江湖，变名易姓，自称鸱夷子皮。事见《史记·货殖列传》。五湖，此处为太湖别称。

【评析】

此诗作于开成三年（838），时杜牧在宣州幕供职。杜牧在这首诗中通过描写眼前所见之景来抒发自己内心的沧桑之感。六朝文物已经今非昔比，面目全非，昔日好景不复存在。只有天上的云悠然自在，古今相同。杜牧借由描绘人间万事万物的不断更迭改变，抒发对时间流逝、沧海桑田的无限感慨。诗中"深秋帘幕千家雨，落日楼台一笛风"颇为精妙，杜牧在游览自然风光时，眼前看到的是深秋时节落雨纷纷，千家万户都挂上了帘幕，落日与楼台静谧安好；听到的是风声中夹杂着悠扬的笛声。然而历史沧桑巨变，杜牧仰慕范蠡，但由于生在不同的年代，他见不到范蠡，只能惆怅感怀，对范蠡进行追思。

历来有不少人对杜牧的这首诗做了点评，多从诗中的句法、用字以及写景抒情的角度来进行。在句法、用字方面的点评较多，且多持褒奖的态度。如《贯华堂选批唐才子诗》："'去''来''歌''哭'字，是再写一；'山色''水声'字，是再写二。妙在鸟、人平举，夫天澹云闲之中，真乃何人何鸟？（'鸟去鸟来'二句下）金雍补注：'帘幕'五字是画'深秋'，'楼台'五字是画'落日'，切不得谓是写'雨'写'笛'。唐人法如此。"金圣叹认为鸟的"去""来"、人的"歌""哭"在这两句诗的布局上前后呼应，突出一幅时间飞逝的画卷。金雍则认为"深秋帘幕千家雨，落日楼台一笛风"中的深秋和落日是诗人强调的对象，点评看到了杜牧这两句诗用字的锤炼功夫。又如《碛砂唐诗》："敏曰：每于此等句法，最爱其全无衬字，而其中自具神通。（'深秋帘幕'二句下）"《唐诗快》："奇语镌刻。（'人

143

歌人哭'句下）可想可画。（'深秋帘幕'句下）"《唐三体诗评》：
"寄托高远，不是逐句写景，若为题所谩，便无味矣。'今古'二字，
已暗透后半消息。五、六正为结句蓄势也。"这些评语又对杜牧用字
在全诗中的作用加以肯定。杜牧此诗的精练，体现在其没有多余的
字，"今古"二字还起到了蓄势的作用。如《唐诗绎》云："此诗言人
事有变易，而清景则古今不变易。'今古同'三字，诗旨点眼，全身
提笔。"《唐宋诗举要》："吴北江曰：起四句极奇，小杜最喜琢制奇
语也。"这些评价都是比较中肯的。

　　此外，对这首诗写景抒情的评价也不少，大都褒扬了杜牧在写景
抒情上的独到之处，认为杜牧此诗写景含蓄无穷，别具深意。如《初
白庵诗评》："第二联不独写眼前景，含蓄无穷。"《历代诗发》："
藻思蕴蓄已久，偶与境会，不禁触绪而来。"《唐诗成法》："一、二
从宣州今古慨叹而起，有飞动之势。闲适题诗，却吊古。胸中眼中，
别有缘故。气甚豪放，晚唐不易得也。"此评语肯定了杜牧运用闲适
诗抒发吊古情怀的独特之处，又肯定了其蓄势作用，也算是很中肯的
评价。《网师园唐诗笺》："三、四无穷寄慨。五、六写景处，可以步
武青莲。"认为杜牧此写景之句可与李白媲美，可以说是很高的赞誉
了。《唐贤小三昧集续集》："高调秀韵，两擅其胜。（'深秋帘幕'联
下）"也是从杜牧此句写景诗句入手，大赞其气韵之盛。清人叶矫然
《龙性堂诗话续集》将杜牧此诗"鸟去鸟来山色里，人歌人哭水声中"
称作"写景绘物入情入妙"者，是为确论。明代谢榛有《诗家直说》
一书，后收入《四溟诗话》，书中将对杜牧此诗中"深秋帘幕千家雨"
至"参差烟树五湖东"数句不满，认为它们韵短调促，无抑扬之妙。
因改为"深秋帘幕千家月，静夜楼台一笛风"。结果谢榛的这个改动
引起四库馆臣的不满："不知前四句为'六朝文物草连空，天淡云闲
今古同。鸟去鸟来山色里，人歌人哭水声中'，末二句为'惆怅无因

见范蠡，参差烟树五湖东'，皆登高晚眺之景。如改'雨'为'月'，改'落日'为'静夜'，则'鸟去鸟来山色里'非夜中之景，'参差烟树五湖东'亦非月下所能见，而就句改句，不顾全诗，古来有是诗法乎？"（《四库全书总目提要》卷一百九十七）四库馆臣对谢榛随便改诗的责备是言之成理的，而这也显示出杜牧全诗的语词，都经过了谨慎而详备的思考。

杜牧在此诗中寄托的思古怀今的感情是强烈的，同时又充满了对历史盛衰的感慨以及对人生短暂的悲叹。历来针对此诗抒情上的评价多是肯定与赞誉，如清代赵臣瑗《山满楼笺注唐诗七言律》："七、八用感慨作结，生必有死，盛必有衰，此自然之理。"又如《瀛奎律髓汇评》："何义门：六朝不过瞬息，人生那可不乘壮盛立不朽之功！然而此怀谁可与语？'风''雨'二句，思同心而莫之致也。我思古人之功成身退如范子者，虽为执鞭，所欣慕焉。五、六正为结句。……无名氏（甲）：此诗妙在出新，绝不沾溉玄晖、太白剩语。许印芳：此诗全在景中写情，极洒脱，极含蓄，读之再三，神味益出，与空讲风调者不同。学者须从运实于虚处求之，乃能句中藏句，笔外有笔。若徒揣摩风调，流弊不可胜言矣。赵熙：风调好。"评者体味到杜牧的复杂心态，尤其是杜牧对人生的思考、对历史的感怀，也注意到了杜牧作为晚唐诗人与其他诗人不同的诗歌创作特色。这首诗也展现了杜牧的豪情和作诗的才气，正如《一瓢诗话》云："杜牧之晚唐翘楚，名作颇多，而恃才纵笔处亦不少。如《题宣州开元寺水阁》直造老杜门墙，岂特人称小杜已哉！"

不过，也有持相反意见的，如前文提及的《四溟诗话》："此上三句落脚字，皆自吞其声，韵短调促，而无抑扬之妙。"认为杜牧此诗在韵调的处理上尚欠功夫，而无抑扬顿挫的美感。又如《唐音戊签》："《冷斋夜话》云：看似秀整，熟视无神气（"深秋帘幕"一联下）。"从诗歌整体的神韵来否定杜牧此诗在神气上的欠缺。《瀛奎律髓汇评》云："纪昀：赵饴山极赏此诗，然亦只风调可观耳，推之未免太过。"此处纪昀则认为赵饴山过高评价此诗，他认为此诗除了风调尚可，其他部分是没有欣赏价值的。清代田同之《西圃诗说》："唐人句如'一千里色中秋月，十万军声半夜潮''胡蝶梦中家万里，杜鹃枝上月三更''深秋帘幕千家雨，落日楼台一笛风'，人争传之。然一览便尽，初看整秀，熟视无神气，以其字露也。"也是同样的评价。但这首诗整体上突出了杜牧的创作风格，不乏豪迈之气，此类评价也是求全责备了。

（杨香梅　黄鸣）

宣州送裴坦判官往舒州时牧欲赴官归京 ①

日暖泥融 ② 雪半销，行人 ③ 芳草马声骄。
九华山路云遮寺 ④，清弋江 ⑤ 村柳拂桥。
君意如鸿高的的 ⑥，我心悬旆 ⑦ 正摇摇。
同来不得同归去，故国逢春一寂寥 ⑧。

【注释】

① 宣州送裴坦判官往舒州时牧欲赴官归京：裴坦，字知进，郡望河东闻喜（今属山西），大和八年（834）登进士第，任宣歙从事，召拜左拾遗，后累官至宰相，乾符元年（874）卒。裴坦与杜牧曾同为宣州府幕僚，是故旧至交。判官，官名，唐时节度使、观察使的属官。舒州，今安徽潜山市。

② 泥融：冻土松融。杜甫《绝句》："泥融飞燕子。"

146

③ 行人：征行之人，此指裴坦。一作人行。

④ "九华"句：九华山，原名九子山，位于池州青阳（今安徽青阳县）西南，因有九峰，形似莲花而得名，是中国佛教四大名山之一，乃宣州去往舒州的必经之处。寺，一作岫。

⑤ 清弋（yì）江：即青弋江，在安徽省东南部，长江下游支流。《泾县志》载："青弋江，在宣城县西，源出池州府石埭县之舒溪及太平县黄山水，合流北至麻川口入泾县西南界，下涩滩，东北流九十里至严潭与泾水合，又北迳县治西为赏溪，又东北受幔溪，琴溪诸水，又北汇为青弋江。"从宣州往舒州，青弋江、九华山均是经行之地。清，一作青。

⑥ 的的（dídí）：分明貌，鲜明的样子。这里形容心情舒畅，意气高昂。

⑦ 悬旆（pèi）：犹悬旌，悬挂在空中的旗帜，这里形容心情不安。《史记·苏秦列传》："心摇摇然如悬旌而无所终薄。"

⑧ "故国"句：故国，故乡，指长安。一，一作正。

【评析】

这首诗是杜牧送别友人的一首七律。因诗题中有'时牧欲赴官归京'语，又据《杜牧传·杜牧年谱》，杜牧于开成三年（838）冬奉调还朝任左补阙、史馆修撰，至次年春始由宣州启程赴京，故此诗当作于开成四年（839）春。此时，在宣州（治所在今安徽宣城市）做官的杜牧即将离任，回京任职，临行遇到了当年的幕中旧友裴坦，他正在宣州判官任上，准备往舒州（治所在今安徽潜山市）去，杜牧便先为他送行，赋此诗相赠。

这是一首送别诗，可分为上、下两个部分，写景抒情，层次分明，一言一句，皆有所指。金圣叹《贯华堂选批唐才子诗》中说："杜与裴俱为宣州判官，是时杜拜殿中侍御史、内供奉，将归京，裴却弃官游舒州，故杜送之以是诗。一写时，二写别，三写舒州路，四写归京路，甚明。问：杜、裴既称一色，然则诗何不用弹冠事耶？因此一问，忽然悟其五、六之妙。言裴去志高如冥鸿，既是杜所甚明，杜又初归，心如悬旌，未必遂容论荐，所以欲同归而且不得也。末句反明宣州官中连岁欢握可知。"诚如此言。此诗脉络明晰，情感真挚，每一联间牵连递进，由景到情层层深入，写得十分动人。其首联先用明快的色调、简洁的笔触，勾画出了一幅"春郊送别图"，此联即景而不只在写景，它还交代了送行的时间、环境，渲染了离别时的氛围。颔联则以"九华山路"、"清弋江村"暗示前方的行程，"云遮寺"，"柳拂桥"最能体现地方风物和季节特色，同时也透出诗人对友人远行的关切和惜别之情。这两句结合想象，一写山间、一写水边，静景中包含着动态之景，画面形象而鲜明，使人有身临其境之感。以上这四句通过写景，不露痕迹地介绍了环境，交代了送行的时间和地点，暗示了事件的进程，语言精练优美，富有韵味，以形象化描绘代替单调冗长的叙述，手法十分高妙。后面四句则借助景色的衬托，抒发惜别之情，更见诗人的艺术匠心。颈联"君意如鸿""我心悬旆"是用对比手法，突出行者与送者截然不同的心境。"的的"生动描绘出了裴坦的踌躇满志，意气风发，就如同鸿雁要展翅高飞而去。而诗人自己则深感宦海风波，前途未卜，此刻又要与好友离别，临歧执手，更觉"心摇摇然如悬旌而无所终薄"，于是倍感空虚无着、怅然若失。在尾联中，诗人再把"送裴坦"和自己"赴官归京"两重意思一齐绾合，两人原是同到宣州任职的，此时却要各奔东西了，于是春光明媚里，一种寂寥之情油然而生。

正如明人胡震亨《唐音癸签》卷八引徐献忠言："牧之诗含思悲凄，流情感慨，抑扬顿挫之节，尤其所长，以时风委靡，独持拗峭。"这首诗格调既高，手法亦妙，显得特色鲜明而又不露痕迹。首先是写景部分，以首颔二联勾连递进，采用实虚结合的手法：一面写临行送别目中所见之景，乃是实写；一面想象前程风光，乃是虚写。同时远近相生，动静相映，显得情韵悠扬，风流蕴藉。并且诗人善用对比，以乐景衬哀情，不仅将前半部分的美丽风光与后半部分的离别惆怅形成反衬，还将友人裴坦与自身直接对举，江南无限美景与友人意气风发更加凸显出诗人内心的满腹愁情，颇见抑扬之感，既真挚地表达出对好友将别的依依不舍，以及对其美好前程的由衷祝愿，同时也不加掩饰地流露出对于自身宦海沉浮、仕途坎坷的惆怅不安之情，令人动容。诚如缪钺先生所说："独能于拗折峭健之中，有风华流美之致，气势豪宕而又情韵缠绵，把两种相反的好处结合起来。"高步瀛《唐宋诗举要》赞之曰："格调既高，语皆隽拔。"上面的评价，都是对于此诗佳处的最好概括。

（李焯炜）

句溪夏日送卢霈秀才归王屋山将欲赴举①

野店正纷泊②，茧蚕初引丝。
行人碧溪渡，系马绿杨枝。
苒苒③迹始去，悠悠心所期。
秋山念君别，惆怅桂花时。

【注释】

① 句溪夏日送卢霈秀才归王屋山将欲赴举：句溪，流经今安徽宣州市东。卢霈，字子中，于开成三年（838）与杜牧交往。王屋山，山名，在山西垣曲县与河南济源市之间，山有三重，形状如屋，故名。赴举，进

京参加进士考试。

②纷泊：纷繁之貌。左思《蜀都赋》："羽林纷泊。"

③苒苒：即冉冉，渐渐的意思。

【评析】

此诗作于开成三年（838），杜牧时年三十六岁，在宣州幕中。正是此年，杜牧结识了赴京考进士的卢霈，对其十分欣赏，如杜牧所说："于群辈中酋酋然，凡曰进士知名者多趋之，愿与之为交。"并在同年写下了《卢秀才将出王屋，高步名场，江南相逢赠别》，希望卢霈一举成名，步入仕途。次年，卢霈游代州南归，于晋州霍邑县界，为盗贼所杀，杜牧悲伤不已，因此写下《唐故范阳卢秀才墓志》。

有的评点家从创作手法方面进行品评，在首二句下，《唐诗归》："谭云：借事纪时，是古诗法。"谭元春认为"茧蚕初引丝"一句以夏蚕牵丝写明了时节，含有古体诗纪时的特点。除纪时特点外，"丝"谐音"思"，也寄寓了诗人对卢霈的惜别思念之情，结合后文中的"悠悠"，写出了卢秀才脚步慢慢远去，身影渐渐消失，更深一步表达了诗人的恋恋不舍之情。对于末句的评点，《唐诗归折衷》："唐云：点明应举，不作期望语，妙。"末句的"桂花"意象既点明了进士考试的时间，又暗暗表达了杜牧对卢霈进士及第的美好愿望，因为唐代将登进士第叫作"折桂"，所以"桂花时"即是举进士之时。在《卢秀才将出王屋，高步名场，江南相逢赠别》一诗中，杜牧同样用"欲攀青桂弄氛氲"来表达对卢霈"将携健笔干明主"的期望。由以上两个例子可知，杜牧善于用意象来表明潜在的情感寄寓，在写明时间、情景的同时，又蕴藏了绵密深厚的情感。因此，有的评点家从感情色彩方面进行品评，如《唐诗归》："钟云：淡然深情。"此诗描写了夏蚕抽丝的时节，路边野店行人纷纷，有的渡河远去，有的系马停留；而诗人也要与卢霈在此作别，眼前虽是夏日碧绿景象，心中却已是深秋折桂之时，对朋友的牵挂融于渐远的足迹与悠悠的念想中，情景自然交融，不愧于钟惺以"淡然深情"作评。

有的评点家从格律方面进行品评，如《唐诗评选》："于生新取光响，自有风味。此种亦不自晚唐始。中唐人尽弃古体，以笺疏尺牍为诗，六义之流风凋丧尽矣。樊川力回古调，以起百年之衰，虽气未盛昌，而摆脱时蹊，自正始之遗泽也。顾华玉称其温厚，洵为知言。"王夫之所说的"六义之流风"与"正始之遗泽"皆是唐前之古风，唐诗多为近体诗，近体诗讲究格律、对仗工整，而唐前的古体诗以不讲究平仄、随意转韵为主要特征。清人赵执信的《声调谱》中以小杜此诗作格律分析，认为此诗多作拗句。如果出句为拗句，那么对句则需救拗。例如，赵执信评首句的"正"字"宜平而仄"，第二句的"初"字"宜仄而平"，因为首句正格应为：仄仄平平仄，第二句正格为：平平仄仄平，所以对句的"初"救了出句的"正"。再有，第五句"莐莐迹始去"更是五字俱仄，不符正格，正格应为：仄仄平平仄，赵氏认为"此必不可不救"，且必须用第三个字平声来救出拗句，也就是：平平平仄平，并认为在五连仄的句子中，有一个入声字为妙，"迹"字便是入声字。由上可知，小杜用律精深，善于作拗，也善于救拗，他运用高超的诗律技艺"力回古调，以起百年之衰"，在当时人中成为了独具特色的一家之诗，正如王夫之所说："于生新取光响，自有风味。"因此，历代评点家对此诗抱以欣赏之态度。

（杨乐）

自宣城赴官上京 ①

潇洒江湖十过秋 ②，酒杯无日不淹留。
谢公城 ③ 畔溪 ④ 惊梦，苏小 ⑤ 门前柳拂头。
千里云山何处好，几人襟韵一生休。
尘冠挂却 ⑥ 知闲事，终拟蹉跎访旧游。

【注释】

① 上京：指唐代都城长安。

② 十过秋：此诗据《杜牧传·杜牧年谱》写于开成四年（839），为春日杜牧由宣州赴长安任左补阙时所作。其前大和二年（828）十月杜牧供职于沈传师江西幕，几经辗转，至开成四年（839），已过十二年。此处"十过秋"即指此。

③ 谢公城：谢公，即南朝齐诗人谢朓；谢公城，即宣城，因谢朓曾为宣城太守，故有此名。

④ 溪：即句溪，冯注："《元丰九域志》：宣城有句溪水。"

⑤ 苏小：即南朝齐歌妓苏小小，此处代指当地歌妓。

⑥ 尘冠挂却：尘冠，指尘世官职。挂却尘冠，即弃官之意。

【评析】

杜牧一生曾两次居留宣城。此诗作于开成四年（839），其时杜牧将赴长安任左补阙。

诗歌开篇即以"十过秋"与"酒"相连，以"酒杯无日不淹留"写尽入仕的十年光阴。对此句，金圣叹《贯华堂选批唐才子诗》有言："传称牧之豪迈有奇节，不为龊龊小谨，此诗见之。盖十年为宣州团练判官，而自言无日不酒杯，则是三千六百酒杯也。"钱谦益、何焯《唐诗鼓吹评注》亦谓："首言潇洒宦游已十余年，无日不淹留于杯酒之间，盖因耽饮而乃见其潇洒也。"颔联两句承接首联而来，继续刻画"溪惊梦""柳拂头"等十载间所见之图景。金圣叹又言："'谢公城外溪''苏小门前柳'，俱五字成文，'留坐''拂头'，写尽'淹留'，写尽'潇洒'矣。（首四句下）"将本句断为五二节奏，颇具新意。而细看此诗，断为四三节奏文理亦通。《唐诗鼓吹评注》亦有"若'溪声惊梦''杨柳拂头'，皆潇洒之情"的评语。诗歌末两联写归隐挂冠之志："'何处好'，言独宣城好也；'一生休'，言除宣城人更无有人也。'知闲事'，言欲挂冠即挂冠，又有何官之必赴，何京之必上也？看他一片徘徊恋慕，心头、眼头、口头，真乃啧啧不已。（末四句下）"（《贯华堂选批唐才子诗》）钱谦益、何焯亦谓："是云山之胜莫过宣城，襟韵之高惟余独得，今且还京未免为宦情所绊，不若挂冠而归乃为适志。今虽未遂所愿，终当归隐以寻访旧游也，岂久为名利所羁哉！'一生休'当非休美之意，言何人一生无高情旷致也，盖襟韵从云山而生，末联正足此句意。"（《唐诗鼓吹评注》）可见评注者皆以豪放评价此诗。

但笔者认为，杜牧诗歌虽以豪放见长，但联系杜牧这一时期诗作，以豪放睹之却不能尽其全貌。试论之。其一，持豪放一说的评注者皆以就诗论诗的原则，从诗歌字面着手评注此诗，而未联系杜牧写作此诗的具体背景。据考，杜牧同时期诗作《自宣州赴官入京路逢裴坦判官归宣州因题赠》其中写到"重游鬓白事皆改，唯见东流春水平。对酒不敢起，逢君还眼明。云鬟看人捧，波脸任他横。一醉六十日，古来闻阮生。是非离别际，始见醉中情"，同样刻画酒，却援引阮籍之典，暗含旷浪消愁之意。且大和九年（835），朝廷发生甘露之变，唐王朝宦官专权之势益盛。杜牧怀抱匡救时弊之志却难以施展襟抱。故

153

诗人此处"酒杯无日不淹留"的具体情感，不可简单以豪放概之。其二，"千里云山何处好，几人襟韵一生休"既可以放旷语观，亦可作无奈自持之语观。云山千里，何处堪容我辈失意之人？一生襟韵，几人又可兼得终始？故知"访旧游"之事终不可得，"尘冠挂却"亦不由己。反语迭出，豪放旷达中见失意之情，而绝非"潇洒"二字可尽。

（柴瑞瑞）

登池州九峰楼寄张祜①

百感中来不自由，角声②孤起夕阳楼。
碧山终日思无尽，芳草何年恨即休。
睫在眼前长不见③，道非身外更何求④。
谁人得似张公子⑤，千首诗轻万户侯⑥。

【注释】

① 登池州九峰楼寄张祜池：池州，唐代州名，治所在今安徽池州市贵池区。杜牧曾于唐武宗会昌四年（844）至会昌六年（846）任池州刺史。九峰楼，《唐诗鼓吹》作"九华峰"，《清一统志》记载："（池州）九华楼有二：一在贵池县九华门上，唐建；一在青阳县东南二里，唐杜牧有九华楼寄张祜诗。"张祜（hù），唐诗人，清河（今属河北）人，一说南阳（今河南邓州市）人，字承吉。初依李光颜，后寓姑苏，曾谒白居易。长庆中，令狐楚表荐之，为内臣所抑，一说为元稹所抑，遂至淮南。会昌中与杜牧游。性耿介不容物，数受召幕府，辄自劾去。爱丹阳曲阿地，筑室隐居以终。卒于宣宗大中年间，年约六十余。以宫词著名。

② 角声：号角声，角是军中的一种吹奏乐器。

③"睫在"句：睫，睫毛。据《史记·越王勾践世家》记载，齐国使者对越王云："吾不贵其用智之如目见毫毛而不见其睫也。"齐使者意在讽刺越王只能看见别人的过失，却看不到自己的缺点。

④"道非"句：道，指世间客观事物的运行规律与法则。此句意为道本不在身外，又何须外求。

⑤张公子：指张祜。

⑥万户侯：食邑万户以上的侯爵，后泛指高官贵爵。

【评析】

《登池州九峰楼寄张祜》是杜牧为劝勉友人张祜而作的一首七言律诗。此诗在系年上仍有争议，《唐诗纪事》卷五十二《张祜》中记载："杜牧之守秋浦，与祜游，酷吟其宫词，亦知乐天有非之之论，乃为诗曰：'睫在眼前长不见，道超身外更何求！谁人得似张公子，千首诗轻万户侯？'"缪钺先生的《杜牧传·杜牧年谱》根据以上文献将这首诗系年于唐武宗会昌五年（845）；而曹中孚先生在《晚唐诗人杜牧》一书中则认为本诗是杜牧在张祜离开池州后的怀念之作，因此将此诗系年于唐武宗会昌六年（846）；吴在庆先生的《杜牧诗文选评》则未注明此诗的具体创作时间，只是将其大致系年于"会昌四年（844）至六年（846）杜牧任池州刺史时"，刘逸生、周锡馥的《杜牧诗选》也认为此诗作于池州任上。

江西诗派诗人王直方的《王直方诗话》在对杜牧这首诗进行评点时，主要考察其诗的本事，云："小杜守秋浦，与祜为诗友，酷爱祜《宫词》，赠诗曰：'如何故国三千里，虚唱歌词满六宫。'又诗寄祜曰：'睫在眼前长不见，道非身外更何求！谁人得似张公子，千首诗轻万户侯。'"此番本事的真假虽无从得知，但也为我们欣赏诗歌增添了几分趣味。

此诗的主题意蕴，后世评点家也多有探讨。朱东岩在《东岩草堂评定唐诗鼓吹》中认为杜牧因有感于"不自由"而作此诗，并对这首诗进行了细致的分析，其言："真有一段登高望远、触景兴怀、情不自已之况。楼曰'夕阳'，声曰'孤起'，则所感愈不堪言矣。三、四皆写'不自由'也。……后四句皆写寄张祜也。"黄周星的唐诗选集《唐诗快》也在"芳草何年恨即休"句下评曰："天地不坏，此恨长存。"古人在登高，看见远处苍茫辽阔之景，常常会想到自身际遇，并由此引发出对于人生的感慨。杜牧与其好友张祜都是恃才傲物且不得意之人，因此杜牧在登楼时，看到天际矗立长存的青山，便想到自己与好友只是短暂地寄生于人世间，却事事不如意，内心的情感就会更加强烈。颔联触景生情所抒发的情感正如朱东岩所说，是杜牧对人生不能自我主宰的感叹，这种感慨与苏轼的"长恨此生非我有"（《临江仙·夜饮东坡醒复醉》）有异曲同工之妙。

　　后人对此诗也并非都是好评，贺裳《载酒园诗话》就对该诗的颈联不甚欣赏。袁宏道曾云："古有以平而佳者，如'睫在眼前长不见'之类是也……"这反映了袁宏道"信口信腕，皆成律度"的文学创作观，但贺裳则对该主张加以批驳，他认为这样创作出来的诗歌"虽传，正传其丑耳"，还用西施与嫫姆的例子来加以论证，其云："如西施与嫫姆并传，遂谓嫫姆与西施并美耶？"贺裳论诗，不喜直切之语，难免欣赏不了简明扼要的说理诗句。《登池州九峰楼寄张祜》中"睫在眼前长不见，道非身外更何求"是唐诗中较为罕见的说理句，看似平淡，却化用《史记》中齐使讽越王之典和《管子》之语，能以简单平实的话语概括出精深高妙的哲理，读来韵味无穷，并不是贺裳所云的"传其丑"。

　　杜牧这首《登池州九峰楼寄张祜》，因登高望远有感而书，却不似同时代的诗人一般，总是流露出哀伤低迷的情调，反而能在触景生情、感慨人生之苦后，情感愈发高昂激越。尤其颈联与尾联，颇有"诗仙"李白"天生我材必有用，千金散尽还复来"（《将进酒》）的豪气与魄力，这也是杜牧诗歌的过人之处。

（陈珂岚）

齐安郡^①晚秋

柳岸风来影渐疏，使君家似野人居^②。
云容水态还堪赏，啸志歌怀亦自如^③。
雨暗残灯棋散后，酒醒孤枕雁来初。
可怜赤壁^④争雄渡，唯有蓑翁坐钓鱼。

【注释】

①齐安郡：即黄州，治所在今湖北武汉市新洲区。

②"使君"句：使君，对州郡长官的通称，此处为自称。野人，平民。

③"啸志"句：啸志歌怀，啸、歌是同一意思，含义为吟咏歌唱，消遣情怀。《诗经·召南·江有汜》："之子归，不我过。不我过，其啸也歌。"自如，不拘束，活动不受阻碍。

④赤壁：黄州赤鼻矶，此借言周瑜与曹操两军大战的湖北蒲圻赤壁。

【评析】

武宗会昌二年（842），杜牧由比部员外郎外放，出守黄州。其《祭周相公文》有言："黄冈大泽，蒹苇之场。"黄州相对于京师而言是偏僻之处，杜牧因为当时朝政浊乱而受到排挤，不能舒展宏图、经世致用。此诗作于他偏居黄州、抑郁不得志之时。在黄州的两年多以来，闲适恬淡的生活确实给他带来许多慰藉，但却始终无法排遣自身萧索的心境以及不受重用的愤懑。

金圣叹《贯华堂选批唐才子诗》评此诗"写尽世间无味，三复读之，不胜叹息！"杜牧此诗写尽寂寞萧索，然诉诸笔尖却仿佛无迹，全然一派云淡风轻。首联自有妙处，虽是"写景物亦渐尽，意气亦渐平也"，但是细品却别有一番风味。一个"渐"字使情境骤生。"柳岸风来"乃为寻常之景，而樊川接以"影渐疏"三字，日光之流逝与季节之变迁于是变得形象可感，仿佛境中画一般，而境外恰似有一观景人存在，着实别有生趣。而第二句陡然一转，不再继续描绘春景，而是进一步点明主人翁的"使君"身份，看似突兀，实则有暗喻之处。"言当三春盛时，柳阴如握，风暖如醉，使君戟门，高牙大角，此是何等盛事！"本来应是一派热闹景象的"使君家"，却是"风高柳疏，影落门静"。"使君萧索遂同野人"，杜牧运用反衬，在盎然春景下凸显"使君家"的凄寂，如同"野人居"一般冷清，用一"似"字将二者联系起来，或也有暗示自己远离政治名利场、怀淡泊之志的含义。同时也补衬前句，正是因为自身门庭冷寂，无需应付官场应酬，才能倚窗送目于柔柳疏影之中。

首联杜樊川描绘风骤柳斜之景，将个人的精神风貌与心境，通过环境景物概括地传写出来。承接而下，又进而描绘不同的生活场景具体地展现自己的生活情趣。颔联写白天流连于山水之间、啸歌于林泉之下的情景，从"还堪""亦自"两词可见落寞之感，"虽曰不过残山剩水，然亦何至遂尽人意。……然而见为行歌坐啸，实则已是聊尔应酬也"，金圣叹所评实是切中樊川彼时心境。颈联写诗人秋夜独酌的情景。秉烛对局，清雅之事无人共；"雨暗"、"残灯"，投射于零散棋盘之上，倍显孤寂。残局已罢，对影自斟，消愁驱寒，不期大醉。顷而转醒，辗转反侧，雁啼数声，更感孤寂难挨。此联金圣叹又评之："雨正暗时，恰是灯又残时、棋又散时、酒又醒时、馆又孤时、雁又来时，于此一时十四字中，斗然悟出七句之'可怜'二字。"由此看来，确实极尽萧瑟之笔。

吴汝纶《评点唐诗鼓吹》卷六评此诗："（结二句）大断大续。"从结构上看，这首诗确实有突转之势。前三联以散淡的笔法描写日常生活场景，平静缓和，诗人不平静的情感也毫无波澜之态。而最后一联，笔锋一转，情感的流动明晰可见，面对古往今来的盛衰兴废，感慨道："可怜赤壁争雄渡，唯有蓑翁坐钓鱼。"《贯华堂选批唐子诗》金雍补注："'蓑翁坐钓鱼'五字，字字入妙！言受无多，求亦有限，便将通篇文字叫应。"可见杜牧笔力之深，寥寥几字，古今兴废之感倾泻而出：昔日英雄而今安在，往日壮志而今难酬。一声喟然长叹，遥寄山川林泉，邻伴孤舟蓑翁。

该诗用别具一格的表现手法刻画落寞、抑郁的心境，然用笔轻淡，将内心的苦闷隐藏在一系列意境清幽的画面之中。通篇舒卷自如，寓拗峭于流丽，排偶中透见奔逸之气，体现了樊川豪宕不羁的个性和风格，细细体味，笔意流畅，神韵疏朗，足见其诗立意之高。

（方姝玮）

九日齐安登高 ①

江涵秋影雁初飞 ②，与客携壶上翠微 ③。
尘世难逢开口笑 ④，菊花须插满头归 ⑤。
但将酩酊酬佳节 ⑥，不用登临叹落晖 ⑦。

古往今来只如此，牛山何必泪沾衣^⑧！

【注释】

①九日齐安登高：安，一作山。齐山，山名，在安徽池州市贵池区东南。冯注：《太平寰宇记》：池州贵池县齐山，在县东南六里。"《才调集》卷四题作《九日登高》。

②"江涵"句：秋色映入澄澈的江水里，北雁开始南飞。涵，包容。"江涵"为名句，辛弃疾《木兰花慢》取以入词："回首处，正江涵秋影雁初飞。"

③翠微：淡青的山色，指代山。《尔雅·释山》："未及上，翠微。"疏云："谓未及顶上，在旁陂陀之处，名翠微。一说山气青缥色，故曰翠微也。"齐山有翠微亭，为当地名胜，俯瞰清溪，景色佳美，相传是杜牧在池州时所建。左思《蜀都赋》："郁菶菶以翠微，崛巍巍以峨峨。"

④"尘世"句：人世间难得有开心的日子。《庄子·盗跖》云："人上寿百岁，中寿八十，下寿六十，除病瘦死丧忧患，其中开口而笑者，一月之中不过四五日而已矣。"白居易《喜友至留宿》："人生开口笑，百年都几回？"

⑤"菊花"句：我国自古就有重阳节登高饮酒赏菊的风俗。冯注："崔寔《月令》：九月九日，可采菊花。《续神仙传》：许碏插花满头，把花作舞，上酒家楼醉歌。"插菊满头，状纵情放浪之举。胡以梅云："按少陵诗云：'故里樊川菊，登高奈沪源。他时一笑后，今日几人存。'今此三四，盖取其意欤？"

⑥"但将"句：酩酊（mǐng dǐng），大醉貌。酬，答谢。萧统《陶渊明传》："尝九月九日出宅边菊丛中坐，久之，满手把菊。忽值（王）弘送酒至，即便就酌，醉而归。"

⑦"不用"句：不用在登高的时候说些"只是近黄昏"的丧气话。

登临，宋玉《九辩》："登山临水兮送将归。"叹，一作恨，一作怨。落晖，夕阳。

⑧"牛山"句：何必像齐景公那样感念生死，潸然泪下呢？牛山，在今山东淄博市东。冯注："《元和郡县志》：青州临淄县牛山，在县南二十五里。"《晏子春秋》载齐景公游于此山，流涕而感念于生死。

【评析】

杜牧的这首七律诗历来备受赞誉。《唐宋诗举要》引吴闿生曰："感慨苍茫，小杜最佳之作。"此诗据缪钺先生的《杜牧传·杜牧年谱》系于会昌五年（845），时杜牧任池州刺史。是年秋，诗人张祜来池州，两人同游齐山，故有是作。宋代魏泰《临汉隐居诗话》："池州齐山石壁有刺史杜牧、处士张祜题名。"据此确定本诗作于会昌五年（845）九月。

整首诗写诗人与张祜同登齐山，满头插花，酩酊大醉，放浪忘形，并借此感叹人生，虽看似漫不经心的游玩题诗，但内心却饱含无限感慨。杜牧此时任池州刺史，已有四十三岁，然任职期间他一直不得意。他关心国家，特别是当时的边防，他痛伤河西、陇右为吐蕃占领，也对代宗没能实行元载的收复计划感到惋惜。所以整首诗可以看出杜牧的轻松旷达背后的抑愤与感慨之意。《唐诗选胜直解》："通篇赋登高之景，而寓感慨之意。"缪钺《杜牧传·杜牧年谱》云："杜牧此诗外示旷达，内含愤慨，隐寓杜、张（祜）二人怀才不遇，同病相怜之感。"

历来不少文人对杜牧这首七律给予很高的评价，多赞其手法新奇，诗风豪迈自然，挥洒自如，抒情感怀之间，有如《风》《雅》，既富有唐诗神韵，亦开宋调。如顾璘《批点唐音》卷十五："此一意下来，近似中唐，盖晚唐之可学者。"杨逢春《唐诗绎》卷二十二："通体浑灏流转，挥洒自然，犹见盛唐风格。"毛奇龄《唐七律选》卷四："真正宋调之祖。只以三四脍炙语，故录之；然熟滑气满行间耳。"唐诗与宋调，一重浑成之境，一重理趣与议论，毛奇龄所说"宋调之祖"，是对本诗所含的理趣和议论而言，但他不满于本诗的熟滑之气，则是对后四句深感不满了，可能他觉得后四句的议论，过于轻巧油滑，不足以压住全篇吧。但也有和他意见不同的，如赵臣瑗《山满楼笺注唐诗七言律》："抑扬顿挫，一气卷舒，真能化板为活，洗尽庸俗腔调，在晚唐岂宜得乎！七（句），一笔束住；'只如此'者，言古往今来任从何人，断不能翻此局面也。"则赵臣瑗又认为末句反而斩截利落，断了所有想翻案另说者的念头。对诗歌理解的复杂性，正所谓"一千个读者眼中有一千个哈姆雷特"，不外如此。

对于本诗的结构章法，前人也多有好评。如《唐诗贯珠笺》："起赋景，次写事，下六句议论，另一气局，格亦俊朗松灵。"屈复《唐诗成法》卷十："难逢、须插；但将、不用；只如此、何必，相呼应。三四分承一、二，五、六合承三、四。六就今说，八就古事说，虽似分别，终有复意。"把本诗的章法说得很透彻。但本诗虽然章法有序，却又浑成有致。如《瀛奎律髓汇评》引何焯语："此诗变幻不测，体自浑成。"周咏棠《唐贤小三昧集续集》："通首流转如弹丸，起句尤画手所不到。"李存《俟庵集》卷二六《题陈士周赵文敏公诗卷》："吾尝谓杜牧之此诗必援笔一挥而成，既成必高歌抵掌痛饮以自慰。何则？兴之所到，辞亦随之，初不假于思修也。"何、周、李诸人的看法，都落在此诗通体浑成一体的特点之上，即不假修饰，一挥而就，这也是杜牧逸兴横飞的诗风的体现。

"江涵秋影雁初飞，与客携壶上翠微"与"尘世难逢开口笑，菊花须插满头归"两联，尤其受到历代文人好评。起句之联，前一句写景，后一句写事，秋天的景色映入江水里，大雁开始南飞，这是一幅浓墨重彩的秋景图。正是在这样的秋景里，杜牧与诗人张祜同登齐山，手拿酒壶，登高饮酒赏菊，共度重阳佳节。此联向来被认为是唐七律中的佳句，如《唐诗鼓吹笺注》："起句极妙。江涵秋影，俯有所思也；新雁初飞，仰有所见也。此七字中，已具无限神理，无限感慨。"《贯华堂选批唐才子诗》："一句七字，写出当时一俯一仰，无限神理。异日东坡《后赤壁赋》'人影在地，仰见明月'，便是一付印板也。只为此句起得好时，下便随意随手，任从承接。或说是悲愤，或说是放达，或说是傲岸，或说是无赖，无所不可。东坡《后赤壁赋》通篇奇快疏妙文字，亦只是八个字起得好也。"《养一斋诗话》："晚唐于诗非胜境，不可一味钻仰，亦不得一概抹杀。予尝就其五七律名句，摘取数十联，剖为三等……上者风力郁盘，次者情思曲挚，又次者则筋骨尽露矣。以此法更衡七律，如'江涵秋影雁初飞，与客携壶上翠微'，七言之上也。"观察以上评论，历代评论家对这一联可谓是交口称赞，毫无异议，也可见这联起句之佳。其中尤以金圣叹的评论为细致，他敏锐地指出，这样的起句，让下面的承接变得很自然，提供了无限发展的可能性，这是一种很舒服的起句法，值得后人效仿。

"尘世难逢开口笑，菊花须插满头归。"此联历代文人皆赞其变体无痕，大有江西诗派"点铁成金""夺胎换骨"的味道，该联对仗工整，别具风致。方回《瀛奎律髓》："此以'尘世'对'菊花'，开阖抑扬，殊无斧凿痕，又变体之俊者。后人得其法，则诗如禅家散圣矣。"《瀛奎律髓汇评》引查慎行："第四句少陵成语。"所谓用"少陵成语"，即指杜甫《九日曲江》诗："晚来高兴尽，摇荡菊花期。"此联将杜诗中的尽兴之余，担心来年错过菊花之期的感情，化为对当下的珍惜，寓含着对人世欢乐难逢、把握现在的情感，千载之下，犹能打动人心。

虽然这首诗有众多赞誉，然也有少数不同的声音，如《瀛奎律髓汇评》引冯舒说："牧之才大，对偶收拾不住，何变之有！"又如胡以梅《唐诗贯珠笺》卷五一："然如第七句不可法，粗率无味。"纪昀《瀛奎律髓刊误》卷二六："前四句自好，后四句却似乐天。'不用'、'何必'，字与意并复，尤为碍格。"毛先舒《诗辩坻》卷三："杜牧之'江涵秋影'，截首四句，乃中唐佳什；衍为八句，便齐气。'古往今来'，竟成何语？"屈复《唐诗成法》卷十："'尘世'二句，时人多诵者，口吻亦太熟滑。"以上质疑，或针对杜牧的对偶技术而言，或针对其议论粗疏而言，都是本诗的瑕疵之处，前人所言，也都具体有所指，有一定道理。但贬其用语圆滑的，可能就有些后来人的成见了：后人看起来圆滑，但在小杜写此诗的当时，也许正是新警之语呢。

虽然杜牧此诗有以上不足，但亦是瑕不掩瑜。杜牧借重阳登高饮酒赏菊时的任性放浪之举，表达了他关心国事、心系百姓的襟抱，和对唐王朝痛失疆土的无奈与悲愤。整首诗气势豪迈、挥洒自如、不事雕琢，《唐诗笺注》称其"通幅气体豪迈，直逼少陵"，郝敬《批选唐诗》称此诗"豪爽真率，不用雕饰，可想其人"。宋代刘克庄《后村诗话》新集卷五："牧之门户贵盛，文章独步一时，其机锋凑拍，如德山棒、临济喝。……顷见考亭尝以行草书《齐山九日》之章，乃知文公亦爱其才。"可见儒学大家朱熹也喜爱此诗，并不觉得此诗圆滑。正如吴汝纶在《评点唐诗鼓吹》中所言："此等诗，自杜公外盖不多见，当为小杜七律中第一。"一直到今天，我们读起这首诗来，还有特别会心之感，不能不说小杜诗歌的艺术魅力，是可以跨越千古的。

（杨香梅）

齐安郡^①中偶题二首

其　一

两竿落日^②溪桥上，半缕轻烟柳影中^③。
多少绿荷相倚^④恨，一时回首背西风。

其　二

秋声无不搅离心^⑤，梦泽蒹葭^⑥楚雨深。
自滴阶前大梧叶^⑦，干君何事^⑧动哀吟？

【注释】

①齐安郡：即黄州，唐天宝元年（742）改黄州为齐安郡。治所在今湖北武汉市新洲区。

②两竿落日：这里形容落日距地面仅有两竹竿高。庾信《小园赋》："三竿两竿之竹。"

③"半缕"句：何逊诗有"轻烟淡柳色"。

④相倚：形容荷叶密密层层地依偎在一起。

⑤"秋声"句：秋声，秋风萧瑟的声音。搅离心，搅动着久别家园的思念之情。

⑥梦泽蒹葭：梦泽，即云梦泽，楚国大泽名。云、梦本为两泽，后并为一泽，面积广数百里，跨长江南北，先秦两汉所称云梦泽，大致包括今湖南益阳、湘阴以北，湖北江陵、安陆以南、武汉以西地区，现在的长湖、洪湖及黄州附近的梁子湖等，都是它的遗迹。黄州古为楚地，此处云梦指黄州附近之湖泽。蒹葭，指芦荻、芦苇之属，都是多年生草本

165

植物。

　⑦ 大梧叶：即梧桐叶。

　⑧ 干君何事：干，关联，涉及。

【评析】

　《齐安郡中偶题二首》是杜牧作于黄州、即景抒情的七绝组诗。此诗题点明作于齐安郡，亦即黄州，通过诗的内容可以判断其创作时间当在秋天，然而具体年份不详。据杜牧会昌二年（842）至四年（844）秋在黄州任刺史，此二诗当作于此期间，故《杜牧传·杜牧年谱》附于杜牧黄州刺史任最后一年，即会昌四年（844）之秋。

　这是一组秋景诗，诗题标明"偶题"，应是即景抒情之作，分别写齐安（黄州）初秋的暮景和雨景，通过"绿荷西风"之恨，"梧桐滴雨"之思，使得诗人内心深处的惆怅抑郁之情，婉转流泻于笔端。杜牧在黄州任上写了不少诸如此类反映自己心绪、吟咏周围环境的小诗。这些诗歌即景感怀，多造语清妍、点缀工雅，状自然景物体察入微，表达出诗人在这个时期寂寞幽闲的处境与难以纾解的愁绪。其中尤以七绝多出名句，被翁方纲推崇为"直自开、宝以后，百余年无人能道"。其特色在于托兴幽微，富有情韵，而又玲珑剔透，隽妙天成，不仅富有盛唐绝句的含蓄蕴藉，风调流美，而且立意精警，饶有韵致，显出一片杜牧诗歌特有的风情神采，这两首七绝亦然。

　其中第一首诗，写黄州的秋日暮景。开篇交代时间和地点，首句"两竿落日"点明了时间，为下文营造出柔和宜目的光影环境，"溪桥上"则点明地点，为远眺岸上柳影、俯视水上绿荷定了方位。次句"半缕轻烟柳影中"，诗人的观察细致入微，用词也极其精确。这里"半缕轻烟"与上句的"两竿落日"，不仅在字面上属对工整，而且在理路上有其内在联系，正因日已西斜，望中的岸柳才会"含烟"，又因落日究竟还有两竿之高，就不是朦胧弥漫的一片浓烟，只是若有若无的"半缕轻烟"，且这"半缕轻烟"不可能浮现在日光照耀之处，而只可能飘荡在"柳影"笼罩之中。可谓摹景状物，细致入微。上联这二句纯写景致，但诗人所选的落日、烟柳意象，在整体上描绘了一幅清幽萧瑟的画面，渲染出寂寥惆怅的气氛，这就为引逗出下联的绿荷之"恨"安排了合适的环境氛围。进而诗的下联三、四两句，就写从溪桥上所见的荷叶受风之状："多少绿荷相倚恨，一时回首背西风。"写得深沉哀婉，黯然销魂。这两句诗，以问语"多少"二字领起，使诗句呈现出与所写内容相表里的风神摇曳之美，同时用"相倚"两字托出了荷叶青盖亭亭、簇拥在水面上的形态；下句则在"回首"之前以"一时"两字，传神入妙地捕捉了阵风吹来、满溪荷叶随风翻转这一刹那间的动态，并经过诗人的艺术剪裁和点染，使得画意与诗情完美地融为一体，可谓描写"风荷"数一数二之妙笔。王国维曾在《人间词话》中称赞"叶上初阳干宿雨，水面清圆，一一风荷举"是"真能得荷之神理者"。如果只取其一点来比较，应当说，杜牧的这两句诗把风荷的形态写得更为飞动，笔下传神，字里含情，也不遑多让。

同时，这句中最为绝妙当属一个"恨"字，点活全诗。绿荷倚风而动，本是无情之物，但荷虽无恨，而诗人有恨，诗人正是把自己心中的满怀怅恨之情灌注到了倚风回首绿荷之中，带有感情色彩地去看风荷"相倚"、"回首"之状，于是便也觉得它们似若有情，心怀恨事。王国维曾在《人间词话》中评李煜"菡萏香销翠叶残，西风愁起绿波间"云："大有众芳芜秽，美人迟暮之感。"也正可以作杜牧这两句诗的注脚。知人论世，杜牧是一个颇有政治抱负的人，而不幸生在没落的晚唐王朝，平生志事，百无一酬，这时又受到排挤，迁官外放。此刻身在黄州任上的诗人，远离故乡，仕途不顺，于是颇有时光蹉跎，壮志难酬之感。故此诗表面虽言绿荷之恨，实则物中见我，写的是诗人之恨。正如清代张文荪《唐贤清雅集》评："极失意时极有趣景，极无理话极入情诗，胸中别有天地。俊健有婉致。"同时，诗人自感时运不济，既有对自身的怀才不遇满怀惆怅，更有对晚唐的消沉不振深沉感慨，所以"绿荷"之恨既是伤身，亦是伤时，饱含着作者对时局世事的隐痛。那在西风拂卷下黯然背首的绿荷，也仿佛是江河日下的晚唐末世，在历史中风雨飘摇，没有了迎风招展的盛唐精神，背身回首，黯然销魂。诚如敖英《唐诗绝句类选》所云："末二句风刺婉然，似指世变淡靡，不能自振者。"

第二首诗则写齐安郡的秋日雨景。通过秋声楚雨，蒹葭梧桐，构成了一幅烟雨凄迷的楚天秋雨图。全诗字字皆秋色，句句皆秋色，寄托了诗人背井离乡的怅恨心情，使人吟之身寒。且如其一之"倚恨"一样，诗人亦在其中融入了"哀吟"等主观情绪，使得"梦泽蒹葭""雨叶梧桐"皆笼罩着一层袅袅愁恨，情景交融，一咏三叹。

在这首组诗中，诗人既于写景之际"随物以宛转"，更于感物之际"与心而徘徊"。如风荷无情，不应有恨，梧叶滴雨，何必哀吟。但荷花西风之态，唤起了诗人心中的无限落寞，梧桐秋雨之声，亦触动诗人的乡思离情。诗人把自己的感情灌注到无生命的物象中，同时，又不知不觉地把那种情感看成是对象固有的，并反过来受其影响，和它们产生共鸣，因而把对外界物态的描摹与自我内情的表露，不期而然地融合为一，这就是"移情作用"，也即其所谓"自滴阶前大梧叶，干君何事动哀吟"。一切景语皆情语，这种移情手法即是由本"不相干"变为"相干"的一处法门，若不解"移情"，即是"绿荷回首背西风，干君何事？"杜牧此处的调侃之语既可为上一首之注脚，也为后世类似的用法张本。清代翁方纲《石洲诗话》论："樊川真色真韵，殆欲吞吐中晚千万篇，正亦何必效杜哉！小杜诗'自滴阶前大梧叶，干君何事动哀吟'，亦在南唐'吹皱一池春水'语之前，可证杜

《黑白鹰》语。"王士禛《池北偶谈》亦载："《丹浦款言》云：杜诗'千人何事网罗求'，当作'干人'，杜牧之诗'自滴阶前大梧叶，干君何事动哀吟？'按此说，则南唐元宗戏冯延巳云：'吹皱一池春水，干卿何事？'语固有本。"自然景观的烟云变幻，缭绕人心，但本与人无关，只不过人作为观察者，眼中观察到了自然风月，而触动了心中所思所感，于是感风吟月。若从自然的角度看来，还真是与人无涉的自然在默默运行着。

（李焯炜）

齐安郡^①后池绝句

菱^②透浮萍绿锦池，夏莺^③千啭弄蔷薇^④。
尽日无人看微雨，鸳鸯^⑤相对浴红衣。

【注释】

① 齐安郡：即黄州。

② 菱：一年生水生草本植物，生于沼泽，叶子呈菱圆形或三角状菱圆形，花白色或淡红色。

③ 莺：鸟名，体小，多为褐色、黄色或暗绿色，嘴短而尖，叫声清脆。古诗文中多指黄莺。

④ 蔷薇：植物名，蔷薇科蔷薇属，枝干多刺。

⑤ 鸳鸯：《古今注》："鸳鸯，水鸟，凫类也，雌雄未尝相离，人得其一则一思而至死，故曰匹鸟。"《本草纲目》："鸳鸯……杏黄色，有文采，红头翠鬣。"

【评析】

此诗作于杜牧任黄州刺史期间，也就是会昌二年（842）至会昌四年（844），但未知明确年月，故《杜牧传·杜牧年谱》将该诗附于黄州刺史期间的最后一年。

关于此诗的品评，有的评点者从取字用词方面入手。朱碧莲、王淑均在《杜牧诗选注》中认为此诗中的动词与形容词运用得十分巧妙，"透""弄""浴"等词写出了菱叶、黄莺和鸳鸯的可爱形象，"绿锦""红衣"也描绘出了后池景物的鲜明色彩。吴在庆在《杜牧诗文选评》中同样认为"透"字绝妙，它使得"菱透浮萍"句中整体呈现的静态景象蕴含了勃勃生机，而且"夏莺千啭"虽为动态，但却更衬出环境的恬静。此诗前两句写出了天光照射菱叶，透映于浮萍之上，夏莺啼啭旋飞，辗转于蔷薇之间，前后动静相宜，共同呈现出一幅明净绚丽的夏日后池图，其中的动词与形容词确实功不可没。"透"字常用于描述光线或色彩渗透、漏透之状，如李商隐的《赋得月照冰池》"似镜将盈手，如霜恐透肌"，以及王禹偁的《樱桃》"叶衬青舒榖，龙擎绿透筠"等等，在静态的景色描写中，"透"字确有点铁成金之妙，丰富了诗歌画面的空间感、层次感与动态感。

有的评点者从创作手法方面进行品评，体会诗人的情感。《杜牧诗选注》："以'无人看微雨'来表现环境的幽静，显得自然界景物格外饶有兴趣。"诗歌通常在前半部分写景，后半部分抒情，进而将客观的景物与主观的情绪相糅合，以达到情景交融的境界，但此诗略有不同。《齐安郡后池绝句》全篇写景，以景为主体，并以"无人"来衬托静谧之景，手法卓绝，诗人虽无一字写己，但仍能感受到诗人的百无聊赖、孤独苦闷的心境，充分体现了王国维所说的"一切景语皆情语"，也与柳宗元《江雪》"千山鸟飞绝，万径人踪灭。孤舟蓑笠翁，独钓寒江雪"相类。

杜牧一生多次宦游江南，写出了《江南春绝句》《题宣州开元寺水阁阁下宛溪夹溪居人》等记游之作，其创作也受到了地域文化的影响，《齐安郡后池绝句》正是杜牧诗歌中体现江南特色的佳例。首先，诗中的菱、浮萍、夏莺、蔷薇、微雨、鸳鸯皆为江南夏日之景物，居此诗之半，诗人以"透""弄""浴"三个动词巧妙连接，一幅清新明丽之景便映入眼前。其次，诗中运用了"绿锦""红衣"之类色彩词，突出了诗歌画面的明艳度与对比感，静态的菱叶、浮萍之绿与动态的鸳鸯羽衣之红，给读者留下了鲜明的夏日印象，色彩的搭配运用也是杜牧在描写江南景色时的常用手法，如《句溪夏日送卢霈秀才归王屋山将欲赴举》中的"行人碧溪渡，系马绿杨枝"，以及《见刘秀才与池州妓别》中的"金钗横处绿云堕，玉箸凝时红粉和"等等。最后，杜牧描写江南景色时的诗风由原本的俊爽变为清爽，例如"尽日无人看微雨，鸳鸯相对浴红衣"与《大雨行》"四面崩腾玉京仗，万里横亘羽林枪"的风格截然不同。此诗只是描写了齐安郡的夏日后池之景，诗人所见所闻皆受限于小池一隅，有感而发，因此以小诗写小景，色彩鲜明，声色兼备，极具清爽之风，恰如晁补之《上苏公书》中所说："夫大江之南，五湖之间，其人便捷而多能，轻清而好奇。"

（杨乐）

题齐安城楼[①]

鸣咽江楼角一声，微阳潋潋落寒汀。
不用凭栏苦回首，故乡七十五长亭[②]。

【注释】

① 齐安城楼：指黄州城楼。

② "故乡"句：白居易《白氏六帖》："十里一长亭，五里一短亭。"古时于道路上隔十里设长亭，隔五里设短亭，以供行旅休憩与临行饯别。诗人身处齐安郡，与故乡长安相隔千里，"七十五长亭"极言其路途遥远。

【评析】

此诗为七言绝句，为诗人于黄州所作。《唐人万首绝句选评》称赞此诗有"情景俱远"之妙。

诗歌首句即言诗人于城楼闻画角而生呜咽之感，其后写微阳落于寒汀之景。后二句写诗人登楼呜咽的具体心绪所指，"不用凭栏苦回首"，《唐贤小三昧集续集》评其"言故乡之远，虽望而难即也。'不用'二字，下得直而妙"。诗人于此虽下"不用""苦回首"之语，但微阳既以溦溦之姿落于寒汀，透过景物遥想观景之人的意绪情感，足见诗人登楼徘徊之久。可思乡之情断无可解，又托以长亭之数为寄，《唐诗笺注》即云："角声初动，微阳将落，时已薄暮，登楼盼望，能无故乡之思？乃曰'不用凭栏重回首，故乡七十五长亭'，则别绪茫茫，不堪回首矣。"后二句写思乡之情"旋扫旋生"之笔法，《苕溪渔隐丛话》载《复斋漫录》将其与李白《淮阴书怀》"沙墩至梁苑，二十五长亭"、黄庭坚《竹枝词》"鬼门关外莫言远，五十三驿是皇州"相联系，可见诗歌技法的承继流传关系。

同时此诗善用数目字之特点，亦为评者所重视，开篇"角一声"是为呜咽心绪，结尾"七十五长亭"亦为呜咽心绪。以数字遥相呼应，托出思乡之苦，却无感情凝滞矫揉之弊，反添以悲豪之感，也难怪《唐贤清雅集》会有"此诗须善会，若无渠气骨，更是算博士"之语。

另有俞陛云《诗境浅说续编》对此诗作整体评论，其言："烟水迷茫，斜日将沉之际，危楼一角，画角声低，言登临所闻见也。后二句，默数归程，有七十五长亭之远，无路奋飞，安用凭阑极目耶？凡客子登高，乡山遥望，已情所难堪。今言料无归计，不用回头，其心愈苦矣。"分析入情入理，亦可采择。

（柴瑞瑞）

忆齐安郡①

平生睡足处，云梦泽②南州。
一夜风欺竹③，连江雨送秋。
格卑常汩汩④，力学强悠悠⑤。
终掉尘中⑥手，潇湘钓漫流⑦。

【注释】

① 齐安郡：即黄州。

② 云梦泽：古代江汉平原上众多湖泊沼泽的总称，黄州位于这些湖泊的南部。

③ 风欺竹：指劲风吹竹的情景。

④ "格卑"句：格卑，指自己官阶低下。汩汩，水流动的样子，这里形容自己文思泉涌。这是诗人自嘲之语，意为自己在这偏远之地为官，官秩卑微，满腹牢骚，因此才文思如泉涌。

⑤ "力学"句：力学，努力学习。悠悠，悠然自得、自由自在。这句意为，自己正努力做学问，强迫自己不被名利所扰，悠然自得于天地之间。

⑥尘中：指世俗之间、尘世之中。

⑦漫流：水势很大的河流。

【评析】

《忆齐安郡》是杜牧回忆黄州生活、抒写隐逸情怀的一首五言律诗。缪钺先生在《杜牧传·杜牧年谱》中认为此诗作于杜牧离开黄州之后，并未注明创作的具体年份；而吴在庆先生的《杜牧诗文选评》则推断："此诗当作于会昌四年（844）九月杜牧离黄州刺史任后，或作于其在池州任时。"《忆齐安郡》创作于杜牧离任黄州刺史之后已成共识，但其具体创作时间仍有待于考证。

韩愈有言："大凡物不得其平则鸣。"杜牧在这首诗的首联与颔联中，先追忆了自己在黄州生活的日子，描绘出了黄州秋日风吹绿竹、阴雨连绵的景象；颈联与尾联则抒情写志，表达了自己想要摆脱世俗侵扰，追求隐逸生活的愿望。

后世评点家对此诗的前两联颇为赞赏，南宋文学家胡仔的《苕溪渔隐丛话》记载，苏轼对"平生睡足处，云梦泽南州。一夜风欺竹，连江雨送秋"四句十分欣赏："用其语作诗云：'客睡不妨船背雨。'又云：'平生睡足连江雨，尽日舟横拍岸风。'"据后人考证，以上两首诗并不全为东坡之作，"客睡不妨船背雨"出自张耒的《宿州道中》，但苏轼、张耒二人都化用此诗诗句，足可见樊川诗之精妙。张文荪则对颔联大加赞赏，其在《唐贤雅清集》中说到："唐贤佳处尤在对句圆足，试看'连江雨送秋'五字，是何等力量！"张文荪此番评点，意在称赞此句严守律诗创作规范，而又透出意境上的力量，小杜之律诗也正因如此闻名后世。

（陈珂岚）

兰　溪

兰溪春尽碧泱泱^①，映水兰花雨发香。
楚国大夫憔悴日^②，应寻此路去潇湘^③。

【注释】

①"兰溪"句：兰溪，题下原注："在蕲州西。"蕲州治所在今湖北蕲春县。兰溪源于箬竹山，其侧多兰，故名。兰溪下流，流经黄州。泱泱，水深广貌。《古今诗话》："兰溪自黄州麻城出，东南流入大江，有水极清冷。"

②"楚国"句：楚国大夫，指楚屈原。屈原曾任三闾大夫，后被贬，至于江滨，行吟泽畔，颜色憔悴，形容枯槁。

③潇湘：即湘江。潇水发源于九嶷山，至湖南永州市零陵区流入湘江之后，合称潇湘。

【评析】

会昌四年（844）暮春，杜牧时任湖北黄州刺史，《兰溪》为此时所作。杜牧自会昌二年（842）由比部员外郎外放为黄州刺史以来，内心一直是郁闷孤寂的。刚直有节、为人倜傥的他不肯逢迎敷衍权贵之势，受"牛李党争"牵连而被排挤出政治中心，且所将不惑，内心自是感触良多。前二句借描物以蓄势。首句从全景视角描绘兰溪春水，一个"碧"字将阳春三月的盎然春景全盘托出，春意融融，碧水潺潺；第二句从细节处刻画生于水畔的温婉兰花，着眼一个"香"字，在细柔春雨的滋润下，岸上兰花散发着幽远的香气，其颀长的身姿倒映在碧波荡漾的春水中。春水泛绿，春兰生馨，有色有香，是一幅多么令人惬意的春景图啊！后二句转咏史以抒怀，杜牧将未观赏之景诉诸纸上，本该写景抒情，他却一反其常理，由眼前之景思接古今，联想到了一千多年前的屈原。屈原曾为楚国的三闾大夫，喜兰咏兰，借兰譬喻，象征君子当如兰。屈原在众多诗篇中都描绘自己如何滋兰、佩兰、纫兰、搴兰、刈兰，如《离骚》中就有"朝饮木兰之坠露兮，夕餐秋菊之落英"、"时暖暖其将罢兮，结幽兰而延伫"之句，或比高洁，或寓忠贞。杜牧由兰溪与兰花联想到屈原，驰骋想象一千多年前的情景，楚国大夫屈原在忧伤失意、远离故国的日子里，大约就是沿着这条处处散发着兰花幽香的小径，去到僻远的潇湘之地的吧。

《千首唐人绝句》录富寿荪评语："兰溪为古楚地，又因兰花而念及屈原，杜牧怀才不遇，远守江郡，故借以抒慨。"这个评论比较中肯，杜牧将游赏之作结合咏史抒怀，明写屈原，暗喻自己，实为点睛之笔：屈原有远大的政治抱负而不能施展，自己有成就伟业的理想却无以实现。杜牧在同情屈原之中，借以抒发了人生悲怆、命运多舛的感慨，英雄无用武之地、欲哭无声的哀伤。杜牧一生志存高远，怀有建功立业、重振门第之心，他继承了祖父杜佑以《通典》为代表的经世致用之学，注意研究"治乱兴亡之迹，财赋兵甲之事，地形之险易远近，古人之长短得失"（《上李中丞书》）。但是身处于风雨飘摇的危亡时期，藩镇割据、宦官专权、吐蕃侵扰等问题层出不穷，大唐帝国，已处于崩溃的前夕。杜牧心系君国，他主张"远蹊巢穴尽窒塞，礼乐刑政皆弛张"（《皇风》）的政治观念。诗人希冀能够面对现实，解决当时社会一系列重大政治问题。当他看到从箸竹山流出来的兰溪水，两岸兰花茂密。兰花经过"润物细无声"的春雨洗礼，显得格外芳香沁人。诗人不禁又想起了屈原，这位像芳兰一样洁白无瑕的楚国三闾大夫，在遭谗去职之后，大概是经过这里往潇湘流浪而去。屈原"哀民生之多艰"，又"恐皇舆之败绩"，为了挽救楚国危亡，冒死忠谏，与投降派进行顽强的斗争，被昏聩的楚王流放。壮志未酬的屈原，眼见郢都陷落、生灵涂炭，乃悲愤交加、自投汨罗，以身殉国。杜牧同情屈原的遭遇，崇敬屈原的精神，是因为屈原的忧国忧民情怀感动着他。杜牧一生抱负难遂，郁郁不平，最后死于樊川，却始终心存社稷希冀尽忠报国，这与屈原始终坚持理想，忠心为国，九死未悔的品格尤其相似。也因此，赋予了这首诗独特的精神价值。

两百多年后，另一位被贬谪的大诗人来到兰溪，留下了著名的《浣溪沙》词，词曰："山下兰芽短浸溪，松间沙路净无泥。萧萧暮雨子规啼。谁道人生无再少，门前流水尚能西。休将白发唱黄鸡。"这位大诗人，就是苏轼。兰溪向杜牧指出了三闾大夫的高洁之路，而东坡则从这条往西流的溪水中，领悟了人生就是不断进取的精神内涵。两朝才子，相隔百年时间而遥遥相望，是文学史上的佳话。

（方姝玮）

睦州四韵 ①

州在钓台 ② 边，溪山实可怜 ③。
有家皆掩映 ④，无处不潺湲 ⑤。
好树鸣幽鸟，晴楼 ⑥ 入野烟。
残春杜陵客 ⑦，中酒 ⑧ 落花前。

【注释】

① 睦州四韵：睦州，州名，治所在今浙江建德市。冯注："《唐书·地理志》：江南道睦州新安郡。"杜牧会昌六年（846）任睦州刺史。四韵，指律诗，律诗八句四韵。

②钓台：即严子陵钓台，东汉严光（子陵）隐居垂钓处。在睦州桐庐县西三十里，富春江七里濑。《元和郡县志》："严子陵钓台在县西三十里浙江北岸也。"

③"溪山"句：形容这里的山光水色实在惹人喜爱。可怜，可爱。《子夜歌》："何处不可怜。"

④掩映：遮映衬托，言民家居舍多隐蔽在林木深处。

⑤潺湲：指流水。顾野王《虎邱山序》："曲涧潺湲，修篁荫映。"

⑥楼：一作峦。

⑦杜陵客：诗人自谓。因杜牧家在长安万年县杜陵一带，故称。

⑧中酒：酒酣、饮酒半醉。

【评析】

《睦州四韵》是杜牧中晚年所作的一首写景抒情的五言律诗。杜牧于会昌六年（846）九月由池州刺史调任睦州，至大中二年（848）秋在睦州（治所在今浙江建德市）任刺史一职。此诗作于睦州，且有"残春"句，乃知作于晚春，故当系于大中元年（847）或二年（848）春。时杜牧已迁官外放多年，远离家乡亲人，仕途不顺，年华蹉跎，乡关之思与时运之悲常常萦绕在杜牧心头。是故睦州虽然风景如画，但杜牧心中的忧愁与苦闷依然难以排解，并于诗作之中，时时流诸笔端。

睦州又名新定，在新安江、桐江、富春江流域，著名的严子陵钓台亦在此处，风光自古闻名。南朝梁吴均《与朱元思书》称其："自富阳至桐庐，一百许里，奇山异水，天下独绝。"杜牧这首诗描绘睦州风光，亦可谓清新如画，方回《瀛奎律髓》中谓之："轻快俊逸。"纪昀《瀛奎律髓刊误》评曰："风致宜人。"此诗开门见山，首联即总领全诗，介绍了睦州的位置并对睦州山水做出了"实可怜"的整体评价，概括出了作者观景的总体感受，也领起了下文具体的景物描写。颔联、颈联便细说睦州的山水草木、景物风光，诗人即景抒情，采用对偶的手法将睦州残春时节的动人风物描绘得尽善尽美。村居掩映、溪水潺湲，给人以自然清新之感；茂林幽鸟、晴楼野烟，衬托出四周环境的幽深宁静。诗人拣择了"好树""幽鸟""晴楼""野烟"这些自然意象进行组合，中间再以"鸣"字、"入"字使其连缀生动起来，虽然语言平实，却倍显生动，有力地传达出诗人丰富的感受。从这些景物描写中我们可以看出，睦州山水在诗人眼中是秀丽可亲的，由景见情，美丽的睦州山水还是在一定程度上抚慰了诗人的心灵，也为诗人寂寞枯燥的仕宦生活增添了几分乐趣。其尾联则由写景转为抒情："残春"、"落花"流露出伤春伤时之感，"杜陵客"的自谓传递出诗人的乡情之思。对花独饮，中酒残春，诗人落寞寂寥的形象不禁跃然纸上，此中流露出的愁绪淡而隽永，不仅仅是感于时节、思乡怀人的闲愁，更暗含着诗人被长期迁官外放、深感仕途坎坷的苦闷。钱锺书在《钱锺书手稿集》中评此联道："十字四层意，进而益深，却不着迹。"从知人论世的角度来说，此时的诗人因受牛李党争影响，自会昌二年（842）被李德裕排挤外放任黄州刺史以来，其后又转池州，再自池州调任睦州刺史，皆是偏远凋零之地。睦州虽然景色优美，但实际上仍是一个远僻小郡，远离政治中心，经济文化皆不繁荣。所以后来诗人在回忆这里的生活时，把睦州描绘得极为凄凉："万山环合，才千余家，夜有哭鸟，昼有毒雾。"（《祭周相公文》）诗人因此而心情郁闷，颇有时运不济之恨，思乡伤时之情也与日俱增。"残春杜陵客，中酒落花前"这一联就委婉含蓄地流露出诗人内心这种满怀的惆怅。在人过中年的诗人眼中，功业年华就如同春去落花，无可奈何，于是只能醉酒消愁，以排遣内心的失意落寞。

但总的来说，这首诗写景抒情，短短四十个字，将睦州的风光描写得淋漓尽致，语言清丽平实，流畅俊秀，情感含蓄委婉，意味深藏。特别是中间两联，很有风土情味，结尾亦收束得余韵悠长，自古备受好评。纪昀《瀛奎律髓刊误》从整体上评赏此诗云："风致宜人。三、四今已成套，然初出自佳。六句不自然。结得浅淡有情。"冯舒则赞曰："平平八句，不使才气。中二联俱是春暮，故落句好。"何焯曰："溪山岂不佳？只韦、杜才地不堪，常置闲处耳。'残春'、'中酒'，比年事蹉跎，作用既微，笔力尤横。"总的来说，这是小杜一首笔力老成的诗作。

（李焯炜）

除官归京睦州雨霁 ①

秋半吴天霁，清凝万里光。水声侵笑语，岚翠扑衣裳。远树疑罗帐，孤云认粉囊。溪山侵两越 ②，时节到重阳。顾我能甘贱 ③，无由得自强。误曾公触尾 ④，不敢夜循墙 ⑤。岂意笼飞鸟，还为锦帐郎 ⑥。网今开傅燮 ⑦，书旧识黄香 ⑧。姹女真虚语 ⑨，饥儿欲一行。浅深须揭厉 ⑩，休更学张纲 ⑪。

【注释】

①除官归京睦州雨霁：吴在庆定此诗作于大中二年（848）九月，其时杜牧由睦州刺史擢为司勋员外郎、史馆修撰。

②两越：泛指浙江。睦州在春秋时的吴越交界处。

③"顾我"句：顾，念。甘贱，甘于贫贱。

④"误曾"句：触尾，指触蛮蝎之尾。这句指自己曾公然得罪过朝中的权臣。

⑤ "不敢"句：夜晚不敢外出。《左传·昭公七年》载正考父鼎铭："一命而偻，再命而伛，三命而俯，循墙而走，亦莫余敢侮。"

⑥ 锦帐郎：汉制，尚书郎入值台中，官供锦被、锦帐等。后即以"锦帐郎"指郎官之属。

⑦ 傅燮：东汉北地灵州（今宁夏吴忠市）人，字南容，性忠直，因弹劾宦官，为中常侍赵忠所忌，出为汉阳太守。善恤人，羌人多来降附。后战死于汉阳。

⑧ 黄香：东汉江夏安陆（今湖北云梦县）人，字文强。少至孝，博学经典，能文章，京师号曰"天下无双，江夏黄童"。汉章帝曾令其至东观，读所未尝见书。此句下有原注"曾在史馆四年"。

⑨ "姹女"句：姹（chà）女即美女，道家炼丹，亦把水银称作姹女，此句指炼丹求仙之事都是虚妄之言。

⑩ "浅深"句：《诗经·邶风·匏有苦叶》："深则厉，浅则揭。"水浅则提起衣裳下摆涉水，水深则连衣而涉。此句指自己回京后，当灵活面对不同情况作出对应。

⑪ 张纲：东汉犍为武阳（今四川眉市彭山区东北）人，字文纪。顺帝汉安元年（142），奉使考察州郡，行前埋车轮于洛阳都亭，认为"豺狼当路，安问狐狸"，遂参劾大将军梁冀等奸恶十五事，京师震动。帝知其言直，终不能用。

【评析】

杜牧出为睦州刺史，他的内心情感究竟如何，值得探究。从《昔事文皇帝三十二韵》来看，他在睦州时忧谗畏讥的心情很沉重。就如此诗，前半部分写吴越之地的风光之美，"秋半吴天霁，清凝万里光。水声侵笑语，岚翠扑衣裳"，笔调清新，写景清丽。而从"顾我能甘贱，无由得自强"开始，我们则发现杜牧其实是并不满意于睦州生活的，他把睦州刺史之职视为"贱"职，认为是自己人生不能自强的低谷。其原因，自然与他得罪朝中权臣有关。"误曾公触尾，不敢夜循墙"，写出了他的谨慎小心的情态。而"岂意笼飞鸟，还为锦帐郎。网今开傅燮，书旧识黄香"数句，则有擢官归京的兴奋感满溢其中。为此，他痛定思痛，总结这样的教训："浅深须揭厉，休更学张纲。"谨小慎微之意，跃然纸上。

这似乎与小杜英华飘逸，敢于言事的形象不符，但它是诗人自己的诗歌，反映了杜牧中年遭遇宦海风波后的现实思考，应该说是符合杜牧的心理状态的。

明人商辂说："杜牧之自睦州刺史入为司勋郎、史馆修撰，以书谢宰相云：'伏以睦州治所，在万山之中，终日氛昏，渐染衰病，自量忝官已过，不敢率然请告，唯念满岁，得保生还。不意相公拔自污泥，升于霄汉，却收斥锢，令厕班行，仍授名曹，帖以重职。当受震骇，神魂飞扬，抚己自警，言过成泣，药肉白骨，香返游魂，言于重恩，无以过此。'又《除官归京》诗有云：'岂意帘飞鸟，还为锦帐郎。'严固上游名郡，山水之乡，素非恶地，而牧之又以疏直，乃快快不平如此，岂不过甚矣哉？"（《蔗山笔尘》）

商辂之意，大抵认为严州（即睦州）是山水形胜之处，并非恶地，而杜牧在此，却表现出一种格格不入的疏离之感，所谓满肚子牢骚不平之气，甚至染患疾病，这与杜牧的英风侠气相悖，所以商辂认为杜牧"过甚"，对睦州并不公平。

商辂的这种评价，建立在他自己就是浙江淳安（唐时属睦州）人的基础之上。他认为睦州的山水清丽奇绝，所以在评价杜牧诗歌时，看到杜牧到了这么美的地方，居然还快快不平，所以有了这种责备。但是，对杜牧来说，他本是长安城南韦杜高门，以长安为清贵之地，出外做睦州刺史，对他而言就是变相的贬谪；再加上其来有自，与权臣的排挤有关,他在睦州的心情自然不能说是很好,这也是人之常情。所以今天看来,商辂的评价,未免是苛求古人了。

(黄鸣)

初冬夜饮

淮阳多病偶求欢^①,客袖侵霜与烛盘。
砌下梨花一堆雪,明年谁此凭栏干?

【注释】

①"淮阳"句:淮阳,汉郡名,治所在今河南周口市淮阳区。西汉汲黯多病,卧内不出。后拜为淮阳太守,上殿辞谢谓:"臣常有狗马之心,今病,力不能任郡事。"武帝云:"吾徒得君重,卧而治之。"后汲黯在任十年,淮阳政清。

【评析】

此诗大概作于杜牧外放睦州时期。杜牧前期因为刚直敢言多次被放外郡。唐武宗会昌二年(842),在他四十岁的时候,由于受当时宰相李德裕的排挤,被外放为黄州刺史,其后又转池州、睦州等地。

诗歌首句"淮阳多病偶求欢"借西汉汲黯之典故,表达自己被排挤流放的命运。由于百无聊赖,杜牧借酒消愁,所以说"偶求欢",这里的"欢"即是酒。汲黯虽重病缠身,但却能得到武帝的赏识和重用,杜牧拿自己和汲黯对比,突出自己得不到重用的悲惨遭遇,于是他只有在悲痛而又无聊的日常生活里偶尔饮酒,以解心中闲愁。"客袖侵霜与烛盘"指诗人作为一个游子游居他乡,在寒冬之初,只能孤身一人，独自忍受寒冬的到来和一个人的孤苦岁月。"客袖侵霜"即诗人在寒冬里切身体会到孤独带来的寒意，这是节气的寒冷，更是由于孤独而感受到的心灵上的寒意。"烛盘"体现了诗人在寒夜里久久不能入睡的状态，以至于寒气侵入了点着蜡烛的烛盘。可见诗人的孤独是无助的、彻骨的。"砌下梨花一堆雪，明年谁此凭栏干？"诗人住处的砌下堆满了厚厚的雪，就如同春日里梨花被风吹拂从树上飘落而堆积于地面一般，此处大有岑参《白雪歌送武判官归京》"北风卷地白草折，胡天八月即飞雪。忽如一夜春风来，千树万树梨花开"之意味。杜牧在此感叹，年复一年，又是一年寒冬飘雪之际，"明年谁此凭栏干？"如今凭着栏干的人还在，可是明年呢？今后呢？谁又知道呢？诗人感叹时间流逝，世事变化多端，这一切都非人力所能控制，所以不禁有了这样的感慨。

杜牧此诗写景处悠然惬意又饱含悲情，历来受到不少文人褒赏。如《逸老堂诗话》："'梨花淡白柳深青，柳絮飞时花满城。惆怅东阑一株雪，人生看得几清明？'陆放翁谓东坡此诗本杜牧之'砌下梨花一堆雪，明年谁此凭栏干'。"此句评价将杜牧此诗作为苏东坡诗歌创作的直接来源，可谓是洞悉源流，可见杜牧这两句写景极妙，对后人造成了极大的影响。俞陛云《诗境浅说续编》："淮南雪夜，小饮一杯，聊遣客中情况，玉砌飞花，暂娱此夕。明岁之倚栏吟赏者，知属何人？杜少陵诗：'明年此会知谁健？醉把茱萸子细看。'张梦晋诗：'高楼明月清歌夜，此是生平第几回？'明知胜会不常，未免有情难遣。"这几句评语肯定了杜牧此诗写景的妙处，读来情真意切，颇能打动人心。杜牧此诗可以与杜甫、张灵的诗相媲美，足见杜牧此诗承前启后的功能。

（杨香梅）

184

梅

轻盈照溪水，掩敛下瑶台^①。

妒雪聊相比，欺春不逐来。

偶同佳客见，似为冻醪开。

若在秦楼^②畔，堪为弄玉^③媒。

【注释】

① 瑶台：神话中的神仙所居之地。王嘉《拾遗记·昆仑山》："傍有瑶台十二，谷广千步，皆五色玉为台基。"

② 秦楼：春秋时秦穆公女弄玉所居之楼。

③ 弄玉：秦穆公之女。刘向《列仙传·萧史》："萧史者，秦穆公时人也，善吹箫，能致孔雀白鹤于庭。穆公有女字弄玉，好之。公遂以女妻焉。日教弄玉作凤鸣，居数年，吹似凤声，凤凰来止其屋。公为作凤台，夫妇止其上。不下数年，一旦皆随凤凰飞去。"

【评析】

此诗为一首五律咏物诗，其具体创作年份无从考证。作为咏物诗，最重要的便是物象。所谓物象，需"巧夺天真，探索幽微，妙与神会"（魏庆之《诗人玉屑》），可见，描摹物象不仅要求外观上的形似，更要兼有内在上的神似。陆机《文赋》有言："伫中区以玄览，颐情志于典坟，遵四时以叹逝，瞻万物而思纷。"诗人从万事万物中寻得物象来源，但他们在面对"象"时所生发出来的"思"，才是最具神骨之处。物象来源于现实，又高于现实，浸透着诗人对事物的独特感受和理解。咏物诗不仅需要绘形，更需要作家将形、神、情三者融会贯通，驱策于笔，方得情韵意味，此乃该诗出彩之处。杜牧选取了前人咏赞甚多的梅花这一物象，创作出了独具自身风格的咏梅诗。开篇樊川并未刻画寒梅冬雪的情景，而是描绘了一幅香梅碧水图：轻盈的梅花，映照着碧绿的溪水，实景与倒影浑然一体；同时运用了拟人手法，把梅花描绘为翩然自瑶台而降的仙女，凸显了梅花的优美姿态。《瀛奎律髓汇评》录冯舒评论道"高雅奇峭"，陆贻典也称赞"高雅"，犹可见其不落俗套。颔联更是以"妒雪""欺春"将梅花人格化，仿佛是一位在意自己容颜举止的绰约佳人，侧面烘托了梅花的美丽动人。纪昀认为"四句不爽亮"，或许意在批判这种将梅花拟化为争奇斗艳女子的行为之弊，与体现梅花风骨的境界相距甚远。颈联一句"偶同佳客见，似为冻醪开"为本诗妙处，《瀛奎律髓》评"五、六却淡靓有味"，查慎行也认为："五、六二句，不必粘题，自成佳句。"作者将梅花盛开遐想为恰逢其时此地为这场偶遇而盛开，如此一来，赏梅饮酒，乐哉快哉！最后两句"若在秦楼畔，堪为弄玉媒"，巧用"秦楼""弄玉"之典，进一步勾勒梅花的美。何义门却从另一角度勘探其中隐喻，认为杜牧是以"弄玉媒"自喻宜在天子左右，或也有可取之处。

全诗从不同角度刻画了梅花的美好姿态，可见杜牧作诗之奇丽。李商隐曾经作诗赞扬过他"刻意伤春复伤别，人间惟有杜司勋"。杜牧对作诗自有一套标准："某苦心为诗，本求高绝，不务奇丽，不涉习俗，不今不古，处于中间。既无其才，徒有其奇，篇成在纸，多自焚之。"（《献诗启》）他主张"不务奇丽"和"不涉习俗"，反对韩孟诗派奇绝险怪之风和元白诗派的世俗浅易之习。可见杜牧对自己作诗要求是非常高的，也因此杜牧诗拗峭不生硬，明丽理性不庸俗。何义门评该诗"气力极大"情有可原，然将之比为"似齐、梁人小诗"，或有失偏颇，杜牧咏物诗爽丽、明快的艺术风格与齐、梁靡丽侧艳之风终是不可一概而论。

（方姝玮）

早　雁①

金河②秋半虏弦开，云外惊飞四散哀。
仙掌③月明孤影过，长门④灯暗数声来。
须知胡骑纷纷在，岂逐春风一一回。
莫厌潇湘⑤少人处，水多菰米⑥岸莓苔。

【注释】

①早雁：早雁在此处代指因回鹘侵略而流散的人民。据《杜牧传·杜牧年谱》，此诗写于会昌二年（842），其谓"本年八月，回鹘南侵，杜牧忧念北方人民受回鹘侵扰，借雁以寄慨"。

②金河：唐代县名，位于今内蒙古呼和浩特市南部。

③仙掌：仙人的手掌。此处化用汉武帝承露盘之典。为求修仙，武帝曾在长安建章宫立铜柱，于其上铸铜仙人以承接露水。

④长门：即长门宫，汉代陈皇后失宠后即居住在此。

⑤潇湘：指湘江与潇水，在湖南中南部。

⑥菰米：菰指茭白，菰米即茭白的果实。

【评析】

此诗作于唐武宗会昌二年（842），写作此诗时，诗人于黄州任刺史一职，因闻回鹘入侵而写下这首诗。作为杜牧咏物诗的代表，历代评注者对此诗多有阐发，如《诗源辩体》"七言《早雁》一篇，声气甚胜",《五朝诗善鸣集》"牧之之咏早雁,如郑谷之咏鹧鸪,都是绝唱",《唐贤小三昧集续集》"咏雁诗多矣,终无见逾者",王寿昌《小清华园诗谈》亦言:"从来咏物之诗,能切者未必能工,能工者未必能精,能精者未必能妙……杜牧之'金河秋半'(引全篇略),如此等作,斯为能尽其妙耳。"可见本诗之格调才力。

诗歌通篇比兴,《唐诗绎》评价此诗"此借雁而伤流寓也"。开篇"金河秋半虏弦开,云外惊飞四散哀"一句,以秋日胡人开弦射雁、雁群四散哀鸣一事写时事。曾国藩《求阙斋读书录》评其为"雁为虏弦所惊而来,落想奇警,辞亦足以达人",着一"惊"字,便托出流民之凄惨情状及回鹘发动战争的不义性质。

额联化用承露盘与长门之典,写四散哀雁的具体情状。以咏物视角观之,其上承首联而来,《唐诗贯珠》即评价"三、四绝佳,承'四散'来,故或见于仙掌,或闻于长门"。此中"月明"与"灯暗"、"孤影"与"数声"、"过"与"来"均为相对相生之例,《艺苑卮言》即有"其咏物,如'仙掌月明孤影过,长门灯暗数声来',亦可观"的评价。以诗歌咏物背后的情感意蕴观之,诗论家多以其为行旅羁恨之词,如胡仔《苕溪渔隐丛话》即评"言幽怨羁旅,闻雁声而生愁思",此为一说。但除此之外,值得注意的是,诗人化用此两典,一指向君王汉武帝、一指向陈皇后,二者关系是为男女夫妇之伦理关系,而古代常有以男女关系隐喻时政之例,故此处亦可解为君臣之关系、君民之关系。边地的百姓,何尝不像在长门宫苦苦等待君王的皇后那样,在等待王师呢?作者此处代流民立言,传达他们渴望君王、王军收复失地,自身早日重返故园的情感。以此观之,可见物象中的情感寄托。故《唐诗笺注》有"'仙掌'一联,语在景中,神游象外,真名句也"之语。

颈联与尾联承继额联而来,西晋傅玄有"雷隐隐,感妾心。倾耳清听非车音"之句，守望君王、王军不可得，便自然引入下文。关于后两联的情感指向，历代评注者亦各有侧重。其一，认为其为同情之语，如《网师园唐诗笺》"思家怨别"、《山满楼笺注唐诗七言律》"此慰谕避难流落之人，欲其缓作归计而托言之也……先生之于羁旅，可谓情深而意切矣"、《唐诗笺注》"三联言纷纷骑在，不独金河，哀其不能自保"即是此类。其二，认为诗人此处于同情之外，加入了为流民考量的权宜之计的理性成分。如廖文炳《唐诗鼓吹注解》"潇湘虽甚寂寞，犹有菰米莓苔，可充饮啄，毋北归以中金河之弦也"、金圣叹《贯华堂选批唐才子诗》"此诗慰谕流客，且安侨寓，时方艰难，未可谋归也。前解追叙其来，后解婉止其去"即是其例。其三，认为同情的情感背后，有更深层次的政治规讽意味。雁群春天北归为常理，菰米莓苔之地不可久处亦为生灵本性，而流民却因人祸不得不背井离乡，四处逃窜，作者作此诗于同情之外自是有其政治规讽意图。如《唐诗鼓吹笺注》"言外有相教慎出入意"、《载酒园诗话又编》"《早雁》诗曰'仙掌月明孤影过，长门灯暗数声来'，光景真是可思。但全篇惟'金河秋半'四字稍切'早'字，余皆言矰缴之惨，劝无归还，似是寄托之作"，即申明此意。

此外，关于此首诗歌的行文技法，前代注家亦有所关注。七律体制，贵在行文意脉的连贯性与各句间虚实的相互生发与调停。就行文意脉的连贯性而言，《唐诗近体》"前半写雁之来，后半挽雁之去，立格用意，犹有老杜风骨"，为称赞此诗意脉开合连贯之语，而钱良择《唐音审体》于《怀钟陵旧游》下所评"樊川笔健调响，而绝少全璧。如《早雁》诗，前半绝唱，而后幅殊劣，岂非恨事"为批判此诗前后轻重失衡之语。诗无达诂，但笔者认为，此处当以前者为确。如上所述，诗歌首联叙述事情缘由，颔联刻画流民期盼王军之心绪，王军不来，自然导出后两联的同情规讽之语，整体行文善用"伏线"之法，感情在吞吐之间悄然显露，故笔者选从连贯之说。就各句间虚实的相互生发与调停来说，《咏物七言律诗偶记》评其"此五六'须知''岂逐'，七句'莫厌'，皆提起之笔，不得以后人作七律多用虚字者藉口也"，此处"后人作七律"当指宋以后，世人作七律多好以虚字斡旋的行文技巧。七律若全用实字，易造成行文的堆垛、板滞之病，故人们多好以虚字斡旋其中，来达到虚实的调停。但好用虚字，便有说理之弊，故常有"藉口"之嫌。但此处杜牧诗歌"须知""岂逐""莫厌"皆为杜牧意绪之代表，读来顿挫可感，而无说理之弊，故运用虚字为有得而无失之例。此外，亦有孙琴安《唐七律诗精评》"起句如硬弓开张，见小杜臂力。中二联亦活动不板。通篇比兴"之语，通贯全篇脉络，亦为中肯之论。

（柴瑞瑞）

村舍燕

汉宫^①一百四十五，多下珠帘^②闭琐窗^③。
何处营巢^④夏将半，茅檐烟里语双双。

【注释】

①汉宫：代指唐代宫室。张衡《西京赋》："郡国宫馆，百四十五。"

②珠帘：缀白珠作帘。《汉武故事》："帝起神屋堂，以白珠为帘，玳瑁为柙。"

③琐窗：刻有连琐图案的窗户。

④营巢：筑巢。《名医别录》："越燕多在堂室中梁上作巢，胡燕多在檐下作巢。"

【评析】

这是一首七言绝句，此诗作年不详，《杜牧诗文选评》中将其归于杜牧徙转黄、池、睦三州期间，认为这段时期诗人在外郡任地方官，多见村野景象，且不得在京城，与村舍燕不能栖于汉宫的情境相类，故归于此。大和年间，杜牧先是在牛僧孺幕下，宴游扬州，后于洛阳时期，职务清闲，此时的小杜应该未有以燕喻己的归巢之心；大中年间，杜牧已处于晚年，因京官俸禄低而请求外放，也与该诗情感不符。因此，吴在庆推测此诗作于会昌年间诗人徙转黄、池、睦三州期间，确有道理。

关于此诗，有的评点家从创作方面进行品析，认为杜牧作诗多用数字堆砌。《升庵诗话》："此杜牧《燕子》诗也。'一百四十五'见《文选》注。大抵牧之诗好用数目垛积，如'南朝四百八十寺''二十四桥明月夜''故乡七十五长亭'是也。"另外，《唐诗快》："牧之多用数目字，尽饶别趣，算博士何尝不妙！"由此说来，"算博士"一称号并非杜牧独有，骆宾王也因文好以数对，在《朝野佥载》中被称为"算博士"。其实，数字入诗早已在先秦《诗经》中萌芽，并流行于两汉、魏晋南北朝的汉乐府民歌，而盛行于唐。李峤便是以数字入诗的佳例，他善于以数字写时间，如"桂满三五夕，蕣开二八时"；以数字写距离，如"他乡有明月，千里照相思"；以数字写颜色，如"云间五色满，霞际九光披"等等。李白则善用夸张的数字来抒发情感"白发三千丈，缘愁似个长"，或描写自然风光"飞流直下三千尺，疑是银河落九天"，或比喻友人情谊"桃花潭水深千尺，不及汪伦送我情"。而杜牧则是晚唐时期的代表，《韵语阳秋》卷四记载了张祜作诗云："故国三千里，深宫二十年。"杜牧十分欣赏，则作："可怜故国三千里，虚唱歌词满六宫。"郑谷因此而评曰："张生故国三千里，知者惟应杜紫微。"可见，杜牧不仅理解张祜的思乡之情，还对数字入诗之创作敏感入微。《唐诗快》中将小杜称为"算博士"也不无道理。

　　有的评点家从诗歌寓意方面进行品析，将此诗与《咏乌》《乌衣巷》作比。《唐人绝句精华》："此诗似有李义府《咏乌》诗所谓'上林无限树，不借一枝栖'之意，但末句写得有情，不作失意语。昔人谓牧之俊爽，如此诗是也。"李义府咏乌与杜牧咏燕，虽都有自寓之意，表达怀才不遇之感伤，而小杜却于末句写出村舍燕的自由自在，回挽悲伤之情。对于末句之意，吴在庆认为《鹭鸶》一诗中的末句："惊飞远映碧山去，一树梨花落晚风"可与之并观。由此可见，杜牧诗中之末句总能使情感不流落无限悲伤，既表达了适时栖身的乐观之意，又留有悠长韵味，展现了俊爽之风。周锡䪖认为此诗与刘禹锡《乌衣巷》在艺术构思上有相似之处，但寓意却大为不同，刘禹锡以燕栖旧巢感叹朱雀桥、乌衣巷由繁华变作荒凉，与杜牧自寓之意有区别，但在艺术构思上，却是同理。事实上，以自然之物写人世变迁、人生失意是诗人创作的常见手法，鸟儿变成了诗人的情感化身，穿梭于古今兴衰，跳跃于时间空间，诗人早已不是在咏乌、咏燕，而是在悲己伤怀。《村舍燕》便是写诗人如燕子般春天北归，想衔泥筑巢，却因宫室紧闭，而飞向乡间的茅屋檐下筑新巢的无奈之意。

（杨乐）

醉后题僧院 ①

觥船一棹百分空 ②，十岁青春不负公。
今日鬓丝禅榻 ③ 畔，茶烟轻飏 ④ 落花风。

【注释】

① 醉后题僧院：诗题或作《题禅院》。禅院，寺院。

② "觥（gōng）船"句：觥船，觥是古代的一种盛酒器，觥船指装满酒的船。棹，划船的工具。百分空，忘却一切世俗烦恼。此句为用典之句，据《晋书·毕卓传》记载，毕卓好饮酒，曾对人说："得酒满数百斛船，四时甘味置两头，右手持酒杯，左手持蟹螯，拍浮酒船中，便足了一生矣。"

③ 禅榻：榻，矮小的床，僧人用榻来打坐，故称"禅榻"。

④ 飏（yáng）：飘，吹起。

【评析】

《醉后题僧院》是杜牧创作的一首七言绝句。吴在庆先生的《杜牧诗文选评》虽认为此诗创作年份不详，但因《题扬州禅智寺》与此诗题目相似，所以将此诗暂时系年于唐文宗开成二年（837）至开成四年（839）之间，此时杜牧在扬州看望患眼疾的弟弟杜颛。

后人对此诗的主旨意蕴多有探讨。宋代周弼编、元代释圆至注《笺注唐贤三体诗法》云："若云负青春，却又了无意味。正为壮盛虚掷醉乡，悲悔无及。"清代文人李锳的《诗法易简录》则说此诗："前二句写昔日，第三句以'今日'划清界限，末句景中有情，感慨系之。"王士祯的《唐人万首绝句选评》言："写出才人迟暮不遇，措辞蕴藉。"以上三家对这首诗主旨的把握大体相同，但《笺注唐贤三体诗法》侧重于此诗是诗人悔恨虚度光阴之作，李锳则以诗歌内容来对此诗主旨进行体悟，认为这是诗人对自己今昔生活的对比与感慨，而王士祯认为此诗暗含了诗人怀才不遇的怨恨。

相较之下，笔者认为李锳与王士祯对于此诗主旨的理解更加合理。此诗的前两句，杜牧写自己青年时期放荡不羁、以酒为伴的潇洒生活，同时也暗合了其多年以来郁郁不得志、借酒消愁的生活状态；后两句则描写自己的现状——与僧为友，打坐参禅。昔日豪饮，今日品茶，一酒一茶，说明了诗人往日的激情与愤慨早已烟消云散，如今人到中年的诗人心态也早已渐趋平和，有一种洞悉世情的洒脱。细品这首诗，诗人在此诗中并不悔恨自己虚度光阴，他只是以此来追怀青春年华、感念生命即将逝去，充满了平静与豁达之感。

杜樊川以七绝闻名后世，此诗就是典型代表，后人对此诗都赞赏有加。清人周咏棠的《唐贤小三昧集续集》将这首《题禅院》视作"神来之作"；《唐绝诗钞注略》也对该诗赞不绝口，曰："小杜此诗，洵晚唐佳语。"小杜七绝常有点睛之句，这首诗的后两句"今日鬓丝禅榻畔，茶烟轻飐落花风"写得尤为精妙。清初学者田雯在《古欢堂杂著》中云："樊川'鬓丝禅榻'，翩翩才致。"翁方纲所撰的《石洲诗话》对杜牧评价颇高，称赞其曰："小杜之才，自王右丞以后，未见其比；其笔力回斡处，亦与王龙标、李东川相视而笑。'少陵无人谪仙死'，竟不意又见此人。只如'今日鬓丝禅榻畔，茶烟轻飐落花风''自说江湖不归事，阻风中酒过年年'，直自开、宝以后百余年无人能道，而五代、南北宋以后，亦更不能道矣。此真悟彻汉魏六朝之底蕴者也。"

牧之诗在晚唐独树一帜，不仅因其工于诗歌外在的形式技巧——结构精巧、语言精妙，更是因为其内在的思想意蕴，不似绝大多数晚唐诗人那般颓唐绮靡，而是颇具豪健之气，情致高远。醇熟的诗歌创作技巧与高深的思想情韵相结合，使小杜之诗既有晚唐风流华美的时代特色，又有自身峻峭爽健的个人风格，这首诗便是最好的例证。

（陈珂岚）

湖南正初^① 招李郢秀才^②

行乐及时^③时已晚，对酒当歌^④歌不成。
千里暮山重叠翠，一溪寒水浅深清。
高人^⑤以饮为忙事，浮世除诗尽强名^⑥。
看著白蘋^⑦芽欲吐，雪舟相访^⑧胜闲行。

【注释】

①湖南正初：湖南，又作湖州。冯注："李郢有《和湖州杜员外冬至日白蘋洲见忆》诗……与牧之此诗用韵并同，惟李题云冬至，而此云新正，然两诗语意相直，兼杜用白蘋，亦是湖州故事，知此题湖南当是湖州之误，因各本皆同，故仍之。"正初，新正，指正月初一。但据李郢诗《和湖州杜员外冬至日白蘋洲见忆》，疑此处"正初"应为"冬至"之误。

②李郢秀才：李郢，字楚望，长安（今陕西西安市）人，初居余杭，与贾岛相善，大中十年（856）进士及第，应辟为淮南、浙东从事，官至侍御史。秀才是投考进士者的通称，此诗作时李郢还未中进士，故称秀才。李郢长于七律，属对工切，他的诗风格清丽，理密辞闲，近于温、李。

③行乐及时：出自《古诗十九首》："为乐当及时，何能待来兹？"

④对酒当歌：出自曹操《短歌行》："对酒当歌，人生几何？"

⑤高人：指高出世俗的人。

⑥强名：此指虚名。

⑦白蘋：一种水中浮草，即马尿花。生浅水中，夏秋开小白花。

⑧雪舟相访：用王子猷雪夜访戴的典故，出自《世说新语·任诞》：

"王子猷居山阴，夜大雪，眠觉，开室命酌酒，四望皎然。因起彷徨，咏左思《招隐诗》。忽忆戴安道。时戴在剡，即便夜乘小船就之。经宿方至，造门不前而返。人问其故，王曰：'吾本乘兴而行，兴尽而返，何必见戴？'"王子猷，名徽之，王羲之的儿子。戴安道，名逵，博学能文，是东晋时的名士。杜牧在这里以戴逵自比。

【评析】

　　这首《湖南正初招李郢秀才》是杜牧晚年写给友人李郢的一首七律。《杜牧传·杜牧年谱》定此诗为大中四年（850）冬杜牧任湖州刺史时作。对此诗诗题，冯集梧《樊川诗集注》说："李郢有《和湖州杜员外冬至日白蘋洲见忆》诗……与牧之此诗用韵并同，惟李题云冬至，而此云新正，然两诗语意相直，兼杜用白蘋，亦是湖州故事，知此题湖南当是湖州之误，因各本皆同，故仍之。"于是可知，诗题中的"湖南"当为"湖州"，而"正初"当实指冬至日。

　　此诗作于大中四年（850），杜牧已经人到中年，赴任湖州刺史。湖州北临太湖，是个人物荟萃之地，杜牧来到湖州以后公务不多，幽闲自得，常去著名的白蘋洲游赏。洲在雪溪东南，因梁太守柳浑诗"汀洲采白蘋，日暖江南春"而得名，洲上有颜鲁公的"芳亭"，洲中有池，风景极佳。此诗就是杜牧在游览白蘋洲时，想起了自己年轻的诗友李郢，于是作诗寄赠，相招共赏。

　　从此诗的起首两句来看，与杜牧年轻时写的那些风情俊爽之作已完全不同。"行乐及时时已晚，对酒当歌歌不成。"开篇即抒情，化用《古诗十九首》和《短歌行》中的名句，而更将语意翻进一层，"时已晚""歌不成"抒发了对人生短暂、岁月蹉跎的哀叹与仕途蹭蹬、功业难成的感慨，流露出杜牧晚年来对于时局势运的有心无力，这其中既有诗人对个人际遇的忧愤，也暗含着对国事颓唐的感伤，显得沉郁顿挫，暮气见露笔端。而颔联则笔锋一宕，转为写景："千里暮山重叠翠，一溪寒水浅深清。"此联写得情景交融，极见风骨。贺裳于其《载酒园诗话》中评杜诗长律，曾单拈出这一句来道："杜长律亦极有佳句，如……'千里暮山重叠翠，一溪寒水浅深清'俱洒落可诵。"诗人在此联中描绘了冬日清幽壮阔的山水景色，然却也暗含着寂寥之情。其中的"暮山""寒水"，既是自然山水，也是诗人心灵世界的投射。是景语也是情语。"暮"点明时间，也隐含人到暮年之意，"寒"点明时令，也暗合诗人的心绪，从而营造出一种凄清寒凉的氛围，传达了诗人因在湖州缺少志同道合的知己而感到寂寥的情绪。接下来的颈联，又一转为乐观旷达："高人以饮为忙事，浮世除诗尽强名。"抒情言志，展现出诗人在意识到无力改变时局后的自我超脱，表达了与其囿于虚荣利禄的过眼云烟，还不如在饮酒、赋诗中自得其乐的洒脱情绪。余成教曾于《石园诗话》中论及此句云："史称杜牧之自负才略，喜论兵事，拟致位公辅，以时无右援者，怏怏不平而终；为人疏隽，不拘细行；其诗情致豪迈，人号为小杜，以别于少陵。后村刘氏谓杜牧、许浑同时，然各为体。牧于唐律中，尝寓拗峭，以矫时弊，浑律切丽密或过牧，而抑扬顿挫不及也……若但尝其'高人以饮为忙事，浮世除诗尽强名'诸句，则犹是诗人而已。"诚然不假，其"饮为高人"、"浮世强名"确为诗人家语，但这两句振起全诗情调，一抒诗人看破功名的洒脱情怀，也同时点明了题目"招"字的内容，亮明缘由，即为邀李郢来饮酒赋诗，一解千愁，不可谓不恰当妥帖。最后再以"看著白蘋芽欲吐，雪舟相访胜闲行"收束全诗，化用"王子猷雪夜访戴"的典故，写得从容闲雅，余韵袅袅。"雪舟相访"，是诗人对与友人相聚的美好设想，也照应着题中的"招"字，使得诗文首尾相扣，浑然一体。

这首诗歌，是杜牧题寄李郢的一封邀请函，其情感真挚，令人动容。从诗文题目可以得知，当时李郢尚未中举，只是一个秀才，而杜牧则全然不以尊卑、长幼为意，真诚以待，倾身相交。作为晚辈、又是白衣秀才的李郢，对名满天下的大才子杜牧自然是钦佩有加，能得其垂青知遇，势必感激非常，于是一得到杜牧的招引，立刻就前去相会，并和诗一首，即《和湖州杜员外冬至日白蘋洲见忆》："白蘋亭上一阳生，谢朓新裁锦绣成。千嶂雪消溪影渌，几家梅绽海波清。已知鸥鸟长来狎，可许汀洲独有名。多愧龙门重招引，即抛田舍棹舟行。"李郢的这首和诗，为我们解杜牧之作提供了许多宝贵线索。首先其题目就明确指出了时间人物地点。时间是"冬至日"；人物是时任员外郎、外派湖州刺史的杜牧，因尊称其为"杜员外"；地点则是湖州白蘋洲。且通过杜牧和李郢的相和诗歌，我们不仅可以看出二人忘年相交的深厚情谊，还能更加清晰地体会到二人不同的诗歌风味。杜牧此作沉郁凝练，大有饱经世事风霜后的沧桑之感；而李郢之作则富有年轻蓬勃的旺盛生命力，一看就是青年人的诗歌。二人的颔联"千里暮山重叠翠，一溪寒水浅深清"与"千嶂雪消溪影渌，几家梅绽海波清"皆为对仗工整，凝练隽永的写景佳句。

（李焯炜）

怀钟陵^①旧游四首

其　三

十顷平湖^②堤柳合，岸秋兰芷^③绿纤纤。
一声明月采莲女^④，四面朱楼卷画帘。
白鹭烟分光的的^⑤，微涟风定翠涵涵^⑥。

斜辉更落西山⑦影，千步虹桥气象兼。

【注释】

① 钟陵：县名，治所在今江西进贤县。据《元和郡县志》所载，唐宝应元年（762）六月曾改豫章县为钟陵县。

② 十顷平湖：冯注："《水经注·赣水篇》：豫章郡东大湖十里二百二十六步，北与城齐，南缘回折至南塘，本通章江，增减与江水同。汉永元中，太守张躬筑塘以通南路，兼遏此水，冬夏不增减，水至清深。"

③ 兰芷：兰草与白芷，皆香草。屈原《九歌·湘夫人》："沅有芷兮澧有兰。"

④ 明月采莲女：明月，见《北史·魏孝武帝纪》："或咏鲍照乐府曰：朱门九重门九闱，愿逐明月入君怀。"采莲女，《三辅黄图》："庙记曰：建章宫北池名太液，周回十顷，有采莲女，鸣鹤之舟。"

⑤ 的的：明白，明显。

⑥ 湉湉：水平静貌。左思《吴都赋》："潬湉漠而无涯。"

⑦ 西山：在江西新建县西，一名南昌山，又名厌原山。

【评析】

《杜牧传·杜牧年谱》中此诗作年未考，吴在庆《杜牧诗文选评》认为这组诗是杜牧怀念江西幕中的旧友之情，因开成四年（839）春杜牧经浔阳赴京，且浔阳在江西境，或有追念早年在江西幕之事，故将该组诗系于此时。该诗为组诗中的第三首，主要是回忆当时游湖的情景。

杜牧自大和二年（828）由沈传师辟为幕僚之后，摆脱了原先朝廷授予的职事烦琐的微职；且沈传师待人谦和，与杜牧一起共事的都属僚佐各有才学，皆为一时俊彦，大家志同道合，相处融洽。同时杜牧又得助于时任江西团练副使卢弘止的照应，身处山川秀丽的江西洪州（治所在今江西南昌市），让杜牧觉得如沐春风，游赏饮宴，颇为自在。因而，这首诗所流露出的陶醉于自然山色湖光之中的惬意是杜牧本人十分怀念的。此时弟弟杜颛眼疾加重而失明，杜牧又要离开弟弟启程赴长安就新职，只好暂时与弟离别，将其安置于堂兄杜慥处，心中愁绪万千；彼时虽不算得志，却潇洒恣意、闲适自在，遂感触颇深。

关于该诗的艺术手法，最为突出的是色彩词的运用。其中既不乏直接的色彩运用，如"绿"与"翠"，同时还有一些色彩明丽的意象，如"朱楼"、"白鹭"、"虹桥"，以最具代表性的风光景物，渲染出钟陵湖畔的柔美清新，极富诗情画意。清代黄叔灿《唐诗笺注》评此诗："此赋湖上景色，宛成图画，风流俊逸，真是牧之本色。"确为实评。此外，关于末两句"斜辉更落西山影，千步虹桥气象兼"更是"炼句亦奇"，不同于其他景物的色彩是本身固有的，"虹桥"之"虹"，乃是在"斜辉"渲染下显现出来的，在这样的景色之中，诗人赋予了桥一种更加独特的氛围感，所谓"气象兼"如是也。

再者，该诗中的叠词使用也别具匠心。此诗不作艰深之语，无冷僻之词，而造语却别出机杼，描绘了一幅自然清新的游湖图。"绿纤纤"勾勒出岸边兰草柔软鲜嫩的自然之态，而五、六句的"光的的"和"翠湛湛"表现出了白鹭自由飞翔，湖上碧波荡漾，一幅恬静幽雅、景色宜人的生动场景。其笔墨洗练，色彩鲜明，语言简洁，情景逼真，充分表现了诗人热爱自然的美好感情。明代陆时雍《唐诗镜》言此诗："语气铮铮，叠字三见。"运用叠字作用颇丰，它不仅可以使诗歌"复而不厌，赜而不乱"，而且还具有摹声、绘色、衬托、描状、写情等功能，同时又有连续性与音乐美，使诗歌节奏变得顿挫铿锹。杜牧此诗的叠词使用，描绘了钟陵湖畔旧游的山色风光，在独具特色的景物描写中表现出自己的闲适心情。

杜牧本人曾在《献诗启》中表明自己对诗歌创作的追求："某苦心为诗，本求高绝，不务奇丽，不涉习俗，不今不古，处于中间。"杜牧此诗正体现了他对自身坚持的创作准则的深刻践行。全诗以平实之笔兼以白描之法描绘了钟陵摄人心神的自然美景，不藻修饰，不刻意渲染烘托，字里行间已然流露出诗人惬意欢快、流连忘返的自适与愉悦。清代李调元《雨村诗话》言："杜牧之诗轻倩秀艳，在唐贤中另是一种笔意。故学诗者不读小杜，诗必不韵。"此评颇为精当，已然窥见杜牧创作当中的另一种风格。尽管前人大多评杜牧其诗豪宕健峭，但却不可忽视樊川诗中有别于纵横豪迈、寄托吟咏的清新流丽之作，其遣词造句，颇具形色声韵。

（方姝玮）

商山麻涧 ①

云光岚彩四面合 ②，柔柔 ③ 垂柳十余家。
雉飞鹿过芳草远 ④，牛巷鸡埘春日斜 ⑤。
秀眉 ⑥ 老父对樽酒 ⑦，蒨袖女儿簪野花 ⑧。
征车自念尘土计，惆怅溪边书细沙 ⑨。

【注释】

① 商山麻涧：商山，在今陕西商洛市东南，亦名商岭、商阪。相传秦末汉初四皓曾隐居于此。麻涧，在今商州区西二十公里处熊耳峰下，宜于种麻，故名。

②"云光"句：岚彩，山林中像云彩一样的雾气。《后汉书·班固传》："红尘四合，烟云相连。"

③柔柔：一作柔桑。

④"雉飞"句：雉，野鸡。此句写乡野山林中鸡飞鹿走的自在之景，芳草悠悠，自然可亲。

⑤"牛巷"句：埘（shí），古时指在墙上挖洞而做成的鸡窠。此句化用了《诗经·王风·君子于役》"君子于役，不知其期。曷至哉？鸡栖于埘，日之夕矣，羊牛下来"的语意。

⑥秀眉：老年人眉毛中的一两根较长的毫毛，旧说为长寿的征象。《诗经·小雅·南山有台》："乐只君子，遐不眉寿。"毛传："眉寿，秀眉也。"

⑦对樽酒：举酒对饮。

⑧"茜袖"句：茜（qiàn）袖，大红色的衣袖。茜，通"蒨"，即茜草，根可作红色染料，这里指红色。《周礼·地官》"掌染草"下郑注："染草，蓝蒨、象斗之属。"此句描绘了一位乡村少女身着红裙，簪戴野花的曼妙剪影，淳朴而美丽。

⑨"征车"二句：征车，旅途中乘坐的车。计，生计。惆怅，《宋书·陶潜传》："既自以心为形役，奚惆怅而独悲。"书细沙，在细沙上头书写。

【评析】

这首《商山麻涧》是杜牧中年时期创作的一首七律。据《杜牧集系年校注》考证，此诗系于开成四年（839）春，杜牧三十六岁，"自浔阳溯长江、汉水，经南阳、武关、商山而至长安，就左补阙、史馆修撰新职"，途经商山而作。时杜牧授左补阙、史馆修撰，将由宣州赴京供职，先于春初自宣州任所送弟杜颤至浔阳（今江西九江市），二月溯长江、汉水，经南阳、武关、商山而至长安，路经商山一带，留下了这首脍炙人口的佳篇。

王西平、张田《杜牧评传》中说杜牧曾两次至宣州，而开成二年（837）秋至三年（838）冬第二次在宣州期间，"他政治上的锐气受到挫伤，开始流露出消极低沉的思想情绪"，而此诗正是写于此阶段。这是一首即景抒情的风景诗，诗歌以前六句写景，生动描绘了麻涧秀丽闲静的风光和农家恬和安足的生活，为我们勾勒出一幅安逸静谧的春日暮村图，充满淳朴的诗情画意。后两句则转向抒情，书写诗人自己宦途奔波的惆怅和沧桑之感，其"征车"二句勾勒出诗人为谋职事而风尘仆仆的形象，通过途中暂歇时，于溪边细沙上胡乱涂写的百无聊赖，对比前文农家生活的怡然自乐，于无声处流露其对宦游生涯的淡淡厌倦与怀才不遇的寂寞惆怅。

在后人对此诗的评价中，以金圣叹《贯华堂选批唐才子诗》卷五下对此诗品评的最为细致。其言："一写四面，二写中间，三写闲静，四写丰乐。便较陶令《桃花源记》为烦矣。五、六，忽然写一父老樽酒、女儿衣袖，以深显自家形秽。'书细沙'者，无颜自明，而又不能含糊付之也。"金圣叹此评，拈出了陶渊明脍炙人口的名篇《桃花源记》与之对照，可谓十分精当。杜牧不仅在此诗中为我们描绘了一个桃花源般的麻涧乡村，也同样在字里行间流露出对悠然安乐的乡村生活状态的深深向往，正如《山满楼笺注唐诗七言律》所言："此诗字字古朴，字字新颖，又字字美丽；披之如身入桃源，虽竟日坐卧其中，不厌也。"而杜牧此诗更胜在移步换景，句句生新，以极短的篇幅就为我们展开了一方世外桃源，因此获得了金圣叹的高度好评，甚至以为《桃花源记》都有所不及。同时，金圣叹也为我们准确捕捉了诗歌内部的一组对照关系，其颈联和尾联分别刻画了两方面的人物形象，以悠然自得的饮酒老农与灵动活泼的簪花少女，交织成一幅极富生活气息与生命美感的人物图画，并与诗人自身奔波于官途仕路中风尘满面、潦草书沙的寂寞身影两相对照，深有自惭形秽之感，生发出一如陶渊明"既自以心为形役"的惆怅独悲之恨，是景也有似陶令，情也有似陶令。

　　总的来说，后人对杜牧此诗的写景成就好评颇多，如《唐贤清雅集》赞其曰："朴而弥雅，源出《国风》，非后人好书琐事可比。"极大地肯定了杜牧此诗地道质朴的笔法，不落窠臼，不入俗套。《唐宋诗举要》卷五亦引吴闿生赞曰："秀丽如画。"诚然，杜牧此诗格调清明，色彩秀丽，在整体上运用了蒙太奇的艺术手法，通过巧妙的白描剪辑，远近结合，动静相生，移步换景，情景交融，将商山麻涧一带温情美丽的自然风光与山村农家和美安乐的田园生活写得熙熙融融、生机盎然，可谓"诗中有画，画中有诗"，构成了一幅绝妙的山村风景图。最后，诗人再将自己的怅然失落的神情一起摄入画面，曲折地表达出因仕途坎坷而对田园生活的油然向往之情，显得富有意趣，余蕴深长。

（李焯炜）

商山富水驿 ①

益戆由来未觉贤 ②，终须南去吊湘川 ③。
当时物议朱云小 ④，后代声华 ⑤ 白日悬。
邪佞每思当面唾 ⑥，清贫长欠一杯钱 ⑦。
驿名不合轻移改，留警朝天者惕然。

① 商山富水驿：富水驿，即阳城驿，在今陕西商南县东南富水镇。题下有原注："驿本名与阳谏议同姓名，因此改为富水驿。"阳城（736—805），唐定州北平人，徙居陕州夏县，字元宗。性好学，家贫不能得书，乃求为集贤院写书吏，窃官书读之，昼夜不出房，经六年，无所不通。登进士第后，隐于中条山，远近慕其德行，多从之学。李泌为宰相，荐为著作郎。德宗召为谏议大夫。时裴延龄、李齐运等以奸佞相次进用，诬谮宰相，毁诋大臣，陆贽等咸遭枉黜，无敢救者。城乃伏阁上疏，论延龄奸佞，贽等无罪。贬国子司业，出为道州刺史，有善政。

② "益戆"句：戆，刚直而愚。西汉时，汲黯向汉武帝提出批评意见，武帝不悦，云："甚矣，汲黯之戆也！"后又云："人果不可以无学，观汲黯之言。日益甚矣！"

③ 吊湘川：即贾谊贬为长沙王太傅、经汨罗江时作《吊屈原赋》一事。

④ "当时"句：物议，舆论。小，指评价低。朱云，西汉人，在朝敢于直谏。曾因劾奏安昌侯张禹触犯上怒，为御史押下欲烹之，云犹攀殿槛大呼，以至槛折。幸赖左将军辛庆忌以死争之而免。

⑤ 声华：美好的名声。

⑥ "邪佞"句：冯注："《史记·赵世家》：复言长安君为质者，老妇必唾其面。"

⑦ 一杯钱：买一杯酒之钱。

【评析】

此诗据《杜牧传·杜牧年谱》系于开成四年（839）春，当时杜牧"自浔阳溯长江、汉水，经南阳、武关、商山而至长安，就左补阙、史馆修撰新职"，途经商山作此诗。诗中大量征引曾经在仕途上遭遇挫折与不幸的人，杜牧这样做的目的一是同情这些人的经历，二是借这些人的遭遇来抒发自己对于仕途不顺的感慨。

"益戆由来未觉贤"即汲黯向汉武帝提出批评意见，而汉武帝对其不予理睬，后又招其为官，汲黯为官期间政治廉明，收效甚佳。杜牧在此发出了对于统治者不会任用贤才的控诉。"终须南去吊湘川"讲贾谊被贬为长沙王太傅，他在经过汨罗江时，作《吊屈原赋》以凭吊屈原。这里杜牧借此典故来抒发自己在仕途上遭遇不平的愤懑之情，即有德有才之人想要在仕途上得到统治者的青睐，就总得遭遇一些不公平的待遇，被贬谪和外放都是经常会遇到的事。杜牧也借此来自我解嘲，以排遣自己内心的愤懑不平。"当时物议朱云小，后代声华白日悬"则是借朱云之典故来抒发自身的不平。朱云因为敢于直谏，在当时总是遭到小人的轻视和毁谤，但这类因为敢于直谏而遭遇不公平对待的人，后人对他们多是推崇敬仰。足见在杜牧眼中，要想达到"后代声华白日悬"，现在就得多承受一些痛苦，即使现在得不到肯定和赏识，但清者自清，后人自会做出公允的评价。"邪佞每思当面唾，清贫长欠一杯钱。"杜牧这两句诗用语辛辣、感情强烈，直接表达了他对奸佞小人的厌恶与唾弃，但转而又嗟叹"清贫长欠一杯钱"，清贫者往往是一些真正有才能的人，但他们又常常为贫困所困扰，朝不保夕，过着节衣缩食的贫苦生活。这也是杜牧在言及自身悲惨境遇时的感慨与无奈。"驿名不合轻移改，留警朝天者惕然。"这里杜牧说驿名不能轻易改掉的原因，就是为了能警醒后人，尤其是那些要朝见皇帝的人。阳城也是著名的谏官，也曾因谏而被贬。杜牧明里在说阳城驿不宜改名为富水驿，实则表达了他对历史上以及现实中的奸佞小人的痛恨，以及对正直君子的赞许，同时也反映了杜牧对自身遭遇的慨叹与无力。

历来对此诗的评价多集中在对偶上，如《梦溪笔谈》："'厨人具鸡黍，稚子摘杨梅'‘当时物议朱云小，后代声名白日长'，以‘鸡'对‘杨'，以‘朱云'对‘白日'，如此之类，皆为假对。"《观林诗话》："杜牧之云‘杜若芳州翠，严光钓濑喧'，此以‘杜'与‘严'为人姓相对也。又有‘当时物议朱云小，后代声名白日悬'，此乃以‘朱云'对‘白日'。皆为假对，虽以人姓名偶物，不为偏枯，反为工也。"这些评语都提到了假对，假对是对偶中的一种，诗人往往通过借义或借音等手段来达到对仗工整的目的，也称借对。此处杜牧的假对用得很巧妙，以"朱云"对"白日"，通过借义的方式达到了诗人要表达的意义，可谓一举两得。

（杨香梅）

汉　江①

溶溶漾漾②白鸥飞，绿净春深好染衣。
南去北来人自老，夕阳长送钓船归。

【注释】

①汉江：即汉水，原名漾水。流经褒城（今陕西勉县东），合褒水后始名汉水。

②溶溶漾漾：溶溶，水势盛大宽广意。漾漾，水波动荡意。

【评析】

此诗据《杜牧传·杜牧年谱》作于开成四年（839），为杜牧"自浔阳溯长江、汉水，经南阳、武关、商山而至长安，就左补阙、史馆修撰新职"时所作。

诗歌开篇描绘汉江春日之景,《历代诗发》评价其"夕阳影里,烟波淼淼",于汉江之上,见鸥鹭忘机之景,遥想春深之时正好染制衣裳,此二事皆顺应自然、逍遥自适,而无机事、机心之意。后两句写汉江之上,过江之人南去北来之情状,而唯有钓船与夕阳亘古不变。对此,《唐诗选脉会通评林》载周珽、何仲德分别以"实接体""警策体"评之,又引刘辰翁评:"前二句来得慷慨。"徐充亦言:"'人自老'三字最为感切。钓船常在,而南去北来之人,为名为利,则无定踪,皆汩没于此,真可叹也!"可见作者于后两句的对比生发之意。

同时,本诗所用"溶溶""漾漾""春""夕阳"等词汇颇具晚唐风调,却无脂粉矫揉之气,反而出之以抛弃名利、自适其性的庄学意味,亦难怪于《批点唐音》有"晚唐用字虽浓丽,不甚温厚,唯杜牧之似优柔,此作是也"的评语。但若细究杜牧此诗意蕴,前两联勾画自然之图景,后两联则描绘生生不息的人生送往迎来之情状,而诗人虽为观景人,亦何尝不在景中?诗人此行赴京任职,对于那亘古不变的夕阳与钓船来说,亦何尝不是"南去北来人自老"中的一个缩影?且"南去北来人自老"之"自"与"夕阳长送钓船归"之"长"两字,平仄相对,诗人于音调顿挫抑扬间亦可见慨叹伤时之意绪。故就整体诗境而言,虽有往上超拔之意,但仍笼罩着极强的晚唐气骨顿衰的情感色彩。

宋代词人贺铸有《钓船归》一词,原文为:"绿净春深好染衣。际柴扉。溶溶漾漾白鸥飞。两忘机。南去北来徒自老,故人稀。夕阳长送钓船归。鳜鱼肥。"乃变换此诗文字而来,而加以故人零落的自伤自怜之意,亦可窥见诗词文体互通之关窍与宋代词体文学中的"夺胎换骨"之法。

(柴瑞瑞)

途中作①

绿树南阳②道,千峰势远随。
碧溪风淡态③,芳树雨余姿④。
野渡云初暖,征人袖半垂。
残花不足醉⑤,行乐是何时?

【注释】

①途中作:此诗缪钺《杜牧传·杜牧年谱》定于开成四年(839)春天。此时杜牧"自浔阳溯长江、汉水,经南阳、武关、商山而至长安,就左补阙、史馆修撰新职",此诗即在他途经南阳时所作。

②南阳:南阳在今河南南阳市。唐时属邓州。

③风淡态:淡,一作慢。

④雨余姿:余,一作阴。

⑤不足醉:足,一作一。

【评析】

这首诗格调清新,气氛愉快。杜牧在上京途中,路过南阳,正是晚春时节。南阳官道,两边绿树夹映,远处千峰,势若相伴。碧绿的溪水上,微风轻摇,雨后的绿树,姿态袅娜。野渡上垂着云彩,映着日色,空气中洋溢着温暖的氛围。旅途中的人,垂袖看花,春花已经半残,不足以供一场醉饮,行乐该在何时啊!

这是一首清浅的小诗,而诗中自有佳境。南宋魏庆之,拈出此诗中"碧溪风淡态,芳树雨余姿"之句,归之于"佳境"(见《诗人玉屑》卷三),这是很确切的点评。春天的绿水与芳树,给人以美好的视觉与心理感受，的确是上佳的意境。南宋周紫芝《竹坡诗话》说："其一云：'三日去还住，一生焉再游。含情碧溪水，重上粲公楼。'此诗今榜壁间，而集中不载，乃知前人好句零落多矣。"这首杜牧的集外之诗，也采取了"碧溪"的意象，从"重上粲公楼"来看，应该作于荆襄之地，或亦与本诗一样，作于开成四年（839）的这个春天？此诗后来被收入冯集梧的《樊川诗集注》的补遗诗中。

（黄鸣）

赤　壁^①

折戟沉沙铁未销^②，自将磨洗认前朝^③。
东风^④不与周郎^⑤便，铜雀^⑥春深锁二乔^⑦。

【注释】

①赤壁：即赤壁山，今湖北咸宁、黄冈均有赤壁，古赤壁战场乃蒲圻赤壁，在今湖北赤壁市西北，因山岩呈赭红色，故有此名。赤壁之战发生于汉献帝建安十三年（208）十月，是对三国鼎立的历史形势起着决定性作用的一次重大战役。

②"折戟"句：折戟，折断的戟。戟，古代兵器。销，销蚀。未，一作半。游潜《梦蕉诗话》云："古人诗意不凡，句内用字亦须音律清婉，含蓄有余不易易也。尝见杜牧之《赤壁》诗云'折戟沉沙铁未消'，人多作'半消'。……'半'字虽亦可通，而二诗意度玩之，便觉有差，不得三昧法。"

③"自将"句：将，拿起。磨洗，磨光洗净。认前朝，认出戟是前朝的遗物。

④ 东风：指火烧赤壁事。

⑤ 周郎：即周瑜，字公瑾，人称周郎，三国时吴军统帅。《三国志·吴志·周瑜传》："瑜时年二十四，吴中皆呼为周郎。"

⑥ 铜雀：台名，即铜雀台，曹操所建。铜雀台在魏都邺城，今河北临漳县西南。台上有殿宇屋舍，是曹操晚年大宴群臣处。

⑦ 二乔：指东吴乔公的两个女儿，是东吴著名美女，大乔嫁孙策（孙权兄），小乔嫁周瑜。相传，曹操拟于破吴之后纳二乔于铜雀台。《三国志·吴志·周瑜传》："策欲取荆州，以瑜为中护军，领江夏太守，从攻皖，拔之。时得桥公两女，皆国色也。策自纳大桥，瑜纳小桥。"裴注引《江表传》曰："策从容戏瑜曰：'桥公二女虽流离，得吾二人作婿，亦足为欢。'""桥"后人讹作"乔"，遂称"二乔"。乔，一作桥。

【评析】

这首《赤壁》是杜牧创作的著名的七绝咏史诗。据《杜牧传·杜牧年谱》与《杜牧集系年校注》考，此诗当作于杜牧黄州刺史任上，即会昌二年（842）至四年（844）秋之间。

赤壁位于黄州西北，虽然此赤壁并非赤壁之战的蒲圻赤壁，但与后世的苏东坡一样，杜牧面对与古战场赤壁同名之处，也兴起了兴亡之感，于是写就了这首咏史诗。其议论惊警，风流独具，是杜牧咏史诗中的传世名作。在这首诗中，杜牧即物感兴，咏史抒怀，通过形象化的手法，举重若轻、由小见大地表现了这一重大历史题材，其中流露出他对赤壁之战的独到情思，古往今来，脍炙人口。

此诗一开篇写"折戟沉沙铁未销，自将磨洗认前朝"，是借物起兴，引起思索，起笔看似平淡实为不平。沉埋在沙中的断戟，点出了此地曾有过的历史风云，也暗含着岁月流逝的沧海桑田之感。这两句写其历史兴感之由，诗人以赤壁的遗物引起思古之幽情，从而兴起对前朝人物事迹的慨叹，生发出浮想联翩的思绪，为后文抒怀做了很好的铺垫。正是《唐诗笺注》所谓："'认'字妙。怀古深情，一字传出；下二句翻案，从'认'字中生出。"而下联两句语自奇辟："东风不与周郎便，铜雀春深锁二乔。"以议论出之，一是写对战局的假设，一是写其结果，构思精巧，点染用功，可谓别具怀抱的千古妙句。在这一联中，诗人抓住"东风"为眼，采用"翻案法"反其道而行之，大胆假设了赤壁之战的另一种可能。以推翻历史事实作为立论的基点，这样的翻案具有新奇之处，而且诗人并不直接叙述战事本身，而是发挥想象，举重若轻描绘了一幅"铜雀春深锁二乔"的异样图景。通过二乔的命运间接影射出令人心惊喟叹的历史结局，从而将硝烟弥漫的战争胜败与生灵涂炭的江山兴亡都一笔带出，写得风流蕴藉，饶有韵致，显出一种杜牧特有的风情神采。

杜牧此诗流传千古，各家也是不吝品评，其聚讼盈庭，各抒己见，多集中于下联二句。尤以"东风不与周郎便"之翻案法，与"铜雀春深锁二乔"之题妇人，可谓其两大抓手，古往今来，吸引了诸家的目光。

杜牧的咏史之作多以议论惊警、语意奇辟而见长，又喜用"翻案法"，以此寄寓诗人特出的识见，此诗亦然。如胡仔《苕溪渔隐丛话》所说："牧之于题咏好异于人，如《赤壁》云：'东风不与周郎便，铜雀春深锁二乔。'……皆反说其事。"谢枋得则将杜牧这一手法概括为"无中生有，死中求活"，所谓："后二句绝妙，众人咏赤壁，只善当时之胜；杜牧之咏赤壁，独忧当时之败。其意曰：东风若不助，周郎、黄盖必不以火攻胜曹操，使曹操顺流东下，吴必亡，孙仲谋必虏，大小乔必为俘获，曹操得二乔必以为妾，置之铜雀台矣。此是无中生有，死中求活，非浅识所到。"其说影响颇大，明人吴景旭就于《历代诗话》引其言曰："余以牧之数诗，俱用翻案法，跌入一层，正意

212

益醒，谢叠山所谓'死中求活'也。"再有何孟春《余冬诗话》亦曰："杜牧之《赤壁》诗：'东风不与周郎便，铜雀春深锁二乔。'说天幸不可恃……都是要于昔人成败已定事上翻说为奇耳。"而《唐人绝句精华》则不赞成此说："大抵诗人每喜以一琐细事来指点大事。即如此诗，二乔不曾被捉去，固是一小事，然而孙氏霸权，决于此战，正与此小事有关。家国不保，二乔又何能安然无恙？二乔未被捉去，则家国巩固可知。写二乔正是写家国大事。且以二乔立意，可以增加诗之情趣，其非翻案，好异以及滑稽弄辞，断然可知。至叠山所谓'死中求活'，盖论《乌江》诗则合，《乌江》诗谓项羽尚可回江东以图再起，乃于万无可为之中犹谓有可为，故曰'死中求活'，但不可以论此诗。"清人中持"翻案"论者亦多，如宋长白《柳亭诗话》："诗中有翻案法，……杜紫薇《赤壁》诗……禅宗所谓'杀活自由'，兵法所谓'致人而不致于人'也。"再有赵翼《瓯北诗话》亦云此，但言有批判意："杜牧之作诗，恐流于平弱，故措辞必拗峭，立意必奇辟，多作翻案语，无一平正者，方岳《深雪偶谈》所谓'好为议论，大概出奇立异，以自见其长'也。如《赤壁》……此皆不度时势，徒作异论，以炫人耳，其实非确论也。"这种批评，其实宋人胡仔就已提出："至《题乌江亭》则好异而叛于理。……项氏以八千人渡江，败亡之余，无一还者，其失人心为甚，谁肯复附之，其不能卷土重来，决矣。"其批评杜牧诗"好异而叛于理"，但杜牧诗真正的意蕴却并不在于此。诗歌是艺术的表达，宋人求于理诚无不可，杜牧"叛于理"亦无伤大雅。他以《赤壁》为代表的咏史诗立意惊警，表现出独到的见识风情，其落笔之巧妙，思绪之独特，对于后来的咏史之作产生了深远影响，还是应当予以充分肯定的。

与此同时，这种"非浅识所到"的追求也自然容易引来一些争议，并非所有人都能够欣赏杜牧此诗中的独特风情，如周容《春酒堂诗话》中就载曰："杜牧之咏赤壁诗云：'东风不与周郎便，铜雀春深锁二乔'，今古传诵。容少时，大人尝指示曰：'此牧之设词也，死案活翻。'及容稍知作诗，复指示曰：'如此诗必不可学，恐入轻薄耳。何苦以先贤闺阁，簸弄笔墨！'"此种经学家言，亦见秦朝釪《消寒诗话》曰："温柔敦厚，诗教也……杜牧之'东风不与周郎便，铜雀春深锁二乔'如吴门市上恶少年语，此等诗不作可也。"沈德潜《唐诗别裁》亦批评此诗格调不高："牧之绝句，远韵远神。然如《赤壁》诗'东风不与周郎便，铜雀春深锁二乔'，近轻薄少年语，而诗家盛称之，何也？"

由此可见，杜牧此诗纵然流芳千古，其间亦不乏批评指正之声，或则有理，或似无理，多是各抒己见，莫衷一是。但也有的评论因其全然未解风流关窍，妄加评断，而颇引争讼，贻笑于诸家。如《赤壁》诗中"铜雀春深锁二乔"一句，指代国破家亡，由小见大，言近旨远，本是最见风情处。可宋人许𫖮《彦周诗话》却云："杜牧之作《赤壁》诗……意谓赤壁不能纵火，为曹公夺二乔置之铜雀台上也。孙氏霸业，系此一战。社稷存亡，生灵涂炭都不问，只恐被捉了二乔，可见措大不识好恶。"这一浅薄粗暴的批评，自然引起了许多评论家的反对，于是后世群起攻讦，所说颇繁。如同时代的方岳就于《深雪偶谈》有云："许彦周不谕此，老以滑稽弄翰，每每反用其锋，辄雌黄之，谓孙氏霸业系此一战，宗庙邱墟皆置不问，乃独含情妖女，岂非与痴人言不应及于梦也。……本朝诸公喜为论议，往往不深谕，唐人主于性情，使隽永有味，然后为胜……'东风''借便'与'春深'数个字含蓄深窈。"明代学者本就对宋人论诗风气多有指摘，以为"宋人不足与言诗"也，对于许彦周此尤为偏激的批评，自然也是多加鞭挞。如何孟春《余冬诗话》云：《赤壁》诗，或笑之曰：'孙氏霸业，系此一战。今社稷生灵都不问，只恐被捉了二乔，可见措大不识好恶。'

春谓为此说者，痴人也，到捉了二乔时，江东社稷尚可问哉？"再如游潜《梦蕉诗话》亦云："《彦周诗话》谓作诗者，于其社稷存亡、生灵涂炭乃都不问，只恐捉了二乔，以为措大不知好恶者，非也。刘孟熙《霏雪录》又谓，诗意乃言瑜尽力一战，止以得二乔为功，而忘远大之业者，亦非也。僻哉二公之言诗也！"还有吴乔《围炉诗话》中也说："古人咏史，但叙事而不出己意，则史也，非诗也；出己意，发议论，而斧凿铮铮，又落宋人之病。如牧之……《赤壁》……用意隐然，最为得体。……许彦周乃曰：'此战系社稷存亡，只恐捉了二乔，措大不识好恶。'宋人不足与言诗如此。"明末清初的贺贻孙《诗筏》则说："彦周此语，足供挥麈一噱，但于作诗之旨，尚未梦见。……牧之诗意，即彦周伯业不成意，却隐然不露，令彦周辈一班浅人读之，只从怕捉二乔上猜去，所以为妙。诗家最忌直叙，若竟将彦周所谓社稷存亡，生灵涂炭，孙氏霸业不成等意，在诗中道破，抑何浅而无味也！惟借"铜雀春深锁二乔"说来，便觉风华蕴藉，增人百感，此正是风人巧于立言处。彦周盖知其一，不知其二者也。"至于清人，则批评尤甚，其所论杜牧《赤壁》者，几乎皆要拈出许彦周此评，大加批判一番。如冯集梧也于《樊川诗集注》中特引此条注曰："诗不当如此论，此直村学究读史见识，岂足与语诗人言近指远之故乎。"再有贺裳《载酒园诗话》中也说："小杜《赤壁》诗，古今脍炙，渔隐独称其好异。至许彦周则痛诋之，谓'……措大不识好恶'。余意诗人之言，何可拘泥至此……详味诗旨，牧之实有不满公瑾之意。"在贺裳《载酒园诗话》与上述的吴乔《围炉诗话》中，又皆引黄白山评曰："唐人妙处，正在随拈一事，而诸事俱括其中。若如许（彦周）意，必要将'社稷存亡'等字面真真写出，然后赞其议论之纯正。具此诗解，无怪宋诗远隔唐人一尘耳！"在此，吴乔与贺裳皆辛辣地指出了宋人论诗好理的弊病，予以否定，同时吴乔再引徐柏山对此诗的批评："二乔事，自见于战皖城之日，非赤壁时事也。牧之用事，多不审，观者考之。"毫不留情地评之曰："徐恒（柏）山言'二乔乃皖城事，用于赤壁为不审'，如是说诗，真是可怜。"清人之中，何文焕《历代诗话考索》中的批评最为敦厚，其曰："彦周诮杜牧之《赤壁》诗'社稷存亡都不问……'夫诗人之词微以婉，不同论言直遂也。牧之之意，正谓幸而成功，几乎家国不保。彦周未免错会。"而余者则不留情面，如薛雪《一瓢诗话》中攻讦颇戾："樊川'东风不与周郎便，铜雀春深锁二乔'，妙绝千古。……'春深'二字，下得无赖，正是诗人调笑妙语。许彦周谓：'孙氏霸业，系此一战。社稷存亡，生灵涂炭都不问，只恐被捉了二乔，可见措大不识好恶。'此老专一说梦，不禁齿冷。"纪昀等也于《四库提要》中说："（许）颙议论多有根柢，品题亦具有别裁。……惟讥杜牧《赤壁》诗为不说社稷存亡，惟说二乔，不知大乔孙策妇，小乔周瑜妇，二人入魏，即吴亡可知。此诗人不欲质言，变其词耳。颙遽诋为秀才不识好恶，殊失牧意。"

还有部分评论家，着重指出了杜牧好发议论的特点，如胡应麟《诗薮》中即谓其此诗"东风不与周郎便，铜雀春深锁二乔"二句乃是"宋人议论之祖"。朱孟震《玉笥诗谈》亦曰："此言似辨而理。"再者方岳《深雪偶谈》中也提到："牧之处唐人中，本是好为论议，大概出奇立异。"贺裳《载酒园诗话》中也说："牧尝自负知兵，好作大言，每借题自写胸怀，尺量寸度，岂所以阅神骏于牝牡骊黄之外！"等等不一而足。

与此同时，在这首《赤壁》诗中，着浓墨重彩的"东风"也引起了历代诗评家的关注。如周弼在《笺注唐贤绝句三体诗法》中说："《赤壁》：诗意谓非东风助顺，则瑜不能胜，家必为虏矣。"魏庆之《诗人玉屑》"陵阳论赤壁诗"条引《室中语》云："杜牧之赤壁诗……今人多不晓卒章，其意谓若是东风不与便，即周郎不能破曹公，二乔归魏铜雀台也。"明人则如游潜《梦蕉诗话》亦云："杜牧之咏赤壁诗……盖言孙氏于赤壁之战，若非乘风力纵火取捷，则国破家亡，将为曹公夺二乔而置于铜雀台矣，谓其君臣，虽妻子不能保也。"贺贻孙《诗筏》也云："牧之此诗，盖嘲赤壁之功出于侥幸，若非天与东风之便，则周郎不能纵火，城亡家破，二乔且将为俘，安能据有江东哉？"清人薛雪《一瓢诗话》亦作此说："樊川'东风不与周郎便，铜雀春深锁二乔'，妙绝千古。言公谨军功止藉东风之力，苟非乘风力之便，以破曹公，则二乔亦将被虏，贮之铜雀台上。"再者，诗论家在通解此诗时，往往也格外注重"东风"在其中扮演的角色，并以为杜牧此诗咏史之思绪所在，即为"东风"这一时运也。清人王尧衢《唐诗合解》曰："'折戟沉沙铁未销'，吴魏鏖兵赤壁所遗之折戟，沉于沙际，唐去吴日子未远，故其铁尚未消磨。'自将磨洗认前朝'自将折戟磨洗一认，信是魏武败于周郎，而前朝之遗迹宛然。夫周郎何以遂能胜魏，似乎难信，所以要认。'东风不与周郎便'周郎之所以能胜魏者，恃有东风之便，所以得成功于火攻，今乃反其说云，假如当日没有东风，则是无便可乘了。'铜雀春深锁二乔'周郎若无东风之便，不但不能破魏，恐江东必为魏破，妻子不保，大乔小乔春深时则在铜雀台上矣。此以议论行诗者。杜牧精于兵法，此诗似有不足周郎处。"诚然，东风作为赤壁之战胜利的关键，也是杜牧此诗翻转的核心，但杜牧于此中拈出"东风"一语，却不见得真的意在强调东风于史事中的决定性作用，王尧衢由此说"杜牧精于兵法，此诗似有不足周郎处"也是值得商榷的。诚如何焯《唐三体诗评》中言："认前朝，以刺今日不如当年，能尽时人之用也。第三句只言独赖此一战耳，看作东风之助，即说梦矣。上二句极郑重，第四彻头痛说，关系妙在第三句，转身却用轻笔点化。"是故杜牧此处的"东风"之笔，恐怕更多还是在于一种艺术情思上的处理，同时也有借史事一吐胸中暗藏的抑郁不平之意，只是较为委婉，曲意深藏。

此外，这首《赤壁》见于《樊川文集》卷四，当是杜牧诗作，但古来对其作者究竟是杜牧还是李商隐，还是略有争议。现在看来，此诗雄俊沉郁，是杜牧所作，这是没有问题的。

（李焯炜）

泊秦淮①

烟笼寒水月笼沙②，夜泊秦淮近酒家。
商女③不知亡国恨，隔江犹唱后庭花④。

【注释】

① 泊秦淮：泊，船靠岸，停泊。秦淮，即秦淮河，长江下流支流，在江苏西南部，流经南京市区西入长江。《资治通鉴·晋纪》注曰："秦淮，在今建康上元县南三里，秦始皇时，望气者言金陵有天子气，使凿山为渎，以断地脉，故曰秦淮。"

② "烟笼"句：这句运用互文手法，意为朦胧的月色与缥缈的烟雾笼罩着秦淮河水和河畔的白沙。

③ 商女：指卖唱的歌女。

④ 后庭花：指歌曲《玉树后庭花》，该曲由陈朝末代皇帝陈叔宝（陈后主）创作。陈后主溺于声色，每日与后宫嫔妃寻欢作乐，不理政事，终致亡国，因此后世把《玉树后庭花》视为亡国之音。

【评析】

七言绝句《泊秦淮》是杜牧最著名的代表诗作之一，后世流传度极高。此诗在系年上仍有争议，王西平先生在《杜牧诗文系年考辨》中云："数考杜牧江南行踪，只有大中二年秋由睦州赴京，取道金陵才可能经过秦淮河。"又根据杜牧《除官归京睦州雨霁》中"时节到重阳"句，推测"重阳时节从睦州出发，到达南京应是秋末冬初，正与'寒水'相合"。由此王西平先生将《泊秦淮》系年于唐宣宗大中二年（848）。吴在庆先生的《杜牧集系年校注》则认为这首《泊秦淮》作于杜牧罢任池州、赴任睦州刺史的途中，即唐武宗会昌六年（846），其依据为杜牧所作的《唐故进士龚𫐉墓志》中"自秋浦守桐庐，路由钱塘"的自述，因此曰："此行可经金陵，泊于秦淮河。其经秦淮河时恰为秋冬之际，与'烟笼寒水'合。"

《泊秦淮》首句写景，营造出一种迷离冷寂的氛围，两个"笼"字的运用得尤为精当，迷蒙的雾气、清冷的河水、朦胧的月色以及细净的白沙，就是通过这两个"笼"字被融合在一句诗内，构成一幅栩栩如生的秦淮夜色图景；第二句则平铺直叙，交代自己此时此刻的处境，看似平淡，其实起着承上启下的作用，正是因为诗人"夜泊秦淮"，才能看见"烟笼寒水月笼沙"，也正是因为"近酒家"，才能听见歌女弹唱《玉树后庭花》；第三、四句表面写自己夜泊秦淮时听到的商女歌声，实则大有深意，《玉树后庭花》历来被视作亡国之音，而王公贵族却偏好此曲，让歌女一遍遍地弹唱。杜牧饱读经史，看到此种情景，似乎已经预见到昔日繁盛的李唐王朝将会重蹈陈后主亡国的覆辙，因此内心深感悲痛，这两句讽刺之辞也就更加辛辣与深刻。清人沈德潜《唐诗别裁》评此诗为"绝唱"，所言不虚。

《泊秦淮》作为杜牧的传世名篇，历来备受好评，后世评点家多从不同角度对此加以品评。一些评点家逐字逐句分析此诗，进而得出此诗的创作主旨。清人杨逢春的《唐诗绎》云："首一句写景荒凉，已为'亡国恨'勾魂摄魄。三四本推原亡国之故，……妙就现在所闻商女之唱，犹是亡国之音感叹，索性用'不知'二字，将'亡国恨'三字扫空，运实于虚，文心幻曲。"清初文人徐增的《而庵说唐诗》评析此诗，更加细致，其曰："'烟笼寒水'，水色碧，故云'烟笼'。'月笼沙'，沙色白，故云'月笼'。下字极斟酌。夜泊秦淮，而与酒家相近，酒家临河故也。商女，是以唱曲作生涯者，唱《后庭花》曲，唱而已矣，那知陈后主以此亡国，有恨于其内哉！杜牧之隔江听去，有无限兴亡之感，故作是诗。"刘永济先生在《唐人绝句精华》中言："首二句写夜泊之景。三句非责商女，特借商女犹唱《后庭花》曲以叹南朝之亡耳。六朝之局，以陈亡而结束，诗人用意自在责陈后主君臣轻荡，致召危亡也。"以上三人对此诗的评点大体相似，都认为《泊秦淮》是樊川夜泊秦淮而感叹历史兴亡之作。此说当然合理，但笔者认为，《泊秦淮》还有更深层的旨意，这需要联系晚唐社会状况来加以理解。唐朝自经历安史之乱之后，便一蹶不振，日呈大厦将倾之势，到了晚唐，这种末世之感则更加强烈。而李唐王朝的高官显贵非但没有危机之感，反而更加骄奢淫逸，过着纸醉金迷的生活。杜牧进士及第之后，便一直在地方为官，因此其对当时社会状况有着更加清醒和深刻的认识。商女作为封建王朝的底层之人，其所吟唱的靡靡之音《玉树后庭花》也是由听曲之人选定的，王公贵族耽于享乐，哪里会顾及曲子背后的寓意呢？因此，牧之此诗，除了感慨历史兴亡之外，还包含了对当朝统治者的辛辣讽刺，同时也显示了杜牧作为一介儒生，对于历史与社会现实的深刻关怀，深得《诗经》之风义。

有些评价着重于诗歌的篇章结构，尤其着意于诗句之间所蕴含的逻辑关系。清李锳撰、李兆元补的《诗法易简录》云："首句先写秦淮夜景。次句点明夜泊，而以'近酒家'三字引起后二句。"近人朱宝莹之《诗式》谓："泊近酒家，为下商女唱曲之所从来处，已伏三句之根。三句变换，四句发之，谓杜牧听隔江歌声。"以上评论主要针对诗中"夜泊秦淮近酒家"句之作用，即承上启下，极在理！

还有一些评点家注意到了《泊秦淮》诗中提到的亡国之音——《玉树后庭花》，便从这一细节切入品味诗歌意境。明代高棅的《唐诗正声》引吴逸一之语，曰："国已亡矣，而靡靡之音深入人心，孤泊骤闻，自然兴慨。"《增定评注唐诗正声》云："亡国之音，自不堪听，又当此景。"俞陛云之《诗境浅说续编》言："《后庭》一曲，在当日琼枝璧月之场，狎客传笺，纤儿按拍，无愁之天子，何等繁荣！乃同此珠喉清唱，付与秦淮寒夜，商女重歌，可胜沧桑之感？……独有孤舟行客，俯仰兴亡，不堪重听耳。"这三家评点都是从靡靡之音《玉树后庭花》入手，结合诗歌首句营造出的凄清冷寂氛围，体会杜牧身处此情此景中的独特感受，最后得出此诗感慨国家兴亡之主旨。

杜樊川之《泊秦淮》是七绝体中不可多得的佳作，这一点已成为后世共识。清人管世铭《读雪山房唐诗》的《七绝凡例》评此诗曰："王阮亭司寇删定洪氏《唐人万首绝句》，以王维之《渭城》、李白之《白帝》、王昌龄之'奉帚平明'、王之涣之'黄河远上'为压卷，踬于前人之举'蒲萄美酒'、'秦时明月'者矣。近沈归愚宗伯亦效举数首以续之。今按其所举，惟杜牧'烟笼寒水'一首为当。"管世铭对这首诗给予了高度评价，甚至将其奉为唐代七绝的压卷之作，《泊秦淮》的内容、立意和写作技法均上乘，正如桂天祥在《批点唐诗正声》中所言："写景命意俱妙，绝处怨体反言，与诸作异。"因此管世铭将其称为"压卷"，不为失当。

优秀的诗歌作品总能给予后人不同的评判角度，《泊秦淮》无疑就是这样的佳作，它将写景、叙事、抒情、议论有机融合，将诗人对历史与现实的感慨熔铸在短短的四句诗内，历史、现实与未来仿佛贯穿成一线。全诗语言精练，结构巧妙，感情深沉，处处体现着诗人之匠心，樊川七绝果真名不虚传。

（陈珂岚）

题桃花夫人①庙

细腰宫里露桃新②，脉脉无言度几春③。
至竟息亡缘底事④？可怜金谷坠楼人⑤。

【注释】

①桃花夫人：即息夫人，春秋时期陈国国君之女，妫姓，嫁息国国君，称息妫。据《左传》载，楚文王喜欢息夫人的美貌，于是灭掉了息国，掳回息夫人，息夫人生二子，却因事二夫而不能死节，故一直不言。桃花夫人庙在今湖北武汉市黄陂区。

②"细腰"句：细腰宫，指楚王宫。《后汉书·马廖传》："楚王爱细腰，宫中多饿死。" 露桃，露井边的桃花，喻指桃花夫人。

③"脉脉"句：脉脉，含情注目貌。《古诗十九首·迢迢牵牛星》："盈盈一水间，脉脉不得语。"度几春，不知过了多少年。

④"至竟"句：至竟，到底。缘底事，因为何事。

⑤"可怜"句：金谷，在今河南洛阳市西北，指晋石崇的金谷园。坠楼人：指石崇的爱妾绿珠。《晋书·石崇传》记载，孙秀爱慕绿珠的美貌，向石崇求之，不予，孙秀遂矫诏收捕石崇，绿珠便坠楼身亡。

【评析】

此诗系年不详，胡可先《杜牧研究丛稿》中将此诗系于会昌四年（844），正是杜牧在黄州刺史任上所作。何锡光《杜牧诗歌系年拾遗》

则根据冯注，知黄陂西临黄州，判定此诗当为会昌二年（842）杜牧从长安赴黄州路经黄陂作。两种说法都推测创作于黄州时期，因为此诗并未以回忆口吻书写，故归于会昌二年（842）较为合理。

对于此诗，有的评点家从用词方面进行品评，认为诗中以"露桃"指代息夫人，含蓄得体。吴乔《围炉诗话》："用意隐然，最为得体。息妫庙，唐时称为桃花夫人庙，故诗用'露桃'。"

大多数评点家则围绕杜牧咏息夫人典故的议论与用意进行品评。许颛认为这是一首单纯的咏史诗，《彦周诗话》："仆谓此诗为二十八字史论。"敫英认为此诗有订千古之是非的高度，《唐诗绝句类选》："敫云：此以议论为诗，订千古是非，却与宋人声调自别。"其他评点者则将此诗与其他同题而咏之诗相比较，张表臣认为杜牧与王维对息夫人典故观点相悖，王维以息夫人口吻表达了不忘息国国君之恩义，不屈于楚王淫威之坚贞，而杜牧则斥其不忠贞，《珊瑚钩诗话》："杜牧之《息夫人》诗曰：'细腰宫里露桃新，脉脉无言度几春。至竟息亡缘底事？可怜金谷坠楼人'与所谓'莫以今朝宠，能忘旧日恩。看花满眼泪，不共楚王言'，语意远矣。盖学有浅深，识有高下，故形于言者不同也。"王士禛认为孙廷铨指出了息夫人言行不一，杜牧以大义指责息夫人，王维则不作判断之词。《渔洋诗话》："益都孙文定公咏息夫人云：'无言空有恨，儿女粲成行。'谐语令人颐解。杜牧之：'至竟息亡缘底事？可怜金谷坠楼人。'则正言以大义责之。王摩诘：'看花满眼泪，不共楚王语。'更不著判断一语，此盛唐所以为高。"另外，潘德舆也持相同观点，其《养一斋诗话》："大义责之，词色凛凛。真西山谓牧之《息妫》作能订千古是非，信然。余尤爱其掉尾一波，生气远出，绝无酸腐态也。王（维）虽不著议论，究无深味可耐咀含，鄙意转舍盛唐而取晚唐矣。"他认为此诗末句以绿珠为守节而殒命，来反衬息夫人的苟且偷生，极具批判精神，相反，王维的同主题的诗轻轻揭过，也没有深味。王维诗云："莫以今时宠，难忘旧日恩。看花满眼泪，不共楚王言。"（《息夫人》）比起杜牧此诗，的确是失之于浅。赵翼将《题桃花夫人庙》与杜牧其他咏史诗作比，认为其他诗多为求立意奇特而作，而此诗用含蓄蕴藉之语表讥讽之意，实有深度，《瓯北诗话》："杜牧之作诗，恐流于平弱，故措词必拗峭，立意必奇辟，多作翻案语，无一平正者，方岳《深雪偶谈》所谓'好为议论，大概出奇立异，以自见其长'也。如《赤壁》云：'东风不与周郎便，铜雀春深锁二乔。'《题四皓庙》云：'南军不袒北军袒，四老安刘是灭刘。'《题乌江亭》云：'胜败兵家事不期，包羞忍耻是男儿。江东子弟多才俊，卷土重来未可知。'此皆不度时势，徒作异论，以炫人耳，其实非确论也。唯《桃花夫人庙》云：'细腰宫里露桃新，脉脉无言度几春。至竟息亡缘底事？可怜金谷坠楼人。'以绿珠之死，形息夫人之不死，高下自见，而词语蕴藉，不显露讥讪，尤得风人之旨耳。"敖英、张表臣、王士祯、潘德舆、赵翼诸位评点家皆有尊杜贬王之意，他们以士大夫不事二君的标准要求女子不事二夫，因而斥责息夫人亡夫后未殉节、事楚王的懦弱姿态。而以今日之眼光来评判，国家的兴亡在诸侯争霸的春秋时期再正常不过，与息夫人何干？以为夫殉节来要求封建社会难以主导自我命运的女子，未免苛刻，岂知息夫人内心之煎熬呢？我们读邓汉仪《题息夫人庙》"楚宫慵扫黛眉新，只自无言对暮春。千古艰难唯一死，伤心岂独息夫人"或可得解。

（杨乐）

题乌江亭 ①

胜败兵家事不期，包羞忍耻是男儿。
江东子弟 ② 多才俊，卷土重来未可知。

【注释】

①乌江亭：乌江，古地名，在安徽和县东北，今名乌江浦。晋时曾置乌江县。《括地志》卷七："乌江亭，即和州乌江县是也，晋初为县。注：《水经》云：水又北，左传黄律口，《汉书》所谓'乌江亭长舣船以待项羽'，即此也。"

②江东子弟：指项羽率领的从吴中起义的军士。《史记·项羽本纪》："项王乃欲东渡乌江。乌江亭长舣船待，谓项王曰：'江东虽小，地方千里，众数十万人，亦足王也。愿大王急渡。今独臣有船，汉军至，无以渡。'项王笑曰：'天之亡我，我何渡为！且籍与江东子弟八千人渡江而西，今无一人还，纵江东父兄怜而王我，我何面目见之？纵彼不言，籍独不愧于心乎？'……乃自刎而死。"

【评析】

该诗作年有争议，一说作于会昌元年（841），杜牧赴任池州刺史时，一说作于开成四年（839）春经和州乌江。缪钺先生在《杜牧传·杜牧年谱》亦认为这首诗是杜牧自宣州赴江州，途经和州凭吊古迹而作。

杜牧诗作好发议论，这首咏史诗更是通篇寓含道理。谢枋得《叠山先生注解章泉涧泉二先生选唐诗》卷三言："众人题项羽庙，只言项羽有速亡之罪耳，牧之题项羽庙，独言项羽有可兴之机，此等意思，亦死中求活，非浅识所到。"赞美杜牧立意高妙与远见卓识。开篇杜牧点明胜败乃兵家之常，无法预料。继而联想"项羽乌江自刎"之事，借以警醒自身只有"包羞忍耻"，方为男儿本色。情至此处，又对楚汉之争的结局进行了假设性推想："江东子弟多才俊，卷土重来未可知。"若听从乌江亭长之言，江东之才士"亦足王也"。"无颜面见江东父老"既展现了项羽的气节，也反映了他刚愎自用的性格，缺乏忍辱负重的意志。全诗意绪虽有转折，却一气呵成，杜牧在惋惜、批判、讽刺之余，对项羽负气自刎表示惋惜，又表明了"败不馁"的道理，十分具有积极意义。

历来众多评论家多将此诗与王安石的《乌江亭》诗作比，言半山此诗与樊川诗意相左："百战疲劳壮士哀，中原一败势难回。江东子弟今虽在，肯为君王卷土来？"南宋胡仔在《苕溪渔隐丛话》也评价道："牧之于题咏好异于人，……至《题乌江亭》，则好异而叛于理。……项氏以八千人渡江，败亡之余，无一还者，其失人心为甚，谁肯复附之？其不能卷土重来，决矣。"杜牧反用项羽之典，表现重整旗鼓的昂扬之气，确实有悖常理。但这也是杜牧诗的一大特点，正如方岳《深雪偶谈》所言："牧之处唐人中，本是好为论议，大概出奇立异，如《乌江亭》。"于议论之中标立新意，表达自己的看法，乃杜牧议论诗所惯用之法。吴景旭亦持赞赏之论："牧之数诗，俱用翻案法，跌入一层，正意益醒，谢叠山所谓'死中求活'也。"（《历代诗话》）

然而，对此诗的评价也并非全为正面，如《围炉诗话》则嫌此诗过于露意："诗贵有含蓄不尽之意，尤以不着意见、声色、故事、议论者为最上。……露圭角者……杜牧之《项王庙诗》……是也。然已开宋人门径矣。宋人更有不伦处是也。"指出杜牧此诗诗风或为宋人"以议论为诗"先声。

司马迁《史记》中批判项羽"天亡我，非战之罪"的执迷不悟，而杜牧则以兵家的眼光，客观论述成败由人之理。尽管众人对此诗看法不一，但杜牧咏史诗这种不落窠臼、突破传统的议论之法确实独具特色。反说其事并借题发挥，宣扬败而不馁、坚韧不移的精神，感怀时事之外，或许还有杜牧借诗以鼓舞自身之意。

（方姝玮）

寄扬州韩绰判官^①

青山隐隐水迢迢，秋尽江南草木凋。
二十四桥^②明月夜，玉人何处教吹箫？

【注释】

①寄扬州韩绰判官：韩绰，其人不详，据说为杜牧好友。判官，唐时节度使、观察使之僚属。杜牧曾在扬州节度使下任掌书记，此诗当为离职后所作，寄给仍在扬州的好友。

②二十四桥：此桥有二说：一为宋沈括《梦溪笔谈》记载有扬州二十四座桥的名称；二为清李斗《扬州画舫录》中所载，二十四桥即吴家砖桥，又名红药桥，因相传古时有二十四位美人在桥上吹箫，故名。

【评析】

唐朝时扬州之繁华盛况，世所共称，所谓"扬一益二"。杜牧年青时在扬州做官，留下过诸多美好的青春记忆，感受自是非同一般。譬如其其他歌咏扬州之诗句有"谁家唱水调，明月满扬州""谁知竹西路，歌吹是扬州""春风十里扬州路，卷上珠帘总不如""十年一觉扬州梦，赢得青楼薄幸名"，足见诗人对于扬州的偏爱。

诗题"寄扬州韩绰判官"，表明该诗乃题赠一位叫韩绰的判官朋友。此诗当是杜牧离任不久后写给好友的寄赠之作，诗人回忆起与好友在扬州共度的美好时光，充满着对扬州无限向往与思念。

一、二句从大处着眼，写诗人想象自己离开后江南的绮丽景象。以"隐隐"喻青山，言青山之隐约淡远。以"迢迢"喻绿水，言绿水之悠远绵长。此两句有两层寓意：其一是诗人此时远离扬州，与扬州及友人均遥遥相隔，遥远的空间距离使诗人不能与友人相聚、把酒言欢。其二是暗喻诗人对扬州及友人的思念悠远绵长。青山隐隐，绿水迢迢，诗人以温情之笔墨，为我们勾勒出一幅含情脉脉的江南风景画。"秋尽江南草木凋"，此时已是秋尽冬来，诗人想象中江南的一草一木逐渐凋落，怎能不让身处荒凉北方的诗人思绪万千呢？

三、四句则细处落笔，想象好友在扬州的风流快活，调侃艳羡之情见于言外。关于扬州二十四桥，一向有两个版本的说法，有言扬州有二十四座著名的桥，有言专指扬州吴家砖桥，又名红药桥，因相传古时有二十四位美人吹箫于此而得名。此处"玉人"，当指好友韩绰，因晚唐有玉人喻风流才子的说法。诗人虽然久未与好友见面，但以他对好友的了解，一向风流倜傥的韩绰现在一定是与美人为伴，教吹弹唱哩。诗句语带调侃，但对好友的祝福与思念却跃然纸上。

此诗后人评价甚高。宋人姜夔《扬州慢》词云："杜郎俊赏，算而今，重到须惊。纵豆蔻词工，青楼梦好，难赋深情。二十四桥仍在，波心荡，冷月无声。念桥边红药，年年知为谁生？"其词意即化用杜牧此诗。明人顾璘评价该诗"优柔平实，有似中唐"。清人黄叔灿赞："'二十四桥'二句，有神往之致，借韩以发之。"

宋人魏庆之《诗人玉屑》云："诗有四种高妙：一曰理高妙，二曰意高妙，三曰想高妙，四曰自然高妙。碍而实通，曰理高妙；出事意外，曰意高妙；写出幽微，如清潭见底，曰想高妙；非奇非怪，剥落文采，知其妙而不知其所以妙，曰自然高妙。"以此标准看杜牧这首诗，确当得起"想高妙""自然高妙"之评语。尤其是"二十四桥明月夜，玉人何处教吹箫"句，语近情遥，含吐不露，令人神往，成为历代吟咏不已的名句。

（乐云）

酬张祜处士见寄长句四韵^①

七子^②论诗谁似公，曹刘^③须在指挥中。
荐衡昔日知文举^④，乞火无人作蒯通^⑤。
北极^⑥楼台长挂梦，西江^⑦波浪远吞空。
可怜故国三千里，虚唱歌词满六宫^⑧。

【注释】

①酬张祜处士见寄长句四韵：处士，指隐而未仕的士人。缪钺《杜牧传·杜牧年谱》定此诗作于会昌五年（845）。

②七子：即建安七子，孔融、陈琳、王粲、徐幹、阮瑀、应玚、刘桢。

③曹刘：指建安时期作家曹植与刘桢。

④"荐衡"句：衡指祢衡，文举是孔融的字，孔融曾上疏推荐祢衡。知，一作推。

⑤"乞火"句：乞火，指推荐某人。蒯通即蒯彻，史家避武帝讳改，西汉涿郡范阳（治所在今河北定兴县固城镇）人。陈胜起义，遣武臣取赵地，武臣用其策，不战而得赵地三十余城。后又说韩信取齐地，并劝韩

229

信背叛刘邦自立。曹参为齐相时，请通为客。著《隽永》八十一篇，论战国时说士权变，今佚。蒯通曾向曹参推荐处士梁石君等，讲述了一个里妇通过乞火帮助邻妇洗刷偷肉冤屈的故事，后世遂以乞火代指进荐人才。无，一作何。

⑥北极：指北极星。此处喻指朝廷。

⑦西江：西来大江，指长江。

⑧"虚唱"句：张祜所作《宫词》在六宫传唱，其人却不被赏识，所以说"虚唱"。

【评析】

张祜是杜牧的好友。此年老友重逢，携手同游，杜牧对老友的遭遇感到惋惜，写下了这首诗，来替老友鸣不平。

首联写张祜的诗才，厕身于建安文学家中也毫不逊色。当年推荐祢衡的还有孔融，而如今谁能像蒯通向曹参推荐梁石君那样，来推荐张祜呢？虽然张祜有朝廷之志，他的《宫词》也被宫人们传唱，可毕竟无人赏识，难不成要蹉跎终老？

沈德潜说："《酬张祜处士见寄长句四韵》：'乞火'，用蒯通说曹参请东郭先生、梁石君事，见《汉书·蒯通传》，为荐贤也。时令狐楚以张祜诗三百篇，随状表进。祜至京，上问元稹，稹曰：'雕虫小技，奖激之，恐变陛下风教。'祜乃罢归。三、四语正指其事。"（《唐诗别裁集》卷十五）

蒯通荐梁石君事，见于《汉书·蒯通传》："客谓通曰：'先生之于曹相国，拾遗举过，显贤进能，齐国莫若先生者。先生知梁石君、东郭先生世俗所不及，何不进之于相国乎？'通曰：'诺。臣之里妇，与里之诸母相善也。里妇夜亡肉，姑以为盗，怒而逐之。妇晨去，过所善诸母，语以事而谢之。里母曰："女安行，我今令而家追女矣。"

即束缊请火于亡肉家，曰："昨暮夜，犬得肉，争斗相杀，请火治之。"亡肉家遽追呼其妇。故里母非谈说之士也，束缊乞火非还妇之道也，然物有相感，事有适可。臣请乞火于曹相国。'乃见相国曰：'妇人有夫死三日而嫁者，有幽居守寡不出门者，足下即欲求妇，何取？'曰：'取不嫁者。'通曰：'然则求臣亦犹是也，彼东郭先生、梁石君，齐之俊士也，隐居不嫁，未尝卑节下意以求仕也。愿足下使人礼之。'曹相国曰：'敬受命。'皆以为上宾。"

这就是"乞火"的来历，后人遂以"乞火"来比喻推荐贤才。张祜受到令狐楚的推荐，却被元稹阻挠，导致推荐失败，未能取得蒯通向曹参推荐梁石君等人的效果，这是杜牧深深惋惜的一点。

本诗首联"七子论诗谁似公，曹刘须在指挥中"格调雄壮，南宋诗人刘克庄曾引其句，并说："牧之门户贵盛，文章独步一时，其机锋凑拍，如德山棒、临济喝。少时不羁，有书记平安之谤。晚年刺湖州，犹有'绿叶成阴子满枝'之恨，若未忘情于色界者。晚节自志其墓，与台卿自志、渊明自挽何异！非世之畏死怛化者所可及也。"（《后村诗话》新集卷五）刘克庄自己是大诗人，他对杜牧的评价，可称中允。

（黄鸣）

郑瓘协律 ①

广文遗韵留樗散，鸡犬图书共一船 ②。
自说江湖不归事，阻风中酒过年年 ③。

【注释】

①郑瓘（guàn）协律：郑瓘，不知何许人。协律是官职名，即协律郎，掌调和律吕，属太常寺，正八品上。《新唐书·宰相世系表》载郑氏北房祖有郑瓘，官登州户曹参军，不知与此诗郑瓘是否为同一人。

②"广文"二句：意为称赞郑瓘，大有广文先生休闲旷达的遗韵，把鸡、狗和图书共载于船。广文指郑虔，唐代人，有诗书画"三绝"之称，唐玄宗爱其才，置广文馆，以虔为博士，见《新唐书·郑虔传》。樗（chū），树名，一名臭椿，《庄子·逍遥游》："吾有大树，人谓之樗，其大本拥肿而不中绳墨，其小枝卷曲而不中规矩，立之涂，匠者不顾。"又《人间世》："散木也！……是不材之木也。"

③"自说"二句：此二句意思是，你向人解释不归隐江湖的原因，是因为时而不顺风，时而喝醉酒，就此耽搁了一年又一年。中酒，醉酒。

【评析】

诗中的郑瓘不知何许人，但杜牧写这首诗的意图主要是对郑瓘其人的追思，追思之余，又不乏对自身境遇的感怀。诗的首句"广文遗韵留樗散"是说郑瓘有广文先生的遗韵，他们生性潇洒任然，不拘小节。郑瓘把鸡、狗还有图书一同闲置在一条船上，其随性自然若此。诗中"樗散"即"樗木散才"，比喻不为世用。杜甫《送郑十八虔贬台州司户》诗有言曰："郑公樗散鬓成丝，酒后常称老画师。"即是岁月蹉跎而无所作为之意。这里是以郑虔比郑瓘，两人皆有相似的命运和遭遇，没有得到重用。"自说江湖不归事，阻风中酒过年年。"郑瓘在向别人解释为什么没有归隐江湖的时候，轻描淡写地告诉别人，他之所以迟迟没有归隐江湖，一个很重要的原因是遭遇了很多事，这些事一直牵绊着他，他还不能从这些事中完全脱身出来。有时他是因为遇到了不顺心的事，所以时不时地喝酒解闷，没想到在不知不觉中就过去了一年又一年。杜牧此诗虽然轻描淡写地点出郑瓘的性情和他没有归隐江湖的原因，但读来却感到一丝悲伤与无奈。似乎杜牧写的不仅仅是郑瓘，也是他自己。杜牧同样为人洒脱，他一心要有所成就，施展才能，可是现实黑暗，他处处碰壁，屡遭贬谪。在这样的经历下，杜牧很容易就会对郑瓘产生共鸣。他说郑瓘最终没有退隐江湖，还在世间徘徊、游离。这何尝不是杜牧自己的状态？他在不得意的仕途中常常是纠结的，矛盾的，但他又是坚强而不屈服的，所以才会在种种无奈与不得意中忍痛前行。正如《唐人万首绝句选评》所言："极状落魄，语意沉至。"这一评价正好道尽杜牧当时心境。

这首诗历来受到极高评价，如清翁方纲云："小杜之才，自王右丞以后未见其比，其笔力回斡处，亦与王龙标、李东川相视而笑。'少陵无人谪仙死'，竟不意又见此人。只如'今日鬓丝禅榻畔，茶烟轻飏落花风''自说江湖不归事，阻风中酒过年年'。直自开宝以后百余年无人能道。而五代南北宋以后，亦更不能道矣。此真悟彻汉魏六朝之底蕴者也。"（《石洲诗话》卷二）这个评价将杜牧此诗的笔力与王昌龄、李颀等诗人并论，并认为杜牧可与他们媲美。又认为自李白、杜少陵之后，没想到竟然还能遇到杜牧这样的诗才，自开元、天宝之后，以至于五代南北宋以后也难得见到如杜牧之诗人，可想杜牧此诗在评者眼中之地位，也亦可窥见杜牧之诗才笔力实在少有人及。该评价认为杜牧"此真悟彻汉魏六朝之底蕴者也"，汉魏六朝诗以风骨笔力见长，又不乏含蓄真切之情，而杜牧此诗又继承了汉魏六朝诗歌的长处，可说是极难得的。

（杨香梅）

早　秋

疏雨洗空旷，秋标①惊意新。
大热去酷吏，清风来故人。
尊酒酌未酌，晚花嚬②不嚬。
铢秤③与缕雪④，谁觉老陈陈⑤。

【注释】

① 秋标：初秋意。

② 嚬（pín）：同"颦"，皱眉之意，此处或可解为晚花似衰未衰之态。

③ 铢秤：铢，古代重量单位，常用以比喻极微小的重量。铢秤，即以铢为最小计量单位之秤。

④ 缕雪：此处或为白发意。

⑤ 老陈陈：陈年的粮食，引申为积累意。《史记·平准书》云："汉兴七十余年之间，国家无事，非遇水旱之灾，民则人给家足，都鄙廪庾皆满……太仓之粟陈陈相因，充溢露积于外，至腐败不可食。"写汉武帝时期粮食丰足以致堆积腐烂的国泰民安景象。

【评析】

诗歌首句写早秋雨景的空旷之感，其中起句里"疏雨"为空旷，雨中之景物为空旷，诗人观景之心亦为空旷。心境平淡如此，故引发第二句"惊意新"之感，仿佛诗人心中的混沌世界突然被这场秋雨打破，季节轮换也因这场秋雨而来。颔联承继首联情感，采用倒装句法，《瀛奎律髓》即云"大暑如酷吏之去，清风如故人之来。倒装一字，便极高妙。晚唐无此句也"，清查慎行《初白庵诗评》于"大热"一联下亦言"自牧之以前，不曾有此句法"。方回《瀛奎律髓》成书与江西诗派渊源颇深，其分析杜牧此诗行文技法，亦可见中晚唐诗歌与宋诗之前后相承关系。颈联描绘酒欲饮未饮、晚花似衰未衰之态。尾联一句的意蕴难考，如《瀛奎律髓》评其"尾句怪"，《瀛奎律髓汇评》录冯班语亦有"'铢秤'未解"之评。而据当代学人钟振振先生的看法，此处"铢秤""缕雪"旨在表示体重的日趋减轻与白发的日渐增加，"陈陈"为积累意，故此句可解为"人是在不知不觉中一天天衰老的。中年往后，体重是今日减一铢，明日又减一铢……头发是今天白一根，明天又白一根。这种微量的增减，谁觉察得出来呢？老，就是这样一点点一点点地积累而成"。此处认同钟振振先生的观点，原因有二。其一，以此解释，诗歌基本文义可通；其二，杜牧本人颇喜兵法，又曾以排兵布阵之心得讲述文学创作之法，如其讲文学创作"凡为文以意为主，以气为辅，以辞采章句为之兵卫"，可见其对文学架构之道颇为上心。而律诗四联基本秉持"起承转合"之法，联系此诗，首联为起，讲述早秋"惊""新"之感；颔联为承，以"大热""清风"具体描述首联意绪；颈联为转，转写"尊酒"与"晚花"，于全诗中看似突折，但实则透露出人生由中年至老年，人生"早秋"之意味；尾联为合，以"铢秤""缕雪"描绘人生将老之境况，又以"谁觉老陈陈"表明自身旷达，居易俟命之人生态度，遥相呼应前文"空旷""惊意新""去酷吏""来故人"之行文意绪，复将全诗之豪放自适的气魄收束，可见作者功力。

如上所述，此诗立意行文视角颇新，故古来注家多认为此诗意蕴难解。《瀛奎律髓》评价其"牧之才高，意欲异众，心鄙元、白，良有以哉"，纪昀"次句生硬。'清风'句自好，'大暑'句终不雅，五、六调劣，结亦不佳"，皆指出此诗刻意翻新出奇的一面。而以此诗为出发点，杜牧不拘俗格之性格特征可以窥见，杜牧诗歌与中唐文学革新风尚之相承关系、杜牧诗歌与宋诗的好怪好奇之相继关系亦可以进行更深的思考。

（柴瑞瑞）

寄题甘露寺^①北轩

曾向蓬莱宫里行^②，北轩阑槛最留情。
孤高堪弄桓伊笛^③，缥缈宜闻子晋笙^④。
天接海门^⑤秋水色，烟笼隋苑^⑥暮钟声。
他年会著荷衣^⑦去，不向山僧说^⑧姓名。

【注释】

①甘露寺：在今江苏镇江市北固山之上。因建立于东吴甘露元年（265），故名。冯注："《太平寰宇记》：润州丹徒县甘露寺，在城东角土山上，下临大江，晴明轩槛，上见扬州历历，诗人多留题。"

②"曾向"句：蓬莱宫，指传说中蓬莱山上的宫殿，喻指甘露寺。向，一作上。

③桓伊笛：《晋书·桓伊传》记载，王徽之出都，泊船青溪，遇桓伊于岸上过，王请其吹奏一曲，桓下车，踞胡床，为王作三调，曲毕便上车去，客主不交一言。

④子晋笙：《列仙传》："周灵太子晋也，好吹笙作凤凰鸣，游伊洛之间，道士浮丘公接以上嵩高山。"

⑤海门：入海口。王昌龄《宿京江口期刘眘虚不至》："霜天起长望，残月生海门。"

⑥隋苑：隋炀帝时所建的上林苑。冯注："《一统志》：扬州隋苑，

在江都县北七里。"隋，一作鹿。

⑦ 荷衣：以荷叶为衣，指隐士。屈原《九歌·少司命》："荷衣兮蕙带，倏而来兮忽而逝。"

⑧ 说：一作道。

【评析】

这是一首七言律诗，系年不详。何锡光《杜牧诗歌系年拾遗》根据诗中地点、时节以及创作情调推测，该诗或于杜牧到睦州后所作。何锡光先依据《年谱》："九月，移睦州刺史，乘船沿江东下，转运河入浙。十二月，经钱塘。"判断杜牧的《润州二首》创作于会昌六年（846），接着指出《润州二首》中"月明更想桓伊在"一句与本诗"孤高堪弄桓伊笛"情调相同，"句吴亭东千里秋"一句与本诗"天接海门秋水色"时节一致，而且，"扬州尘土试回首"与本诗"曾向蓬莱宫里行，北轩阑槛最留情"皆为回顾当年，且甘露寺在润州丹徒县，故推测杜牧游甘露寺时未题，而事后寄之，便是于睦州所作。何锡光所提出的本诗与《润州二首》的关联性自然不可忽视，但是《润州二首》的系年却不一定为会昌六年（846），吴在庆认为《润州二首》应创作于开成二年（837），杜牧自扬州赴宣州途经润州时，而缪钺、刘逸生、周锡䪖、陈增杰等人则未持明确观点，因此该诗系年仍存在争议。

关于此诗的品评，有的评点家从局部入手，解读诗人的创作心境。金圣叹《贯华堂选批唐才子诗》评点首四句为："此写甘露寺北轩旧是熟游。三，非真欲弄笛；四，非真欲闻笙，只是极写此轩之孤高、缥缈如此。"从首联便可看出，杜牧并非即时而作，他从回忆角度切入，引桓伊、王子乔之典，借笛、笙之悠扬突出甘露寺北轩之孤高、缥缈，写出自己心境高远，以及个人的幽情。这是诗人心灵与景观之间的呼应，或许诗人在某时某地想起了在甘露寺北轩的感受，所以创作了此诗。因此，金圣叹说："此是寄题之一假胸中缘故也。"接着评点末四句曰："'海门秋水'横去者滔滔无极，'隋苑暮钟'竖去者浩浩焉终？人生世上，建大功，垂大名，自是偶然游戏之事。乃真因此而铜枷铁锁，牢不自脱，皮里有血，眼里有筋，即果胡为而至此乎？他年不道姓名，真摆断索头，自在而去矣。"末四句描述了杜牧回忆高楼上，所见的滔滔秋水入海口，所闻的浩浩钟声自隋苑，皆无极无终，而此时的自己却辗转多地，抱负未施，不由得生发求而不得的无奈，于是便由外向内催生了隐逸的愿望，更上升到永恒与短暂的人生哲理之思。金圣叹赞同杜牧的想法，认为不该以建功立业的政治理想来禁锢自己，应该崇尚自由自得的生活姿态，这与作为评点者的金圣叹狂放不羁、率性而为的性格有关。

有的评点家从整体入手，称赞诗人的笔力。陆次云《五朝诗善鸣集》："此诗佳处在骨力，不在字句之间。"该诗首联从回忆切入，交代创作的思绪起点，回忆中最清晰的是与缥缈音乐相映衬的独我心境，而当时既无笛也无笙，只有诗人与高楼相伴，寂静清远。此时，由自身写及海天之色、暮时钟声，打破了诗人思绪，也与渺小的个体形成了对比。尾联又由景及人，表达了盼望归隐、不事朝政的愿望。此诗不断交替描写外物与内心，笔法的变化可看出诗人当时心中的激烈矛盾，展现了其进不能仕、退不能安的心灵冲突，这或许是其骨力所在。事实上，杜牧常于和寺庙有关的创作中表达自己的壮志未酬之心与无奈落寞之感，如《冬日题智门寺北楼》："满怀多少是恩酬，未见功名已白头。不为寻山试筋力，岂能寒上背云楼。"《宿长庆寺》："终日官闲无一事，不妨长醉是游人。"《寄东塔僧》："初月微明漏白烟，碧松梢外挂青天。西风静起传深夜，应送愁吟入夜禅。"

（杨乐）

题木兰庙①

弯弓征战作男儿②，梦里曾经与画眉③。
几度思归还把酒，拂云堆④上祝明妃⑤。

【注释】

①木兰庙：在今湖北武汉市黄陂区木兰山上。冯注："《太平寰宇记》：黄州黄冈县木兰山，在县西一百五十里，旧废县取此为名，今有庙在木兰乡。"木兰，北朝乐府有长篇叙事诗《木兰诗》，其主人公花木兰女扮男装、替父从军并为国立功。

②作男儿：指木兰女扮男装、替父从军之事。

③画眉：古代妇女以黛色描画眉毛，以此为装饰，这里代指少女的日常生活。

④拂云堆：古地名，位于黄河北岸，在今内蒙古乌拉特前旗东部。冯注："《元和郡县志》：朔方军北与突厥以河为界，河北岸有拂云堆神祠，突厥将入寇，必先诣祠，祭酹求福。"

⑤明妃：指西汉元帝宫女王嫱，又名王昭君。晋文王讳"昭"，故晋人称其为明妃。王昭君远嫁匈奴和亲，为南匈奴呼韩邪单于阏氏。

【评析】

《题木兰庙》是杜牧创作的一首七言绝句。此诗虽不能确定具体创作时间，但缪钺先生的《杜牧传·杜牧年谱》根据冯注所引《太平寰宇记》之记载："黄州黄冈县木兰山，在县西一百五十里，旧废县取此为名，今有庙在木兰乡。"推测这首诗大约创作于杜牧任黄州刺史时，即唐武宗会昌二年（842）至会昌四年（844）秋。

花木兰替父从军的故事起源于北朝乐府民歌《木兰诗》，这首叙事长诗成功塑造了一个女扮男装、替父从军的女性英雄形象，杜牧这首《题木兰庙》诗所描写的内容也正是基于此。《题木兰庙》以木兰的活动与心理串联全诗，构思新颖独特。首句写木兰在战场上英姿飒爽的战斗场面，"弯弓征战"更是将木兰这位巾帼英雄的气势与神韵刻画得淋漓尽致；第二句则深入到木兰的内心世界，她虽替父从军，但也还是一个花季少女，也梦想着战争早点结束、回家过上普通少女的生活；三、四句则由花木兰想到远嫁匈奴的王昭君，在男权占据绝对主导地位的中国古代社会，花木兰与王昭君两个女子在国家蒙难之际，一个在边塞疆场浴血奋战，一个牺牲自己去和亲，这足以令天下男子感到羞愧。诗人杜牧虽未在诗中直接发表这样的议论，但他在诗中对女性英雄的形象与心理进行了细致的刻画，并对女英雄进行了热烈的讴歌，这在中国古代诗歌中十分罕见。

宋人魏泰撰《临汉隐居诗话》云："古乐府中，《木兰诗》《焦仲卿诗》皆有高致。……杜牧之《木兰庙》诗云：'弯弓征战作男儿……'殊有美思也。"从《题木兰庙》的刻画方式与思想内涵来看，杜牧以行云流水的笔墨，写出了木兰的豪健，又兼及女儿家的身份，此番评价不虚。

（陈珂岚）

送隐者^① 一绝

无媒径路草萧萧^②，自古云林远市朝。
公道世间唯白发，贵人头上不曾饶^③。

【注释】

①隐者：《宋书·隐逸传序》："身隐，故称隐者；道隐，故称贤人。"

②"无媒"句：媒，此指举荐、引进的人。《韩诗外传》："士不中道相见，女无媒而嫁，君子不行也。"《晋书·阮籍传》："时率意独驾，不由径路。"屈原《九歌·山鬼》："风飒飒兮木萧萧。"

③"公道"二句：言外之意是，除白发之外，人世间什么都不公道。

【评析】

此诗系年不详，今有学者认为该诗作于大中元年（847），时杜牧任睦州刺史，然是否属实有待考证。但不可忽视的是，杜牧这首七绝表现得含蓄蕴藉，颇有深意。

开头两句描写隐者所居所处，乃隐入云林萧草，远离市朝，远离世俗，似有称赞隐者行迹的用意。但细细品之，却有志士无法用世的萧索之感。"无媒"一语出自《韩诗外传》，诗人借此凸显隐者无人举荐、无人问津的处境，隐者村舍门可罗雀，屋前小路长满了荒草，草色萧萧，一派冷落凄清。通过前两句的描写，一个遗世独立的索居隐者形象呼之欲出。自古以来，隐者之趣追求"退不丘壑，进不市朝，怡然守道，荣辱不及"（《周书·薛端传》）。洒脱恬淡，清心真率，杜牧对这种高洁的隐者之行充满了钦羡、赞许之情。

而后两句诗风陡然一转，从"白发"着笔，生发健拔昂扬的议论，也是该诗的诗旨之所在。正如宋代谢枋得在《注解选唐诗》中评价道："后二句理到之言。"在诗歌传统中，"白发"有年华已逝之感，也有忧愁徒生、志有所不得的隐喻之意。在这里，杜牧借"白发"之语表现隐者年华已逝却怀才不遇，无引荐之人，无识才之士，由此影射社会的黑暗压抑和对人才的埋没。宋代黄彻《碧溪诗话》有言："牧之有'公道世间唯白发，贵人头上不曾饶'，尝爱其语奇怪，似不蹈袭。后读子美'苦遭白发不相放',为之抚掌。"可见此二句语出精妙。表面是写隐者之况,但这何尝不是樊川以隐者暗喻自身呢?结尾二句之意看似在诉说世间只有白发最公道,即使是达官贵人也逃不过岁月的侵袭,这就是人世间的公道所在。《唐诗选脉会通评林》录刘辰翁语曰:"反语,谓世道不公,负此隐者。"此评可谓正中肯綮。对社会不公的不平之鸣,在樊川笔下表现得淋漓尽致。对现实的深刻揭露和无情针砭,在看似毫无波澜的诗句之中,一览无余,直击人心。《苕溪渔隐丛话》将此诗与唐代罗邺的《赏春》"芳草和烟暖更青,闲门要路一时生。年年点检人间事,唯有春风不世情"作比,言"'白发唯公道,春风不世情'盖穷人不偶,遣兴之作"。这两首诗皆以隐晦之笔写尽世道规则,委婉而微妙。《王直方诗话》云:"古诗云:'公道世间唯白发,贵人头上不曾饶'而元祐初多用老成。故东坡有云:'此生自断天休问,白发年来渐不公。'陈无己《答邢敦夫》云:'今代贵人头白发,挂冠高处不宜弹。'其后秦少游谓李端叔复有'白发偏于我辈公'之句,则是白发有随时之意。"可见杜牧此喻颇受后代文人的认可,由此而演化出诗词中许多精妙绝伦的表达。

　　《唐诗选脉会通评林》评此诗"真而不伤于俚",如其所言,全诗情感流动自然,意绪变化和语势节奏富有层次,全诗如平和舒缓的潺潺小溪,其蕴含的能量却似激荡汹涌的滔滔江海。批判锋芒直指社会制度的不公,议论精警,憎爱分明。此诗曾混入许浑诗集之中,然其精神气概,恰如清代陆次云《五朝诗善鸣集》所评:"不磨之作,混入许浑集中。苍深之气,断知非浑是牧。"由此诗观之,前人仅以"青楼薄幸"品藻杜牧之诗,实属片面之言。

(方姝玮)

赠别二首①

其　一

娉娉袅袅十三余②，豆蔻梢头二月初③。
春风十里扬州路④，卷上珠帘总不如。

其　二

多情却似总无情⑤，唯觉尊前笑不成⑥。
蜡烛有心还惜别⑦，替人垂泪到天明。

【注释】

① 赠别二首：诗题一作《赠别》。

②"娉娉"句：娉娉（pīng）袅袅（niǎo），形容女子的体态婀娜多姿，轻盈美好。十三余，言其年龄十三四岁。

③"豆蔻"句：豆蔻，即红豆蔻花，二月初尚含苞待放，用以比喻少女。

④"春风"句：指充满各种声色享受的扬州城。宋沈括《梦溪笔谈·补笔谈》："扬州在唐时最为富盛，旧城南北十五里一百一十步，东西七里三十步。"又《太平广记》引《唐阙文》载："扬州……九里三十步街中，珠翠填咽，邈若仙境。"路，一作郭。

⑤"多情"句：意谓多情者满腔情绪，一时无法表达，只能无言相对，倒像是彼此无情。

⑥"唯觉"句：唯，一作但。尊，古代盛酒的器具。笑不成，形容难以强颜欢笑的情状，骆宾王《畴昔篇》："旭旦含颦不成笑。"

⑦ "蜡烛"句：蜡烛如有心人一样，为我们的离别不断流泪，直到天明。心，与烛"芯"谐音，意双关。陈后主诗："思君如夜烛，垂泪著鸡鸣。"

【评析】

《赠别二首》是杜牧青年时代创作的一组七绝赠别诗。《杜牧传·杜牧年谱》谓杜牧大和九年（835）"转真监察御史，赴长安供职"，并谓"此诗盖杜牧离扬州时与妓女赠别之作"。故系此二诗于大和九年（835）。又杜牧大和九年（835）七月已在长安，此诗是他赴长安前离赠妓女之作，则写作时间约在是年春或夏间。时杜牧三十三岁，由淮南节度使掌书记升任监察御史，将离扬州奔赴长安，因而不得不与在扬州结识的妓女分别，故作此诗以赠别。

《唐人绝句精华》认为："此二诗为张好好作也。杜别有赠好好五言古诗一首，诗前有小序曰：'牧大和三年佐故吏部沈公江西幕。好好年十三，始以善歌来乐籍中。后一岁，公移镇宣城，复置好好于宣城籍中。后二岁，为沈著作述师以双鬟纳之。后二岁，于洛阳东城重睹好好，感旧伤怀，故题诗赠之。'按此诗有'娉娉袅袅十三余'句，当是初与好好别时所作。前首言其美丽，后首叙别。'似无情'、'笑不成'正十三龄女儿情态。"此二诗的女主人公是否为张好好，难以确考，但确是扬州城一位美丽动人的少女歌妓无疑，青春且风流倜傥的杜牧在扬州与其相交相好，如今骤然离别，所以感伤无限，遂作此二诗。第一首歌咏其楚楚动人之风情，第二首抒发依依惜别之情绪，风流蕴藉，千古流芳。

第一首诗，重点在于女主人公的惊艳出场，《诗林广记》载谢枋得云："此言妓女颜色之丽，态度之娇，如二月豆蔻花初开。扬州十里红楼，丽人美女，卷上珠帘，逞其姿色者，皆不如此女也。"第一首诗通过赞颂对方的无双美丽，传达出二人之间深挚的情感，也借此引起下一首诗中的惜别之情。其开篇首句，即以"娉娉袅袅"勾勒出少女轻盈美好的身姿体态，"十三余"则点明女主人公的曼妙芳龄，全诗正面描述女子美丽的只此一句，七个字当中既无一个人称，也不用一个名词，避实就虚，却能带给读者完整生动的印象，使那美丽的倩影浮现读者眼前。第二句以花喻人，以"二月初"的"含胎花"来比喻"十三余"的小歌女，形象优美而贴切，新鲜不落窠臼。其中花在枝梢头随风颤袅者，当尤为可爱，使人不自觉地联想到歌女的娇小秀美，楚楚动人，所以这里的"豆蔻梢头"又照应了首句的"娉娉袅袅"四字，可谓人似花美，花因人艳。

这里"豆蔻花"一喻虽如信手拈来，实则新颖不凡、精妙绝伦，实在深入人心，是故也颇受古来学者的瞩目。杨慎《升庵诗话》中有云："杜牧之诗：'娉娉袅袅十三余，豆蔻梢头二月初。'刘孟熙谓《本草》云：'豆蔻未开者，谓之含胎花，言少而娠也。'其所引《本草》是，言少而娠者非也。且牧之诗，本咏娼女，言其美而且少，未经事人，如豆蔻花之未开耳。此为风情言，非为求嗣言也。若娼而娠，人方厌之，以为绿叶成阴矣，何事入咏乎？"杨慎在此批评了刘绩刘孟熙对此句的误读，而吴景旭则在《历代诗话》为刘绩正名，认为杨慎的理解有误："刘孟熙引《本草》云豆蔻花未大开者，谓之含胎花，言年尚少而娠身也。杨升庵谓其所引《本草》是，言少而娠非也。……然则《本草》亦状其花之吐而尚含蕴于叶间，有如人之娠耳。孟熙正引此意，非直谓少女之娠也。升庵误会'少而娠'之语，添出'求嗣'一案，可笑。"在对"豆蔻"一语的解读中，还有清周亮工《因树屋书影》引《桂海虞衡志》："'红豆蔻花丛生……此花无实，不与草豆蔻同种，每蕊心有两瓣相并，诗人托兴曰比目、连理云。'读此，始知诗人用'豆蔻'之自。"并且又引友人言："此花京口最多，亦名鸳莺花。凡媒妁通信与郎家者，辄赠一枝为信。"从中暗示其花有姻缘相好之意，为解读此诗更添一笔墨。

在女主人公登场之后，下联的第三、四两句则如星拱月，令人颇有目不暇接之感。其"春风十里扬州路"一句气势如虹，酣畅淋漓地渲染出扬州大都会温柔富丽的背景环境，使人如睹十里长街，车水马龙，美女如云。而"卷上珠帘"则见"当楼红袖"，春风十里的扬州路上不知有多少珠帘，帘下不知有多少美人，但"卷上珠帘总不如"。不如谁？谁不如？诗中都未明说，含而不露，格外意蕴深藏。这里"卷上珠帘"四字用得很不平常，它不但使"总不如"的结论更形象，更有说服力，而且将扬州珠光宝气的繁华气象一并传出。诗句压低扬州所有美人来突出一人之美，有众星拱月的效果。《升庵诗话》云："书生作文，务强此而弱彼，谓之'尊题'。"杜牧在此处就使用了这种强此弱彼的"尊题格"，但其手法自然入化，全然不见斧凿痕迹，可谓高妙。

这第一首诗，从意中人想到花，从花望向春城闹市，再从春城闹市移目于美人，最后又落笔于意中人，二十八字挥洒自如，游刃有余，真清丽俊爽之至。其人美不在辞藻之中，其情动容于言辞之外，可谓"不著一字，尽得风流"。

在第一首诗引出女主人公的基础之上，第二首诗则着重写二人惜别，表现出诗人离别之际难舍难分的情怀。诗人同所爱别而不忍，感情是千头万绪。所以明明多情，首句却偏从"无情"着笔；而次句要写离别的悲苦，诗人又偏从"笑"字入手。"唯觉"一词，令人倍感强颜欢笑之艰难，"笑不成"则回应了首句"却似"之语，点明原非无情，实乃多情，使得"黯然销魂"之感油然而生。是故黄叔灿《唐诗笺注》赞之："曰'却似'，曰'惟觉'，形容妙矣。"这里诗人的想发笑是由于"多情"，"笑不成"则是由于太多情。所以既是多情，偏偏又要离别，似乎无情；说是无情，却又欲笑不能，依依难舍，乃是多情。而越是多情，就越显得无情。诗人通过简简单单一个上联，将情人离别时这种百转千回的感受，说得淋漓尽致，极有情味。张戒《岁寒堂诗话》评之曰："杜牧之云：'多情却是总无情，惟觉尊前笑不成。'意非不佳，然而词意浅露，略无余蕴。元、白、张籍，其病正在此：只知道得人心中事，而不知道尽则又浅露也。后来诗人能道得人心中事者少尔，尚何无余蕴之责哉？"

题为"赠别"，当然是要表现人的惜别之情。而在下一联中，诗人却又撇开自己与情人，唯独取蜡烛做文章。对于这一曲笔，《精选评注五朝诗学津梁》赞之曰："不言人而言烛，衬笔绝佳。"蜡烛本是有烛芯的，所以说"蜡烛有心"，而在诗人的眼里烛芯却变成了"惜别"之心，蜡泪也成为了"离别"之泪，此是借双关之妙，将蜡烛拟人化处理，以象征的手法赋予蜡烛以人的丰富感情，移情于物，借物抒情，尤为深曲细腻，含蓄别致。诚如黄叔灿《唐诗笺注》所言："下却借蜡烛托寄，曰'有心'，曰'替人'，更妙。"而"到天明"又点出告别宴饮时间之长，这些都是诗人不忍分离的一种表现，进一层刻画出双方依依不舍的惜别深情，显得缠绵悱恻，余韵悠长。

在这组赠别诗中，诗人用清丽俊爽的笔调、别出心裁的巧思，描绘了心目中女主人公美好动人的形象，寄托了临别分手之际缠绵不尽的相思，显得风流蕴藉，情韵深长，其中流露出的感情深沉而真挚，具有很强的艺术感染力。正所谓"豪而艳，宕而丽"。《诗源辩体》于此二首下有一总评曰："杜牧少年风流放荡，见于他书可考。其诗有'落魄江湖''华堂今日''自恨寻芳'等篇，今皆不见本集者何？按《唐书》：'牧刚直有奇节，敢论列大事。临终，悉取所为文章焚之。'斯岂临终而焚之耶？中复有'婷婷袅袅''多情却似'二绝，疑后人增入也。"还好这些诗流传广远，就算杜牧临终焚之，也终究都流传了下来，依然脍炙人口。

（李焯炜）

少年行 ①

其 一

官为骏马监 ②，职帅羽林 ③ 儿。两绶 ④ 藏不见，落花何处期。猎敲白玉镫，怒袖紫金锤 ⑤。田窦长留醉 ⑥，苏辛曲护岐 ⑦。豪持出塞节，笑别远山眉 ⑧。捷报云台 ⑨ 贺，公卿拜寿卮 ⑩。

【注释】

① 少年行：乐府杂曲歌辞名。《乐府古题要解》："《结客少年场行》，右言轻生重义，慷慨以立功名也。"此题即出于《结客少年场行》。

② 骏马监：执掌马匹养殖放牧事务的官员。

③ 羽林：唐代禁军军名，唐代北衙禁军有左、右羽林军。

④ 绶：丝带。古代用以系佩玉、官印等。

⑤ 锤：一种兵器，用于敲击，捶打敌人。

⑥ "田窦"句：田窦，指西汉外戚田蚡、窦婴。田蚡曾至窦婴家饮酒，尽醉而返。

⑦ "苏辛"句：苏辛，指西汉苏建、苏武及辛武贤、辛庆忌父子。辛氏父子皆有勇力，苏氏父子均有高尚的节操，两家都有名于后世。曲护岐，护，一作让。《后汉书·冯异传》："行与诸将相逢，辄引车避道。"此句指少年豪健，而又兼有礼节节义。

⑧远山眉：指美女。《西京杂记》："文君姣好，眉色如望远山。"

⑨云台：汉宫中高台之名。汉明帝曾命人将中兴功臣三十二人画像于云台。

⑩"公卿"句：公卿都奉觞敬酒。

【评析】

本诗比较集中地体现了小杜潇洒豪俊的诗歌风格。

"少年行"这个乐府题目，前人多有描写。如李白的《少年行》："五陵年少金市东，银鞍白马度春风。落花踏尽游何处，笑入胡姬酒肆中。"王维的《少年行》："新丰美酒斗十千，咸阳游侠多少年。相逢意气为君饮，系马高楼垂柳边。"都是脍炙人口的名篇。杜牧的《少年行》，写的既不是五陵年少，也不是咸阳游侠，而是身为羽林军的少年军官。这些少年军官，有着军职的身份，所谓"官为骏马监，职帅羽林儿"；又有着对美的追求，"两绶藏不见，落花何处期"；他们不乏武勇，"猎敲白玉镫，怒袖紫金锤"；既放浪形骸，又知礼晓义，"田窦长留醉，苏辛曲护岐"；遇到国事，绝不拖泥带水，"豪持出塞节，笑别远山眉"。这样的少年英雄，才能够在捷报传来之日，使得公卿持觞，敬祝皇帝万寿无疆。

前人早已注意到此诗的英俊不凡之处。明人何良俊说："唐人小说云：杜牧之在牛奇章幕中，每夜出狭斜，痛饮酣醉而归。奇章常令人潜护之。及牧之还朝，奇章戒以节饮、勿复轻出为言，牧之初犹抵饰，奇章命出报帖一箧示之，皆每夜街吏所报杜书记平善帖子，杜始愧谢。余尝疑牧之虽有才藻，然浮薄太甚，奇章似待之太过。及观其《少年行》云：'豪持出塞节，笑别远山眉。'其风流豪侠之气，犹可想见。及观其《罪言》与《原十六卫》诸文，则知牧之盖有志于经略，或不得试，而轻世之意顾托之此耶。则奇章之爱才，未为过也。"

（《四友斋丛说》卷二十五）

对于流传在外的杜牧受到牛僧孺呵护的传说，何良俊起初持怀疑态度，认为牛僧孺未免过于看重他。但当何良俊看到杜牧这首《少年行》诗中"豪持出塞节，笑别远山眉"二句后，他对杜牧的印象立刻改观，觉得他有着"风流豪侠之气"，并进而理解杜牧有经略之志和用世之心，却得不到重用，所以将流风余韵表现在这些诗文之中。如此看来杜牧的确是国之才士。

何良俊的判断，大体无误。南宋刘克庄也注意到此诗，引此诗以证明杜牧诗文的独步一时。总之，小杜在风流中寓有侠气，正是他鲜明的个性特点与文学风格，属于文学典型上独特的"那一个"。

（黄鸣）

有　寄

云阔烟深^①树，江澄水浴秋。
美人^②何处在？明月万山^③头。

【注释】

① 深：使动用法，使……深邃。

② 美人：喻指理想中的人或思念中的人。

③ 万山：一作满山。

【评析】

这是一首五言绝句，收录于《樊川诗集》卷四，但创作时间不详。

关于此诗，品评甚少。此诗除第三句外，全然写景，以景寄兴，

250

是杜牧所擅长的以比兴写景抒情，以创造韵味无穷的深远意境的手法。比兴手法源于《诗经》，《关雎》中的"关关雎鸠，在河之洲"、《采薇》中的"采薇采薇，薇亦作止"便是佳例。此诗以云、烟、树、江水、明月、高山六种景物意象为主，描绘了一幅天高云阔，雾笼深林，秋江澄澈，月照万山的景象。前两句的叙述目光自上而下，其中"浴"字用得极佳，在一幅烟云寥廓的静态秋景图中，该动词以拟人手法为秋景图增添了活泼之趣，使诗歌画面不流于平面生硬。"浴"字在古代诗歌创作中颇常见，例如"百媚千娇出浴时，君王凝盼转魂迷""万里沧溟初浴日，暗鸡先向草间知""小桃花落雨毵毵，桑叶青青试浴蚕"。这几句的"浴"之宾语皆为实物，而此诗中的"秋"则为抽象的季节，"浴"字运用于此略有新意，将秋景动态化的同时，也化抽象为具象了，秋景若浮于眼前。在末句，诗人又将目光上移，眺望远思，看见月光洒满无数山头，作为"美人何处"一句的回复。看似所答非所问，实是运用了对写的手法，欲写此意而写彼意，与"采之欲遗谁，所思在远道"相类，想必所思之人此时此刻也同样在感受着月光之辉，因此末句有如武陵人探穴，遇得桃花源的骤然开朗之感，亦有"何处春江无月明"的哲理之思。故而冯集梧引陈后主《同江仆射游摄山栖霞寺》诗中"天迥浮云细，山空明月深"二句作注。

有的评点家将目光聚焦于第三句中的"美人"意象，推测其所指为恋人或友人。杨新民在《中国古典诗词精华类编·爱情卷》中推测："杜牧在扬州时流连妓院，结识许多青楼女子，……他是很感内疚也很怀念她们的，诗中'美人'当是指扬州一位女子否？"而其他评点家认为"美人"意象或为代指友人，刘拜山在《千首唐人绝句》中将"美人"释为"所思友人"，认为此诗表达了对友人的思念之情，"殆托兴遇合之作"。《杜牧诗选》中也将"美人"释为"作者所思念的友人"，并未有明确所指。笔者认为，此诗短小，且厚于描写眼前之景而薄于直抒胸中之情，因此情感虽明确为思念而对象模糊，又无创作时间可考究，故而产生诸多猜测，无论何种猜测都有其道理。但如果将美人直指为扬州时期的某位歌妓，恐不符此诗含蓄蕴藉的特点。

此诗既延续了《诗经》中起兴的手法，又有《楚辞》中的"美人"托喻，不以典故堆砌，融情于景，言约旨远，有《古诗十九首》之风貌。不论诗中"美人"为谁，都不掩其朴素自然、情感深厚的特点，恰如刘熙载《艺概·诗概》说："绝句于六义多取风、兴，故视他体尤以委曲，含蓄、自然为尚。"

（杨乐）

南陵道中 ①

南陵水面漫悠悠，风紧云轻欲变秋。
正是客心孤迥 ② 处，谁家红袖 ③ 凭江楼！

【注释】

①南陵道中：本诗选自《樊川外集》。南陵，今安徽南陵县。题下有注曰："一本作《寄远》。"

②孤迥：孤寂凄凉。

③红袖：指年轻女子。

【评析】

杜牧曾经在文宗开成年间（836—840）任宣州团练判官，南陵是宣州属县，诗大约就写于任职宣州期间。诗中写诗人行走于南陵道中，当时正是入秋时节，眼中所见之景，顿时让杜牧联想到作为漂泊他乡的游子，他已经很久没有真正安顿下来了，于是整首诗充满了一个游子浓浓的感伤情怀。开头两句"南陵水面漫悠悠，风紧云轻欲变秋"正是杜牧眼中所见之景，南陵的水面波光粼粼，随风荡漾起悠悠的涟漪。此时即将入秋，风儿正刮得紧，天上的云淡淡的，悠闲地在天空中飘动，这一切看起来好不惬意。杜牧看着这样的风景，心里顿时泛起了一丝涟漪，他想到自己作为一个游子，终年四处飘荡，看到这入秋之景，不禁凄然神伤。正是这个伤心的时刻，不知道是谁家的女子在江楼上，凭栏倚楼，此情此景，让杜牧有万千情愫不得不一吐为快，于是便写下了这首脍炙人口的《南陵道中》。

历来很多文人盛赞此诗，尤其是这首诗的第一句和第二句写景，独具匠心。如董其昌《画禅室随笔》："杜樊川诗，时堪入画。'南陵水面漫悠悠……'陆瑾、赵千里皆图之。余家有吴兴小册，故临于此。"从这几句评语可以看出，杜牧此诗写景极妙，可谓诗中有画，足以当作绘画的底本了。董其昌是书法绘画大家，所言不虚。《载酒园诗话又编》："杜紫微'南陵水面漫悠悠……'，罗邺曰'别离不独恨蹄轮……'，每读此二诗，忽忽如行江上。"此句评语亦肯定了杜牧写景之妙，读此诗中之句，竟然如同游于画中。这也是极高的赞许了。

《唐人万首绝句选评》："恼人客思，每每有此，妙能写出。"《唐绝诗钞注略》："《寄远》第三首云：'只影随惊雁，单栖锁画笼。向春罗袖薄，谁念舞台风？'"《诗境浅说续编》："此诗纯以轻秀之笔，达宛转之思。首句咏南陵，已有慢橹开波之致。次句咏江上早秋，描写入妙。后二句尤神韵悠然。"这几条评语则从杜牧的整首诗来加以肯定，认为杜牧写景抒情的笔法大有可圈可点之处，尤其其能通过极清淡、极秀丽之笔调，传达出极婉转、极深切之感情，这是很难能可贵的。最后两句可谓点睛之笔，诗人神游于秋景之中，悲伤之情油然而生，此刻遇上不知谁家衣着艳丽的女子凭靠江楼，又增加了几分悲伤与忧愁之感。也无怪此诗获得如此多的好评了。

（杨香梅）

雨^①

连云接塞添迢递^②，洒幕侵灯送寂寥。
一夜不眠孤客耳，主人窗外有芭蕉。

【注释】

① 雨：或作秋雨，此诗收入《樊川外集》。

② 迢递：悠远的样子。

【评析】

描写雨的佳什，唐代以来多有。从王维的"空山新雨后，天气晚来秋"（《山居秋暝》），到杜甫的"长安秋雨十日泥，我曹辔马听晨鸡"（《狂歌行》），再到贾岛的"半夜长安雨，灯前越客吟"（《忆吴处士》），既写出了雨的轻灵，也写出了它给人带来的狼狈，以及旅人的愁思。杜牧的这首《雨》，作为旅中之作，颇有言尽而意不尽之致。

雨水连云接塞，远望去辽远的空间，天地之间，充塞着连绵不断的雨丝。它洒在帷幕之上，打得灯影也为之摇晃，将铺天盖地袭来的寂寥之感，灌输到旅人的房间。主人家的窗外，有亭亭的芭蕉，一夜未眠的孤独旅者，听了一夜的雨打芭蕉之声。

南宋吴沆说："咏秋冬间雨，言其凄凉，旅中闻雨则思家，在家闻雨则思旅中。古诗有《秋雨》云：'白藕作花风已秋，不堪残梦更

回头。暮云带雨归飞急，只在西窗一夜愁。'甚得秋水气象。又绝句
《秋雨》云：'连云接塞添迢递，洒幕侵灯送寂寥。一夜不眠孤客耳，
主人窗外有芭蕉。'上两句说秋雨凄凉，下两句说雨声来历，盖使孤
客一夜不眠，而耳中不静者，乃主人窗外芭蕉被雨声所滴也。"(《环
溪诗话》卷下）

吴沆分析此诗，以上两句说秋雨的凄凉，下两句说雨声来历，点
明一夜不眠的原因，是雨打芭蕉之声。而诗中未明说雨打芭蕉，而只
是说"主人窗外有芭蕉"，这样不烦赘笔，而雨打芭蕉扰人眠的境界
就全出来了。吴沆的分析，是有其合理性的。此诗的好处，就在闻弦
歌而知雅意，点出芭蕉而知秋雨之寒。晚唐温庭筠有《更漏子》词：
"梧桐树，三更雨，不道离情正苦。一叶叶，一声声，空阶滴到明。"
更是将相同的意境用小令表现了出来，并且将它具象化了，也是文学
史上咏雨的名篇。

（黄鸣）

宫词二首

其　一

蝉翼轻绡^①傅^②体红，玉肤如醉向东风。
深宫锁闭犹疑惑，更取丹沙试辟宫^③。

其　二

监宫^④引出暂开门，随例须朝不是恩。
银钥却收金锁合，月明花落又黄昏。

【注释】

①蝉翼轻绡：绡，丝织物名。蝉翼轻绡，即如蝉翼一般轻薄的丝织品。魏文帝曹丕即有诗云"绢绡白如雪，轻华比蝉翼"。

②傅：附着意。

③辟宫：即守宫，壁虎之意。《汉书·东方朔传》有言"置守宫盂下"，颜师古注："守宫，虫名也。……今俗呼为辟宫，辟亦御扦之义耳。"西晋张华《博物志》亦言："蜥蜴或名蝘蜓。以器养之，食以朱砂，体尽赤，所食满七斤，治捣万杵，点女人支体，终身不灭。有房室事则灭，故号守宫。"后世常以辟宫之典描绘宫女宫禁生活。

④监宫：负责宫监的太监，此处指宫里看管宫女的宫人。

【评析】

杜牧这篇组诗为七绝体制，具体题材则为宫怨诗，行文描写描绘深宫幽怨之情，清谭宗辑《近体秋阳》评其"辞极琐细，然不觉其小，转觉其雅，非深有得于盛气者不能"。

第一首诗开篇两句描绘宫女体态之美，以"蝉翼""玉"为绢绡、肌肤之喻，虽未对女子容貌进行穷形尽相的描绘，却已于文字间托出女子之倾城容貌。诗歌第三句为"转"，女子虽美，却处于深宫之中，"犹疑惑"的命运慨叹下，这些女子面临的仍然是"丹沙试辟宫"的宫禁生活。形貌之美与命运之凄惨两相映照，故读罢全诗，再度反观前两句，形貌愈美则愈见凄凉。

第二首诗开篇两句写宫人朝见君王的心绪。"监宫引出"四字足见宫禁之严，"暂开门"三字又见"深宫锁闭"为常态，幽怨之情已然托出，故虽朝见君王，却只当"随例"，而不以恩情视之。第三句以一"却"字来"转"，宫人虽不以朝见君王为恩，但宫禁生活清冷，一夕自由后再度回归牢笼，虽心如槁木，亦难免再生锥心之痛。"月明花落又黄昏"一句，月亮常在，但长门之内的宫人却如花朵一般，花开花落皆是无数女子一生的写照，极尽凄婉之意。《唐诗摘钞》："情在景中，眼中看不得，在'银钥却收金锁合'七字；心下过不得，在'月明花落又黄昏'七字。可谓极尽怨女之情者矣。"此外，另有《删订唐诗解》引吴昌祺评语云"下联蕴藉，但以'银'、'金'为嫌耳"，认为"金""银"二字落入俗套，破坏诗韵，但笔者以为此处俗意却是诗人匠心之处。"银钥""金锁"为俗物，却于这深宫中捆缚万千宫人的年岁，两相对比间，颇有世事颠倒之慨叹。

除却内容赏析外，历代评注者也多关注其诗韵架构。杜牧诗歌以七绝见长，而七绝体制本身又以"语近情遥、含吐不露为贵"（沈德潜语）。而七绝体制内涵咏不尽的诗韵，则又可以通过用典等诗法呈现。而细观此诗，诗人则借用虚词领起全诗意脉，使得全诗情感顿折与文字相表里，以此呈现出一波三折的诗歌意蕴。如第一首诗后两句"犹""更"二字，平仄起伏间，宫女人生之凄苦已然显现。第二首诗"却""又"二字，亦颇有一唱三叹、百转千折之感。故《苕溪渔隐丛话》有言："此绝句极佳，意在言外，而幽怨之情自见，不待明言之也。诗贵夫如此，若使人一览而意尽，亦何足道哉。"

而关于此诗之主旨，除却宫怨一说外，另有讽喻一解。古代素有以男女伦理代指君臣伦理之传统。故以此观之，妙龄宫人之怨亦何尝不是渴望匡正时弊的士大夫之怨？《唐三体诗评》即云："随牒远郡，暂朝集而至，柄用终无期也。"《唐诗摘钞》亦言："时诸刺史朝正者，事毕复归本任，故托兴。观《登乐游原》之作，意自可见。"均为讽喻说的支持者。

（柴瑞瑞）

及第后寄长安故人 ^①

东都放榜^② 未花开，三十三人^③ 走马回。
秦地少年多酿酒^④，已^⑤ 将春色入关来。

【注释】

① 及第后寄长安故人：此诗《杜牧传·杜牧年谱》定为大和二年（828），该年杜牧进士及第。

② 东都放榜：本年礼部进士试，移至洛阳举行。洛阳在唐代为东都。

③ 三十三人：指大和二年（828）及第进士的人数。

④ "秦地"句：秦地，指关中地区。酿，一作办。

⑤ 已：一作即。

【评析】

这是一首充满了青春气息的诗歌。

大和二年（828），杜牧参加礼部进士试，于该年进士及第。这年的礼部试在东都进行，放榜之时，还是早春，花还未开。及第者有三十三人，走马过潼关，入关中，进长安，应吏部试。新科进士一起走马而回，沿途路上，一定充满了欢声笑语，此点不待推测可知。关中少年酿酒甚多，尽可取饮，而沿途的可爱春色，随着士子们一同入关。这些新科进士，入关后还要参加吏部试，才能够得官，但看他们的快乐与自信，吏部的过关试，应该也不在话下吧！

诗句语意显豁，气氛欢快，给人一种蓬勃向上的青春之感。而研究唐代科举的学者，也从这首诗中获得有用的信息。因为唐代的礼部进士试一般在长安举行，大和二年（828）在东都举行，并不多见。五代王定保说:"大和二年,崔郾侍郎东都发榜,西都过堂。杜牧有诗曰:'东都放榜未花开,三十三人走马回。秦地少年多酿酒,却将春色入关来。'"(《唐摭言》卷三)讲的就是这件事。

不仅如此,围绕杜牧此次中举,王定保在同书卷六中还记叙了一件轶事。他说:

> 崔郾侍郎既拜命,于东都试举人,三署公卿皆祖于长乐传舍,冠盖之盛,罕有加也。时吴武陵任太学博士,策蹇而至。郾闻其来,微讶之,乃离席与言。武陵曰:"侍郎以峻德伟望,为明天子选才俊,武陵敢不薄施尘露!向者,偶见太学生十数辈,扬眉抵掌,读一卷文书,就而观之,乃进士杜牧《阿房宫赋》。若其人,真王佐才也。侍郎官重,必恐未暇披览。"于是搢笏朗宣一遍。郾大奇之。武陵曰:"请侍郎与状头。"郾曰:"已有人。"曰:"不得已,即第五人。"郾未遑对。武陵曰:"不尔,即请还此赋。"郾应声曰:"敬依所教。"既即度,白诸公曰:"适吴太学以第五人见惠。"或曰:"为谁?"曰:"杜牧。"众中有以牧不拘细行间之者。郾曰:"已许吴君矣。牧虽屠沽,不能易也。"

这是一段近似于小说的有趣记载。但此事同时被《新唐书》采纳,可见杜牧的文才在当时已经引起了很多人的注意。吴武陵是元和初年的进士,曾致书吴元济责其背叛朝廷,并与韩愈一起出谋划策,平定淮西,被认为是当时的胸有奇计之士。他的推荐是相当有力量的,杜牧借一篇《阿房宫赋》,获得了进士及第第五名的成绩,可谓是中国科举史上的佳话。

明人胡震亨另有见解,他说:"榜放于礼部南院,张院东别墙。陈标诗所云'春官南院粉墙东'者是也。岁每三十人为率。李山甫诗:'麻衣尽举一双手,桂树只生三十枝。'言得者之少而难如此。东都举,永泰及太和初元亦一行,据杜紫微东都登第诗'三十三人走马回',

合两都又当六十余人矣。盖间举之事。"（《唐音癸签》卷十八）则胡震亨认为该年礼部试是东西并举，所以合起来有六十余人。这个评论有点想当然了，杜牧诗中已经说得很清楚该年中式者是三十三人，既然礼部试在东都，就不会在西都长安再设一试，这是很明显的事情。胡震亨之说不可取。

（黄鸣）

遣　怀

落魄①江南②载酒行，楚腰肠断掌中轻。③
十年一觉扬州梦，赢得青楼薄幸名。

【注释】

①落魄：漂泊之意。

②江南：一作江湖。

③"楚腰"句：楚腰，《韩非子·二柄》："楚灵王好细腰，而国中多饿人。"此处借喻美人细腰。肠断，一作纤细。掌中轻，传说汉成帝皇后赵飞燕体轻，身段婀娜，能在掌中起舞。

【评析】

关于此诗创作背景，宋人胡仔《苕溪渔隐丛话后集》曾说："余尝疑此诗必有谓焉，因阅《芝田录》云：'牛奇章（牛僧孺）帅维扬，牧之在幕中，多微服逸游。公闻之，以街子数辈潜随牧之，以防不虞。后牧之以拾遗召，临别，公以纵逸为戒，牧之始犹讳之。公命取一箧，皆是街子辈报帖，云杜书记平善，乃大感服。'方知牧之此诗，言当日逸游之事耳。"

人短短的一生中，不同的年龄阶段往往会留下不同的印记，所谓"少年游侠""中年游宦""老年游仙"。年少时不免轻狂散漫，挥斥方遒；而到中老年，会自觉不自觉对年轻时的"荒唐"往事作一番追忆与总结。杜牧的这首《遣怀》，或许便是这一心态的集中呈现。

诗的前两句追忆昔日在扬州纵情诗酒、放浪形骸的"狼藉"生活。名为"落魄"，其实并不落魄。其时杜牧登科高中，春风得意，在淮南节度使牛僧孺幕中担任掌书记等职，深得牛僧孺信任。闲暇之余，杜牧多微服逸游，流连歌楼舞榭，纵恣于旗亭北里间，与美酒佳人为伴，不亦快哉？其诗如"绿杨深巷马头斜""马鞭斜揖笑回头""笑脸还须待我开""背插金钗笑向人"等，便是这段惬意生活浪漫而真实的记载。

楚腰，言美人的细腰，来源于"楚灵王好细腰，而国中多饿人"的典故。掌中轻则指汉成帝皇后赵飞燕，《白氏六帖事类集》谓其"体轻，能为掌上舞"。此处均言扬州佳人美态风致。

三、四句则可看作是对年少流连狭邪、放诞不羁的生活的总结，抒发了青春虚掷、事业未成的人生慨叹。杜牧出身于高门望族，少年高中进士，功名利禄唾手可得，正是"一日看尽长安花"之时，又如何想到日后会沉浮宦海、忍受颠沛流离之苦呢？可惜十年一觉，美梦终归有醒的时候。多年以后，再回味起当年的浪荡生涯，内心的感伤与痛楚可想而知。而更令人痛楚的是，当年那些陪伴自己的佳人，如今艳迹何在呢？或许她们正在某个小小的角落里责怪自己薄情负心哩！"赢得"二字，语似调侃，其实却暗含无尽的辛酸与无奈。无奈的是自己无力照顾这些佳人终身，辛酸的则是自己前途渺茫、事业无期的无情现实啊。

有人谓杜牧在扬州放荡不羁，是因为郁郁不得志的生活需要排遣，其实更应该与诗人不拘细节的性格密切相关。后人多传杜牧在扬州时的风流艳迹，其中多数并不可信。《灵芬馆诗话续》云："杜樊川，天下才也。才气豪迈，不拘细行，于是江湖落拓之诗，'青楼薄幸'之句，流传人口，而狭斜放诞之事，悉举以附益之。"细细品味，此论不虚耳！

（乐云）

山　行①

远上寒山石径斜②，白云生处有人家。
停车坐③爱枫林晚，霜叶红于二月花。

【注释】

　　① 山行：此诗见于《樊川外集》。诗作年不可考。

　　②"远上"句：寒山，深秋时节的山。石径斜，蜿蜒的石径。

　　③ 坐：因为。

【评析】

　　杜牧此诗以自然纯朴、情真隽永见长。虽然该诗的写作时间尚无定论，但在杜牧众多的写景诗中，此篇堪称一绝。此诗是一首七言绝句，七绝也正是杜牧诗歌中最精彩的一部分。恰如《赤壁》《泊秦淮》等这类写景抒情的短小篇章，言微旨深，感慨深沉，颇见樊川匠心独运、呕心沥血之所在。缪钺先生赞扬杜牧的绝句"能够做到精练、含蓄、婉曲、深折，用旁敲侧击之法，表达丰富的情思，摹写生动的景象，以少许胜多许，耐人寻味"，可谓恰当。

杜牧的七绝不仅思想性、艺术性兼优，而且更胜在能够在创作时不着痕迹地将二者完美融合在一起。此诗便很好地诠释了这一点。他巧用白描手法，将自己秋登寒山所见之景原汁原味地呈现出来，不加点染与修饰。正如清代黄生《唐诗摘钞》所云："诗中有画，此秋山行旅图也。"杜牧这幅秋行图，开篇视角由近及远，借蜿蜒盘旋的山路小径将读者视线延伸至云气缭绕的深林人家，语言凝练优美，情景逼真自然。白云生处的"生"字，点明山间缭绕的白云乃是山川之气汇聚而成，飘浮氤氲，烘托出山高之势貌。《唐绝诗钞注略》录敖英评论云："次句与卢纶'几家松火隔秋云'同意。"虽然都是描写山中人家，然卢诗却不似樊川生动，"白云"句以"云"为主体，带领读者在层层云雾中探寻人间烟火气，颇具朦胧美；而卢纶所作，一个"隔"字却略显生硬。来到第三句，视角由远及近，"停车坐爱"不仅把诗人自己写进了画面，又为下句开拓意境，停车是因为喜爱这傍晚的枫林景色。诗人通过聚焦这一种热烈如火、生机勃勃的景象展现了大自然的秋色美，用浓墨重彩添上了灿然生辉的点睛之笔——"霜叶红于二月花"。历代评论亦认为该句为全诗佳处，清代范大士《历代诗发》称"结句写得秋光绚烂"，满目流丹，置身其中，确实是令人心折。

　　俞陛云《诗境浅说续编》言："惟杜牧诗专赏其色之艳。谓胜于春花。当风劲霜严之际，独绚秋光，红黄绀紫，诸色咸备，笼山络野，春花无此大观，宜司勋特赏于艳李秾桃外也。"该诗虽以自然清新取胜，但却不显得过于浅白，这是因为该诗在其色彩运用上亦有巧思。前人描写枫叶多止于白描，而杜牧此诗却以强烈的色彩对比冲击读者的感官，云之淡白与山之苍翠相映衬，其中又勾勒出一抹如彩霞的枫叶红，对比强烈、层次分明。

　　经霜不凋的枫叶，被杜牧赋予了人格美，超越了二月艳丽的春花，透露出昂扬向上的精神。清人盛传敏《碛砂唐诗》曰："味此诗，似与'老马反为驹，不顾其后'之语同义。"该诗与《角弓》之义虽然相差甚远，然二者在借物喻人这一方面可谓如出一辙。杜牧或是以枫叶喻人，无论是枫叶，还是寒梅，这些凌霜傲雪的自然景物都具有相同的品性与气节，杜牧将这种英爽俊拔的傲然骨气付诸笔端，体现着他卓然独立的自我期许。

宋玉《九辩》："悲哉，秋之为气也！"秋天历来与"萧瑟""愁思"联系在一起。而杜牧此诗将秋天富有生命力的一面活灵活现地表现出来，这种爱秋、颂秋的思想情感颇有刘禹锡"自古逢秋悲寂寥，我言秋日胜春朝"的高扬精神和开阔胸襟。

当我们在现实中登山探访红叶时，往往脑海中会涌现出这首诗来。这种感觉，是一种先入为主的心理体验。明代瞿佑说："予为童子时，十月朝从诸长上拜南山先垄，行石磴间，红叶交坠，先伯元范诵杜牧之'停车坐爱枫林晚，霜叶红于二月花'之句。又在荐桥旧居，春日新燕飞绕檐间，先姑诵刘梦得'旧时王谢堂前燕，飞入寻常百姓家'之句。至今每见红叶与飞燕，辄思之。不但二诗写景咏物之妙，亦先入之言为主也。"（《归田诗话》）于此可见杜牧此诗的艺术感染力与影响力之深远。《唐人绝句精华》也有言："读此可见诗人高怀逸致。霜叶胜花，常人所不易道出者。一经诗人道出，便留诵千口矣。"可见该诗实是醇厚悠长，深入人心，耐人寻味。

（方姝玮）

方　响①

数条秋水挂琅玕②，玉手丁当怕夜寒。
曲尽连敲三四下③，恐惊珠泪落金盘④。

【注释】

①方响：方响是古代中国打击乐器，最早出现于南朝梁代，是中国古代独具艺术特色并有固定音高的打击乐器。

②琅玕（láng gān）：亦作"瑯玕"。传说和神话中的仙树，其果实似珠。《山海经·海内西经》："服常树，其上有三头人，伺琅玕树。"

③三四下：四，一作五。

④金盘：金属制成的盘。这里的金盘当指烛盘。岑参《陪群公龙冈寺泛舟》诗："紫鳞掣芳饵，红烛然金盘。"

【评析】

这首诗是杜牧少有的描写乐器的诗作。该诗将我国古代由来已久的古乐器方响比作悬挂秋水的琅玕树，而敲击方响时发出的乐声则被比喻为琅玕树上掉落的果实。不仅比喻恰切，而且蕴满深情，正契合方响这一打击乐器的特质。方响，又称铜磬。约始于南朝梁，后为隋、唐燕乐中很常用的乐器。它一般由十六块金属片根据音高顺序排列而成，用小铁锤或木锤敲击发音。《旧唐书·音乐志》记载："梁有铜磬，盖今方响之类。方响，以铁为之，修八寸，广二寸，圆上方下。架如磬而不设业，倚于架上以代钟磬。"又据唐代的方干《新安殷明府家乐方响》"葛溪铁片梨园调，耳底丁东十六声"、牛殳《方响歌》"长短参差十六片，敲击宫商无不遍"，可知唐代方响由"圆上方下"、大小不一的十六金属铁片组成。用于宫廷燕乐。隋唐时期，方响用于燕乐，后用于宫廷雅乐。

诗中"数条秋水挂琅玕"，杜牧把方响喻为琅玕仙树，而挂在琅玕上的十六块铁板则是长在仙树上的果实，可见杜牧眼中的方响有同仙乐，是十分尊贵的。"玉手丁当怕夜寒"是指弹奏方响的女子，那纤纤细手在方响上敲击出叮叮当当的清脆乐音，悠扬动听，萦绕耳畔。听者沉醉其中，又唯恐入夜的寒冷侵袭了演奏者的玉手。"曲尽连敲三四下"可以看作是当时方响演奏的一种收束手法，就好比一曲终了时，演奏者在结尾处加上即兴演奏性质的华彩段，听者自然能体会到乐曲即将终了，这一演奏手法可以收束全曲，营造出一种余音绕梁、令人回味无穷的意境。"恐惊珠泪落金盘"这里杜牧把方响演奏出来的乐音比作是琅玕仙树上结出的仙果。仙树的果实状如珠，可见在杜牧的笔下，方响之乐音就如同那仙果般珍贵无比，演奏时还要处处小心，以防仙果如泪珠般垂下落到烛盘之中。

除杜牧外，历代吟咏方响的诗人亦不在少数，如稍晚于杜牧的陆龟蒙也有《方响》诗："击霜寒玉乱丁丁，花底秋风拂坐生。王母闲看汉天子，满猗兰殿佩环声。"又如牛殳《方响歌》："……忽然碎打入破声，石崇推倒珊瑚树。长短参差十六片，敲击宫商无不遍。此乐不教外人闻，寻常只向堂前宴。"。而在这些诗篇之中，小杜的方响诗又以其独到的譬喻、生动的场景再现，格外引读者入胜。

（杨香梅）

早春题真上人院 ①

清羸 ② 已近百年身，古寺风烟 ③ 又一春。
寰海 ④ 自成戎马 ⑤ 地，唯师曾是太平人 ⑥。

【注释】

① 早春题真上人院：原题下有"生天宝初"。天宝是唐玄宗年号，安史之乱发生了天宝十四载（755）。真上人，一位天宝初年生的老僧人，至杜牧时已近百岁。"真"是他出家的名字，"上人"是对僧人的尊称。

② 清羸：指身体清瘦羸弱。

③ 风烟：景象、风光。

④ 寰海：海内，即指全国。

⑤ 戎马：兵马，代指战争。

⑥ 太平人：开元、天宝年间是所谓的大唐盛世，真上人生天宝初，故称为太平人。

【评析】

这首《早春题真上人院》是杜牧见真上人有感而发，所题的一首七言绝句。具体系年未考。程大昌《续演繁露》曰："唐天宝间，有真上人者，至杜牧之时，其人年已近百岁，故题其寺……此意最远，不言其道行，独以其年多，尝见天宝时事也。元祐间，东坡典外制，有百岁得官者曰：'系此百年之故老，曾为四世遗民。'与此意合而皆有味。"程大昌指出了一点，即真上人并非因为佛法高深而入小杜彩笔，而是因为他的年纪够大，经历世事甚多，甚至天宝年间的时事，他也曾亲身经历过。那是唐王朝由盛转衰的转折点，也是唐代由和平走向战乱的转折点，具有典型意义。

这首七绝凝练精湛，自然流畅，情绪隽永，慨叹良深。开篇寥寥数笔，即勾勒出一位百年老僧清瘦嶙峋的形象。古寺风烟，春来春往，岁月仿佛在这里停滞，而红尘人世已经沧海桑田。这"百年"的跨度极大，但诗人剪裁有度，没有展开铺叙，而是先集中展现老僧古寺这一幅静谧安宁的画面，又与现实中的兵荒马乱骤然相接，以古寺的宁静来反衬战乱的动荡，再以战乱的动荡凸显出太平的可贵，在强烈的对比中触动人心，从而唤起对于太平盛世的无限眷恋。"寰海自成戎马地，唯师曾是太平人。"诗人对这位曾有幸生活在大唐天宝年间、得享太平人间的真上人的歆羡，背后蕴藏着何其沉重的家国之思。真上人少年时代的大唐盛世一去不返，身处于江河日下的晚唐，朝政动荡不安、外忧内患。诗人自许才华满腹却难以施展，感到有心报国却无力回天，只有借真上人的百年之身恋恋回首，遥望盛唐，一吐自己对天宝年间太平盛世的深深向往与对于时局混乱的痛心疾首，流露出对大唐国运的深刻忧虑与对治乱兴衰的无可奈何。正如《千首唐人绝句》刘拜山云："国家治乱盛衰之感，借真上人发之耳。程说未透。"

（李焯炜）

怀吴中^①冯秀才

长洲苑^②外草萧萧，却算游程岁月遥。
唯有别时今不忘，暮烟秋雨过枫桥^③。

【注释】

①吴中：古亦称吴郡，治所在今江苏苏州市，春秋时期为吴国境，

秦时为吴县。

　　② 长洲苑：古苑名，在苏州城东。

　　③ 枫桥：古桥名，在今江苏苏州市姑苏区。旧名"封桥"，后因张继《枫桥夜泊》而得名。

【评析】

　　此诗系年无可考究，也无法明确冯秀才为何人。《樊川集校注》于诗题下曰："《全唐诗》云张祜作，题作《枫桥》。"但《全唐诗重出误收考》云："吴企明认为此诗杜牧作而误作张祜，在北宋时已经重出。孙觌《平江府枫桥普明禅院兴造记》云：'唐人张继、张祜尝即其处作诗纪游，吟诵至今，而枫桥寺遂知名天下。'见《鸿庆居士集》二二。范成大《吴郡志》也征引张继、张祜此诗。此诗宋蜀刻本张集不收、《绝句》三二作杜牧，诗句乃怀人之作，与杜牧之诗题吻合，非张祜作。见《唐音质疑录》。"如此看来，冯注也是随孙觌、范成大之说，并未细加考证。据此诗内容、宋蜀刻本张集与《绝句》来看，此诗应为杜牧所作。

　　关于此诗，有的评点家从体裁方面赞赏杜牧的七绝创作。周启琦认为七绝至晚唐杜牧又有了兴盛之貌，《唐诗选脉会通评林》录周启琦语："晚唐杜牧之，（七绝）得其正变。如《开元寺》《贵池亭子》《登乐游原》《齐安城楼后池》《寄韩绰判官》《怀冯秀才》《洛阳秋夕》《醉后书寺壁》《闻笛》等作，俱绝句之佳者。"杜牧诗歌以七言绝句著称，"南朝四百八十寺，多少楼台烟雨中""东风不与周郎便，铜雀春深锁二乔""一骑红尘妃子笑，无人知是荔枝来"等句皆朗朗上口，正如李慈铭《唐诗三百首续选》评价杜牧诗曰："七绝尤有远韵远神，晚唐诸家让渠独步。"

　　有的评点家从取字用词入手，由诗中之景体会诗歌意境。洪迈认为，后人只有高启可望其项背，《唐人万首绝句选评》："此等布置意味，真是绝句中神品，以后唯明高季迪有此耳。"盛传敏认为杜牧不循前人旧法，只写离别情景便能点染出无限相思，"不忘"二字尤佳，《碛砂唐诗》："怀人之作，不过念彼行旅之艰或暌违之久，皆属钝置。此独还念别时，而无数相思，一笔拈出矣。下更'不忘'二字，宛然在目，曰暮烟之际，秋雨之余，过枫桥而握别，情钟吾辈，谁能念此？当与'昔我往矣，杨柳依依；今我来思，雨雪霏霏'同诵。"俞陛云亦持相同观点，《诗境浅说续编》："唐人送友诗，大抵把酒牵裾，临歧送目，写黯然南浦之怀。此独追忆昔年临别情景，烟雨枫桥，宛然在目，深情积思，等于久要不忘之谊也。"盛、俞二人皆着眼末句，指出小杜创作手法之奇。离别伤怀虽是诗中常见之题，但杜牧却能跳出唐人写法，不言行旅之艰、暌违之久、把酒牵裾、临歧送目，不言再见时欢喜雀跃、把酒互诉，而是以回忆、景物代替自己言说。第三句以"不忘"写出昔日别离历历在目，情留至今，再自然地由情过渡至景，第四句写及暮烟、秋雨与枫桥，一幅萧瑟清冷的烟雨秋景图便是诗人的心境再现。恰恰符合施补华在《岘佣说诗》中对七绝创作提出的要求："七绝用意宜在第三句，第四句只作推宕，或作指点，则神韵自出。若用意在第四句，便易尽矣。"因而达到了沈德潜所说"只眼前景，口头语，而有弦外音，使人神远"的境界。

（杨乐）

秋　夕 ①

红烛 ② 秋光冷画屏 ③，轻罗小扇 ④ 扑流萤。

天阶^⑤夜色凉如水，坐看^⑥牵牛织女星。

【注释】

① 秋夕：秋天的夜晚。

② 红烛：红，一作银。

③ 画屏：绘有图案的屏风。

④ 轻罗小扇：用轻薄的丝织品制成的团扇。

⑤ 天阶：天，一作瑶。瑶阶，玉砌的台阶。

⑥ 坐看：坐，一作卧。

【评析】

《秋夕》是一首七言绝句体的宫怨诗。此诗系年不详，创作者也存在争议，冯集梧《樊川诗集注》引周紫芝《竹坡诗话》云："此一诗杜牧之、王建集中皆有之，不知其谁所作？以余观之，当是建诗耳，盖二子之诗，其清婉大略相似，而牧多险侧，建多平丽。此诗盖清而平者也。"周锡馥先生对此观点并不认同，他在《杜牧诗选》中说："杜牧诗亦不乏'平丽'之作，如'南朝四百八十寺，多少楼台烟雨中'（《江南春绝句》）'尽日无人看微雨，鸳鸯相对浴红衣'（《齐安郡后池绝句》）'今日鬓丝禅榻畔，茶烟轻飏落花风'《题禅院》），和《秋夕》的风格就十分相像，所以，《竹坡诗话》的论断显得证据不足。"后人在评点此诗时，也多将其看作杜牧之作，在此当以杜牧之作论之。

后人对《秋夕》一诗评点颇多，并将其看作含蓄隽永之诗的典范。北宋释惠洪与南宋曾季狸皆评此诗为"含蓄"之作。清初贺裳的《载酒园诗话又编》则将这首诗与前人同类型诗歌进行对比，言："昔人感叹中犹带庆幸，故情辞悉露；此诗全写凄凉，反多含蓄。"

杜牧之《秋夕》，多被视作宫词之作，后人也从该角度出发来对此诗的情感与思想进行探讨。曾季狸《艇斋诗话》解释道："星象甚多，而独言牛、女，此所以见其为宫词也。"宋末谢枋得《注解选唐诗》首先说明"此诗为宫中怨女作也"，进而结合杜牧《阿房宫赋》中"有不见者，三十六年"一句，对这首诗进行了细致的分析："牵牛织女，一年一会，秦宫人望幸，至有三十六年不得见者。'卧看牵牛织女星'，隐然说一生不蒙宠幸，愿如牛、女一夕之会，亦不可得。"最后称赞该诗"怨而不怒，真风人之诗"。俞陛云的《诗境浅说续编》言此诗："为秋闺咏七夕情事。前三句写景极清丽，宛若静夜凉，见伊人逸致。结句仅言坐看双星，凡离合悲欢之迹，不着毫端，而闺人心事，尽在举头坐看之中。"刘永济先生《唐人绝句精华》："不明言相怨之情，但以七夕牛、女会合之期，坐看不睡，以见独处无郎之意。"以上评点均认为《秋夕》是怨情诗，不仅对这首诗营造的意境有所阐发，而且还从中体味出了多样的情感。

有些评点家从《秋夕》所用的字词入手，兼论诗歌章法结构。明人郭濬的《增定评注唐诗正声》云："小妆点，入诗余便为佳境。落句似浅。"虽对这首诗的用词与诗境有所称赞，但认为结尾句诗意浅显、情感不深。笔者对郭濬之说不予认同，《秋夕》第一、三句写秋夜深宫的生活图景，第二、四句则写宫人在秋夜的活动和对秋夜的感受，诗歌蕴含着深宫宫人哀怨与期望交织的复杂情感，正如《唐人万首绝句选评》对此诗的点评："诗中不着一意，言外含情无限。"清人黄生《唐诗摘钞》引《苕溪渔隐诗话》，称赞《秋夕》："断句极佳，意在言外，其幽怨之情不待明言而自见也。"黄生还引敖清江之言："落句即牛、女会合之难，喻君臣际会之难。"以男女之情喻君臣关系，是我国古典诗歌的传统之一，结合杜牧怀才不遇之心境，这种解读具有一定的合理性。何焯《三体唐诗评》认为杜牧的《秋夕》化用前人崔颢《七夕》的诗意，其言："崔颢《七夕》后四句云：'长信秋深夜转幽，瑶阶金阁数萤流。班姬此夕愁无限，河汉三更看斗牛。'此篇点化其意。"又认为《秋夕》虽诗意承袭前人，但也有翻陈出新之处，云："次句再用团扇事，亦浑成无迹。"樊川《秋夕》"夺胎换骨"，实为佳作。

《秋夕》最后一句是历代诗评家品评的重点。陆时雍关注重点在"坐"与"卧"的选择上，《唐诗镜》："'坐看'不若'卧看'佳。"清人孙洙《唐诗三百首》则对诗中"坐看"二字称赞有加，其言："层层布景，是一幅着色人物画。只'坐看'二字逗出情思，便通身灵动。"通读全诗，笔者较为认同孙洙的观点，"坐看"更符合诗歌意境。《秋夕》描写的情景十分连贯，可将其诗看作一幅动态的图画，第二句"轻罗小扇扑流萤"点明了宫人仍在室外嬉戏，第三句"天阶夜色凉如水"则说明夜晚的寒气将石阶变得冰凉，宫人嬉戏之后坐在石阶上。她们身处深宫，在漫漫长夜中了无困意，只能坐在石阶上仰望星空，看见牵牛和织女星后，又不由得感怀身世，产生了哀怨之情。

杜牧这首《秋夕》，在有限的诗句中融入了丰富的内容，吴昌祺称赞此诗"隽而小"，其着意点大概在此。《秋夕》诗中的情感表达丰富而又细腻，首句一个"冷"字，便为全诗定下基调，也与第三句中的"凉"字相互照应，冷寂的深宫气氛使宫人的内心更加凄清，天空中隔银河相望的牵牛、织女星更是加重了宫人内心的愁绪。这首诗中既熔铸了主人公身处深宫的无奈，又充满了对真挚爱情的向往，情感含蓄蕴藉，真挚动人。

（陈珂岚）

华清宫 ^①

零叶翻红万树霜，玉莲 ^② 开蕊暖泉香。
行云 ^③ 不下朝元阁 ^④，一曲淋铃 ^⑤ 泪数行。

【注释】

① 华清宫：唐代别宫，内有温泉，因与唐玄宗和杨玉环的爱情故事有关，见称于世。

② 玉莲：即白莲。《开元天宝遗事》记载华清宫："奉御汤中以文瑶密石，中央有玉莲，汤泉涌以成池。又缝锦绣为凫雁于水中，帝与贵妃施钑镂小舟，戏玩于其间。"

③ 行云：宋玉《高唐赋》言巫山神女"旦为朝云，暮为行雨"，言楚国先王与巫山神女高唐欢会一事，"行云"化用于此。此处代指杨贵妃。

④ 朝元阁：李唐王朝崇奉道教，朝元阁为唐代皇家家庙。其遗址位于陕西西安市临潼区。

⑤ 淋铃：即《雨淋铃曲》，亦作《雨霖铃》，唐代教坊曲名。相传玄宗入蜀，闻雨淋铃之声而思念杨贵妃，遂作此曲以排遣愁思。宋人王灼《碧鸡漫志》："《明皇杂录》及《杨妃外传》云：'帝幸蜀，初入斜谷，霖雨弥旬，栈道中闻铃声，帝方悼念贵妃，采其声为《雨淋铃曲》以寄恨'。"白居易《长恨歌》有"夜雨闻铃肠断声"。

【评析】

樊川现存诗歌以咏史诗及七绝显名于世，此首《华清宫》即兼具二者之长。而考杜牧诗集，其所述李杨故事者除此篇之外，尚有《华清宫三十韵》《过华清宫绝句三首》，且三者主题意蕴互有侧重。

《过华清宫绝句三首》承继骚雅传统，其叙李杨故事之笔触颇有"词隐意直"之风，不著一字于治乱升平之由，却早已暗引出耽溺情感、莺歌燕舞而不理朝政，终致败亡的历史教训。《华清宫三十韵》则超拔于唐朝兴衰治乱，以"一千年际会，三万里农桑。几席延尧舜，轩墀接禹汤"这样通贯上下古今的笔触，烘托出"往事人谁问，幽襟泪独伤"的历史感怀。

　　而关于《华清宫》之主题意蕴，品评家多以对李杨爱情的怜悯为本诗情感主调。如《诗境浅说续编》言："前二句赋骊山秋色及华清池。三句追忆杨妃，用空灵之笔。画阁犹开，而巫云梦断，张徽一曲，南内无人，宜元宗之挥泪也。"将诗中之泪归结于玄宗对于佳人难再得的爱情哀恸之感。《唐人绝句精华》亦言："前《过华清宫》诗（"长安回望绣成堆"一绝）写天宝未乱前之华清宫，后一首（本诗）则乱后归来之华清宫也。'行云'指贵妃，借用宋玉《高唐赋》'旦为行云'也。诗言妃子之灵不下朝元阁，玄宗但听淋铃之曲而伤感也。"而参之本文用典，并联系杜牧平生渴望经济天下的儒者气象，以及其内里之风流文士的双重性格，则杜牧于《华清宫》短小的七绝体制之中，同时蕴含了对爱情之怜悯与对政治之反思的两种心绪。

　　沈德潜言杜牧七绝"托兴幽微"，为王昌龄、李白七绝之"嗣响"。而七绝以"言贵旨远，语浅情深"为体制标格，化用典故即是在短小体制内含蕴幽深绵缈之情思的重要途径。在《华清宫》一诗中，咏史主题赋予诗歌厚重深远的历史底色，用典之法又使诗之情绪层次无限绵延。明陆时雍《唐诗镜》评曰："'行云'二字，取《高唐赋》。末正不必切，语自堪咏。"本诗用《高唐赋》之典，试论之，则"行云"二字化用了巫山神女之典，《高唐赋》以"旦为朝云，暮为行雨""风止雨霁，云无所处"形容神女，极尽朦胧美之神态，化用此典，玉环之形貌自不必赘述；同时，楚王与神女的遇合之难与神女"朝云暮雨"

的行踪不定，也从另一侧面暗示了李杨的爱情结局；最后《高唐赋》末尾有言"盖发蒙，往自会。思万方，忧国害"，其有规劝君王勤政爱民之意，也留给读者从讽谕君王、心忧时局解读本诗的视角。"一曲淋铃泪数行"，此处之泪究竟为玄宗雨夜追忆故人之泪，抑或是樊川之泪、生民之泪？恐怕很难确指。以此收束全文，更是将情感复加一层推荡出去，令人回味无穷，久久不能平复。

而除主题意蕴与诗歌体制外，此篇诗歌在行文技法方面亦有其匠心之处。诗歌前两句对仗，第一句中"零叶"与"万树"为数目相对之例。同时全诗善用色彩词与通感手法，一句之中往往互为因果。例如"零叶"之"红"为直叙，"万树"之"霜"则暗指白色，"零叶"颜色变红自然引出霜降气候。"玉莲"为白，"玉莲开蕊"当为"香"之描绘，又续以"暖泉"之"暖"，温觉与嗅觉感知于此再次朦胧化，"暖"使"玉莲"秋季绽放，"玉莲开蕊"又使"暖泉"增"香"，全句暗含因果回环，又相互成就，可见诗人文心超绝之处。

（柴瑞瑞）

长安晴望

翠屏山对凤城开^①，碧落摇光霁^②后来。
回识六龙^③巡幸处，飞烟闲绕望春台^④。

【注释】

①"翠屏"句：翠屏山，在今陕西旬邑县。《清一统志·邠州》翠屏山条："县城踞其上，亦名豳山。俗名挂榜山。又谓之南冈。"凤城，指古都长安，即今陕西西安市。

② 霁：即雨后初晴。

③ 六龙：古代天子的车驾为六马，马八尺称龙，因以为天子车驾的代称。

④ 望春台：齐己《早梅》："明年如应律，先发望春台。"

【评析】

此诗写的是长安雨霁之情景，虽未言愁字，却蕴含着淡漠的哀愁。正如《删订唐诗解》吴昌祺眉批所言："思昔所以伤今。"杜牧的写景抒怀之作一向看似波澜不惊，但内里又常包含深厚感情，这一首《长安晴望》亦是如此。

首句"翠屏山对凤城开"是对诗人当时所处位置的描写，在杜牧的角度来看，长安城外的翠屏山正对着凤城城门。"碧落摇光霁后来"这里是指雨后天晴的景象。碧落即指万里高空，雨停后太阳光从云层里透出光来，大地便笼罩在光芒涌动之中。读来意境开阔，气势恢宏，这也是杜牧一向的创作风格。"回识六龙巡幸处"猛地回头，诗人意识到方才他经过了曾经君王临幸的地方。"飞烟闲绕望春台"望春台处云烟缭绕，一年又一年，时光飞逝，曾经君王亲自驾临的地方，已是人去阁空。只有烟雾依旧年复一年地弥漫在望春台上，悠闲自在。

历来文人论及此诗，多从其遣词造句入手，如《批点唐诗正声》："或问：杜牧《长安晴望》诗如何？曰：气格甚好，但断句'飞烟闲绕'字少骨力耳。曰：试易之。曰：若此'紫云深锁望春台'，似好。盖'紫云深锁'，以见此晴时君王不事游幸，以应'回首'句；'飞烟闲绕'恐非沉着。或曰：'深锁'不如'低拂'字又佳。"这条评语评价杜牧此诗具有气格，但"飞烟闲绕"却"少骨力耳"。又认为可以换作"紫云深锁"，以表达今非昔比之意。昔日君王亲临至此，而今却空余台阁，古今对比展现一派孤独寂静之感。"深锁"二字确实加深了诗歌感情的表达，使全诗格调更加深沉。但也有人认为"深锁"莫若"低拂"，此又是从表达效果入手，大抵"低拂"之态于悠闲自得外更添几分倦怠。然杜牧"飞烟闲绕"是从"闲"字入手，这样的用字直截了当地表达了其优哉游哉的状态。可见杜牧的炼字功夫也十分了得。

（杨香梅）

边上闻笳^①三首

其　一

何处吹笳薄^②暮天，塞垣^③高鸟没狼烟^④。
游人一听头堪白，苏武^⑤争禁十九年？

【注释】

①笳：古乐器名，一种似笛的吹奏乐器，多为北方民族所用。

②薄：迫近意。

③塞垣：指边境地带。

④狼烟：即烧狼粪燃起的烟。相传狼粪燃烧时烟雾直上不散，故古代边境军事报警，往往焚烧狼粪来传递信息。

⑤苏武：西汉人，武帝时奉使匈奴，被匈奴扣押滞留北境。匈奴对苏武招降不得，徙于北海，让其牧羊，并声称公羊生子后才能让其返回汉朝。后苏武牧羊十九年，至汉昭帝时才返回中原。

【评析】

　　此诗记述诗人于边塞闻胡笳之感。

　　诗歌开篇以一问句领起，于绝句体制中颇具新意。诗人行于边塞，闻胡笳声却不知所起何处。此时正值日暮时分，胡笳声仿佛迫近天空，而远处的飞鸟亦渐渐隐于狼烟之内。开篇两句即勾勒出一幅边塞旷远图景，字里行间颇具悲凉深沉之意绪。后两句诗人由眼前景生发人生感慨——面对此番景象，漂泊他乡的游子尚且会悲伤白头，苏武又是如何在这苦寒之地禁受十九度春秋的煎熬呢？此时诗人寄怀于苏武，又由苏武上升至家国兴亡之叹，而非耽溺于自我情感书写。《精选评注五朝诗学津梁》即言："'苏武'句深一层着想，能诗者往往如是。"《网师园唐诗笺》评后二句为"沉刻"，《诗境浅说续编》亦评曰："诗有咏正面难于出色，而侧击旁敲，更为得力者，此类诗是也。苏武绝域羁臣，备尝艰苦。作者既咏悲笳感人，复借笳声以咏苏武，用'一听头白'四字，以见十九年中历人所难堪之境。况悠长岁月，所闻者宁止胡笳！此二句，所谓力透纸背矣。"皆是对诗人卓绝高蹈的笔法境界的评述。

　　此外，也有评点者就此诗诗意进行翻案。《唐诗归折衷》："敬夫云：'特为闻笳下一转语，可谓一往有深情。虽然，持节牧羝苦矣，所可慰者，陷没止一身，而回首中朝，正当令盛。使神州陆沉，哀笳遍野，其凄楚更当何如？请为此诗再下一转语。'"对于此诗，评点者大多认为杜牧因闻笳之声有所感怀而遥想苏武，着意于悲慨苏武命运。但《唐诗归折衷》所引评语则指出，苏武牧羊十九年虽备尝艰辛，但汉朝国运昌盛，犹可慰藉，此种悲慨只在苏武一人；而反观自身，唐王朝国运日衰，神州陆沉，今日"我"闻笳感伤，宁知中原内凄楚者又有几人？杜牧一生渴望匡救时弊，而以一己之身担荷天下苦难的理想不能实现时，诗人失路之悲，可以想见。《唐诗归折衷》此种解释，于文义可通，且拓展诗境，亦可采。

而关于此诗对于后辈诗人之影响，《升庵诗话》云："唐人诗句，不厌雷同，绝句尤多……杜牧《边上闻胡笳》诗云：'何处吹笳薄暮天……'胡曾诗云：'漠漠黄沙际碧天，问人云此是居延。停骖一顾犹魂断，苏武争消十九年。'"指出胡曾诗与杜牧此诗有相通之处，亦可见诗歌文体的传承关系。

（柴瑞瑞）

春日寄许浑先辈 [①]

蓟北 [②] 雁初去，湘南春又归。
水流沧海 [③] 急，人到白头稀。
塞路尽何处？我愁当落晖。
终须接鸳鹭 [④]，霄汉 [⑤] 共高飞。

【注释】

① 许浑：许浑（约791—约858），字用晦，润州丹阳（今江苏丹阳市）人。晚唐诗人。

② 蓟北：蓟北在唐代泛指幽州、蓟州一带，即今河北北部、北京、天津地区。安史之乱时是叛军的主要根据地。

③ 沧海：泛指大海。曹操《观沧海》："东临碣石，以观沧海。水何澹澹，山岛竦峙。"

④ 鸳鹭：鸳鸯和鹭鸶。杜甫《暮春》："暮春鸳鹭立洲渚，挟子翻飞还一丛。"

⑤霄汉：云霄和天河，指天空。《后汉书·仲长统传》："不受当时之责，永保性命之期。如是，则可以陵霄汉，出宇宙之外矣。"

【评析】

杜牧这首写给许浑先辈的诗，是一首因光阴飞逝而兴叹的感怀之作。诗歌首句"蓟北雁初去，湘南春又归"蓟北的大雁刚刚南飞，即冬天刚刚过去不久，湘南之地很快就逢春天归来。"水流沧海急，人到白头稀"归于沧海的百川之水如此汹涌湍急，倏忽间已到白头稀疏之年。正如《五朝诗善鸣集》所云："沧海急而不急，人更急于沧海。中两联皆是一开一合，句法甚高。"

人的寿命总是很短暂，"人到白头稀"可以有两层意思，一是指能活到满头白发的人总是很少的，二是指人活到满头白发的时候，人的头发就变得稀少。无论是哪层意思，皆为感叹人生夭促之意。"塞路尽何处？我愁当落晖"指人生之路总是充满坎坷与不顺，很难找到出路，"塞路尽何处"与李白《行路难》"欲渡黄河冰塞川，将登太行雪满山"有异曲同工之妙。"我愁当落晖"，诗人对着落日愁绪万千，只能眼睁睁地看着时间流逝，自己却无能为力，加之人到暮年，便多了些许沧桑之感。此句与李商隐《乐游原》"夕阳无限好，只是近黄昏"也有着相类似的情感表达，都是于落日余晖中抒发时光流逝的感伤情怀，这其中的辛酸，想必也只有经历过的人才知道吧。"终须接鸳鹭，霄汉共高飞"，尾联之中，诗人笔调一转，以结对翔空的鸳鹭，勉励自己和先辈要一飞冲天、建功立业。杜甫有诗《暮春》云："暮春鸳鹭立洲渚，挟子翻飞还一丛。"就是描写鸳鸯和鹭鸶成群飞翔的场景。

统而观之，此诗杜牧借寄赠先辈之题，先以冬去春来塞雁南归、川流入海起兴，抒发光阴易逝之叹；又因关山路遥、落晖薄暮，生发失路之悲。最终又以鸳鹭齐飞作为对自己和许浑先辈的共勉之辞。整体格调沉雄健拔，意境开阔，虽是慨叹人生易老，却仍不失"霄汉共高飞"的志节，与刘禹锡《酬乐天》之境界，有几分相通之处。

（杨香梅）

秋 梦①

寒空动高吹，月色满清砧②。
残梦夜魂断，美人边思深。
孤鸿秋出塞，一叶暗辞林③。
又寄征衣去，迢迢天外心。

【注释】

①秋梦：此诗作年不详，冯注本收入《樊川别集》。

②砧（zhēn）：捣衣石。

③"一叶"句：《淮南子·说山训》："见一叶落，而知岁之将暮。"此句指树叶开始凋落，冬天将至。

【评析】

秋梦者何？怀征戍之诗也。首联高亢劲爽，寒空寓意着时节近冬，朔风高吹，清冷的月光洒在捣衣石上。美人夜中残梦断，边思如海复如潮。孤单的大雁秋天出塞，寓指征人前往边塞；一叶暗辞林，则又寓指寒冬将至。作为留在家中的妻子，也只能再寄寒衣，将思念之心寄托到遥远的天外了。

怀念征戍之人的题材，在唐诗中常见。如沈佺期《独不见》："卢家小妇郁金堂，海燕双栖玳瑁梁。九月寒砧催木叶，十年征戍忆辽阳。白狼河北音书断，丹凤城南秋夜长。谁知含愁独不见，使妾明月照流黄。"悲伤和缠绵是此类诗歌的主要情感类型。寒砧、木叶是这类诗中常见的意象。杜牧此诗也采用了这些意象，与前人不同的是，杜牧为这些意象赋予了高爽超拔之气。

清人潘德舆评价杜牧道："余观其诗，亦伉爽有逸气，……皆竟体超拔，俯视一切。"（《养一斋诗话》卷十）并举此诗为例。"寒空动高吹，月色满清砧"，起笔即高逸，近似于李白"明月出天山，苍茫云海间"的起法。高寒的起句使全诗具有了劲爽的色彩，赋予传统的征戍诗一股刚健之气。寄完征衣，心飞于迢迢天外，似乎在天外俯视着地上的这悲喜人生。潘德舆所谓的"竟体超拔"，指的就是小杜诗歌中的这种超越凡俗之处。

（黄鸣）

长安夜月

寒光垂静夜，皓彩①满重城②。
万国尽分照，谁家无此明③？
古槐疏影薄，仙桂④动秋声。
独有长门⑤里，蛾眉⑥对晓晴。

【注释】

① 皓彩：明亮的月光。

② 重城：九重城，指长安。

③ 明：一作名。

④ 仙桂：桂树，传说月中有桂树。

⑤ 长门：汉代长安宫名。汉武帝时，陈皇后失宠后居于长门宫。

⑥ 蛾眉：指宫女。韩维《和王昭君》："蛾眉三千人，皆自良家来。"

【评析】

这是一首五言律诗，收录于《樊川诗集》中的别集部分，创作时间不详。

关于此诗，品评甚少。有的评点家从诗中意象进行品评，《五朝诗善鸣集》："日月无私照，写得广大。如此杰作，足以笼罩群英！"陆次云的评点主要集中在此诗前两联，首联从视野的层次之深与宽度之广入手，"垂"字与"满"字用得极佳，写出一轮孤月垂照城池，静夜中的寒光变为铺满重城的皓彩，对偶性强。颔联又写及"万国、谁家"，首二联的视角由小及大，又由大而小，小大之变展现了月光的无私广照，与曹松的"不曾私照一人家"相同。但此诗却无一"月"字，便写出了月光无处不照耀，城中无处不明朗，故而陆次云称其为可"笼罩群英"的杰作。杜牧诗中的明月并不同于李白所言的"相思如明月，可望不可攀"，遥远而可望不可即，更多表现其光照，一如"白云生镜里，明月落阶前""初月微明漏白烟，碧松梢外挂青天"；抑或寄托相思之意，如"美人何处在？明月万山头""唯应侍明月，千里与君同""欲寄相思千里月，溪边残照雨霏霏"。

有的评点家从诗歌风格方面进行品评。钱基博《中国文学史》论及杜牧诗"华而有风，抑扬爽朗"时，曾以《长安夜月》为例。本诗以"长安夜月"为题，诗中既表现了"皓彩""重城""万国"的华美壮阔，也表现了夜月无私均照的广博。而后两联则延续了"寒光""静夜"之情调，将目光聚焦于院落之内由院中疏影斑驳的古槐联想到月宫婆娑摇曳的月桂，视听相生，虚实结合。颈联与尾联以"古槐"

"疏影""长门""蛾眉"对比出皎洁月光之下的凄清之景，手法鲜明，既突出了月光遍照万物，又引出了何处月光不寄情。此诗情景错落曲折，广阔遍照的月光与孤寒寂寥的古树、深宫形成强烈对比，符合"抑扬爽朗"之特点。

此诗前三联皆写景，或实或虚，独有尾联中用典抒情。尾联中的"长门"是指陈皇后失宠所居之长门宫，杜牧写"月"时仿佛独爱此典，在《月》一诗中有"唯应独伴陈皇后，照见长门望幸心"。除杜牧之作外，阿娇的典故也常见于各种体裁的文学作品之中，多用以表达失宠见弃的闺怨之愁以及引申出的代言之人自身的怀才不遇之情。司马相如《长门赋》相传即为代陈皇后言之作，刘皂的《长门怨》："雨滴长门秋夜长，愁心和雨到昭阳。泪痕不学君恩断，拭却千行更万行。"也有相同用意。此外还有辛弃疾《摸鱼儿》的"长门事，准拟佳期又误。蛾眉曾有人妒"、薛昭蕴《小重山》二首的"春到长门春草青，玉阶华露滴，月胧明"与"秋到长门秋草黄，画梁双燕去，出宫墙"等等。杜牧用典又岂只是咏史呢？主要是为了表达自己不受重用的悲伤无奈之情，仿若幽宫中的弃妃，再怎么精心梳洗画眉却只是徒劳罢了，无人关照。唯有与遍照大地的无情明月相对，黯然神伤。

（杨乐）

金谷园 ①

繁华事散逐香尘 ②，流水无情草自春。
日暮东风怨啼鸟，落花犹似堕楼人 ③。

285

【注释】

①金谷园：金谷，古地名，在今河南洛阳市东北，西晋巨富石崇在此筑园，故名金谷园。史载金谷园极奢丽，内藏奇珍异宝，后世即以之喻指豪奢享乐之地。

②香尘：即沉香之末，据《拾遗记》载，石崇曾"屑沉水之香如尘末，布象床上，使所爱者践之，无迹者赐以真珠"。

③堕楼人：指石崇的爱妾绿珠。孙秀矫诏捕杀石崇时，绿珠坠楼殉情而死。

【评析】

清人吴乔在《围炉诗话》中曾说："古人咏史，但叙事而不出己意，则史也，非诗也。出己意，发议论，而斧凿铮铮，又落宋人之病。"杜牧的咏史绝句，虽好为翻案文章，却能力避窠臼，别出心裁，自成高格，正可谓"用意隐然，最为得体"。

关于绿珠坠楼之事，一直是魏晋至隋唐诗人创作的重要题材，其中著名的诗句有"自作明君辞，还教绿珠舞"（庾肩吾《石崇金谷妓》）、"绿珠歌扇薄，飞燕舞衫长"（庾信《和赵王看伎》）、"莫悲金谷园中月，莫叹天津桥上春"（白居易《和友人洛中春感》）凭吊之余，历代诗人不断表达对这位绝色美人殉情而死、青春凋零的伤感与惆怅。

"繁华事散逐香尘，流水无情草自春"一、二句写金谷园之荒芜凄凉。诗人踏足金谷园遗址，遥想当年的繁华秾丽，不免触景生情，有感而思。当年的繁华已经消失殆尽，那些踏着"香尘"而来的美女，如今又在何方？繁华落尽之处，只有金谷水依然潺潺而流，只有园中的绿草，依旧萋萋。此处"无情"二字，看似在责怪流水之无情势利，实责在感叹历史之变幻沧桑，在今昔的强烈对比中，诗人充分

286

领略到了风景不殊，而人事有异的伤感悲凉。

　　三、四句则因景生情，景中寓情。日暮时分，诗人遐想之余，突然聆听到啼鸟的悲鸣。它们在哀怨些什么呢？难道是怨东风让落花满地吗？残阳斜照，春风拂过，落英缤纷，本是人间自然景象，作者却借啼鸟对东风的哀怨，寄托作者对落花凋零的伤感。此处之"落花"，既指金谷园之落花，更指曾在此处殉情而死的"堕楼人"。在此，作者以含蓄沉郁之笔，表达对绿珠深切的怜惜与哀悼。伤感之余，人们不免会掩卷沉思：导致绿珠坠楼悲剧的"凶手"是谁？绿珠为石崇而死，是否值得呢？这或许正是本诗"喻意精切"、意味隽永之高妙所在。

　　关于此诗，后人评价甚高。俞陆云《诗境浅说续编》云："前三句景中有情，皆含凭吊苍凉之思。四句以花喻人，以'落花'喻'堕楼人'，伤春感昔，即物兴怀，是人是花，合成一凄迷之境。"清人宋顾乐亦曰："落句意外神妙，悠然不尽。"（《唐人万首绝句选评》卷七）本诗之所以广为传诵，其精妙之处，正在于其构思奇巧而又意蕴隽永。

（乐云）

游　边①

黄沙连海②路无尘，边草长枯不见春。
日暮拂云堆③下过，马前逢著射雕人④。

【注释】

　　①游边：游历边塞。

②海：指沙漠无边无际，如同大海一般。

③拂云堆：古地名，位于黄河北岸，在今内蒙古乌拉特前旗东部。

④射雕人：借指善于骑射之人。

【评析】

杜牧的《游边》是一首描写边塞之景的七言绝句。此诗具体系年，尚未有确论。

一、二句写诗人在边塞所见之景色，沙漠无边无际、连绵不绝，路旁的小草枯黄；三、四句则写诗人在边塞的活动，夕阳西下，诗人牵马从拂云堆走过，恰巧碰到了归家的射雕人。这首诗按照由远至近的顺序，先写远处茫茫的沙漠，再写近处的小道与道旁的枯草，最后写自己碰到的人，与王维《使至塞上》"大漠孤烟直，长河落日圆。萧关逢候骑，都护在燕然"四句有异曲同工之妙。

晚明许学夷在《诗源辩体》中认为杜牧的诗歌有一个变化发展的过程，并举《游边》诗进行说明，其云："杜牧七言绝，如'黄沙连海''青塚前头''翠屏山对''银烛秋光''监宫引出'五篇，声气尚胜。'清时有味'以下，尽入晚唐，而韵致可观。开成以后，当为独胜。"许学夷此番评点不乏真知灼见。杜牧诗歌在晚唐享有盛誉，不过他虽身处晚唐，但诗歌却颇具盛唐遗风，有豪迈昂扬之感；与此同时，杜牧也受到晚唐诗风的影响，将自己的人生遭际与感悟融入到诗歌的创作中去，极具深沉感伤之情调。因此，杜牧的诗歌自成一派，既豪迈俊爽，又清丽纤艳，读来韵味无穷。

（陈珂岚）

江　楼

独酌芳春酒^①，登楼已半醺。
谁惊一行雁？冲断过江云。

【注释】

① 春酒：冬酿春熟之酒，又称冻醪。《诗经·豳风·七月》：“为此春酒，以介眉寿。”

【评析】

此诗在《全唐诗》卷四六中收入韦承庆名下，又于卷五二五收入杜牧名下。《全唐诗重出误收考》谓：“《樊川文集》中不载此诗，北宋熙宁六年（1073）田概编《樊川别集》时补入。《绝句》一四作杜牧。”杜牧另有一首《江楼晚望》：“湖山翠欲结蒙笼，汗漫谁游夕照中。初语燕雏知社日，习飞鹰隼识秋风。波摇珠树千寻拔，山凿金陵万仞空。不欲登楼更怀古，斜阳江上正飞鸿。”不知此江楼是否为彼江楼，但可见诗人皆有登高怀古、伤时悲己之心。

关于此诗的品评，大多数评点者从取字用词方面进行品析。有的评点者称开篇之“独酌”二字绝妙，黄叔灿认为，全诗以“独酌”二字起，先叙情后写景，伤春之情更深一分，《唐诗笺注》：“独酌伤春，登楼自遣，忽惊断雁，又触愁肠，神随远望，情绪弥深。只以‘独酌’二字领起，妙。”俞陛云认为“独酌”与后文之“惊雁”相呼应，诗人融悲情于寒景，孤独飘零之意油然而生，《诗境浅说续编》：“以‘独酌’二字开篇，知其后二句之惊寒断雁，乃喻独客之飘零。赵嘏《寒塘》诗云：‘晓发梳临水，寒塘坐见秋。乡心正无限，一雁过南楼。’

则明言见雁而动乡心。此二诗皆因雁写怀，而有寥落之思也。"两位评点者皆提及"独酌"，"独酌"二字常出现在诗人孤独惆怅之时，如李白的《月下独酌》："花间一壶酒，独酌无相亲。举杯邀明月，对影成三人。"还有许多诗人直接以"独酌"为题，如陆游《冬夜独酌》、杨万里《端午独酌》、郭祥正《春日独酌》等等。因此，此诗以"独酌"开篇，奠定了全诗孤寂失意的情感基调。此外，俞陛云认为赵嘏的《寒塘》与此诗"谁惊一行雁？冲断过江云"皆有寥落之思，其实韩翃的《和高平朱参军思归作》"一雁南飞动客心，思归何待秋风起"亦有异曲同工之妙，都以雁意象表达思乡忧愁之情。

有的评点家认为末两句中的两个动词既精练又含蓄，《唐诗近体》："'惊'字、'断'字俱炼，亦有含蓄。"此诗先写诗人独饮半醺，而后登楼，然后写景，"惊"字与"断"字是对原有画面的突然打破，也是诗人心绪外露的体现，抒发了异乡独客的悲愁之感。杜牧诗歌喜炼字，特别是动词，如《寄东塔僧》中的"初月微明漏白烟，碧松梢外挂青天"和《金陵》中的"风清舟在鉴，日落水浮金"，其中的"漏""挂""浮"字用得甚妙，一字便将诗句写活，使明月清辉与落日晚霞栩栩如生，于静景中产生微微动感。杜牧之诗在用字上有如杜少陵的精心构思、刻苦锤炼，也有李太白的俊爽飘逸风格。因此，有的评点家评价此诗有豪俊之气格，洪迈《唐人万首绝句选评》："小杜绝句豪俊，而此得之五字，其气格尤难。"此诗末句描写了不知被何人惊动而飞起的一行归雁，正冲破江上的云层飞向北方，加上首二句诗人的微醺状态与惆怅情绪，遥想大雁的归程与眼前江天残云之景，留给人无尽的怀想。一般的登楼感怀诗总是先写景后抒情，这也是诗人有感而发的自然顺序，但此诗作者却能将自身之情铺展于眼前归雁北飞的江天云景图中，无论是诗中炼字，还是全诗风格，都符合评点家所说的精练而豪俊的特点，可借王安石《题张司业诗》"看似寻常最奇崛，成如容易却艰辛"作评。

（杨乐）

晚　泊

帆湿去悠悠^①，停桡宿渡头^②。
乱烟迷野岸^③，独鸟出中流^④。
蓬雨延乡梦，江风阻暮秋。
悦无身外事，甘老向扁舟^⑤。

【注释】

①"帆湿"句：言船帆沾上湿气而行驶迟缓。

②"停桡"句：停桡，停放船桨，谓航行暂止。渡头，指过河的地方。南朝梁简文帝《乌栖曲》："采莲渡头拟黄河，郎今欲渡畏风波。"

③野岸：野外水流的涯岸。

④中流：江河中央，也泛指河流的中游。

⑤扁舟：小船。《史记·货殖列传》："范蠡既雪会稽之耻，乃喟然而叹曰：'计然之策七，越用其五而得意。既已施於国，吾欲用之家。'乃乘扁舟浮于江湖。"范蠡泛舟五湖之典遂多用于诗中。陈子昂《感遇诗三十八首》其十五："谁见鸱夷子，扁舟去五湖。"李白《古风》其十八："何如鸱夷子，散发棹扁舟。"此句言向往告老退隐的生活，奈何羁于身外事身不由己。

【评析】

此诗作年未考。杜牧诗歌的题材内容丰富多样，除了忧国忧民、咏史怀古、酬答寄赠等内容外，还有写景抒怀的创作。杜牧善于选取大自然中生动的形象，组构成充满诗情画意的图卷。笔墨洗练，色彩鲜明，既有"霜叶红于二月花"的枫林美景，也有"云光岚彩四面合"的山村风光。同时，杜牧不少诗在写景时即景生情，寄寓感慨。如《江南春绝句》"南朝四百八十寺，多少楼台烟雨中"在描绘江南的春景中蕴含着今昔盛衰的感慨。此诗即属于杜牧写景抒怀这一类作品，借描写夜晚泛舟所见之景，抒发人生感悟。

　　开头两句写明夜晚停泊的原因，连绵细雨浸湿了船帆，诗人不得不停止航行，暂作休息，客宿渡头。而面对四面寂静的江湖河泊，水气氤氲，笼罩着整个江面，模糊了远处涯岸的轮廓，一望无垠，怅然寥廓。而打破这夜晚寂静的，是一只茕茕独飞江中的孤鸟。面对此景，诗人心中感慨万分。宋代蒋捷有词"壮年听雨客舟中，江阔云低、断雁叫西风"，颇有杜牧此诗之风。在历代诗人的笔下，绵绵不断的细雨总是和愁思难解难分，点点滴滴飘落于篷船顶上，诗人不由得生起思乡的情绪。夜泊一叶小舟，托载孤独的天涯羁旅客，江风阵阵挥不去暮秋的冷意萧瑟。结尾二句又将思绪一转，叹自己老而奔波，时事烦琐，深陷世俗中，一切都是无可奈何，归隐泛舟的乐趣无法亲身体会。羁旅之愁、归隐之志都已蕴含在杜牧所展示的这幅夜泊江雨图中。

　　而关于此诗的评价，以清代屈复《唐诗成法》最为详细。屈氏首先由本诗意象发论，诗之情感，必须与生动的形象相结合，具有可感性，才能融情入诗，才是诗的情感。意象便是寄意于象，将无形的情感内化于有形的客观形象，使情成体，便于观照品味。在杜牧诗中，一系列的意象又不是杂乱无章地堆砌，都具有连贯性和合理性。《唐诗成法》评此诗前两联"乱烟"承"湿"字，"中流"承"渡头"，可谓确当。随后关于炼字方面，屈复又谓："'延'字、'阻'字吊七八意，不失作法。"律诗中颔联、颈联最求对仗之工，杜牧此诗此两联合乎作法。尤其是颈联"延"、"阻"二字，赋予了"蓬雨""江风"拟人特征，立意乍显。而有关结尾两句，屈复认为尤以第七句为最妙，评之"七妙，千古游客无不在此五字中"。如何摆脱身外之事，达到超脱无牵挂的境界，可谓是古今难题，这世上鲜少有人能做到如此。行文至此境界即出，杜牧渴望摆脱琐务，一心徜徉于自然的风光之中，但这却是无数文人士子心中毕生追求却难以企及的美好愿景。

在杜牧所创作诗歌中，律诗的数量相当可观，共有一百八十余首，在全部诗作中占有重要的地位。杜牧诗歌俊爽峭健、雄姿英发的风格在律诗中最为突出。不少后代诗评家指出，"拗峭"是杜牧律诗的特点。宋代刘克庄《后村诗话》云："杜牧、许浑同时，然各为体。牧于唐律中，常寓少拗峭以矫时弊。"明代杨慎《升庵诗话》云："律诗至晚唐，李义山而下，惟杜牧之为最。宋人评其诗豪而艳，宕而丽，于律诗中特寓拗峭，以矫时弊，信然。"然而，纵观杜牧此诗，却不见奇拗之风，反而通篇平实叙之，字字浅近生动，句句真情流露，可见杜牧诗歌风格亦是丰富多变的。

（方姝玮）

兵部尚书席上作 [①]

华堂今日绮筵开，谁唤分司 [②] 御史来。
偶发狂言惊满坐，三重粉面 [③] 一时回。

【注释】

① 兵部尚书席上作：本诗收入《樊川别集》。缪钺《杜牧传·杜牧年谱》定于大和末、开成初（835—836），当时杜牧任监察御史，分司

东都。

　　②分司：唐代在东都洛阳设置留省与留台，其官员称分司官。

　　③三重粉面：指酒筵上的众多歌妓。一作两行红粉。

【评析】

　　关于这首诗，孟棨《本事诗》里有一段戏剧化的记载：

　　　　杜为御史，分务洛阳时，李司徒罢镇闲居，声伎豪华，为当
　　时第一。洛中名士，咸谒见之。李乃大开筵席，当时朝客高流，
　　无不臻赴。以杜持宪，不敢邀置。杜遣座客达意，愿与斯会。李
　　不得已，驰书。方对花独酌，亦已酣畅，闻命遽来。时会中已饮
　　酒，女奴百余人，皆绝艺殊色。杜独坐南行，瞪目注视，引满三
　　巵，问李云："闻有紫云者，孰是？"李指示之。杜凝睇良久，曰：
　　"名不虚得，宜以见惠。"李俯而笑，诸妓亦皆回首破颜。杜又自
　　饮三爵，朗吟而起曰："华堂今日绮筵开，谁唤分司御史来？忽
　　发狂名惊满座，两行红粉一时回。"意气闲逸，傍若无人。

　　这是关于此事比较完整的记载。尽管对于李司徒到底是谁，论者
还有不同意见，但此事的真实性，却是从古到今的文人雅士们都愿意
相信的。结合杜牧身上的传奇色彩，这位"狂分司"做出这样的举
动，也并不是不可能的。杜牧在这件轶事中，不管是遣客主动要求参
与欢筵，还是在酒筵之中瞪目注视歌妓紫云，抑或是直接向李司徒索
要紫云，这些都是狂生做派。而在酒筵上吟咏此诗，意气闲逸，旁若
无人，更是将一个风流浪子、多情郎君的形象呈现在读者面前。

　　此事流传极广，也是后代诗家津津乐道的题材。《苕溪渔隐丛话》
录《侍儿小名录》云："兵部李尚书乐妓崔紫云，词华清峭，眉目端
丽，李公为尹东洛，宴客将酣，杜公轻骑而来，连饮三觥，谓主人曰：
'尝闻有能篇咏紫云者，今日方知名不虚得，倘垂一惠，无以加焉。'

诸妓回头掩笑，杜作前诗，诗罢，上马而去。李公寻以紫云赠之。紫云临行献诗曰：'从来学制斐然诗，不料霜台御史知。忽见便教随命去，恋恩肠断出门时。'"这里衍生出了后续情节，写李公将紫云赠予杜牧，紫云且留诗为别。这当然是后来好事者的附会。但这样的传说，还是很可以吸引人们的目光的。胡仔又云："东坡闻李公择饮傅国博家，大醉，有诗云：'不肯醒醒骑马回，玉山知为玉人颓。紫云有语君知否，莫唤分司御史来。'即此事也。"苏东坡拿杜牧这事和李公择开玩笑，亦可见此事流传之广。

杜牧此事，后来元代辛文房《唐才子传》、清代贺贻孙《诗筏》等都有记载。清代徐钪作《红桥二首》其一："酒楼杨柳碧丝丝，恼煞红裙舞柘枝。留得狂名偏薄幸，至今犹说杜分司。"（《南州草堂集》卷三）

清代洪亮吉说："元和、长庆以来，诗人如白太傅、杜舍人，皆有节概，非同时辈流所及。其寄情声色亦同。余昨有《题琵琶亭》二绝云：'儿女英雄事总空，当时一样泪珠红。琵琶亭上无声泣，便与唐衢哭不同。'其二云：'江州司马宦中唐，谁似分司御史狂。同是才人感沦落，樊川亦赋《杜秋娘》。'"（《北江诗话》卷六）洪亮吉将杜牧与白居易相提并论，指出二人所共有的"沦落"之感，其对古人诗心的理解，可以说又超过单纯追求奇事轶谈的论者一筹了。

（黄鸣）

题水西寺^①

三日去还住，一生焉再游？

含情碧溪水，重上粲公楼^②。

【注释】

① 水西寺：寺名，即今宝胜寺，位于安徽泾县西郊。
② 粲公楼：此处"粲公"或指佛教禅宗三祖之僧粲。

【评析】

《竹坡诗话》有言："杜牧之尝为宣城幕，游泾溪水西寺，留二小诗……其一云'三日去还住……'此诗今榜壁间，而集中不载，乃知前人好句零落多矣。"一方面指出古代诗人别集所录诗歌往往有收录不全的现象，本诗即据《唐音统签》收入；另一方面也指出本诗为杜牧任职宣州幕府时所作。《杜牧传·杜牧年谱》系此诗于开成三年（838）。

诗歌开篇即用数目相对之例，且诗歌平仄与情感起伏互为表里。"三日""一生"的时间落差更增添了全诗的慨叹意味。水西寺于诗人来说是"萍水相逢"之地，今日虽停留寺中，却终有离别之日，且一旦离别，今生恐难重游故地。后两句写碧溪流水见"我"此时忧郁之心绪，仿佛为我含情，那"我"则更上高楼，以求不辜负此处山水楼阁"恋恋不舍"之意。

对于此诗，前代评注者多将其与朱放《题竹林寺》进行对比。朱放约活动于唐代宗大历年间，其作有《题竹林寺》一诗，言曰"岁月人间促，烟霞此地多。殷勤竹林寺，更得几回过"，表达了时光促迫的感慨之情。《唐人万首绝句选评》即评杜牧此诗"与朱放《题竹林寺》同意，而此更为含蓄"。但杜牧《题水西寺》首二句即写尽惜别怅惘之情，后二句则又加之以恋恋留情之意，以藉自慰，故其情感层次比朱放诗更为多元。《诗境浅说续编》："首二句言欲去还留，恐胜游之不再，与朱放《题竹林寺》云'殷勤竹林寺，更得几回过'，诗意极相似。但朱诗言再来不易，即截然而止。杜诗后二句更申其意，谓碧溪无情之水，若为我含情，登临吟眺，余兴未尽，乃更上高楼，写足其恋恋之意。"即申明此意。

此外，本诗因题于榜壁间而得存留，可分于题壁诗一类。据尚永亮《诗映大唐春——唐诗的唐人生活》所述，题壁诗于中晚唐流传更为广泛，且其说到："题壁不能把诗写得太长，写得太长的话，既受空间条件限制，也不利于传播。所以唐人的题壁诗大都比较短，一般是七律、五律或者是七绝，其中绝句更多一些。"于此可略窥见诗人选用绝句体制的原因。同时诗人一生虽难重游故地，却以诗歌题于寺庙，以诗歌的情感力量弥补"身不能至"的遗憾，亦是诗人创作此诗的要旨所在。

（柴瑞瑞）

怅　诗

自是寻春去校^①迟，不须惆怅怨芳时^②。
狂风落尽深红色^③，绿叶成阴子满枝。

【注释】

① 校：通"较"，比较。

② 芳时：花开的时节。

③ 深红色：代指花。

【评析】

这首诗本事出于高彦休《唐阙史》，曰：

> 杜舍人再捷之后，时誉益清，物议人情，待以仙格。紫微恃才名，颇纵声色，尝自言有鉴裁之能。闻吴兴郡有长眉纤腰，有类神仙者，罢宛陵从事，专往观焉。使君籍甚其名，迎待颇厚。至郡旬日，继以洪饮，睨观官妓，曰："善则善矣，未称所传也。"览私选，曰："美则美矣，未惬所望也。"将离去，使君敬请所欲，曰："愿泛彩舟，许人纵观，得以寓目，愚无恨焉。"使君甚悦，择日大具戏舟讴棹较捷之乐，以鲜华夸尚，得人纵观，两岸如堵。紫微则循泛肆目，竟迷所得。及暮将散，俄于曲岸见里妇携幼女，年邻小稔。紫微曰："此奇色也。"遽命接致彩舟，欲以之语。母幼惶惧，如不自安。紫微曰："今未必去，第存晚期耳。"遂赠罗缬一箧为质。妇人辞曰："他人无状，恐为所累。"紫微曰："不然。余今西航祈典此郡，汝待我十年，不来而后嫁。"遂笔于纸，盟而后别。紫微到京，常意雪上。厥后十四载，出刺湖州。之郡三日，即命搜访，女适人已三载，有子二人矣。紫微召母及嫁者诘之。其夫虑为所掠，携子而往。紫微谓曰："且纳我贿，何食前书？"母即出留翰以示之，复曰："待十年不至而后嫁之，三载有子二人。"紫微熟视旧札，俛首逾刻，曰："其词也直。"因赠诗以导其意，诗曰："自是寻春去较迟，不须惆怅怨芳时。狂风落尽深红色，绿叶成阴子满枝。"翌日，得闻于好事者。

诗中"自是寻春去校迟"用寻春一事暗指杜牧探访当初让他心动的女子。然而春天的脚步已经远去，那满枝繁花的景象已不复存在，他心爱的女子已经嫁人，原因是杜牧逾期未至，错过了十年期约，所以说"迟"。"不须惆怅怨芳时"，即是面对花期已过，芳菲尽去，也不要再徒劳惆怅埋怨了，因为一切已经晚了。"狂风落尽深红色，绿叶成阴子满枝。"那满枝的芳红在经历了狂风怒卷后已离枝散尽，一派好景已消失殆尽，只剩下绿叶成荫和树荫下满枝累累的果实。这也喻指当年的花季少女消失不见，只有如今已为人母的少妇。

元人刘埙《隐居通议》云："尝读《太平广记》，载杜牧之湖州诗曰：'自是寻春去较迟，不须惆怅怨芳时。狂风落尽深红色，茂绿成阴子满枝。'今观《丽情集》，则曰：'自恨寻春到已迟，往年曾见未开时。如今风捭花狼藉，绿叶成阴子满枝。'大意虽同，而前诗似胜；若论纪实，则后者为是。"该评论肯定了杜牧此诗的抒情效果，虽不是完全的纪实，却把诗人的情思道尽，可谓妙笔。这首诗为世人展现了一个不一样的杜牧，他不仅仅是一位踌躇满志的战士，更是一位侠骨柔肠又痴情的君子。试想，如果杜牧拿出一州刺史的官威来，活生生地拆散这对无辜人家的姻缘，那该是多么煞风景的事呀？但杜牧没有用身份去压人，而是低头片刻，承认了自己的错误。这是杜牧深情的一面，也是风流蕴藉的一面。可能对杜牧来说，一首《怅诗》，写的不仅仅是对错过的一段爱情的感叹，也是对时不待我，世事难料的感伤吧。

（杨香梅）

清　明^①

清明时节雨纷纷，路上行人欲断魂^②。
借问酒家何处有？牧童遥指杏花村。

【注释】

① 清明：二十四节气之一，在公历四月五日前后。

②断魂：形容情绪低落、神情凄迷之状。

【评析】

这是一首七言绝句，创作时间不明。此诗最早见于南宋谢枋得所编《千家诗》，署名为杜牧，但裴延翰辑《樊川文集》、清人所编《全唐诗》的杜牧诗与冯集梧《樊川诗集注》皆未收录此诗，因此，该诗的作者为谁，尚有争议。缪钺《关于杜牧〈清明诗〉的两个问题》中通过魂韵、文韵通押与唐人用韵习惯不符判断此诗非杜牧所作。朱易安、胡可先等人也持相同意见，后者指出此诗为许浑作。相对应的，有的学者坚持此诗为杜牧所作，如李金坤、王永平、王兆鹏等皆持此说。此外，在杏花村地望的问题上，还存在"杏花村"是虚指还是实指的问题：若是虚指，那便是一个杏花盛开的村庄之意；若是实指，又产生了"山西汾阳说""江苏南京说""湖北麻城说"和"安徽贵池说"等多种争议之说，此皆不论。

综上可知，《清明》诗的作者问题以及"杏花村"的地望问题，歧见纷纭，争讼不已，已经超过了对此诗的鉴赏评论。回到此诗，评点家对其诗旨又有不同的理解，主要分为三类："伤怀说""游春说"和"哀悼说"。周汝昌、潘百齐认为此诗写于佳节之时，春雨纷纷，诗人有心中感怀而无处诉说，便触景伤情；孙琴安、吴熊和、刘学锴认为此诗写了诗人清明游春时遇雨，衣帽皆湿，败兴而归，便中行吟，无关社会问题；石宏宽认为清明时节本是哀悼逝去亲友之日，诗人感受着凄风冷雨，路逢神色哀伤的行人，不禁悲从中来。笔者认为第三种说法较为合理，此诗以清明为题，点明创作时间，首二句写清明所见，风雨纷纷，行人凄迷，诗人或想起逝去的亲人、旧友，悲伤之情触景而生，故着意寻酒，以此平复哀情。但末句以杏花村作结，留与读者美好朦胧的幻想，哀伤的情调有所回升，接近"伤怀之说"，但绝不是"游春之说"。

　　有的评点家就其风格进行评析,《杜牧诗选》云:"这首诗,着墨不多而情景逼真,和宋人张择端的名画《清明上河图》相映成趣。"而在《四溟诗话》中,谢榛认为:"《清明》诗曰:'借问酒家何处有?牧童遥指杏花村。'此作宛然入画,但气格不高。或易之曰:'酒家何处是?江上杏花村。'此有盛唐调。予拟之曰:'日斜人策马,酒肆杏花西。'不用问答,情景自见。"但仔细读来,此诗辞藻平实,意象清新,仅以"细雨纷纷、行人断魂"起兴,便渲染出清明时节的哀伤氛围,诗人置身其中又如何能不悲哀呢? 继而以寻酒家侧面表达自身愁绪,末句之杏花村意境开阔,余味悠长,使人不再聚焦于眼前之愁思,而遥望远景,留有余味,可以说全篇浑然天成,达圆融之境,无刻意经营之痕迹,这也是为何谢榛所改的诗句被历史淹没,而原诗流传下来的原因。

(乐云　杨乐)

图书在版编目（CIP）数据

杜牧诗品汇 / 黄鸣等撰 . -- 武汉：崇文书局，2024.6

（中国古典诗词品汇）

ISBN 978-7-5403-7653-6

Ⅰ．①杜… Ⅱ．①黄… Ⅲ．①杜牧（803-852）－唐诗－诗歌欣赏 Ⅳ．① I207.227.42

中国国家版本馆 CIP 数据核字（2024）第 101419 号

出 品 人　韩　敏
责任编辑　杨晨宇　李　娜
封面设计　甘淑媛
责任校对　董　颖
责任印制　李佳超

杜牧诗品汇
DUMU SHI PIN HUI

出版发行　长江出版传媒　崇文书局
地　　址　武汉市雄楚大街 268 号 C 座 11 层
电　　话　(027)87677133　邮政编码　430070
印　　刷　湖北新华印务有限公司
开　　本　880 mm×1230 mm　1/32
印　　张　9.875
字　　数　252 千
版　　次　2024 年 6 月第 1 版
印　　次　2024 年 6 月第 1 次印刷
定　　价　55.00 元

（如发现印装质量问题，影响阅读，由本社负责调换）